I0573510

SOCCORRERE AVERY

Armi & Amori: verso il futuro, Libro 6

SUSAN STOKER

Titolo originale: *Securing Avery*
Traduzione dall'inglese a cura di Well Read Translations
Redatto da Kelli Collins
Foto di copertina: AURA Design Group
Prodotto negli Stati Uniti

Also by Susan Stoker

Armi & Amori: verso il futuro

Soccorrere Caite
Soccorrere Brenae
Soccorrere Sidney
Soccorrere Piper
Soccorrere Zoey
Soccorrere Avery
Soccorrere Kalee (1 Oct)
Soccorrere Jane (1 Nov)

Ricerca e soccorso Eagle Point

In cerca di Lilly
In cerca di Elsie
In cerca di Bristol (15, Novembre)
In cerca di Caryn
In cerca di Finley
In cerca di Heather
In cerca di Khloe

Il Rifugio

Meritare Alaska
Meritare Henley (3 Jan)
Meritare Reese
Meritare Cora
Meritare Lara
Meritare Maisy
Meritare Ryleigh

Forze Speciali alle Hawaii

Trovare Elodie
Trovare Lexie

Trovare Kenna
Trovare Monica
Trovare Carly (11 Ottobre)
Trovare Ashlyn
Trovare Jodelle

Delta Force Heroes

Salvare Rayne
Salvare Emily
Salvare Harley
Il Matrimonio di Emily
Salvare Kassie
Salvare Bryn
Salvare Casey
Salvare Sadie
Salvare Wendy
Salvare Mary
Salvare Macie
Salvare Annie

Armi e Amori

Proteggere Caroline
Proteggere Alabama
Proteggere Fiona
Il Matrimonio di Caroline
Proteggere Summer
Proteggere Cheyenne
Proteggere Jessyka
Proteggere Julie
Proteggere Melody
Proteggere il Futuro
Proteggere Kiera
Proteggere i figli di Alabama
Proteggere Dakota

Mercenari di Montagna

Difendere Allye
Difendere Chloe
Difendere Morgan
Difendere Harlow
Difendere Everly
Difendere Zara
Difendere Raven

Ace Security

Il riscatto di Grace
Il riscatto di Alexis
Il riscatto di Bailey
Il riscatto di Felicity
Il riscatto di Sarah

Una raccolta di storie brevi

Un momento nel tempo

CAPITOLO UNO

Cole "Rex" Kingston non era felice.

Nemmeno i suoi compagni di squadra lo erano.

Erano appena tornati da una missione e avrebbero dovuto fare dietrofront e partire immediatamente per una nuova. Tuttavia, non era quello a renderli infelici; erano abituati a missioni così ravvicinate, ma quella era personale. Più per Rex che per gli altri. Alcuni militari in servizio nella loro stessa base erano stati rapiti e per di più tra le persone scomparse c'era anche la donna per la quale Rex aveva una cotta.

Erano settimane che Rex flirtava con l'infermiera tenente della Marina Avery Nelson, trovava scuse per andare all'ospedale della base dove lei lavorava solo per poterle parlare. Amava il sorriso di quella ragazza e il suo senso dell'umorismo, il modo in cui era sempre pronta ad aiutare i colleghi infermieri. Rex vedeva che era ben rispettata tra i colleghi.

Era anche molto attratto da lei fisicamente. Avery si teneva in forma ma aveva delle curve che riempivano bene l'uniforme da infermiera. Tuttavia, ciò che Rex amava *davvero* di lei erano le adorabili lentiggini e i capelli rossi.

Rex non aveva mai pensato al colore dei capelli di una

donna. Era stato con delle bionde, delle castane... donne con i capelli neri. Eppure c'era qualcosa nella combinazione delle onde rosse e nelle lentiggini di Avery che lo stregava.

In quel momento lei era sparita. Era stata fatta prigioniera da un gruppo di ribelli che viveva nella città e nelle grotte vicino alla base militare dove lei stazionava, in Afghanistan.

Rex rischiava di non sentire più la risata contagiosa di Avery o di non vedere più quelle lentiggini tanto carine. Non avrebbe dovuto aspettare a chiederle di uscire. Non sapeva perché non fosse andato a prendersi ciò che voleva. Sperava solo che non fosse troppo tardi, che il team sarebbe stato in grado di trovare Avery così avrebbe avuto l'occasione di dirle quanto la trovasse affascinante e quanto volesse conoscerla meglio.

La squadra dei SEAL era arrivata nel paese ventiquattr'ore prima e aveva intervistato quante più persone disposte ad aiutare erano riusciti a trovare, ma quello che avevano scoperto non era positivo.

Due soldati dell'esercito che guidavano due dei camion pieni di armi diretti alla base militare erano stati presi in ostaggio. Anche i veicoli stessi erano spariti, un dettaglio negativo. Molto negativo. In quel momento i ribelli avevano un'ingente quantità di armi da fuoco a disposizione.

Per qualche ragione, era assente anche la tenente Avery Nelson. Era nel corpo delle infermiere della Marina. Era in quel paese per una missione speciale che prevedeva l'assistenza ai civili nella costruzione di cliniche mediche per donne afghane. Non avrebbero avuto motivo di rapirla, specialmente perché non era affatto coinvolta nel convoglio di armi. In quel momento, tuttavia, stava lavorando in una piccola clinica vicina a dove erano state attaccate le scorte e dopo che l'edificio era stato distrutto l'avevano presa insieme ai conducenti dei camion.

La squadra di Rex era stata fortunata ad aver trovato un

abitante del posto disposto a parlare. Se qualcuno avesse scoperto che quell'uomo stava aiutando gli americani, probabilmente il malcapitato sarebbe stato ucciso immediatamente. Così anche la sua famiglia. I figli e la moglie probabilmente sarebbero stati torturati. I ribelli avrebbero fatto di lui un esempio per tutti gli altri.

Parlate con gli americani e morirete.

I ribelli avevano ordinato a quell'uomo di prendere in mano le armi in modo da poter cacciare gli americani infedeli dalla zona, ma un'americana aveva salvato la moglie che stava per morire di parto. Un soldato, era stata al fianco della moglie a casa loro per più di ventiquattr'ore, mentre lei entrava in travaglio. Senza quella donna, lui non avrebbe avuto una famiglia. Sia la moglie che il figlio sarebbero probabilmente morti. Era successo tre anni prima e l'uomo non se n'era mai scordato.

Aveva obbedito all'ordine, ma sapeva che gli americani non erano tutti cattive persone.

Quindi quando aveva visto una donna americana essere tenuta prigioniera, dopo che a lui era stato detto di armarsi usando una delle armi proveniente dal convoglio, l'uomo si era sentito disgustato. L'aveva riconosciuta come una delle infermiere che erano lì per insegnare alle loro donne come partorire. Stava cercando di aiutarli, non ucciderli.

Allora l'uomo era sgattaiolato fuori dalla sua piccola capanna nel cuore della notte, aveva lasciato la moglie e il figlio per andare alla base militare e raccontare quanto aveva visto.

Per fortuna Rex e la sua squadra erano stati lì per ascoltare. Con l'aiuto di un interprete, avevano scoperto dove si trovasse la grotta in cui era tenuta prigioniera Avery, immersa tra le montagne.

Era stato proprio un colpo di fortuna. Senza quell'informazione avrebbero dovuto perlustrare ogni angolino e anfratto che gli si fosse parato davanti, il che avrebbe rappresentato una missione suicida.

In quel momento si stavano preparando per dirigersi verso le montagne per salvare Avery e con lei speravano anche di recuperare i due uomini scomparsi, nonostante il loro informatore non avesse fatto menzione di loro.

Proprio mentre erano sul punto di partire, un sergente maggiore fece ingresso nella stanza che la squadra stava usando come posto di comando e li informò che i due soldati erano appena stati ritrovati.

Erano morti.

Quell'informazione fece battere forte il cuore di Rex.

"E la tenente?" chiese.

"Di lei nessuna traccia," gli rispose il sergente maggiore.

Sarebbe dovuta essere una brutta notizia, ma in quel momento Rex non riusciva a pensarne a una migliore.

"Siamo tremendamente dispiaciuti per la perdita dei vostri uomini," commentò Rocco. "Dove li hanno trovati?"

"I cadaveri sono stati buttati a bordo strada, fuori città," gli rispose il sergente maggiore.

"In che condizioni erano?" gli chiese Gumby.

L'altro uomo fece una smorfia. "Non buone. Sicuramente sono stati torturati. Avevano le piante dei piedi massacrate, come se avessero dovuto camminare scalzi per un bel po'. Avevano anche perso un bel po' di peso, quindi pensiamo che li tenessero a digiuno dal giorno dell'attacco."

Rex digrignò i denti. Il pensiero che avessero trattato Avery come quei due soldati gli aveva fatto venire voglia di uccidere chiunque osasse torcerle un capello.

"Ora presunta della morte?" chiese Rocco.

Il sergente maggiore scosse la testa. "È sicuramente difficile capirlo. Crediamo sia successo da un giorno a questa parte. Come sapete il caldo là fuori è terribile, quindi è possibile che il fatto sia anche più recente."

"Grazie per avercelo fatto sapere," gli disse Phantom. "L'ultima cosa di cui abbiamo bisogno è andare alla ricerca di qualcuno che è già stato trovato."

Il sergente maggiore annuì. "Siete sicuri di non volere che alcuni dei miei uomini vengano con voi? Ho una squadra di Ranger pronti a partire."

"No, ma grazie," gli rispose Rocco. "Da quando abbiamo ricevuto quelle informazioni dal testimone, il nostro piano è quello di andare sulle montagne, trovare la tenente e filarcela. Più persone si uniranno a noi e più daremo nell'occhio, ma rinnovo i ringraziamenti."

"Prego. Non sono contento del fatto che il convoglio sia stato attaccato. Non è stato un evento causale. I camion fanno continuamente avanti e indietro dalla base, non c'è modo che gli abitanti del posto sapessero che stavamo trasportando delle armi in quel preciso momento e luogo, a meno che non abbiano ricevuto una soffiata."

"Pensa che ci sia una talpa?" gli chiese Bubba.

Il sergente maggiore annuì. "Sì, lo penso, scoprirò chi è e gliela farò pagare. Le ripercussioni del mettere quelle armi in mano ai ribelli vanno oltre gli omicidi di due soldati e il rapimento di una tenente della Marina. La nostra missione è stata costretta a fare un enorme passo indietro per quanto riguarda la pace sul territorio. Ora che il nemico è armato tanto quanto noi... Non devo dirvi io che la situazione si è fatta estremamente pericolosa, sia per i civili innocenti sia per il personale militare.

Rex annuì insieme ai compagni di squadra. Sapeva benissimo, così come lo sapevano anche gli altri, quanto si fosse aggravata la situazione con il furto delle armi. Fucili, granate, proiettili, lanciarazzi, perfino un paio di missili: tutto scomparso in un battibaleno. Il pensiero che uno di loro, un militare americano avesse tradito il proprio paese era come un ceffone a pieno viso.

Eppure in quel momento Rex era più preoccupato per Avery.

Era scomparsa da quasi due settimane. Probabilmente era alla mercé di uomini pericolosi e senza scrupolo. Rex pregò che la loro fonte avesse fornito delle informazioni corrette e che Avery si trovasse ancora nella grotta dove era stata vista l'ultima volta. Odiava il pensiero che la donna amichevole con la quale si era comportato da codardo, non riuscendo a chiederle di uscire, stesse venendo torturata e massacrata.

Rex prese un bel respiro e si girò per controllare per la decima volta l'attrezzatura, lasciando Rocco alle prese con il sergente maggiore. Voleva fare in modo che non gli mancasse nulla per quando avrebbero trovato la tenente scomparsa. Aveva preso dei vestiti extra, un paio di stivali (dal momento che l'informatore aveva detto loro che ne era stata privata), dell'acqua e del cibo, delle bustine di gel energetico e forniture mediche. Non aveva idea delle condizioni in cui avrebbero trovato Avery, così pregò più di quanto avesse mai fatto che fosse viva.

Odiava il fatto di non aver trovato il coraggio di chiederle di uscire prima che lei lasciasse la California. Rex sapeva meglio di tanti altri quanto fosse breve la vita, ma quando era tornata da una missione all'estero, per qualche motivo lui aveva scelto di non andare a trovarla per invitarla a bere un caffè. O a pranzo. Poi cena. Tuttavia, era cambiato tutto.

Anche se l'avessero trovata viva, Rex non poteva sapere in che condizioni sarebbe stata. Sia fisicamente che mentalmente. Magari non avrebbe mai più voluto essere toccata da un uomo. Il carattere solare di quella ragazza avrebbe potuto essere stato spento per sempre.

Il pensiero che la bellissima donna dalla quale era attratto venisse picchiata e ridotta quasi in fin di vita lo fece arrabbiare più di quanto ricordava di esserlo mai stato.

Prese in mano lo zaino estremamente pesante e se lo

caricò in spalla sopra la tenuta mimetica adatta al deserto. Stavano per partire verso un terreno molto inospitale, anche se non era la prima volta che succedeva. Quella volta, però, era molto più personale per Rex,

Tieni duro, Avery, pensò tra sé e sé mentre si girava per ascoltare le istruzioni dell'ultimo minuto di Rocco. *Tieni duro e basta. Stiamo venendo a prenderti.*

CAPITOLO DUE

Avery Nelson era seduta con la schiena appoggiata a un muro di pietra grezza, aprì gli occhi... ma tutto rimase buio come quando li aveva chiusi. Stava lentamente impazzendo, perché non aveva idea di quanto tempo fosse passato da quando l'avevano sepolta in quella grotta.

Sapeva che era passata una settimana dalla cattura. Un RPG aveva colpito la casa che faceva da clinica, dove lei insegnava ad alcune donne afghane come affrontare il parto: un pezzo di soffitto le era caduto in testa. Era riuscita a uscire, ma era finita dritta tra le braccia dei terroristi che stavano dirottando un convoglio di camion che attraversava la città.

Avery non era armata. Non era nemmeno coinvolta nel convoglio. Era un'infermiera della Marina, aiutava gli abitanti del villaggio. A ogni modo, era abbastanza sicura di sapere perché si trovasse lì. L'uomo che l'aveva trascinata tra le montagne gliel'aveva fatto capire chiaramente e lei non aveva alcuna possibilità di ribellarsi, non per davvero. Non era esattamente una donna minuta. Era alta quasi un metro e ottanta, più di tanti uomini con cui era abituata a lavorare. Tuttavia, per colpa della ferita alla testa e della confusione scatenata dall'attacco, non era stata all'altezza di combattere i ben più grossi e spaventosi ribelli.

L'avevano portata tra le montagne insieme alle armi trasportate dai camion e gliene avevano date di santa ragione. Le avevano messo una catena alla caviglia e si erano divertiti a torturarla sia mentalmente che fisicamente.

Nel frattempo, diversi uomini avevano fatto avanti e indietro dalla grotta, radunando le armi rubate all'esercito americano. Ci era voluta una settimana per far sì che si disperdessero tutti quanti. Dopo quei sette giorni in cui Avery era stata picchiata e derisa, in cui le avevano sputato addosso e l'avevano fatta morire di fame... se n'erano andati tutti.

Ma non prima di aver fatto saltare in aria l'entrata della grotta, intrappolandola lì dentro senza alcuna via d'uscita.

Al diavolo.

Avery era riuscita a usare una roccia per rompere gli anelli della catena che la legava a terra e aveva usufruito del rivolo d'acqua che scorreva lungo uno dei muri della sua tomba per tenersi in vita.

Pensava di sapere cosa volesse dire aver fame, ma dopo aver trascorso una settimana senza cibo era sicura di averlo imparato. L'acqua la manteneva in vita, ma era debole e dal momento che non mangiava nulla da quando era stata intrappolata nella montagna le girava anche la testa.

Dopo essere stata picchiata dai terroristi e aver spostato pietre giorno e notte nella speranza di disseppellirsi, ogni muscolo del corpo di Avery gridava di dolore. Probabilmente non aveva più le unghie. Da quando era iniziato quel calvario e aveva subito una commozione cerebrale, la testa non aveva smesso di martellarle e le costole erano ancora doloranti per via delle botte.

Ma accidenti, era viva.

Quei bastardi avevano fatto un grosso errore a non piantarle una pallottola in testa prima di seppellirla nella grotta. Avevano ovviamente creduto di averla uccisa durante l'ultima sessione di percosse, la più brutale fino a quel momento, oppure erano convinti che sarebbe morta dietro alle macerie all'ingresso della caverna.

Avery era più forte di quanto credessero.

Avrebbe trovato l'uscita a mani nude anche a costo di metterci un anno intero.

Si rifiutava di pensare al fatto che non avrebbe avuto speranza di resistere nemmeno un mese senza mangiare nulla. Era completamente concentrata sullo spostare una pietra alla volta fino a che non si fosse liberata.

Per una qualche ragione sconosciuta, non l'avevano molestata sessualmente e Avery ne era molto grata. Indossava ancora i pantaloni dell'uniforme mimetica e una maglietta color verde oliva. Le facevano malissimo i piedi perché fin dal primo giorno di prigionia i rapitori le avevano preso le scarpe e i calzini. L'avevano tenuta ferma mentre alcuni loro amici le massacravano le piante dei piedi con un bastone. Aveva sentito malissimo, ma in quel momento non percepiva più molto. Pensò che i piedi si fossero abituati ai maltrattamenti, oppure che i nervi fossero stati irreparabilmente danneggiati.

A ogni modo, era bello non doverci più pensare.

Avery raccolse una pietra grande quanto la propria testa e sentì i muscoli tremare dallo sforzo. Accidenti. Non aveva idea che spostare dei sassi potesse essere così faticoso. Una volta tornata a Riverton e alla base navale, avrebbe parlato con Wolf. Lui e la sua squadra di ex SEAL erano incaricati di addestrare le nuove leve. Avery avrebbe suggerito loro di metterli davanti a una montagna di rocce e fargliele spostare una a una. Si sarebbero ridotti in poltiglia in men che non si dica.

Il pensiero di casa era confortante. Le teneva alto lo spirito. Avery adorava vivere sulla West Coast, le piacevano la spiaggia e il clima temperato. Inoltre, amava essere un'infermiera, aiutare gli altri. Uno dei suoi compiti preferiti si svolgeva durante la settimana dell'inferno per gli aspiranti SEAL.

Non le piaceva vederli soffrire sul terreno freddo, o mentre tentavano di portare a termine i compiti impossibili assegnati dai loro istruttori, ma adorava il cameratismo e la determinazione di coloro che la spuntavano. Al termine della settimana erano disidratati, spesso soffrivano un po' di ipotermia ed erano talmente stanchi che non riuscivano a reggersi in piedi... ma era bellissimo vedere l'orgoglio sui loro visi, consapevoli di essere sopravvissuti alle condizioni brutali a cui erano stati sottoposti.

Avery non aveva alcun desiderio di diventare una SEAL. Il suo punto di forza era aiutare gli altri... Ci sapeva fare con le persone, poteva guarirle in caso fossero ferite. Era una che risolveva i problemi, lo era sempre stata e non sarebbe cambiata.

Come in quel momento.

Aveva un problema e l'avrebbe risolto, oppure sarebbe morta provandoci.

Letteralmente.

Il problema era quell'ammasso di rocce che si interponeva tra lei e la libertà.

Per risolverlo avrebbe semplicemente dovuto spostare una pietra alla volta. A poco a poco. Piccoli passi.

Era quello che diceva ai pazienti quando volevano andare a casa, sentirsi meglio, tornare in servizio.

Avery stava gattonando con una roccia stretta al petto quando con un ginocchio colpì un sasso appuntito sul pavimento sporco della grotta. Sussultò per il dolore e allungò istintivamente una mano prima di sentirsi accasciare, lasciando andare il masso che stava tenendo in mano fino a sbatterci la fronte contro.

"Merda!" esclamò, si portò una mano al capo e tastò il

punto di contatto. Grazie al cielo non sentiva la presenza di sangue, ma quell'incidente non era il primo. Stava iniziando a essere sempre più goffa e scoordinata ogni ora che passava.

Decise che era ora di fare una pausa e si ritirò nel giaciglio dove era stata rinchiusa prima che i terroristi avessero fatto saltare in aria l'ingresso della grotta. Non aveva sete, ma si fermò comunque a leccare un po' dell'acqua che scorreva sulla parete. Avrebbe fatto qualsiasi cosa pur di riempire il vuoto che sentiva in pancia.

Si sdraiò sulla schiena e guardò verso l'alto. Era buio pesto. ma poteva ancora immaginarsi il soffitto roccioso della grotta sopra la testa. Quando i terroristi erano ancora lì, era rimasta sveglia per molte ore a fissarlo.

Avery si sentì sprofondare in una depressione che non poteva permettersi, ma non riusciva a smettere di pensare a tutte le cose che non aveva ancora fatto. Tutto ciò che avrebbe disperatamente *voluto* fare, ma che, vista la situazione, forse non sarebbe sopravvissuta per portare a compimento.

In cima alla lista c'era trovare il coraggio di chiedere di uscire a un affascinante SEAL che si era fatto vedere sempre più spesso in ospedale.

Le altre infermiere le avevano detto che si presentava lì solo per andarla a trovare e parlare con lei, ma Avery non ci aveva creduto.

Poco prima che lei lasciasse il paese, era sicura che lui le avrebbe chiesto di uscire. C'era qualcosa nel modo in cui l'aveva guardata che aveva fatto sì che Avery credesse finalmente alle amiche.

Di solito non era particolarmente attratta dagli uomini con la barba o i baffi, specialmente non una folta come quella che aveva lui, eppure gli donava parecchio. Aveva dei peli folti e neri troppo lunghi per essere un regolare uomo della Marina. Avery sapeva che ai SEAL era concesso un po' più di margine decisionale riguardo l'aspetto fisico, per via delle missioni sotto copertura in cui erano impegnati.

Aveva chiesto in giro e scoperto che si chiamava Cole Kingston. I suoi amici lo chiamavano Rex, ma Avery preferiva Cole. Aveva gli occhi scuri, neri quasi come il carbone. Una volta l'aveva visto in ospedale con indosso la maglietta con la scritta SEAL e aveva scorto dei tatuaggi colorati che gli coprivano tutto il braccio destro. Avery si chiese se ne avesse altri.

Fantasticare sull'aspetto fisico di un uomo non era normale per Avery. Di solito era molto più interessata dal loro atteggiamento. Erano presuntuosi? Ti guardavano dall'alto in basso solo perché tu eri "semplicemente" un'infermiera? Si comportavano come dei bambini piccoli non appena si facevano male?

Eppure non riusciva a non pensare a quanto fosse bello Cole.

Motivo per cui si era convinta che non ci fosse modo che lui si presentasse all'ospedale *per lei*.

Lei non era niente di speciale. Aveva dei folti capelli rossi, ma per la maggior parte del tempo era troppo occupata per acconciarli in qualche modo. Quando stava troppo sotto il sole le spuntavano ancora di più di quelle lentiggini atroci che le attraversavano le guance e il naso. Nella sua esperienza, agli uomini non piaceva il fatto che fosse così alta: a loro piacevano le donne minute. Avery aveva i muscoli, sarebbe stata in grado di correre più velocemente di molti uomini e di fare più trazioni di alcuni. Tutto sommato... era una donna atletica, indipendente, intelligente, alta e piena di lentiggini... destinata a passare le serate da sola. Tuttavia, per qualche ragione, Cole continuava a tornare in ospedale. Era di poco più alto di lei e se Avery avesse indossato i tacchi, i loro sguardi si sarebbero sicuramente incrociati. Era un tipo grosso, all'apparenza anche un po' spaventoso. L'ultima volta che si erano visti, Avery era sicura che le avrebbe chiesto di uscire. Gli avrebbe sicuramente risposto di sì. Diavolo, sì.

Ma poi era scattato l'allarme nella stanza di un paziente lì vicino e lei era dovuta andare a controllare.

Avrebbe voluto dire a Cole di aspettare, che sarebbe tornata subito, ma lui non le aveva dato possibilità. Le aveva sorriso, le aveva detto di stare attenta e che l'avrebbe vista una volta tornata dall'Afghanistan.

Avery sospirò e aprì gli occhi nel buio. Era molto disorientante. Sapeva di avere gli occhi aperti e ciò voleva dire che avrebbe dovuto vedere *qualcosina*, ma intorno a lei regnava l'oscurità.

Decise che se fosse mai uscita da quella grotta, se fosse riuscita a discendere la montagna e salvarsi, una volta tornata in California avrebbe rintracciato Cole Kingston e gli avrebbe chiesto *lei* di uscire.

Lui avrebbe anche potuto dirle di no, ma Avery avrebbe smesso di fare passi indietro e aspettare che la vita le capitasse. Voleva andare a un appuntamento con Cole. Sedergli accanto in un ristorante e imparare quanto più possibile su di lui. A fine serata avrebbe voluto sentire le loro labbra unirsi. Avrebbe voluto sapere come ci si sente a essere baciate da un uomo con una barba folta e dei baffi. Le avrebbe fatto il solletico? Forse era uno che non sapeva mangiare composto e sarebbe stato disgustoso trovargli del cibo rimasto incastrato nella barba. Chissà se se la lavava sotto la doccia come il resto dei capelli che aveva in testa...

C'era molto che non sapeva di lui, ma avrebbe voluto scoprirlo.

Dannazione, una volta che fosse riuscita a scappare da quel maledetto buco nella montagna, l'avrebbe fatto.

Con l'umore di nuovo alto, Avery fece un lungo respiro e si mise a sedere. Avrebbe spostato altre dieci pietre, dopodiché avrebbe fatto una breve pausa e poi ne avrebbe spostate altre dieci. Poi ancora dieci. Alla fine ne avrebbe spostate abbastanza da riuscire a intrufolarsi tra le restanti e raggiungere la libertà.

Si mise di nuovo in ginocchioni e si diresse cautamente verso l'entrata della grotta. Prese un sasso, si voltò e lo lanciò alla propria destra, lontano dal sentiero e dal giaciglio con l'acqua.

Una era andata, ne mancavano ancora nove.

Facilissimo.

CAPITOLO TRE

Rex e Phantom si muovevano in modo costante e silenzioso verso la grotta dove l'informatore aveva detto che stavano tenendo prigioniera Avery. Rocco e Gumby erano a ore sei, mentre Ace e Bubba controllavano l'eventuale arrivo di ribelli nelle vicinanze.

Nessuno di loro era felice del fatto che non avessero incrociato anima viva. In presenza di un prigioniero sul posto, la zona avrebbe dovuto pullulare di cattivi. Il fatto che sembrasse deserta non era un buon segno. Per niente.

Rex e Phantom si rifiutarono di pensare che l'informatore potesse aver mentito, così proseguirono. Il terreno era accidentato, ma forse era perché avevano evitato di prendere la strada lungo il dorso della montagna, che portava dritta all'obiettivo.

Erano stati attenti, si erano mossi lentamente per non attirare l'attenzione, ma dal momento che non avevano avvistato nemmeno una persona, avrebbero potuto tranquillamente prendere quella strada.

"Non mi piace come si sta mettendo," disse Phantom.

"Nemmeno a me," concordò Rex.

"Siamo sicuri che quel tizio ci abbia detto la verità?"

Rex scrollò le spalle. "Sembrava un tipo onesto, ma..." Lasciò cadere la frase mentre scavalcarono un crinale in prossimità dell'obiettivo.

"Che c'è?" chiese Phantom.

Rex si accigliò e si voltò verso l'amico. "Siamo sicuri che queste siano le coordinate giuste?"

"Positivo."

Rex accennò alla montagna davanti a loro. "Allora dove cazzo è la grotta?"

Phantom si guardò intorno e imprecò. "Merda."

Rex sentì il cuore battere a velocità doppia e allungò una mano fino al pulsante che avrebbe acceso la radio. "Rocco, puoi confermare le coordinate dell'obiettivo?"

Ci volle un minuto, poi sentì la voce di Rocco nell'orecchio dirgli esattamente cosa aveva inserito nel proprio GPS. "Perché, c'è qualcosa che non va?"

"Siamo in quelle coordinate," disse Phantom. "Ma tutto ciò che vediamo è una pila di rocce addossate sul lato della montagna."

Nessuno disse nulla per un lungo istante. Poi Bubba chiese: "Nessun segno di ribelli in giro?"

"No, niente," gli rispose Rex. "È tutto tranquillo. Anche troppo."

"Pensi che sia una trappola?" gli chiese Gumby.

"Non c'è niente di strano," comunicò Rex al resto della squadra. "Voglio dire, non ho la sensazione che ci stiano tendendo un'imboscata."

"Aspetta... oh, merda," disse Phantom.

Rex guardò l'amico. "Cosa c'è?"

"Guarda," gli disse puntando un dito alle rocce lungo la montagna. Poi puntò lo stesso dito all'insù. "Sembra che di recente ci sia stata una frana o qualcosa del genere. Vedi che le rocce sono più scure, lassù? Come se non fossero state esposte al sole per centinaia di anni?"

"Fanculo!" Imprecò Rex.

"Cosa?" gli chiese impaziente Ace dall'altro capo della radio.

"Ci siamo confusi perché qui non vedevamo alcuna grotta, ma pensiamo di essere davanti alle prove di una recente esplosione che ha chiuso l'imboccatura."

"Accidenti," disse Rocco.

"Inoltre, ci sono molti segni di pneumatici che conducono al lato della montagna... Apparentemente non portano da nessuna parte. Mi ci gioco la testa che qui è dove avevano portato uno dei camion scomparsi, proprio come ha detto il nostro informatore."

"Quindi dov'è la tenente?" chiese Ace.

"Al di là delle rocce," disse Phantom senza un briciolo di dubbio nella voce.

Rex si mosse velocemente verso l'entrata della grotta. Più si avvicinava, più diventava ovvio che i ribelli avessero fatto saltare in aria l'ingresso, rendendolo inagibile.

Interessante il fatto che chiunque avesse piazzato gli esplosivi non sapesse cosa stava facendo, in più ne aveva usato decisamente troppo. Le rocce erano state ridotte a pezzettini. C'erano delle pietre più grandi all'entrata, ma le altre sembravano variare dalla grandezza di un pallone da basket a quella di un pugno.

Quando gli arrivò al fianco, Rex guardò Phantom e l'amico ricambiò l'occhiata.

Senza dire una parola, Rex si piegò e prese una grossa roccia, poi se la lanciò alle spalle. "Se tutto questo si rivelerà inutile, almeno potremo usare questi sassi per bloccare la strada al traffico," disse Rex, poi prese in mano un'altra pietra.

"Sai che potrebbe essere morta nell'esplosione, vero?" gli chiese Phantom in tono tranquillo, nonostante si fosse avvicinato all'amico per cercare di svelare la grotta che entrambi sapevano esserci al di là delle pietre.

"Lo so."

"Oppure potrebbero averle sparato alla testa prima di far saltare in aria l'entrata."

"*Lo so*," ripeté Rex.

"Ma se avessero fatto una delle due cose, perché non hanno lasciato il corpo dove avremmo potuto trovarlo, come hanno fatto con gli altri due?" La domanda di Phantom era retorica.

Rex ignorò l'amico e continuò a spostare le rocce il più velocemente possibile.

"Rocco, abbiamo bisogno di aiuto," disse Phantom alla radio. "Ace e Bubba possono continuare a fare la guardia, ma se tu e Gumby poteste raggiungerci alle coordinate, abbiamo un sacco di sassi da spostare, prima che qualche ribelle decida di tornare da queste parti."

"Menomale che ho un escavatore in tasca," scherzò Gumby.

Rex scosse la testa ma non si fermò. Solitamente trovava divertente il battibeccare degli amici, ma in quel momento non riusciva a ridere di nulla.

Avery era dietro quelle rocce, lui lo sapeva. Non aveva idea delle condizioni in cui fosse la ragazza, ma come aveva detto Phantom, doveva esserci un motivo se non avevano trovato il corpo. Doveva esserci una ragione se i ribelli avevano deciso di chiudere la grotta invece di abbandonarla una volta spostate tutte le armi. L'unica che veniva in mente a Rex era che Avery fosse ancora viva e non volevano che qualcuno la trovasse.

Ma perché?

Rex annuì verso Phantom quando si piegò per prendere un altro sasso, facendo del suo meglio per liberare l'ingresso della caverna.

Era assurdo, non avevano idea di quanti detriti li separassero dall'entrata, ma Rex non si sarebbe fermato finché non si fossero aperti un varco abbastanza grande da permettere a uno di loro di intrufolarsi dentro... o a Avery di uscire.

Dopo poco, li raggiunsero Rocco e Gumby. I quattro uomini lavorarono senza sosta, gettavano via le rocce più piccole e si univano a spostare quelle più grosse. Dopo un'ora e mezza di lavoro, sembrava che non avessero fatto alcun progresso, tuttavia la pila di sassi sulla strada sterrata dietro di loro smentiva quella sensazione.

Ogni circa quindici minuti si fermavano e Rex chiamava Avery. Non poteva urlare tanto quanto avrebbe voluto perché il suono si propagava velocemente nei canyon e tra le colline, ma se Avery fosse stata dietro quelle rocce, Rex avrebbe voluto fare di tutto per farle sapere che lui era lì, che non era più sola.

———

Ad Avery tremavano le mani. Sapeva di non aver spostato abbastanza rocce, nelle ultime ore. Stava allentando il ritmo e ciò era al contempo frustrante e spaventoso.

"Continua e basta," si disse ad alta voce cercando di motivarsi.

"Dall'altra parte di questi sassi c'è un cheesburger gigante. No, una pila di pancake alla cannella. Un bel ghiacciolo." Sognare tutti i cibi che avrebbe voluto mangiare non l'aiutava, in quella situazione, ma non riusciva a trattenersi.

Non era nemmeno più affamata, a dire il vero. Non era un buon segno e Avery lo sapeva. Sarebbe potuta sopravvivere per un po' grazie all'acqua che beveva, ma il corpo avrebbe continuato a indebolirsi sempre di più, ogni giorno che passava senza che lei si nutrisse.

Alla fine non sarebbe più riuscita a stare in piedi e sarebbe rimasta distesa lì. Se non fosse riuscita ad arrivare all'acqua, la situazione sarebbe peggiorata in fretta fino a che avrebbe semplicemente chiuso gli occhi e sarebbe morta.

Quel pensiero fu abbastanza per farle scuotere la testa con determinazione.

"No!" Esclamò ad alta voce.

La parola riecheggiò all'interno della grotta, come a prenderla in giro. La disse di nuovo, più forte. "No!"

Poi ancora. "No!"

Una volta buttate fuori tutte le frustrazioni si accorse di essere senza fiato. Si rifiutò di pensare a quanto fosse spacciata, se il mero gesto di urlare la stancava così tanto. Tuttavia, si sentiva meglio...

"Avery?"

Si immobilizzò.

Stava cominciando a sentire le voci? Avrebbe potuto giurare di aver sentito pronunciare il suo nome... ma era assurdo, vero?

"*Avery?*"

Porca miseria, di nuovo! Quella volta Avery era certa che non si trattasse di un'allucinazione.

"Sono qui!" Urlò aggrappandosi alle rocce che dividevano lei e chiunque stesse gridando il suo nome dall'altro capo del muro. "Non lasciarmi! Sono qui!"

———

Rex guardò Phantom ed entrambi si piegarono a prendere un'altra roccia dalla pila.

"L'hai sentito?" chiese Phantom.

Rex annuì e tutti e due si sporsero verso le pietre davanti a loro.

"No! *No!*"

"Porca puttana!" Esclamò Phantom.

Rex si sporse ancora di più e chiamò: "Avery?"

I quattro uomini trattennero il respiro in attesa di una risposta. Aspettarono di vedere se quella che avevano sentito un momento prima fosse davvero la tenente scomparsa.

Quando non udirono alcun suono, Rex la chiamò di nuovo.

Poi sentirono tutti la risposta allarmata. "Sono qui! Non lasciarmi! Sono qui!"

Rex sentì il cuore battergli fuori dal petto.

"Stiamo venendo a prenderti!" Gridò Rex, poi i quattro uomini cominciarono a spostare freneticamente le pietre, lanciandole in ogni direzione e cercando disperatamente di arrivare alla donna dall'altra parte.

Ci volle fin troppo tempo e a Rex facevano male le mani e la schiena, ma si allungò comunque su un sasso che doveva pesare circa trenta chili, poi sentì una piccola valanga di rocce e detriti cadere dall'altro lato.

Avevano tolto i massi dall'alto verso il basso, cercando di evitare che il mucchio crollasse, annullando ogni progresso fatto. Rex usò le mani per spostare la roccia e pregò che la piccola frana non ferisse Avery più di quanto già non lo fosse. In alto si aprì un piccolo varco. Rex guardò all'interno.

Non vide altro che buio.

Senza distogliere lo sguardo, allungò una mano all'indietro e gridò: "Torcia!"

Dopo pochi secondi, uno dei compagni di squadra gli aveva messo in mano una torcia a stilo. Era piccola, ma il raggio di luce che emanava era sorprendentemente forte. Rex l'accese e puntò il fascio nel buco.

Quello che vide per poco gli tolse il fiato.

Avery Nelson era in ginocchio, dall'altra parte del muro di pietre. Si era girata in modo da coprire gli occhi davanti al raggio di sole che filtrava dall'apertura che avevano creato, anche per via della luce della torcia. Avery era ricoperta di sporcizia da capo a piedi e pesava almeno dieci chili in meno dell'ultima volta che Rex l'aveva vista, ma era viva. Al momento era l'unica cosa di cui gli importava.

Rex mosse la torcia in giro per la grotta e vide delle rocce, alcune erano allineate ordinatamente lungo i bordi della zona dove Avery se ne stava in ginocchio, altre erano sparpagliate in giro. Sembrava che anche lei stesse facendo la stessa operazione in cui erano impegnati lui e gli altri: rimuovere le pietre una alla volta. Rex non era sorpreso del fatto che Avery non fosse rimasta in un angolo a piangere, semplicemente in attesa di essere salvata. Stava facendo di tutto per salvarsi da sola. Il SEAL sapeva che prima o poi ce l'avrebbe fatta, aveva già fatto molti progressi da sola.

"Avery?" la chiamò, erano passati diversi minuti e ancora non si era mossa.

Lei annuì ma non lo guardò e non si tolse le mani dal viso. Rex si sentì un idiota e abbassò la luce della torcia cosicché non la colpisse in faccia. La luce del sole continuava a filtrare nella grotta, ma almeno non la stava intenzionalmente accecando. Si girò verso Phantom. "Devo entrare qui dentro."

"Lei sta bene?" gli chiese l'amico.

"Non lo so, ma non mi sembra in gran forma."

Rocco, Gumby e Phantom annuirono e cominciarono a togliere altre rocce dall'apertura. Dopo cinque minuti l'avevano reso abbastanza grande da farci passare Rex.

"Non mi piace," disse Rocco. "L'ultima cosa di cui abbiamo bisogno è che vengano giù altri sassi e seppelliscano *entrambi* lì dentro. Portala fuori di lì, così possiamo andarcene da questa maledetta montagna."

Rex annuì, poi si voltò sulla pancia e infilò le gambe nel buco scivolando all'indietro. S'intrufolò piano e sentì dei piccoli sassi cedere mentre si addentrava nella grotta.

Gli ci volle un momento per abituare gli occhi all'oscurità. Anche se la luce del sole gli permetteva di vedere, dietro il muro di rocce era ancora buio pesto rispetto a fuori. Si chinò e posizionò la torcia a terra, rivolta verso l'alto in modo che illuminasse maggiormente l'area intorno a lui e permettendogli di valutare meglio le condizioni di Avery e la situazione in generale.

Da vicino sembrava ancora più malridotta di quando l'aveva vista dal foro che avevano aperto in cima alla pila di rocce. Era molto pallida, aveva i capelli bagnati e sciolti intorno alle spalle. Aveva il viso coperto di lividi, un labbro spaccato e Rex notò che sulle braccia aveva delle impronte di dita.

Come gli avevano anticipato, non portava scarpe e intorno a una caviglia vi era legato una catena di metallo. Aveva le unghie rotte e malconce, incrostate di sporco. Anche la maglietta color verde oliva che indossava era sporca e strappata, ma Rex fu sollevato nel vedere che la camicia e i pantaloni che portava sotto erano ancora intatti.

Avery cercò di guardarlo dalla sua postazione a terra, ma gli occhi erano stretti in fessure talmente piccole che il SEAL non pensava potesse vederci molto.

"So che c'è troppa luce, ma dai tempo agli occhi di abituarsi," le disse.

"Non vedo una luce da... beh, non so nemmeno da quanto, ma mi sembrano settimane."

Rex non riuscì a trattenersi e le prese una mano tra le proprie. Lei si aggrappò a lui come se fosse l'unica cosa che la separava da morte certa. Rex pensò che potesse essere effettivamente così.

"Sei ferita? Riesci a stare in piedi?" le chiese. Rex doveva portare entrambi fuori di lì, non solo perché vederla in quella situazione lo faceva stare male, ma perché sapeva che in ogni momento qualcuno avrebbe potuto fare ritorno alla grotta per controllare la prigioniera e assicurarsi che fosse ancora dove l'avevano lasciata.

"No e sì," rispose lei, poi si mise in ginocchio e si preparò ad alzarsi. Non aveva ancora lasciato la presa sulla mano di lui e Rex non aveva intenzione di suggerire che lo facesse. L'aiutò ad alzarsi e quando barcollò il SEAL si rese conto di quanto fosse debole.

"Scusami," mormorò lei.

"Non scusarti," ribatté Rex in tono un po' troppo brusco. "Hai mangiato qualcosa?" le chiese in maniera coscienziosamente più dolce.

"Non proprio, non penso che le croste di pane ammuffite e stantie che mi hanno lanciato per divertirsi contino", scherzò Avery.

"Come diavolo fai a reggerti in piedi?" chiese più a se stesso che a lei.

"Sono testarda," gli rispose Avery. "Magari non mi hanno dato da mangiare, ma mi hanno abbandonata in una grotta con una personale fonte acquifera." Indicò un punto dietro di lei. "Sul retro scende un piccolo rivolo d'acqua, ho cercato di idratarmi il più possibile."

"Brava ragazza." Quelle parole erano un tantino scioviniste, ma Rex non era riuscito a trattenersi. Rimaneva sempre più impressionato ogni secondo che passava con quella donna. In California, Rex si era già accorto che Avery gli piaceva per il suo sorriso, per il suo aspetto fisico e perché era intelligente, ma come stava scoprendo rapidamente, lei aveva nel profondo una grande forza che era molto più attraente del colore dei capelli o di quanto fossero dritti e bianchi i suoi denti.

"Se riesci a non farmi cadere, sono pronta a uscire di qui," affermò Avery.

Rex le si avvicinò e le cinse la vita con un braccio. "Posso?" le chiese; non avrebbe voluto contribuire ai ricordi orribili che avrebbe potuto avere del tempo passato in prigionia.

Avery annuì e lo cinse a sua volta, tenne la testa bassa e si aggrappò alla camicia di Rex con una forza sorprendente. "Ehi, guarda... siamo dell'altezza giusta per vincere una gara di corsa su tre gambe," scherzò.

Rex ridacchiò. Non era proprio una risata, in un momento del genere non ci sarebbe riuscito, ma era d'accordo con le parole di Avery. I loro corpi si affiancavano perfettamente. Rex fece avvicinare entrambi all'apertura da cui aveva fatto ingresso nella cava.

Avery fece del suo meglio per guardare attraverso il buco strizzando gli occhi verso la luce brillante all'esterno, ma era ovvio che stesse soffrendo.

"Aspetta un attimo," le disse lui, poi alzò la testa e vociò: "Phantom?"

"Sono qui," gli rispose l'amico.

"Mi servono i tuoi occhiali da sole."

Senza dire una parola, una mano lanciò un paio di occhiali da sole nel buco. Rex li prese e li porse ad Avery. "Ecco, questi aiuteranno i tuoi occhi ad abituarsi." Glieli fece indossare e le spostò i capelli dietro le orecchie.

La sentì sospirare di sollievo. "Grazie, non hai idea di come..." Quando finalmente lo guardò in faccia, le parole le morirono in gola.

"Che c'è?"

"Cole?" sussurrò lei.

Rex si mise davvero a ridere, non riuscì a trattenersi. "Accidenti, è passata una vita dall'ultima volta che qualcuno mi ha chiamato così. Come fai a sapere il mio nome?"

Avery scrollò le spalle. "Potrei aver chiesto in giro, oppure no," ammise liberamente.

"Puoi chiamarmi Rex," le disse, lusingato dal fatto che Avery volesse sapere di più sul suo conto. Sapeva che non avrebbe potuto sapere più di qualche semplice informazione. Per via delle autorizzazioni top secret e della segretezza che circondava i SEAL, Rex sapeva che tutto ciò che veniva detto su di lui non poteva andare oltre il superficiale.

"Grazie, ma penso di preferire Cole. Non ci credo che sei qui," disse dolcemente lei. Rex non riusciva a vedere gli occhi di Avery dietro le lenti scure degli occhiali da sole, ma poteva sentire comunque su di sé lo sguardo della ragazza.

"Ti va di uscire insieme, qualche volta?" sbottò lei.

Rex sapeva di avere la bocca spalancata ma non poteva credere a ciò che aveva appena sentito.

"Voglio dire..." Davanti allo stupore evidente di lui, lei cominciò a farfugliare. "Io... Io mi ero fatta una promessa, che se fossi riuscita a scappare da questo buco nella montagna mi sarei presa ciò che volevo."

"E quello che volevi ero io?" Rex non riuscì a non chiederlo.

La vide arrossire, una bella visuale. Era troppo pallida per i suoi gusti. Avery scrollò le spalle. "Sì."

"Devi sapere che avrei voluto prendermi a calci da solo per essermela fatta sotto e non averti chiesto di prenderci un caffè prima che partissi," le disse onestamente Rex.

Si sorrisero per un lungo e silenzioso momento, poi Avery barcollò un pochino e Rex si ricordò immediatamente di dove si trovassero e di cosa diavolo stessero facendo.

"Va bene, tu dovresti passarci bene, sei molto meno grossa di me," le disse Rex. "Ti darò una spinta, metti le braccia nel buco mentre ti sollevo e i miei compagni di squadra dall'altra parte ti prenderanno e faranno tutto il resto. Io ti aiuterò da questo lato, assicurandomi che non ti graffi tutta da capo a piedi uscendo, va bene?"

Avery annuì. Allentò la presa sulla mano di lui e si avvicinò all'apertura. Sollevò un piede e lui l'afferrò saldamente, poi la sollevò lentamente. Avery fece sparire le braccia nel buco da cui Rex si era calato e dopo pochi secondi stava venendo trascinata fuori dagli altri.

Rex recuperò la torcia e le fu di nuovo al seguito: il processo di estrazione dalla grotta fu molto più veloce di quello d'entrata, dal momento che gli altri erano lì per tirarlo fuori.

Il secondo dopo essersi liberato dalle macerie, fece un passo verso Avery, che era in piedi accanto a Phantom. L'amico le cingeva la vita con un braccio e sembrava che la stesse tenendo letteralmente in piedi.

La passò in rassegna da capo a piedi per esaminarla. Era molto più magra di quando era partita. I lividi che aveva sul corpo sembravano molto più visibili alla luce del sole, rispetto all'oscurità della grotta. Sicuramente l'avevano picchiata. Si teneva una mano su un fianco e con l'altra si reggeva all'altezza della vita al giubbotto mimetico di Phantom.

La situazione era stata tranquilla durante tutto il processo di estrazione, ma nel momento in cui erano usciti la voce di Bubba prese a risuonare dalla radio. "Sembra che presto avremo compagnia," disse.

"Merda, quanti?" gli chiese Rocco.

"Due camion con un numero sconosciuto di terroristi," gli rispose Bubba. "Non si stanno scapicollando su per la collina ma non stanno nemmeno facendo la passeggiata della domenica. Immagino che qualcuno li abbia informati che fossimo qui per la tenente e che stiano venendo a controllare che sia ancora in trappola."

"È ferita," disse Gumby. "Avremo bisogno di essere prelevati."

Prima che il loro compagno di squadra riuscisse a rispondere, Avery disse decisa: "Posso camminare."

"Tenente Nelson..." cominciò Gumby, ma lei lo interruppe.

"Posso. Camminare." Ripeté lei scandendo bene le parole. "L'ultima cosa di cui abbiamo bisogno è un elicottero che venga a prenderci. Nel convoglio c'erano anche dei missili e dei lanciarazzi. Non esiteranno a usarli per abbatterci, faremo meglio a dileguarci a terra. Se non possono vederci, non possono ucciderci."

Avery aveva ragione, ma Rex sapeva di star pensando lo stesso degli altri. "È vero, ma la domanda riguarda più il tuo stato fisico. Sei stata prigioniera per due settimane, non sei per niente in forma, non hai mangiato granché, anzi niente. Se non ce la farai sarà peggio di rischiare un'estrazione in elicottero."

Avery si portò lentamente una mano al viso e toccò gli occhiali. Se li tolse e piegò la testa di lato per guardare Rex negli occhi. Lei strizzava ancora i suoi, era chiaro che la luce del sole fosse ancora dolorosa, ma non si tirò indietro. "Col cavolo che quei bastardi riusciranno a uccidermi, dopo tutto quello che ho passato. Ammetto di essere debole e sarà sicuramente difficile, specialmente senza scarpe, ma per come mi sento adesso potrei correre giù per la montagna a piedi nudi, se è questo che ci vuole per scappare da loro."

Sempre più impressionato dalla forza d'animo di quella donna, Rex annuì una volta, poi si voltò verso Gumby. "Trovaci un percorso che non includa le strade. Ha ragione lei, non abbiamo bisogno di essere annientati dalle nostre stesse armi. Non sono contrario a rischiare un salvataggio in elicottero ma non ora, non qui."

"Rex," cominciò Rocco in un tono che faceva trasparire chiaramente che non fosse d'accordo con la decisione presa, ma Rex lo ignorò.

Annuì a Phantom, poi lo spinse via e cinse la vita di Avery con il proprio braccio. La squadra sapeva quanto ci tenesse a lei. Magari non erano una coppia, ma gli altri sapevano che lui era interessato a lei da prima che partisse. Il fatto che fosse stata in pericolo e che l'avessero picchiata non aveva fatto altro che rafforzare gli istinti protettivi di Rex.

Anche lui sapeva che Avery piaceva già anche agli altri.

L'avevano vista in azione durante la settimana di orientamento, quando aveva curato in modo professionale tutti gli infortuni degli aspiranti SEAL. Tuttavia, vedere la forza e la determinazione di Avery di fronte all'evidente dolore che provava le aveva solo fatto guadagnare ulteriore rispetto e ammirazione.

Rex l'accompagnò a un masso e l'aiutò a sedersi. "Camminare su queste rocce e sabbie bollenti fa un male cane," le disse, poi aprì lo zaino e ci frugò dentro. "Che ne dici di indossare un paio di calzini e di stivali?"

Avery aveva indossato nuovamente gli occhiali, ma lo guardò a bocca aperta.

"Avevamo tutte le intenzioni di trovarti, tenente," le disse Rex. "Tuttavia non sapevamo in che condizioni saresti stata, quindi abbiamo pensato a più opzioni. Scarpe, camicia, pantaloni... chiedi e ti sarà dato." Frugò ancora un po' e tirò fuori un paio di tronchesi. Le sollevò il piede con il bracciale di metallo e si mise al lavoro per liberarla da quel ferro arrugginito.

Una volta finito, le guardò la caviglia. Era irritata e sanguinava a causa del metallo che le aveva sfregato sulla pelle. Sembrava che avesse usato un pezzo di stoffa della maglietta per evitare il contatto, ma che a un certo punto fosse andato perso.

"Non è così male," disse Avery.

Rex la guardò e aggrottò la fronte.

"Dico sul serio, avrebbe potuto essere molto peggio. Sono contenta che il cuscinetto che ho usato abbia funzionato almeno un po'."

Rex scosse la testa e si affrettò a pulirle i tagli con una benda imbevuta di alcool. Lei fece una smorfia ma non si sottrasse alla presa, si lasciò disinfettare al meglio che poteva.

"Dobbiamo darci una mossa," li avvertì Gumby.

Rex annuì e infilò ancora una volta la mano nello zaino.

Ne estrasse una bustina e lo allungò ad Avery. "Fino a quando non saremo lontani da qui, questo è il meglio che posso fare. Non mentivi riguardo l'acqua che hai bevuto, vero?"

La ragazza scosse la testa. "No. Mi sono costretta a bere il più possibile."

Rex annuì. "Bene. Questo è un gel proteico ipercalorico. Contiene anche degli elettroliti e dei carboidrati per darti una breve scarica di energia."

Avery lo prese e lo studiò per un momento.

Rex sapeva che non avevano molto tempo, quindi prese uno dei calzini che aveva tirato fuori. Avrebbe preferito lavarle i piedi prima di farle indossare gli stivali, ma per quello avrebbero dovuto aspettare.

"Io... grazie," gli disse Avery.

Rex annuì. "Ne ho molti altri nello zaino, quindi quando pensi che il tuo corpo possa tollerarlo, dimmelo e te ne darò un altro."

Avery faticò ad aprire la bustina di gel, così Phantom si allungò per aiutarla. Quando glielo porse di nuovo lei lo ringraziò e se lo portò alla bocca.

Proprio quando Rex finì di legarle la seconda scarpa, Avery ebbe un conato di vomito. Aveva ingerito circa metà bustina e stava cercando di ingoiare anche il resto.

"Piano, Avery. Niente fretta."

Mentre lui l'aiutava ad alzarsi, le tremavano le mani. "Mi dispiace," gli disse. "È solo che... mi si chiude la gola e non riesco a deglutire."

"Non mi sorprende," disse Rex. "Ci vorrà un po' di tempo prima che il tuo corpo si abitui a mangiare di nuovo, ma più riesci a ingerirne meglio è."

Avery annuì. "Lo so, ci sto provando."

Rex era fiero di lei. "Come vanno gli stivali?"

Lei inspirò profondamente, alzò un piede e poi l'altro per testare la comodità delle scarpe.

"Bene," disse dopo un momento. "Molto meglio che camminare sulle rocce e sul terriccio."

"Dobbiamo andare," disse Gumby in tono di avvertimento.

"Ho una maglia a maniche lunghe da darti," disse Rex ad Avery, "ma dovrai aspettare fino a che non saremo in un posto più sicuro." Si rimise lo zaino in spalla e allungò una mano verso Avery. Le cinse la vita per sorreggerla e voltò entrambi fino a che non si allontanarono dalla grotta. Sarebbero dovuti scendere per il pendio dall'altro lato della strada. Non avrebbero potuto usare il sentiero senza incontrare i ribelli.

"Ti farò camminare, a meno che non sia pericoloso per la missione," le disse Rex. "Se arriveremo a quel punto, potrei doverti prendere in braccio e correre. Non urlare, va bene?"

La guardò annuire. Rex non riuscì a capire se fosse contenta o meno dell'idea, ma non protestò.

"Mi fanno un po' male le costole," lo avvertì. "Non sono rotte, ma decisamente deboli."

Rex odiava quella situazione, ma annuì. "Farò più attenzione che posso, ma se dobbiamo muoverci velocemente è probabile che potrei farti del male anche involontariamente."

"Meglio te di loro," gli rispose Avery tranquillamente.

Ancora una volta il rispetto del SEAL per quella ragazza crebbe. Era ovvio che avesse passato l'inferno, ma stava facendo del proprio meglio per rendere le cose più semplici possibile a tutti quanti.

"Forza, andiamocene via di qui," le disse.

Dopo pochi secondi, erano fuori portata dalla strada e dalla grotta dove Avery aveva trascorso due settimane come prigioniera. Se avessero avuto più tempo, probabilmente avrebbero provato a ricoprire il buco che avevano aperto per far credere ai rapitori che lei fosse ancora lì dentro. Invece avrebbero visto a colpo d'occhio che se n'era andata. Purtroppo non si poteva fare nulla.

Rex guardò Avery e la vide mordersi un labbro mentre l'aiutava a scendere il ripido versante della montagna. Era ovvio che stesse soffrendo, ma stava facendo di tutto per essere d'aiuto e non un ostacolo.

Quando sentirono il rumore dei camion, avevano appena raggiunto il fondo della montagna, Rocco e Gumby cominciarono a muoversi più velocemente davanti ad Avery e Rex, che rafforzò la presa sulla vita della ragazza. Nel deserto non c'erano tanti posti dove nascondersi, ma a ogni passo in cui Avery non si lamentava o gemeva, Rex si riprometteva di fare qualsiasi cosa pur di riportarla sana e salva a casa, in California.

CAPITOLO QUATTRO

Avery strinse i denti e in qualche modo riuscì a trattenere le urla di dolore. Ogni passo era un'agonia. Le facevano male le costole, i piedi, gli occhi. Accidenti, anche le ossa. Era sopraffatta dal retrogusto del gel energetico che aveva provato a ingoiare, dal momento che non mangiava niente da molto tempo. Era dolce e acidulo allo stesso tempo. Aveva le papille gustative in tilt e il sapore e la consistenza del gel le facevano venire da vomitare. Aveva pensato che rimanere in quella grotta al buio pesto fosse un inferno, ma per qualche ragione quello che stava passando in quel momento sembrava essere peggio.

Non aveva dubbi sul fatto che gli uomini intorno a lei sapessero come riportarla alla base sana e salva, ma in quell'istante avrebbe solo voluto distendersi a terra e piangere.

Era un ufficiale della Marina. Tecnicamente era di grado superiore a tutti i SEAL che erano venuti a salvarla. Non si sarebbe comportata come una debole davanti a loro, specialmente non davanti a Cole.

Avery sapeva bene che lui la stava praticamente portando di peso. Il braccio che le teneva intorno alla vita trasportava così tanto del suo peso che a malapena lei toccava con i piedi per terra. Probabilmente era positivo, visto che Avery si sentiva traballante e debole e non sapeva se sarebbe riuscita a camminare da sola, nonostante insistesse sul contrario.

La luce del sole le disturbava ancora parecchio la vista. Gli occhiali aiutavano, ma tutto il resto era ancora troppo luminoso perché lei potesse guardarlo in maniera confortevole.

Essere un'infermiera era al contempo una benedizione e una maledizione. Voleva dire sapere esattamente quanti abusi il corpo avrebbe potuto sopportare pur continuando a funzionare, ma significava anche essere ben al corrente di ogni dolore e fastidio e di cosa significassero.

Lo stomaco le si era probabilmente ridotto a una frazione delle normali dimensioni, a causa della mancanza di cibo. Era probabile anche che avesse delle costole rotte. I graffi intorno alle caviglie, dovuti alle catene, avrebbero potuto causare delle infezioni che avrebbero a loro volta potuto raggiungere il sistema circolatorio. Sicuramente aveva sofferto una commozione cerebrale a causa della ferita inferta nell'attacco iniziale al convoglio, quando la clinica era crollata. Inoltre, non voleva nemmeno pensare a tutti i parassiti che poteva aver assimilato bevendo l'acqua nella grotta.

Eppure era viva.

Avery la considerava una vittoria.

E al momento aveva quattro, no, sei SEAL che la stavano aiutando a scappare.

Era sicuramente meglio che doversi aggirare da sola nel deserto evitando i ribelli.

"A cosa pensi, tanto intensamente?" le chiese Cole.

Avery scrollò le spalle e si concentrò nel mettere un piede davanti all'altro. Un passo alla volta. Proprio come aveva fatto con le pietre. Tutto quello che doveva fare era andare avanti e sarebbe stata ricompensata arrivando al sicuro alla base.

"Niente di che," gli rispose lei. "In parte a quanto sono

fortunata... Che quando mi hanno presa non mi importava altro che sopravvivere. Non importava il mio lavoro, le altre ansie inutili, il mio genere, il mio grado o niente di tutto ciò. Si trattava solo di sopravvivenza."

"Sai di essere nostra superiore di grado," le disse Phantom da dietro.

Gli altri SEAL erano tutti a ore sei e stavano scendendo la collina allontanandosi dalla grotta. Avevano capito il momento in cui i ribelli si erano resi conto che la fuggitiva fosse scappata, perché avevano iniziato a urlare. Avery si era voltata indietro per guardare in su una sola volta, ma Phantom l'aveva rimproverata.

"Mai guardarsi indietro, non puoi cambiare nulla sul fatto che i cattivi ti stiano inseguendo. Devi rimanere concentrata su ciò che hai davanti. Posti in cui potresti nasconderti o oggetti che potresti usare per ripararti, se necessario."

Aveva ragione. Guardare indietro non faceva altro che farti inciampare, in più di un modo.

All'osservazione di Phantom, Avery scrollò le spalle.

"Non vuoi cominciare a darci ordini a destra e a manca?" le chiese.

Avery si voltò per guardarlo e cercò di capire il tono usato. Decise che non fosse in cerca di rogne. Phantom stava semplicemente facendo una domanda... anche se sembrava celare altro.

"Perché dovrei farlo?" gli domandò lei.

Phantom non rispose ma la guardò fissa con un paio di occhi marroni.

Avery fu improvvisamente grata che gli occhiali da sole le nascondessero lo sguardo, le sembrò che, senza occhiali, Phantom avrebbe potuto leggerle dentro più del dovuto, poi sospirò e si girò di nuovo per guardare avanti. Si dovette appellare a ogni briciolo della propria forza per mettere un piede davanti all'altro e non inciampare. Non che Cole l'avrebbe fatta cadere, ma Avery non avrebbe voluto tentare la sorte.

"Voi avete molta più esperienza di me nelle fughe. Siete più forti e anche in condizioni fisiche migliori, al momento. Voi fate questo di lavoro. Se ci trovassimo in una situazione di battaglia e fossimo stati colpiti, allora avrei sicuramente preso il comando e avrei cominciato a darvi ordini. So che avete tutti un addestramento in medicina, ma sono sicura al cento per cento che le mie conoscenze sorpassino di gran lunga le vostre, in quel campo. In questo momento sarei un'idiota a usare il mio grado superiore per darvi ordini. Mi farebbe sembrare una stupida e voi perdereste tutto il rispetto che potreste avere nei miei confronti. State pur certi che finché non saremo alla base, al sicuro dagli stronzi che hanno fatto del loro meglio per distruggermi e seppellirmi viva, io sarò solo Avery, non la tenente Nelson."

Avery lanciò uno sguardo a Phantom. Era stata la cosa giusta da dire.

Il SEAL rilassò leggermente le spalle e abbandonò un po' di quell'atteggiamento difensivo. Annuì e si allontanò leggermente per dare a lei e Cole un po' di spazio.

"Cosa gli è preso?" sussurrò Avery.

"Mi fido al cento per cento di Phantom," le disse Cole. "Se dovessi scegliere solo uno dei miei compagni SEAL affinché mi coprissero le spalle, sceglierei lui. Tuttavia, non ha avuto una vita facile. Da quello che ho capito, la sua infanzia è stata un inferno. Ha vissuto con la madre e la zia, entrambe estremamente violente. Non si fida facilmente, specialmente delle donne. È un po' troppo schietto a volte e ciò rischia di farlo finire nei casini. Quello era il suo modo di tastare il terreno con te."

"Se gli avessi ordinato di fare qualcosa, l'avrebbe fatto?" gli chiese Avery.

Cole scrollò le spalle. "Dipende."

"Da cosa?"

"Se era qualcosa che aveva già intenzione di fare."

Avery non riuscì a trattenere una risatina. "Giusto."

Cole le sorrise. "Ma dico sul serio, è un brav'uomo. Non ha permesso alla sua infanzia di rovinargli il sogno di diventare un SEAL della Marina. È bravissimo nel suo lavoro e so senza ombra di dubbio che farebbe qualsiasi cosa per metterti in salvo."

Avery annuì. Era esattamente ciò che aveva bisogno di sentirsi dire. "Vi ho visti addestrarvi," gli disse. "So che siete il meglio del meglio. Io farò del *mio* meglio per rendervi il lavoro più semplice, non più difficile."

"Lo apprezziamo. Dobbiamo..."

Cole venne interrotto bruscamente da un grido proveniente dalla strada sopra le loro teste.

"Vi hanno visti," confermò Ace via radio.

"Non mi dire," commentò Rocco.

Senza proferire parola, Cole rafforzò la presa su Avery e la sollevò da terra in modo che i piedi non le toccassero il suolo. Era una posizione scomoda, dal momento che lei gli era incollata al fianco, ma lui non corse molto lontano. Si accucciò dietro un grande masso e Avery si accasciò sulle ginocchia accanto a lui. Fece del proprio meglio per respirare nonostante il dolore che le perforava il fianco per via della presa forte sulle costole.

Cole si tolse lo zaino e lo allungò a Phantom, che era inginocchiato accanto a lui. L'altro allungò le braccia negli spallacci, in modo che gli cadesse davanti sul petto. Lo strinse a sé per le cinghie e annuì verso Cole.

Cole si voltò per dare le spalle a Avery e le ordinò: "Sali sulla mia schiena."

Avery guardò prima lui poi Phantom, poi di nuovo Cole. Avrebbe voluto protestare, dire che era troppo pesante, troppo alta, troppo... qualcosa, ma non avrebbe fatto altro che rallentarli. Si avvicinò e si aggrappò attentamente alla schiena del SEAL.

"Tieniti forte," l'avvertì Cole. "Potrei non riuscire a tenerti, a volte, quindi dovrai fare del tuo meglio per rimanere attaccata. Usa le gambe per agganciarti ai fianchi e qualsiasi cosa tu faccia, non mi strangolare con le braccia. Puoi mettermele al collo, ma non tagliarmi l'ossigeno, capito?"

Avery annuì. Quella situazione non le piaceva, per niente. Eppure aveva appena finito di dire che non li avrebbe messi in discussione, in più sapeva che erano loro gli esperti in materia. Se Cole voleva che lei gli si abbarbicasse addosso come una scimmietta, Avery l'avrebbe fatto.

"Prima che tu lo chieda, pesi meno del mio zaino, quindi non è un problema per me, va bene?"

Avery annuì e quando lui si alzò regolò la stretta rimanendo piegata in avanti in modo da essere nascosti dal masso.

"Cosa stanno facendo?" chiese Rocco ad Ace.

"Sembra che siano diretti giù per la collina per cercare voi. Andatevene da lì, cazzo," disse loro Ace.

"Se sono così su di giri per assicurarsi che tu sia morta, perché non ti hanno uccisa prima di far saltare in aria la grotta?" chiese Phantom.

Era una domanda che si era posta anche Avery. Aveva un'idea abbastanza chiara del perché, ma quello non era esattamente il luogo e il momento adatto per mettersi a parlarne.

"Dobbiamo dividerci," disse Rocco. "Io e Gumby andremo a est, verso la base. Tu e Phantom portate la tenente e andate a ovest, verso il fiume. Penseranno automaticamente che Avery si stia dirigendo alla base. Tra la distanza e tutti i nostri zaini non capiranno facilmente in che gruppo si trovi. Dovranno dividersi per seguire entrambi. Se abbiamo un po' di fortuna, se terrà la testa bassa gli sembrerà uno zaino, almeno per un pochino. Ci terremo in contatto e pianificheremo un salvataggio. Immagino che avremmo dovuto rischiare di prendere l'elicottero, ma ora è troppo tardi. Pronti?"

Annuirono tutti.

Avery avrebbe voluto dire che *non* era pronta. Che sarebbe voluta tornare alla base, simbolo di sicurezza. Non voleva più allontanarsi dalla base. Tuttavia, rimase in silenzio. Era ben consapevole che quegli uomini stessero rischiando la loro vita per lei. Odiava quel fatto tanto quanto ogni altra cosa. Se fosse capitato loro qualcosa, si sarebbe sentita responsabile. Era stupido, non si era certo rapita da sola, ma la sensazione continuava a persistere.

"State attenti," disse piano prima che Rocco si voltasse.

Lui le sorrise. "Sempre. Ho una moglie che mi aspetta a casa. Niente mi impedirà di tornare da lei."

"Al mio tre," disse Cole. "Uno. Due. *Tre*."

Sull'ultima parola, i quattro uomini cominciarono a correre. Rocco e Gumby si diressero a est mentre Phantom e Cole a ovest, come programmato.

Avery tenne la testa abbassata e si aggrappò a Cole con tutte le forze mentre lui correva. Le riusciva difficile credere a quanto agilmente e velocemente riuscisse a muoversi con lei sulla schiena. Phantom gli stava dietro, Avery pensò che fosse per coprire lei, visto che in quella posizione era del tutto esposta.

Svoltarono a destra e a sinistra utilizzando ogni masso disponibile come copertura durante la corsa. Avery fece del suo meglio per essere il meno possibile di peso. Si concentrò per non soffocare Cole e sentì le cosce tremare mentre gli stringeva i fianchi.

Si sentivano urla provenire da dietro e da sopra, ma né Cole né Phantom rallentarono. Avery cominciò a sentirsi male per il troppo sballottamento, così chiuse gli occhi. L'ultima cosa che avrebbe voluto era vomitare su Cole. Non che avesse qualcosa da rimettere, nello stomaco, fatta eccezione per un paio di sorsi di quel gel proteico che era riuscita a ingoiare.

Li sentiva curvare sempre di più e quando aprì gli occhi vide che il clima austero del deserto aveva lasciato il posto a un terreno più verde.

Più si avvicinavano al fiume, più alberi incrociavano, tuttavia non allentarono il passo. Avery era impressionata dalla velocità della corsa dei due uomini. Riusciva a malapena a sentire Cole ansimare. Non avrebbe dovuto stupirsi; lei stessa aveva visto di prima mano quanti addestramenti avevano sopportato. Correre nella sabbia e lunghe mezze maratone erano normali per loro, però non doveva essere semplice correre con una persona sulle spalle, o per Phantom farlo con due zaini.

"Sai nuotare?" le chiese Cole correndo.

Merda. "Sì," gli rispose Avery. Non le piaceva, ma sapeva farlo. Quando aveva deciso di arruolarsi in Marina, si era costretta a imparare qualcosa in più della nuotata a cagnolino, per sicurezza. Le era sembrata una mossa intelligente. "Ci stanno seguendo?"

"Sì, Bubba e Ace sono riusciti a tracciarli fino a che non si sono divisi, proprio come pensavamo che avrebbero fatto. Per qualche ragione sono molto determinati e non hanno abbandonato l'inseguimento. Abbiamo una dozzina di ribelli alle calcagna, dobbiamo per forza liberarcene. Dovremo bagnarci un po'."

"Un po'?" gli chiese Avery cercando di ignorare la parte riguardante i dodici uomini che stavano cercando di trovarli e ucciderli.

Cole ridacchiò. "Sì, solo un pochino."

Corsero per qualche altro minuto prima di fermarsi lungo un fiume piuttosto largo. Avery sapeva che era lo stesso usato dagli abitanti del villaggio per attingere acqua, per lavarsi e

fare il bucato. Non avrebbe voluto avvicinarvisi ma ovviamente non aveva scelta.

Cole si inginocchiò e le picchiettò sulle gambe. Lei scese a
terra e sarebbe caduta come un sacco di patate, se non fosse
stato per Phantom, che l'afferrò e la tenne dritta.

"Grazie," borbottò lei, che poi cercò di stabilizzarsi sulle
ginocchia per rimanere in piedi.

Cole le prese l'altro braccio e Avery stette a sentire lui e
Phantom discutere brevemente della possibilità di entrare in
quell'acqua che scorreva velocemente o provare a scampare ai
ribelli a piedi. Il suono di uno sparo decise per loro. Cole
prese il proprio zaino dalle spalle di Phantom, se lo mise
addosso e si diresse verso il fiume.

Avery non sarebbe voluta andare in acqua, ma non aveva
altra scelta. Non voleva nemmeno tornare tra le grinfie degli
uomini che l'avevano picchiata e lasciata a morire. Pensava di
aver già usato il suo unico lasciapassare con loro e se le avessero messo di nuovo le mani addosso, i tempi passati sarebbero stati una passeggiatina nel parco al confronto.

"Tieni i piedi uno davanti all'altro e lascia che la corrente
faccia tutto il lavoro," la istruì Cole mentre entravano in
acqua. "Ti starò accanto per tutto il tempo. Se ti dico di
abbassarti, prendi un bel respiro e vai sott'acqua, capito?"

"Capito," gli confermò Avery. Tremava per la paura e per
l'adrenalina, ma non esitò a calarsi nell'acqua al fianco di
Cole. Si guardò indietro e vide Phantom sulla riva con il fucile
puntato tra gli alberi da dove erano venuti.

"Lui non viene?" chiese Avery in uno stato di quasi panico.

"Sì, una volta che ci saremo allontanati dalla riva."

L'acqua era tiepida e per niente rinfrescante come aveva
sperato Avery, ma dopo pochi secondi la temperatura diventò
l'ultimo dei problemi. Un momento prima stava galleggiando
pigramente vicino alla sponda, quello dopo Cole le aveva
afferrato un braccio per attirarla vicino alla corrente rapida.

Avery volò immediatamente in avanti, trattenendo il respiro quando l'acqua le ricoprì per un istante la testa.

Ne uscì sputacchiando, poi si sistemò, puntò i piedi nella stessa direzione della corrente e si mise quasi a sedere nell'acqua. Fortunatamente era in grado di galleggiare da sola e non dovette lavorare molto per impedirsi di affondare. Percepì il braccio di Cole su un fianco, così guardò a sinistra. Si era messo tra le lei e i ribelli e la teneva stretta in modo che non venisse risucchiata dal centro del fiume.

Cole aveva un'espressione seria che rassicurò Avery. I capelli lunghi e scuri gli erano finiti negli occhi e lei si chiese come facesse a vederci. Si rese anche conto che probabilmente non era messa meglio. Si era sentita in colpa quando la prima volta che era finita sott'acqua aveva perso gli occhiali da sole, ma non aveva avuto tempo di piangere la scomparsa di quegli occhiali, perché Cole si era voltato e aveva gridato: "Tieniti forte!"

Avery si era voltata e aveva sussultato. Davanti a loro c'era un lungo lembo di acqua bianca, del tutto spaventosa dal punto di vantaggio della corrente in cui si trovava lei. In passato aveva già fatto rafting ed era stato divertente, esilarante, ma senza un gommone e una guida in grado di indirizzarli tra le rapide sarebbe stato terrificante.

Più o meno come si sentiva in quel momento.

"Ti tengo io," le disse Cole un secondo prima che colpissero l'acqua turbolenta.

Avery si sentiva come un sughero a mollo, fece del suo meglio per mantenere la testa fuori dalla superficie e i piedi davanti a sé. Nella discesa, il sedere le colpì diverse rocce, ma lei percepì a malapena i colpi per via di tutti gli altri dolori e dell'adrenalina che le scorreva nelle vene.

Proprio quando pensava che avessero superato la parte peggiore delle rapide, Avery sentì Cole imprecare al suo fianco. Si voltò a guardarlo mentre lui l'allontanava il più violentemente possibile e urlava: "Gira intorno a quell'albero!"

Avery si voltò giusto in tempo per vedere un grosso tronco che bloccava la strada. Era rimasto incastrato in alcune rocce e detriti ed era bloccato di traverso sul lato del fiume che stavano percorrendo.

Avery fece del suo meglio per aggirarlo e probabilmente ci sarebbe riuscita, tuttavia quando Cole la lasciò andare cominciò a scivolare sull'acqua molto più velocemente. Lui aveva cercato di liberare il lato sinistro dell'albero ma non ci era riuscito. L'acqua che scorreva vicino al centro del fiume gli colpiva le gambe in maniera violenta, facendogliele sbattere sul tronco e di conseguenza il busto gli si catapultò sull'altro lato. Si aggrappò all'albero cercando di mettersi dritto ma la pressione dell'acqua era troppo forte e lo risucchiava sotto.

Istintivamente, Avery si allungò verso di lui e afferrò il lato destro del tronco poco prima di passare di lì. L'acqua le passò sopra la testa in un torrente così forte che non era sicura di poter reggere. Riuscì a mettersi dritta e guardare lungo il tronco: sgranò gli occhi dal terrore.

Una cinghia dello zaino di Cole era impigliata in uno dei rami dell'albero. Il corpo di lui era parzialmente finito sotto il tronco, ma ora era bloccato dallo zaino. L'acqua gli colpiva la nuca e stava chiaramente facendo fatica a liberarsi. Dopo qualche secondo lo vide alzare la testa e prendere fiato prima di finire di nuovo sotto.

Avery si guardò intorno freneticamente, vide che la corrente aveva già portato Phantom più avanti. Stava lottando contro la corrente per tornare da loro, ma Avery sapeva che sarebbe stato impossibile per lui raggiungerli, con quelle rapide.

Avery usò tutta la forza che aveva per spostarsi lungo il tronco dell'albero, si aggrappò forte e imprecò ogni volta che scivolava. Non stava nemmeno pensando, solo reagendo. Non poteva lasciare lì Cole. Non aveva idea di come avrebbe fatto a liberarsi da solo, altrimenti. Se avesse potuto farlo si sarebbe già disfatto dello zaino, quindi c'era qualcosa che gli impediva di farlo. A meno che il ramo su cui era appeso si rompesse, non sarebbe andato da nessuna parte.

Le sembrò di metterci una vita per arrivare da lui. Ogni centimetro che riusciva a guadagnare lungo l'albero le sembrava un metro. Tremava ancora più forte e sapeva che non avrebbe resistito ancora a lungo. Non si cibava correttamente da troppo tempo perché il corpo potesse essere in grado di sostenere lo sforzo a cui lo stava costringendo.

Quando raggiunse il fianco di Cole, capì che la situazione era urgente. Ci stava mettendo sempre di più a tornare in superficie per prendere aria e Avery vide che stava perdendo le forze. Guardò lo zaino e capì che non c'era verso di spostarlo. La forza dell'acqua lo rendeva il doppio più pesante di quanto già fosse, quindi provare a sganciarlo non avrebbe aiutato.

Rivolse l'attenzione sulla parte del ramo a cui era ancorato. Era lungo solo circa dieci centimetri o giù di lì ma era piuttosto spesso, motivo per cui non si spezzò quando lei gli diede un colpo.

Avery sapeva che l'unica chance di Cole era che lei liberasse lo zaino dal ramo, si spostò fino a mettersi a cavalcioni sul tronco, dando le spalle a Cole. La forza dell'acqua la tenne ferma mentre si sporgeva su un fianco, proprio come aveva sperato di fare.

Riuscì ad alzare una gamba e calpestare il ramo rotto con tutte le forze.

La mossa le fece muovere le costole provocandole un dolore fortissimo, ma il ramo non si spezzò

Avery imprecò, poi lo colpì ancora. E ancora.

L'acqua che scorreva sopra all'albero le schizzò in faccia, impedendole di fare quando voleva il respiro a pieni polmoni di cui aveva bisogno. Sapeva che il tempo di Cole stava per scadere, così girò la testa lontana dall'acqua in modo da poter prendere fiato e far uscire un piccolo urlo di frustrazione insieme al calcio più potente che riuscì a dare.

Non sentì il rumore secco del ramo che si spezzava ma percepì il tronco su cui era seduta oscillare, poi Cole venne trascinato a valle.

Avery avrebbe voluto piangere sollevata, si forzò di mettersi dritta e scavalcare il tronco per poi lasciarlo andare, lasciando che l'acqua portasse anche lei a valle. Provò a girarsi e mettersi in una posizione quasi seduta, con i piedi nella direzione dell'acqua, ma il corpo era troppo esausto per collaborare. Galleggiò su un lato, tossì e quando l'acqua la colpì più e più volte sul viso, per poco non le andò di traverso.

Dopo qualche minuto, si ritrovò fuori dalle rapide, tuttavia il fiume si muoveva ancora molto velocemente e la spingeva sempre più verso il basso. Avery era disorientata e non aveva idea di dove fossero andati Phantom e Cole. Tutto quello che poteva fare era trattenere il fiato e cercare di non andare a fondo e annegare. Non aveva più forze. Non riusciva nemmeno ad alzare la testa e guardarsi intorno.

Un secondo prima stava galleggiando come uno dei rami solitari intorno a lei, quello dopo qualcuno l'afferrò per il polso e tirò forte.

Avery si lasciò sfuggire un urletto prima di finire con la testa sott'acqua. Non appena andò sotto, la persona le mise un braccio intorno al petto e la tirò verso la riva. Avery si aggrappò al forte avambraccio che le circondava il petto e ci conficcò quanto rimasto delle proprie unghie. Voleva combattere, provarle tutte per salvarsi dall'essere catturata di nuovo, ma il corpo non collaborava.

"Ti tengo io, tenente!" urlò una voce profonda da sopra la testa di Avery.

Ogni muscolo le divenne molle. Era Phantom.

Un secondo dopo ricominciò a lottare. "Cole!" Riuscì a dire tra le onde.

"È al sicuro!" Le urlò Phantom.

Avery si rilassò e si fece trascinare da una riva all'altra del fiume. Quando sentì il braccio di Phantom lasciarla andare, provò a mettersi seduta per aiutarlo ma non ci fu verso. Era del tutto esausta.

Guardò il suo volto preoccupato e sentì la barba gocciolarle addosso mentre si allungava verso di lei, ma dopo ciò, tutto si fece nero.

CAPITOLO CINQUE

Rex guardò Phantom afferrare Avery prima che venisse completamente trascinata via dalla corrente, lontana da loro e di nuovo in direzione verso valle.

Sapeva di essere stato sul punto di morire. Non riusciva a raggiungere il ramo su cui si era impigliato lo zaino e la forza dell'acqua non gli permetteva di girarsi o di tenere la testa al di sopra della superficie per più di qualche secondo per volta. Si stava indebolendo e non sarebbe passato molto prima che non riuscisse più a sollevare la testa fuori dalla corrente.

Poi aveva sentito qualcosa che gli martellava sulla schiena. Ancor prima che lui si rendesse conto che si trattava di Avery, lei aveva già spezzato il ramo che lo teneva ostaggio e Rex si era visto catapultare lungo il corso del fiume. Phantom l'aveva fermato e lo aveva aiutato ad avvicinarsi al punto dove le acque erano più calme, vicino alla riva, poi era andato a recuperare Avery.

Rex aveva seguito il tutto dalla propria posizione e aveva trattenuto il respiro fino a quando Phantom non aveva preso la mano di Avery e aveva cominciato a tirarla verso di sé. Rex non si era reso conto di essere tanto teso, fino a quel momento.

Si lasciò galleggiare fino a Phantom e Avery proprio nell'istante in cui raggiunsero la sponda. Rex non aveva idea di quanto si fossero spinti a valle ma per il momento sarebbe dovuto bastare. Lui e Phantom avevano perso le radio nel vorticare delle acque, ma se ne sarebbero preoccupati più tardi.

Rex vide Avery svenire nel secondo in cui perse conoscenza. Lui si teneva in piedi sulle gambe tremanti e aiutò Phantom a trascinarla sul terreno asciutto. Una volta assicuratosi che Avery stesse respirando e ci fosse battito cardiaco, Rex si concesse un momento per crollare. Si liberò dello zaino sulle spalle e cadde di schiena sulla sponda fangosa del fiume. Phantom fece lo stesso.

"Merda, amico," disse Phantom dopo un lungo momento. "Non riuscivo a venirti a prendere, le rapide erano troppo forti."

"Lo so," gli rispose Rex. Ed era così. Aveva visto il compagno di squadra cercare disperatamente di nuotare controcorrente per arrivare a lui, ma Rex sapeva che Phantom non ce l'avrebbe mai fatta.

"Non avrebbe dovuto essere in grado di fare ciò che ha fatto," continuò Phantom. "Non dopo tutto quello che ha passato. Non con delle costole rotte e niente cibo per due settimane. Assolutamente no."

"Eppure l'ha fatto," disse Rex piano, poi si mise a sedere. "Dobbiamo allontanarci dal fiume."

Phantom annuì. Erano tutti bagnati fradici, ma si sarebbero asciugati in fretta grazie all'aria calda del deserto. Rex auscultò il battito di Avery ancora una volta, soddisfatto di trovarlo regolare: era semplicemente esausta dopo tutto ciò che era successo. La tirò su mettendole un braccio sotto le ginocchia e l'altro dietro la schiena. Era alta, ma non troppo pesante per lui.

Phantom lo aiutò a sistemarsela tra le braccia, le mise la testa sulla spalla di Rex e le piegò le braccia sul davanti. Poi prese entrambi gli zaini e il trio cominciò ad allontanarsi dal fiume.

Dieci minuti dopo, Avery cominciò a muoversi in braccio a Rex. Riprese conoscenza lentamente, come se il corpo fosse riluttante a riemergere dal sonno di cui aveva tanto bisogno.

Un secondo prima era stata un peso morto tra le braccia di lui e quello dopo si dimenava per allontanarsi.

Rex si mise immediatamente in ginocchio. Non voleva che si facesse male cadendo a terra, qualora si fosse agitata al punto da liberarsi della sua presa.

"Piano, Avery... sono Rex, ehm... Cole. Sei al sicuro."

Avery si fermò e aprì gli occhi. Li teneva stretti, gli occhiali da sole che aveva indossato erano andati perduti nel fiume. "Cole?" domandò con voce timida.

"Sì, sono io."

Avery lo sorprese allungando una mano e posandogliela su una guancia. "Stai bene?"

Rex sentì Phantom emettere un risolino dietro di loro, ma non staccò gli occhi da quelli di Avery. "Sì, sto bene. Grazie a te."

Avery si guardò intorno. "E Phantom?"

"Sono qui, anche io sto bene," le rispose Phantom mettendosi al fianco dei due in modo che lei potesse vederlo.

Più si svegliava, più Avery riprendeva consapevolezza. Rex capì che si era accorta che lui la stava tenendo in braccio, perché Avery fece cadere la mano e si mosse un po'. "Mi stavi portando in spalla? Posso camminare."

"Eri svenuta," le disse Rex. "Dovevamo allontanarci dal fiume."

"Oh," Avery cercò di sedersi dritta. "Ora sto bene."

Rex la ignorò, si alzò e ricominciò a camminare.

"Cole? Mi hai sentita?"

"Sì, ti ho sentita," le disse. "Solo che ti sto ignorando."

Avery sospirò irritata e Rex dovette trattenere un sorriso che minacciava di spuntargli sul viso.

"Potrei ordinarti di mettermi giù così posso camminare," gli disse lei.

"Potresti," concordò Rex. Poi aggiunse, "ma io ignorerei quell'ordine, quindi puoi risparmiarti il fiato."

Avery rimase in silenzio per circa un minuto, poi chiese: "Quanto dobbiamo allontanarci?"

"Non ne sono sicuro," le rispose Rex. "Dobbiamo lasciarci indietro il fiume abbastanza da non far capire ai ribelli in che direzione siamo andati, in caso ci stessero seguendo. Dobbiamo anche spostarci su un terreno più alto. Abbiamo perso le radio nel fiume, quindi dobbiamo usare i telefoni satellitari che abbiamo negli zaini per contattare il resto della squadra e organizzare un'estrazione."

"Funzionano ancora?" chiese lei. "Dopo essersi bagnati nel fiume, intendo."

Rex annuì. "Abbiamo delle sacche idrorepellenti dentro gli zaini, contengono i telefoni e altri oggetti che non sopravviverebbero all'acqua. Bende, pasticche per depurare l'acqua... quel genere di cose."

"Oh, va bene."

"A proposito, Phantom... potresti prendere un altro gel per Avery?"

"Certamente," disse l'altro. Un minuto dopo si avvicinò loro da dietro e allungò a Avery una bustina di gel proteico ipercalorico. L'aveva già aperta.

Lei la prese facendo una smorfia.

"So che non è la cosa più buona del mondo a livello di gusto, ma il tuo corpo ne ha bisogno," le disse Rex dolcemente.

Avery annuì. "Lo so, ma non ho molta fame, che tu ci

creda o no. E poi, come hai visto, al mio corpo non è piaciuto l'ultimo."

"Lo capisco. Non hai ingerito niente tranne l'acqua per due settimane. Prendi dei piccoli sorsi e fai del tuo meglio per vedere quanto riesci a buttarne giù."

Una delle caratteristiche che Rex amava di più di Avery era che non si lamentava per il gusto di farlo. Accidenti, non si era lamentata per nulla di quella situazione. Era un fiore all'occhiello per la Marina degli Stati Uniti.

Continuarono a camminare e Avery si impegnò al massimo a ingurgitare il gel mentre Rex e Phantom discutevano delle mosse successive.

"Dobbiamo supporre che i ribelli ci abbiano visti con Avery," disse Phantom. "Invaderanno tutta questa zona entro mattina. Specialmente dal momento che non siamo riusciti ad attraversare il fiume come avevamo pianificato."

"Sono d'accordo. Direi di fare dietrofront e dirigerci di nuovo verso la montagna che abbiamo appena lasciato," disse Rex.

Phantom ci pensò su per un minuto, poi annuì. "È un buon piano. Penseranno che siamo scappati dall'altra parte per poi dirigerci verso la base, credendola sicura, ma non penso che gli venga in mente che abbiamo fatto dietrofront per tornare al punto di partenza, nemmeno in un milione di anni."

"Ditemi solo che non passeremo la notte in una grotta," li supplicò Avery con voce flebile.

Rex si scambiò un'occhiata con Phantom. Usare una caverna come riparo sarebbe stata la scelta più intelligente. Avrebbero potuto accendere un fuoco per asciugare i vestiti e le altre cose nello zaino che si erano bagnate. Sarebbero anche stati lontani dai droni che volavano a bassa quota. Tuttavia, era ovvio nel leggero tremore nella voce di Avery che le avrebbe causato più danno mentale che altro.

Rex aprì la bocca per rassicurarla che no, non avrebbero dormito in una grotta, ma lei scosse la testa.

"Scusate, ignoratemi. La caverna è l'opzione che ha più senso, a livello tattico. Stare all'aperto è l'ultima cosa che vogliamo."

Sorprendentemente, Phantom parlò prima che potesse farlo Rex. "No, è esattamente quello che si aspettano che facciamo. Non vogliamo essere prevedibili. E poi, hai già visto cosa offre l'Afghanistan in termini di alloggio in caverna, dobbiamo allargare i nostri orizzonti."

Rex rafforzò la presa su Avery e lei mostrò un sorrisetto. "Giusto, magari possiamo trovare un hotel a tre, quattro stelle mentre camminiamo. Un bel bagno lungo in vasca e un massaggio mi farebbero comodo."

Phantom ridacchiò. "Non sono sicuro tu possa trovarlo, penso sia più probabile beccare un motel a ore."

Avery rimase in silenzio per un momento, poi disse in tono basso e serio: "Grazie per essermi venuti a cercare."

"Sei una di noi," disse semplicemente Phantom. "Siamo soliti proteggere i nostri."

"Inoltre, una volta che abbiamo saputo che si trattava di te, non c'era niente che avrebbe potuto tenerci lontani," aggiunse Rex.

Abbassò la testa per guardarla, sapeva che non avrebbe dimenticato quel momento per il resto della sua vita. I capelli rossi di Avery erano del tutto scompigliati. Avevano cominciato ad asciugarsi e alcune ciocche le si arricciavano intorno al viso. Era ancora molto pallida, il che le faceva risaltare ancora di più le lentiggini sulle guance e sul naso. Rex poteva sentirle chiaramente le costole attraverso la maglietta sotto al braccio e i lividi che aveva sul volto erano in netto contrasto con la carnagione chiara, i verdi e i viola erano quasi osceni. Rex sapeva che il dolore che Avery doveva aver provato a riceverli doveva essere stato intenso.

Ma lei stava sorridendo.

Molte persone si sarebbero lamentate di ogni dolorino. Lei avrebbe potuto essere paralizzata dalla paura di essere inseguita da una massa di uomini che volevano ucciderla. Era sopravvissuta alla fame, alle botte, all'essere sepolta viva. Senza contare la corsa frenetica attraverso un fiume afghano pieno di rapide, dove aveva quasi assistito alla morte di Rex.

Eppure stava sorridendo, accidenti.

"Una volta che *ho* sentito che si trattava di te, niente mi avrebbe tenuto lontano," chiarì Rex.

Vide l'interesse negli occhi di lei, la stessa connessione che sentiva anche lui verso di lei.

"Già, era arrabbiato per non averti chiesto di uscire. Un SEAL non fallisce mai, quindi è dovuto venire fino a qui per sapere se avresti voluto prendere un caffè con lui o qualcosa del genere," scherzò Phantom.

Rex guardò l'amico con espressione sbigottita. Phantom non era uno che scherzava. Non era solito unirsi alle prese in giro con cui ogni tanto si divertivano gli altri. Il fatto che scherzasse con Avery non era proprio da lui.

Dalla loro missione a Timor Est, Phantom non era molto in sé. C'era qualche dettaglio nel tempo che avevano passato lì che lo disturbava. Gli sembrava di aver dimenticato qualcosa, durante quella missione. Si erano seduti e avevano rivisto ogni mossa, ma non era servito. Phantom di recente aveva anche ammesso di voler andare da un'ipnotista, per vedere di smuovere la memoria, ma a causa delle missioni frequenti non ne aveva ancora avuta l'occasione.

"Beh, ancora non me l'ha chiesto," disse Avery con un sorriso. "Voglio dire, io gliel'ho proposto ma non sono sicura che mi abbia mai risposto."

Rex ripensò a quando erano stati insieme dentro la grotta e si rese conto di non averle mai risposto. "Credo di avere dei pacchettini di caffè nello zaino. Una volta sistemati, stasera, potremo bercene una bella tazza."

Avery ridacchiò e quel suono fece fare le capriole allo stomaco di Rex. Essere così attratti da qualcuno era folle. A Rex, lei piaceva da mesi, ma vederla tanto calma nei momenti di pressione, con la sua attitudine positiva, gli aveva fatto realizzare che non avesse idea di quanto fosse realmente fantastica. Si prese virtualmente a calci per non aver agito prima.

"Affare fatto," disse lei annuendo. "Una buona tazza di caffè mi sarebbe utile."

"Non ho detto che sarà anche buona," l'avvertì Rex con un sorriso.

Camminarono per un altro paio d'ore. Avery aveva insistito nell'essere messa giù e Rex aveva acconsentito, riluttante. Probabilmente si sarebbero potuti muovere più velocemente se lui l'avesse tenuta in braccio, ma lui più di tutti capiva l'importanza psicologica di essere in grado di portare il proprio peso. Avery riuscì a mangiare altre tre bustine di gel, mentre camminavano. Anche se Rex e Phantom la tenevano d'occhio, in caso di segnali di cedimento, lei continuò come se avesse sempre fatto passeggiate nel deserto dopo un periodo di digiuno.

Trovarono un posto dove passare la notte proprio mentre il sole stava tramontando. Non era una grotta ma gli forniva un po' di protezione. C'erano circa un centinaio di grandi massi sparsi in giro per un paesaggio polveroso ai piedi della montagna sulla quale sarebbero saliti il giorno successivo. Si sarebbero potuti accovacciare all'ombra di alcuni di quelli più grandi e assorbire il calore che avevano preso durante il giorno, e al contempo mimetizzarsi con l'ambiente intorno.

Non sarebbero stati in grado di accendere un fuoco o usare le loro luci, nel caso in cui i ribelli fossero arrivati nelle vicinanze a cercarli, ma sarebbero stati più al sicuro possibile, vista la situazione.

Una volta buio, Phantom sarebbe salito sulla montagna per cercare di beccare il segnale del telefono satellitare e comunicare con il resto del team per organizzare l'estrazione.

Rex fece in modo che Avery si sistemasse, felice di vederla rilassata per un momento, poi lui e Phantom si misero a svuotare gli zaini e sparsero in giro i vestiti che avevano bisogno di asciugarsi. Allungò a Avery un'altra bustina di gel e la propria borraccia mentre preparava un pasto pronto.

Poi i tre si sedettero a mangiare.

Rex conosceva la fame. Lui e i suoi SEAL erano stati prigionieri di guerra e ricordava anche quanto fosse stato affamato durante la settimana d'inferno dell'addestramento SEAL. Tuttavia, non aveva mai passato due settimane senza cibo. Non aveva dovuto camminare per chilometri sotto il sole cocente senza mangiare subito dopo. Non aveva mai salvato la vita a nessuno, dopo essere stato picchiato e lasciato a morire di fame.

Quando Avery ricevette la pasta calda del piatto pronto non la ingurgitò come avrebbe fatto una qualunque donna affamata al suo posto. Mangiò con grazia i maccheroncini una forchettata alla volta, facendo qualche pausa tra un boccone e l'altro per bere un sorso d'acqua.

Rex fece del proprio meglio per non fissarla e ingoiò rapidamente il pasto, assaporandolo a stento.

Prima ancora di finire metà della pasta, Avery posò il piatto e disse che era piena. Rex non era sorpreso. Le si era sicuramente ristretto lo stomaco e non sarebbe stata in grado di mangiare porzioni normali per qualche tempo.

"Tra un'oretta vedrai se riesci a mangiare ancora un po'," le disse, poi si allungò verso il piatto mezzo pieno. "Te lo incarto finché non sarai pronta."

Avery annuì poi riposò la testa sulla roccia alle spalle.

"Posso darti un'occhiata ai piedi, prima che si faccia troppo buio?" le chiese Rex. "Dobbiamo lasciare che i calzini si asciughino insieme al resto."

Avery annuì con esitazione. "Fanno male, ma penso non sia niente di serio," gli disse.

Rex non si preoccupò di risponderle. Voleva vedere con i propri occhi. A quel punto sapeva bene che Avery avrebbe minimizzato gli infortuni subiti.

Le slacciò gli stivaletti e le sfilò delicatamente i calzini. Avery aveva i piedi pieni di grinze per aver camminato nel bagnato e Rex trasalì nel vedere i graffi e i solchi nelle piante dei piedi.

Phantom gli allungò delle salviette antisettiche e Rex la ripulì meglio che poteva. Per quanto ne sapeva lui, non aveva dei tagli profondi che necessitassero suture, ma si fece un appunto mentale di tenerci un occhio, in caso si infettassero.

Mentre lui le esaminava i piedi, Avery non disse una parola, si limitò a guardarlo con un'espressione imperscrutabile.

Una volta finito, le fece mettere dei calzini asciutti, che erano nella borsa stagna nello zaino, poi lei disse: "Sei bravo in queste cose."

Rex scrollò le spalle. "Ho molta esperienza."

Il SEAL allungò un braccio verso una bustina di caffè istantaneo incluso nel pasto pronto. Voleva qualcosa che la facesse sorridere, nonostante sapesse che Avery non avrebbe dovuto bere caffè, bensì riempirsi lo stomaco con dell'altro cibo nutriente. Usò la confezione riscaldata dentro il pasto per scaldare un po' d'acqua e una volta finito di prepararlo, le allungò una tazza del liquido pungente.

Rex la guardò contento mentre Avery respirava l'aroma prima di portarsi la tazza alla bocca. Avrebbe potuto stare lì a guardare l'intrinseca gioia che Avery aveva per la vita senza mai stancarsi. Si godeva davvero anche le piccole cose e ciò ricordava a Rex di fare lo stesso più spesso.

"Questa è seriamente la tazza di caffè più buona che io abbia mai bevuto," disse dolcemente dopo averne bevuto un sorso.

Rex ridacchiò. "Fa schifo, Avery. Se pensi che *quello* sia buono, morirai a sentire l'espresso al doppio cioccolato che posso fare a casa mia, macinando i chicchi a fresco."

Avery grugnì. "Oddio… il cioccolato. Ucciderei per averne un po', in questo momento."

Phantom infilò una mano nella confezione del suo pasto pronto e ne tirò fuori un cioccolatino. Era perlopiù schiacciato e squagliato. "Non c'è bisogno di uccidere nessuno," disse allungandoglielo sopra il palmo.

Avery si mosse più velocemente di quanto Rex l'avesse vista fare fino a quel momento e prese il dolcetto dalla mano di Phantom. Posò con cura la tazza di caffè e rimosse la carta argentata del cioccolatino. Rex la guardò divertito mentre lei succhiava il nettare sciolto in bocca, poi leccò ogni goccia dalla cartina. Quando ebbe finito, mostrò loro un sorriso a trentadue denti.

"Mi sento del tutto viziata," disse. "Prima il caffè, ora il cioccolatino. Sapete sicuramente come trattare bene una ragazza."

Rex si accigliò. Le parole di Avery, invece che farlo sentire bene, sortirono l'effetto contrario. Aveva passato l'inferno e loro non solo non l'avevano portata alla base, dove avrebbe potuto ricevere attenzioni mediche, ma l'avevano anche spinta fisicamente al punto che era svenuta. L'avevano fatta camminare per chilometri nel deserto. Certo, non era stato per divertimento, ma ciò non diminuiva il senso di colpa.

Era ora di darci un taglio. Doveva portarla al sicuro. Al più presto.

Avery notò l'espressione di Rex, perché smise di sorridere

e lo guardò preoccupata. "Stai bene? Accidenti, Cole, non ho nemmeno pensato al fatto che tu avessi ingoiato parecchia acqua del fiume. Probabilmente era inquinatissima. Hai degli antibiotici in quello zaino? Ti senti male? Forse dovremmo continuare il cammino. Non so quanto siamo distanti dalla base, ma magari possiamo arrivarci stanotte."

"Sto bene," le rispose Rex non appena lei riprese fiato, il SEAL avrebbe voluto farla smettere di preoccuparsi.

"Saresti potuto morire," disse Avery in tono basso.

"E probabilmente sarei morto, se non ci fossi stata tu," le rispose Rex onesto.

Si fissarono per un lungo momento, poi Avery disse: "Proprio come io sarei morta nella grotta, se non fossi arrivato tu."

Rex scosse la testa. "No, eri quasi riuscita ad aprirti un varco, quando siamo arrivati noi. Ti saresti fatta strada, in un modo o nell'altro. Io non avevo più tempo. Ero intrappolato su quel ramo, Phantom non poteva raggiungermi. Se tu avessi lasciato andare l'albero e ti fossi fatta trascinare a valle sarebbe stata tutta un'altra storia. Non ti ho ancora detto grazie quindi... grazie, Avery."

"Già, a volte Rex è un bastardo, ma è praticamente mio fratello. Non vorrei pensare a cosa farebbe la squadra, senza di lui. Anche io ti devo dire grazie."

Avery sembrava a disagio con tutte quelle belle parole, il che non sorprese per niente Rex. Decise di darle una tregua, così si sporse in avanti per prendere la tazza di caffè e allungargliela. "Dobbiamo parlare di quello che ti è successo," disse piano.

Avery prese la tazza e sospirò.

"So che probabilmente non è al primo posto delle cose che vuoi fare, Avery, ma devi capire che la tenacia con la quale questi uomini vogliono trovarti non è normale. Specialmente quando hanno già avuto la loro occasione per ucciderti e non l'hanno fatto."

"I due soldati sono morti, vero?" chiese lei.

Rex strizzò le labbra e annuì.

"Immaginavo."

"Qualcuno tra i rapitori parlava la nostra lingua?" le chiese Phantom, che era seduto a terra.

"Sì," gli rispose Avery dopo un attimo. "Anche se l'ho visto solo due volte."

Rex si sporse in avanti. "Dove? Ti ha detto qualcosa?"

Avery si voltò verso di lui con gli occhi sgranati. Il sole era tramontato e tutto diventava più buio ogni secondo che passava. Presto Rex non sarebbe stato più in grado di vederla, se non come silhouette, grazie alla luce della luna.

Ciò che gli disse poi cambiò l'intera missione e fece capire a Rex che Avery era in un pericolo molto più serio di quanto avessero sospettato.

Avery fissò Cole e pensò seriamente alla propria situazione per la prima volta in due settimane. Si era preoccupata troppo di *cosa* le stava succedendo (di cercare di andare avanti nonostante il dolore che le attraversava il corpo, per uscire dalla grotta), invece di pensare ai *perché* e ai *per come*.

L'uomo afghano le aveva detto qualcosa? Sì. Avery non avrebbe mai dimenticato il veleno in quella voce.

"Ero in una clinica in città, stavo parlando con un gruppo di donne. Spiegavo loro la nutrizione prenatale e le basi del parto, la necessità di mantenere tutto sterile. Mi è capitato di alzare lo sguardo e ho visto un americano in abiti tradizionali afghani, il *khet partug*, sapete... i pantaloni e la maglia di lino larghi. Ha catturato la mia attenzione perché a noi non era permesso allontanarsi dalla base senza uniforme. Stava parlando con un altro afghano nell'ombra tra due edifici. Non sembrava trattarsi di niente di buono. Si sono stretti la mano e poi hanno preso strade separate, ma prima di andarsene l'americano si è voltato e mi ha vista."

Avery vide che Cole aveva moltissime domande, ma rimase in silenzio e la lasciò parlare.

"L'afghano è rimasto nei paraggi della clinica per un po' e quando abbiamo fatto una pausa, ha infastidito le mie studentesse. Gli ho detto di andarsene, che stava facendo innervosire le ragazze. Lui si è girato verso di me, mi ha sorriso in modo malevolo e mi ha detto che io stavo interferendo con il modo di vivere afghano, che le donne sarebbero dovute rimanere a casa e che nessuno avrebbe mai permesso a una delle mie studentesse di curare le loro donne."

"Che aspetto aveva l'americano?" le chiese Phantom.

"Capelli scuri, corporatura media, alto circa quanto me," disse Avery. Poi fece una smorfia. "So che non è molto d'aiuto, ma mi sono preoccupata più di riportare dentro le mie studentesse e di proteggerle dal vetriolo che quell'uomo stava sputando loro."

"Hai detto di aver visto lo stesso uomo afghano due volte. Quand'è stata la seconda?" le chiese Cole.

Quella parte sarebbe stata più difficile. La costringeva a ricordare quello che era successo il giorno in cui il convoglio era stato attaccato. "Ero alla clinica e in quel momento stava passando il convoglio. Tutte abbiamo sentito delle grida e degli spari. Le ragazze sono corse alla porta sul retro della clinica per scappare e sparire nel caos. Io sono andata alla porta sul davanti, pensando di poter fare qualcosa."

"Un secondo prima la casa era intatta e il secondo dopo mi stava crollando addosso. Qualcosa mi ha colpita alla testa e sono finita a terra. Sapevo di star sanguinando ma sono riuscita ad alzarmi e uscire da lì prima che si radesse al suolo."

"Ho fatto un passo dritta nell'inferno. I ribelli stavano combattendo a tutto spiano contro i soldati, per accaparrarsi i camion. C'era anche lo stesso uomo afghano che avevo visto il giorno prima, era come se stesse aspettando. Beh, immagino che fosse *davvero* così. Mi ha assalita e mi ha puntato una pistola alla testa. Ho pensato che mi avrebbe uccisa seduta stante, invece ha sorriso e mi ha detto... 'Dovrei ucciderti, fare in modo che sembri che tu sia morta in questo scontro, ma non lo farò. Al contrario, *desidererai* che io ti abbia sparato e ti godrai una lunga e lenta morte.'"

"Gli ho chiesto perché e lui ha scrollato le spalle, mi ha fatto un sorriso orribile e ha detto... 'Perché non dovresti insegnare alle nostre donne. Hanno il loro posto e nessun americano dovrebbe cambiarlo'." Poi mi ha spintonata contro un gruppo di ribelli e ha ordinato qualcosa nella loro lingua. Io sono stata spinta nel retro di uno dei camion pieni di armi e munizioni e siamo partiti in direzione delle grotte."

Raccontare quella storia ad alta voce la faceva sembrare molto più drammatica, Avery ne era quasi imbarazzata. Tuttavia, ogni parola era vera.

"Cos'è successo nelle grotte, Avery?" le chiese Cole. Si era avvicinato e anche se lei non poteva più vederlo, lo percepiva accanto a sé. Il ginocchio di lui le toccava un polpaccio e sapere di non essere più sola era un grande sollievo per Avery. Aveva passato troppe ore al buio in solitudine. Aveva come l'impressione che non sarebbe mai più riuscita a dormire nel buio totale. Avrebbe dovuto avere una lucina per la notte o lasciare accesa quella del bagno, come se avesse quattro anni e paura dei mostri.

Eppure aveva capito che i mostri esistevano davvero.

"Te l'ho già detto," gli rispose piatta. "Mi hanno picchiata e hanno lasciato che lo facessero anche coloro venuti a prendere le armi."

"Quanti?" le chiese Phantom.

"Quanti uomini sono venuti nella grotta?" ribatté Avery.

"Sì."

"Non ne sono sicura. Io ero incatenata sul retro, non avevo una visuale diretta. Ma sono stati in molti, almeno qualche dozzina."

"C'era anche l'americano?" le domandò Phantom.

"Non l'ho mai visto."

"Ti hanno stuprata?" le chiese Cole.

La domanda fu molto diretta. Brusca. Per un momento Avery non riuscì a rispondere. Poi prese un bel respiro e disse: "No."

Sentì Cole prenderle la mano. "Se è successo, non è colpa tua," le disse piano. "Non c'è niente di cui vergognarsi. Al massimo sono *loro* a doversi vergognare."

Avery apprezzò ogni parola. "Lo so, ma non sto mentendo. Mi hanno picchiata e derisa, non che potessi capirli... ma dal tono sapevo che mi stavano dicendo cose terribili. Mi hanno tirato addosso del pane ammuffito e hanno riso quando non ho esitato un secondo a prenderlo e mangiarlo. Immagino che non sapessero dell'acqua che scorreva tra le rocce vicino a me, o erano troppo stupidi per pensarci, perché portavano dell'acqua e me la tiravano in faccia, deliziati dal mio mettermi in ginocchio e fare finta di leccarne un po'. Sapevo che non avrei potuto fargli capire che bevevo ogni sera, almeno fino a quando non mi avesse fatto male la pancia."

"Mossa intelligente," commentò Cole.

Quelle parole furono importanti e alleviarono l'umiliazione che Avery aveva percepito per mano dei rapitori.

"Stavo contando i giorni in cui mi tenevano lì ed è stato al settimo giorno che la situazione è cambiata."

"In che modo?" le chiese Phantom.

"Nessuno è più tornato nell'anfratto in cui ero incatenata per picchiarmi o tormentarmi. Erano troppo impegnati con altro, all'entrata della grotta. Io mi stavo godendo la tregua quando tutto si è fatto stranamente silenzioso. Allora mi sono spaventata *sul serio*. Aspettare ciò che sarebbe successo era quasi insopportabile. Un secondo prima me ne stavo seduta nel mio giaciglio a chiedermi cosa stessero facendo tutti quanti e quello dopo c'è stato un enorme *boato*, era buio pesto e facevo fatica a respirare per via della polvere e dei detriti nell'aria."

"Sapevi che avevano fatto saltare in aria l'entrata?" le chiese Cole, che poi le strinse la mano.

"All'inizio no. Ero troppo disorientata. Era molto buio e mi fischiavano le orecchie, ma quando la polvere si è posata a terra e non è apparso nessuno, sono andata nel panico. È stato allora che mi sono fatta male alla caviglia," ammise. "Ho tirato più volte la catena fino a stancarmi. Ho tastato il terreno intorno a me fino a trovare delle rocce che erano state fatte esplodere e ho colpito la catena fino a che si è spezzata. La prima cosa che ho fatto è stata toccare il fianco della montagna dove scorreva l'acqua, in quella prigione, e ho ringraziato Dio che fosse ancora lì. Sapevo che senz'acqua sarei morta."

Provare le emozioni che aveva provato quando la grotta era saltata in aria era quasi troppo e Avery voleva solo finire di raccontare la storia, per poter voltare pagina. Così, riassunse il resto del tempo passato là dentro: "Non volevo darla vinta a quei bastardi, quindi ho deciso di scavarmi una via d'uscita. Una pietra alla volta. Poi siete arrivati voi e... ora siamo qui."

"Sembra che tu abbia visto qualcosa che non avresti dovuto vedere," le disse Phantom dopo un momento. "Ecco perché dovevi essere uccisa, inizialmente. L'americano dev'essere un traditore, perché avrebbe dovuto volerti morta, altrimenti? Invece di ucciderti velocemente, l'afghano ti ha rapita, torturata e lasciata a morire lentamente per via del suo credo. Ti sembra plausibile? Pensi che abbiano potuto ordinare di ucciderti solo perché hai visto l'afghano parlare con un americano? Oppure hai visto o sentito qualcos'altro?"

Ad Avery faceva male la testa. Accidenti, le faceva male *tutto*. Le sembrava che il cibo che aveva mangiato precedentemente le si fosse fermato nello stomaco come un macigno e che fosse pronto a tornare fuori da un momento all'altro.

Aveva i piedi e le costole doloranti e avrebbe potuto giurare di sentire ogni livido dove era stata colpita e presa a pugni e a calci.

Sapere che qualcuno aveva deliberatamente dato l'ordine di ucciderla era brutto, ma capire che i ribelli e i loro compagni avevano fatto di tutto per assicurarsi di farla soffrire era tutt'un altro livello di cattiveria.

"L'americano non avrebbe dovuto indossare quei vestiti, cercare di mescolarsi con i locali. È contro le regole. Scommetto che ha dato la soffiata ai ribelli riguardo al convoglio di armi."

"Concordo," disse Cole. "L'esercito tiene sotto chiave i dettagli riguardo quei convogli, li comunica solo a chi deve saperli. Non c'è modo che i civili fossero tanto preparati ad attaccarlo e avere una grotta pronta per riporvi le armi. Per non parlare del fatto che hanno chiamato a raccolta i loro sostenitori e hanno detto loro di prendere le armi e nasconderle."

Per un momento, Avery fu sollevata dall'aver risolto il mistero del perché fosse stata rapita. Poi si rese conto che non avevano risolto un bel niente. "Merda," mormorò piano.

"Già." Si accodò Cole, come se le avesse letto il pensiero. "A meno che tu non riesca a dirci chi è l'americano, sei ancora in pericolo. Ho il presentimento che sarà ancora più disposto a fare ciò che serve per farti stare zitta riguardo ciò che hai visto, ora che sei scappata."

"Non so chi fosse," disse Avery con un groppo alla gola. "Sono al novantanove per cento sicura che non ci siano americani che vivono al villaggio, quindi l'uomo *deve* provenire dalla base, ma sono in centinaia a stazionare lì e non penso di averlo mai visto, tranne quella volta al villaggio. Non so nemmeno se fa parte dell'Esercito o della Marina!"

"Non agitarti," le disse Cole, che poi le strinse di nuovo la mano.

"Non agitarti?" ribatté Avery in tono un po' isterico. "Come faccio? Qualcuno pensa che sia in grado di riconoscerlo e mi vuole morta! *Chi* fa una cosa del genere? Quando scoprirà che sono scappata, farà il possibile per trovarmi e finire il lavoro che i ribelli hanno mandato a monte."

Avery sapeva di star perdendo il controllo, ma non riusciva a smettere. Il cuore prese a batterle forte e si sentì la bile in gola. Prima ancora di rendersi conto di ciò che stava succedendo, Cole l'aveva presa tra le braccia e le premeva la testa su una spalla. Una parte di lei sapeva che lo faceva per attutire le parole dette a volume sempre più alto, ma al suo corpo non interessava. Lui era il primo essere umano con il quale entrava in contatto dopo una settimana lunghissima passata al buio e con solo la propria voce a tenerle compagnia. Era colui che l'aveva aiutata a camminare quando lei non riusciva a fare un altro passo. Colui che l'aveva tenuta a galla durante il percorso in quel fiume spaventoso e colui che l'aveva sorretta quando aveva ripreso conoscenza dopo essere svenuta. Non c'era da meravigliarsi se Avery considerasse le braccia di Cole un porto sicuro.

"Avery, respira," le ordinò Cole.

Era difficile, ma lei seguì quel consiglio. Fece un respiro profondo. Poi un altro. Realizzò che Cole stava respirando con lei.

"Non lasceremo che arrivi a te," le promise Cole.

"Ma come farete a fermarlo? Non ho idea di chi sia e lui sa ovviamente chi sono *io*," gli spiegò.

"Uno di noi ti rimarrà al fianco fino a che quel tipo non verrà catturato," le disse Cole.

"E non pensare che non succederà," s'intromise Phantom prima che lei potesse protestare dicendo che non era fattibile. "Il secondo che ti riportiamo alla base faremo in modo di farti tornare a casa con noi. Una volta in California prenderemo i documenti di ogni soldato stazionato qui e tu potrai guardarli uno a uno fino a che non riconoscerai il traditore."

"Chiederemo anche al nostro amico genio dei computer di indagare sui movimenti bancari. Dubito che questo stronzo abbia rivelato un segreto di stato per pura bontà di cuore. Probabilmente è stato pagato una barca di soldi. Qualcuno deve aver ricevuto un bonifico a molte cifre. Salterà fuori subito," concluse Phantom.

"Io e gli altri della squadra ti terremo al sicuro fino a quando non faremo uscire la serpe dal nascondiglio. Non la passerà liscia, Avery. Ti do la mia parola di SEAL," le disse Cole.

La loro fiducia assoluta nel fatto che avrebbero scoperto chi ci fosse dietro tutto quanto (l'attacco al convoglio, la morte dei due soldati e le torture a Avery) era incredibilmente confortante. Eppure lei non era ancora convinta che avrebbero potuto tenerla al sicuro. "Non sono certa di poterlo riconoscere da una foto ufficiale," ammise. "Potrebbe aver cambiato look, dal momento in cui è stata scattata quella foto, e poi potrebbero volerci settimane, mesi. Non potete starmi al fianco ventiquattr'ore su ventiquattro. Avete un lavoro e anche io."

"Ho fiducia in te, Avery. Penso che tu ti stia sottovalutando. Sei addestrata a ricordare i dettagli, sia in quanto ufficiale navale che come infermiera. Penso che, una volta che non sarai più nel bel mezzo del deserto e sarai tornata alla comodità di casa tua, con la pancia piena e le ferite guarite, ti renderai conto che sei più che in grado di concentrarti," le disse Cole. "Hai ragione riguardo al lavoro, ma conosciamo tante persone, inclusi altri SEAL, che sarebbero più che disposti a proteggerti finché tutta questa faccenda non sarà risolta."

"Non voglio dare fastidio a nessuno," disse lei immediatamente.

Cole ridacchiò. "Perché sapevo che l'avresti detto?" chiese in maniera retorica prima di continuare. "Credimi, nessuno si sentirà minimamente infastidito. Immagino che quando sentiranno la tua storia, faranno molto rumore per vedere a chi toccherà il privilegio di tenerti al sicuro."

Avery scosse la testa contro la spalla di lui e più che sentirlo, percepì il rombo della risata di Cole, in profondità nel petto. Lui si sporse in avanti e afferrò qualcosa, poi lo alzò verso di lei.

"Perché non provi a vedere se riesci a finire la pasta, ora..."

Avery sbatté le palpebre. Un secondo prima stava per avere una crisi di nervi e quello dopo le pareva che la sua vita fosse stata programmata e le veniva detto di mangiare come se fosse una bambina piccola. Realizzò di avere ancora un po' fame, così prese il sacchetto di plastica dalle mani di Cole.

"Torno il prima possibile," annunciò Phantom da sopra le loro teste.

Avery guardò verso l'alto ma non riuscì a vedere più che una silhouette. "Stai attento."

"Sì. Se non torno prima dell'alba, continuate secondo il piano."

"Sarà fatto," gli assicurò Cole.

"Phantom?" lo chiamò Avery subito dopo.

"Sì?"

"Se non torni prima dell'alba verrò a cercarti e ti prenderò a bastonate in testa."

Ci fu un momento di silenzio, poi Avery sentì una mano accarezzarle la testa e sparire. "Penso che questa sia la cosa più carina che una donna mi abbia mai detto, tenente. Sarò di ritorno," le promise.

Avery sentì i passi di lui allontanarsi ed ebbe la sensazione che Phantom *volesse* farsi sentire. Se avesse voluto passare inosservato, Avery sapeva che sarebbe riuscito a scivolare nella notte in completo silenzio.

"Stava facendo il sarcastico?" chiese a Cole dopo che i passi di Phantom si furono affievoliti.

"No, te l'ho detto, ha avuto un'infanzia piuttosto brutta. Inizialmente pensavamo che fosse per via di un padre perfezionista, ma da allora abbiamo capito che non è così. Al contrario, sono state la madre e la zia ad abusare di lui fisicamente e mentalmente. Si è sempre tenuto alla larga dalle relazioni e non penso che si sia mai fidato di una donna, per colpa loro."

"Beh, che schifo," disse Avery. "È un po' permaloso, ma si vede che è un brav'uomo..."

Cole strinse la presa su di lei e Avery si rese conto di essergli ancora seduta in braccio. Provò a spostarsi ma lui si rifiutò di lasciarla andare. "Io sono molto più comodo del suolo," le disse. "Mangia."

Avery deglutì a fatica per quanto Cole si stava comportando in maniera gentile, così decise di rimanere dov'era. Cole aveva ragione, le sue cosce erano molto più comode del terreno duro con le pietre che le si conficcavano nel sedere. Avery finì la cena e si sentì esplodere per la seconda volta. Riusciva quasi a percepire il proprio corpo assorbire i nutrienti alla velocità con cui li ingeriva. Ci sarebbe voluto del tempo prima di tornare com'era prima, ma era sulla buona strada.

Dopo qualche minuto disse: "Mi sento come se dovessi fare qualcosa."

"Cosa, per esempio?" le chiese Cole.

"Non lo so, qualcosa. *Qualsiasi cosa.* Pensare a che aspetto avesse il traditore. Escogitare un piano per riportarci alla base. Pulire un'arma. Qualcosa."

"Non c'è davvero niente di utile che tu possa fare, al momento, se non rilassarti. Il tuo corpo ha passato le pene dell'inferno. Devi guarire. Come sta la testa? Hai detto che pensi di aver subito una commozione cerebrale?"

"Sì, *è* così," ribatté lei. "Sono un'infermiera, so esattamente cosa c'è che non va in me."

"Cosa?" gli chiese lui di rimando.

"Contusione alle costole, malnutrizione, atrofia muscolare. I miei occhi avevano appena iniziato ad abituarsi alla luce che si è fatto di nuovo buio, ho la sensazione che domani sarà bruttissimo cercare di riabituarsi. Sento la faccia tesa, il che significa che probabilmente oggi mi sono scottata e anche se i piedi sembrano stare bene, ho un po' paura che la caviglia si sia infettata."

"Non posso fare nulla per le costole, ma continuerò a farti mangiare bustine ipercaloriche e ricche di proteine finché ne avrò. Probabilmente i muscoli ti fanno male perché li hai sforzati parecchio, ma abbiamo degli antidolorifici che aiuteranno. Mi dispiace che gli occhiali da sole siano andati persi... e anche riguardo la scottatura, ma sono ansioso di vedere spuntare altre lentiggini sul tuo viso. Ho della protezione solare da prestarti. Domattina controllerò la caviglia, la pulirò di nuovo, la fascerò e ti darò degli antibiotici."

"Hai una risposta per tutto?" gli chiese lei come a volerlo testare, anche se a sentire ogni risposta riguardo le sue lamentele si era sciolta come un cubetto di ghiaccio al sole.

"Sì," le rispose senza alcuna esitazione.

Avery scosse la testa e mise più peso sul petto di lui. "Cole?"

"Sì?"

"Ero terrorizzata, oggi al fiume."

Cole le strinse le braccia intorno alla vita prima di rilassarsi di nuovo. "Anche io," le disse dolcemente. "Sapevo di essere spacciato, ero arrabbiato con me stesso per averti delusa. Mi hanno sparato, tenuto prigioniero e sono stato la preda dei peggiori terroristi al mondo, ma sapere che sarei morto per colpa di un dannato ramo d'albero era umiliante e del tutto patetico."

"Mi sento come se fosse successo a qualcun altro. Come se io fossi lì a fluttuare sopra tutto quanto, a guardare."

"Eri lì, Avery. C'eri eccome, cazzo."

"Ero spaventata a morte di non riuscire a mantenere la presa e scivolare via, o di non riuscire a colpire il ramo abbastanza forte da romperlo. Ogni volta che tiravi su la testa per prendere fiato, ho pensato che sarebbe stato il tuo ultimo. So che non ci conosciamo molto, anche se sembriamo avere una chimica pazzesca, ma giuro di aver pensato che se tu fossi morto... avrei perso qualcosa di estremamente prezioso. Che mi sarei persa un sacco dalla vita."

Cole non le rispose per un tempo lunghissimo. Si limitò a tenerla stretta al petto. Avery contò trentuno respiri, prima di sentirlo finalmente parlare. La sua voce era piccola e tremante. "Penserai che stia mentendo, ma giuro che non è così. Ho avuto il flash di un bambino in ginocchio nel fiume. Mi fissava, mi diceva di tenermi forte. Mi ha detto che dovevo vivere, così anche lui avrebbe potuto farlo. Mi ha dato la forza di spingermi in superficie un'altra volta per prendere un'altra boccata d'aria. Poi mi sono ritrovato libero e stavo scivolando a valle, verso Phantom."

"Non pensare nemmeno per un secondo che non sappia che mi hai salvato la vita, Avery. Ne sono pienamente consapevole e ti devo molto più di quanto possa permettermi."

"Non dire così," gli ordinò lei.

"Perché no? È vero," ribatté Cole.

"No, io mi sento allo stesso modo nei tuoi confronti. Non hai idea di quanto sia stato incredibile vedere la tua ombra all'entrata della grotta. Non vedevo un altro essere umano da quella che mi sembrava una vita. Vederti arrampicato tra i detriti è stato letteralmente un miracolo che non credevo sarebbe avvenuto. Tu mi hai salvato la vita e io l'ho salvata a te. Siamo pari."

"No, non è vero," disse Cole.

"Cole," ribatté Avery con tono esasperato.

"Tu non capisci, non avresti dovuto essere in grado di fare ciò che hai fatto," le disse. "Non nelle condizioni in cui eri. Non dopo tutto quello hai passato. So bene che le donne sono toste e forti, non si tratta di questo. Io sono stato nei tuoi panni, so esattamente come ci si sente a non mangiare e venir picchiati. Lo ammetto, non sono sicuro che sarei riuscito a fare ciò che hai fatto tu oggi. Puoi pensare che siamo pari quanto vuoi, ma io e Phantom sappiamo la verità."

Avery avrebbe voluto dire di non essere d'accordo e continuare a battibeccare, ma improvvisamente riusciva a malapena a tenere gli occhi aperti.

Aveva paura di ciò che avrebbe potuto portare il domani. Era preoccupata che qualcuno la volesse ancora morta. Terrorizzata che li avrebbero inseguiti e rapiti di nuovo. Tuttavia, più di ogni cosa era... stanca.

Esausta. Mentalmente e fisicamente.

"Dormi, Avery," le mormorò Cole all'orecchio, poi si distese un po' e si spostò fino a usare lo zaino come cuscino. Lei gli era drappeggiata addosso. Avevano le gambe intrecciate e i corpi allineati.

"I nostri corpi si incastrano perfettamente," mormorò Avery, probabilmente non si rendeva nemmeno conto di ciò che stava dicendo.

"È vero," concordò Cole. "Ora buona e dormi. È ciò di cui il tuo corpo ha bisogno per guarire."

Avery resistette pochi secondi.

———

Rex non chiuse occhio. Era vigile verso qualsiasi tipo di movimento. Nessuno avrebbe torto un capello alla testa della donna che teneva tra le braccia. Non se lui avesse potuto impedirlo.

Non aveva idea di cosa ci fosse in serbo per loro. Tutto ciò che sapeva era che avrebbe voluto sapere dove sarebbe andato il loro rapporto. Avrebbe voluto vedere se la chimica che avevano fosse reale o semplicemente il prodotto della situazione. Rispettava Avery più di quanto le parole potessero esprimere. Era rimasta calma durante i momenti di pressione e aveva fatto tutto il necessario senza lamentarsi.

Ciò che aveva *omesso* di dirle, nel racconto di aver visto un bambino mentre era intrappolato nel fiume, era che il piccolo aveva i capelli rossicci.

Aveva anche degli occhi verdi che assomigliavano molto a quelli di Avery. Anche a Rex sembrava folle. Non avrebbe certo spaventato Avery raccontandole di aver avuto una visione di loro figlio (era *loro* figlio?) mentre pensava di star morendo.

Eppure in fondo sapeva ciò aveva visto e ciò che significasse per il loro futuro.

Era sicuro che avrebbe fatto qualsiasi cosa per assicurare la sopravvivenza di Avery. Chiunque avesse tradito il loro paese non avrebbe portato Avery con sé.

Il punto era che a Rex lei piaceva da quando l'aveva conosciuta come tenente Nelson, a Riverton, ma in quel momento le piaceva e la rispettava ancora di più in quanto donna che aveva dimostrato una dose straordinaria di coraggio e forza quando, alla luce di ciò che aveva passato, avrebbe avuto il diritto di non avere nessuna delle due cose.

Due ore più tardi riapparve Phantom.

"Siamo a posto per domani," disse a Rex, poi gli spiegò il piano. Era riuscito a contattare Rocco e gli altri, che stavano programmando l'estrazione. Secondo Cole non sarebbe potuto succedere abbastanza in fretta, soprattutto dopo quanto Avery gli aveva detto riguardo all'attacco del convoglio e il perché era stata fatta prigioniera.

C'era un traditore in circolazione e prima avrebbero fatto

sparire Avery dall'Afghanistan, meglio sarebbe stato. Avrebbe potuto raccontare tutto ciò che si ricordava alla polizia e ai Servizi Investigativi Navali e loro avrebbero trovato lo stronzo che aveva tradito la patria, causato la morte di due uomini innocenti e tentato di uccidere Avery.

Dopo che Phantom si fu sistemato un po' più in là per farsi un paio d'ore di sonno, anche Rex abbassò un pochino la guardia. Anche lui avrebbe dovuto dormire un po' e sapeva che il giorno dopo gli avrebbe fatto male tutto, per gli sforzi di quel giorno. Tuttavia, un paio di muscoli doloranti erano niente in confronto alla morte.

Senza pensarci, si voltò e baciò la fronte di Avery dolcemente. Lei si spostò tra le sue braccia e lo abbracciò ancora di più. Rex venne pervaso da un'emozione strana, un senso di benessere che non aveva mai provato prima, specialmente non nel bel mezzo di una missione.

Avery era speciale. Rex riusciva a sentirlo con ogni atomo del proprio essere. Avrebbe fatto qualsiasi cosa per far sì che lei potesse proseguire con la propria vita come prima di trovarsi nel posto sbagliato al momento sbagliato.

Nessuno avrebbe rubato la luce che le brillava dentro.

Nessuno.

CAPITOLO SETTE

La mattina successiva, quando era ancora presto, Rex si chinò su Avery e la scosse dolcemente. Era scivolato via da sotto di lei circa una trentina di minuti prima e aveva rifatto lo zaino e preparato tutto per quando si sarebbero diretti sulla montagna, fino al punto di estrazione.

Rex aveva un altro pasto pronto da riscaldare per Avery e alcune forniture di primo soccorso per medicarle la caviglia e il piede. Aveva già preparato anche un'altra tazza di quel caffè orribile, insieme a un paio di antidolorifici belli forti. Gli facevano male tutti i muscoli e probabilmente Avery era messa anche peggio.

Un secondo prima le stava scuotendo una spalla, quello dopo era con il sedere per terra. Avery si era svegliata reagendo come in battaglia ed era riuscita a colpirlo abbastanza forte su una coscia da fargli perdere l'equilibrio. In un istante, Rex si rimise in piedi e le premette una mano sulla bocca, usando il proprio corpo per bloccarla a terra.

Avery lottò duramente contro di lui, Rex faceva fatica a tenerla ferma. Phantom si avvicinò e l'aiutò, mentre Rex fece del proprio meglio per riportarla al presente.

"Avery, sono io, Cole. Va tutto bene, sei al sicuro."

Lei si dimenò ancora un po' nella loro presa, poi sembrò comprendere le parole di Cole. Si immobilizzò sotto le loro mani e spalancò gli occhi, puntandoli su Rex.

"Sei sveglia, ora?" le chiese lui.

Avery annuì.

Rex alzò lentamente la mano che le copriva la bocca, pronto a riposizionarla lì in caso lei avesse urlato, ma Avery si limitò a leccarsi le labbra e guardarlo accigliata.

Rex percepì Phantom allentare la presa sulle gambe di lei e allontanarsi. Rex le passò una mano sui capelli e le chiese: "Stai bene? Ti ho fatto male?"

Avery scosse immediatamente la testa e Rex ridacchiò. Non si era spostata di un centimetro, quindi non aveva idea se lui le avesse fatto del male o meno.

"Scusate," sussurrò Avery. "Ho urlato? La nostra posizione è compromessa?"

"Non scusarti," ribatté brusco Rex, che fece del proprio meglio per tenere a bada le emozioni. Non era arrabbiato con *lei*, ma con la situazione. Avery non scherzava con quel calcio, aveva lottato per salvarsi la vita e sapere di essere stato scambiato per uno dei rapitori sconvolse Rex. *Odiava* il pensiero che Avery fosse stata in una situazione in cui si era dovuta proteggere da uomini che avevano abusato di lei. Era orgoglioso del fatto che non avesse esitato a fare il necessario per tenersi al sicuro, ma continuava a non sembrargli giusto. A livello razionale, Rex sapeva che Avery era un soldato addestrato all'autodifesa, ma ciò non rendeva la realtà di vederla combattere per salvarsi la vita tanto più facile. "Non hai urlato, non sapevo se l'avresti fatto, quindi ho dovuto prendere precauzioni," le disse, si sforzò di mantenere il tono più calmo e rilassato di quanto si sentisse effettivamente.

Avery annuì. "Capisco."

"Lascia che ti aiuti a metterti seduta," le disse Rex, che

poi si allungò verso una spalla di lei. La vide sussultare leggermente, poi fare del proprio meglio per nascondere la reazione al tocco di lui. Rex odiava tutto ciò, ma lo capiva. Una volta tornato a casa dopo essere stato tenuto prigioniero, non aveva voluto farsi toccare da nessuno per moltissimo tempo. Anche il più piccolo dei movimenti provocato da qualcuno lo faceva ritrarre.

Avery si mise dritta e grugnì, Rex le lesse il dolore in faccia.

"Ecco," le disse, poi le allungò altre due pillole uguali a quelle che aveva preso il giorno prima. "Faranno diminuire un po' il dolore."

"Grazie." Avery non esitò a prenderle. Quel singolo gesto fece capire a Rex che Avery stava soffrendo molto più di quanto lasciasse intendere. Il labbro spaccato sembrava stare meglio, ma aveva ancora dei lividi verdi e blu sul viso e sulle braccia.

Phantom mise una mano sulla spalla di Rex e gli porse la tazza di caffè istantaneo, che Rex prese e allungò ad Avery. Lei sorrise a entrambi e ne bevve un sorso, poi chiuse gli occhi in segno di apprezzamento. Ingoiò le pillole mentre Rex le scaldò velocemente il pasto pronto prima di partire. Stava albeggiando e tutto intorno a loro c'era un bagliore roseo.

Rex rimase seduto al fianco di Avery mentre lei mangiava.

"Mi è mancato tutto questo," commentò lei tra un boccone e un altro mentre guardava in lontananza.

"Cosa?"

"Questo, l'alba. È bellissima nel deserto. Penso che stare al buio per così tanto tempo sia stato peggio delle botte. C'è qualcosa di speciale nel sole che sorge ogni mattina, mi fa pensare ai nuovi inizi e alla speranza."

Rex non poteva dire di averla mai pensata a quel modo. Solitamente l'alba significava fare allenamento con i compagni di squadra o, se erano in missione, stare ancora più attenti, dal momento che con la luce i nemici avrebbero potuto individuarli meglio. Tuttavia, gli piaceva vedere la mattina tramite gli occhi di lei.

Avery smise di mangiare lasciando più della metà del pasto, ma Rex non provò a convincerla a mangiare di più. Era un'adulta e un'infermiera, era consapevole di dove potesse arrivare il proprio corpo. Lui finì per lei in quattro bocconi e si alzò per riporre il contenitore vuoto nello zaino.

"Qual è il piano?" gli chiese Avery da dietro.

"Prima di tutto ti darò un'occhiata ai piedi. Poi andremo su per la montagna." Accennò all'alto picco alla loro destra. "Dopodiché ci verrà a prendere un elicottero e ci porterà alla base, dove ci riuniremo con il resto della squadra e andremo a casa."

Avery lo fissò per un istante, poi chiese: "Quindi ti rivedrò, una volta che sarò tornata in California, quando mi manderanno a casa, giusto?"

Rex scosse la testa. "No, non hai capito. Quando dico che *ci riuniremo* e *andremo* a casa intendo dire tutti quanti. Insieme."

Avery inarcò un sopracciglio. "So che verrò rimandata negli Stati Uniti anche se la mia missione non è terminata, è questa la procedura dei prigionieri di guerra. Pensavo di aver sentito male Phantom, quando ha detto che sarei andata a casa con la vostra squadra."

"Non hai sentito male," le disse Rex.

"Ma... Com'è possibile?"

Rex si mosse lentamente per non spaventarla di nuovo e le mise una mano sulla spalla. "Non è importante il come, ma solo che accada. Devi tornare a casa in fretta e ce ne occuperemo noi. Questo paese non è sicuro per te, per ovvie ragioni."

Rex vide che Avery aveva capito. "Giusto. Devo identificare l'uomo visto al villaggio," gli disse. "Mi avrebbe voluta morta sul colpo e se starò qui abbastanza a lungo potrebbe facilmente assumere qualcun altro per assicurarsi che accada."

"Esattamente," concordò Phantom.

"Grazie," disse Avery, che poi lanciò un'occhiata a Rex. "Posso pensare io ai piedi, se hai altro da fare per prepararti alla partenza."

Rex scosse la testa. "Mi sono preparato mentre tu ancora dormivi, stamattina. Ci vorranno più o meno solo cinque minuti."

Avery gli sorrise. "Va bene, ma sappi che ti giudicherò per tutto il tempo. Voglio dire, sono *un'infermiera*."

Lui ricambiò il sorriso. "Non mi aspetto niente di meno, tenente."

Rex gradiva quel piacevole battibeccare. Gli piaceva ancora di più che Avery andasse d'accordo con Phantom. Non era l'uomo più facile con cui creare una connessione e anche se erano stati tutti molto impegnati nelle ultime ventiquattr'ore (e Phantom non aveva avuto molto tempo per sedersi a fare due chiacchiere e offenderla), non si era nemmeno comportato da *Mr. Detective*. Tuttavia, Avery non sembrava averlo notato.

Ringraziò ancora una volta Phantom per il caffè, poi si sedette sul masso accanto a cui avevano dormito. Rex la seguì con le bende e un altro paio di calzini puliti: le pulì e fasciò nuovamente i piedi in maniera abile. Avevano un aspetto gonfio e dolorante, ma purtroppo non c'era il lusso di aspettare un giorno in più e lasciare che riposassero. Dal momento che avevano fatto ritorno alla caverna dove Avery era stata tenuta prigioniera e dove i ribelli avevano distribuito le armi tra i simpatizzanti, erano sicuramente in pericolo.

L'estrazione con l'elicottero sarebbe stata tanto rischiosa quanto il giorno precedente, ma speravano di avere un po' più di tempo per salire a bordo del mezzo. Tanto per cominciare erano solo in tre e non in sette. Inoltre, non ci sarebbe stato un gruppo di terroristi alle loro calcagna come il giorno prima.

Sempre che fossero fortunati.

Fino a quando non fossero stati al sicuro tra le mura della base americana, Rex non si sarebbe rilassato... e probabilmente non l'avrebbe fatto nemmeno allora. La realtà era che, se ciò che aveva visto Avery era giusto, il sergente maggiore aveva ragione: c'era decisamente un traditore nella mischia.

Un americano che non aveva problemi a fornire armi alle persone che erano lì per combattere. Era altamente possibile che avesse azzerato i loro progressi per almeno due anni. L'Esercito e la Marina avevano lavorato sodo per proteggere gli abitanti del posto e far sì che i ribelli non mettessero le mani sul tipo di armi a cui al momento avevano accesso. Se chi aveva fatto la soffiata sul convoglio e ordinato l'uccisione di Avery si trovava alla base, lei non sarebbe stata certo al sicuro.

Rex le allacciò gli stivaletti, ma prima che Avery potesse alzarsi le posò una mano su uno stinco per fermarla. "Va tutto bene?" le chiese piano.

Lei lo fissò per un lungo momento prima di dire: "No, ma presto sarà così."

Il rispetto verso di lei crebbe ancora, per essere stata onesta, il che significava molto dal momento che già la rispettava tantissimo. "Ti è permesso essere umana, sai," le disse.

Avery incurvò le labbra in quello che sembrò quasi un sorriso. "Dice il SEAL della Marina che probabilmente potrebbe vivere di terriccio e aria per mesi, in caso di necessità."

Rex sorrise malizioso. "Anni," scherzò. Poi si fece serio. "A essere onesti, hai resistito molto meglio di quanto mi sarei aspettato."

"Per essere una donna?" gli domandò lei un po' sul chi va là.

Rex non cadde nella trappola. "No, per una persona che è stata rapita, picchiata, torturata e che non mangia da due settimane. Ieri mi hai salvato la vita e non lo prendo con leggerezza. Hai corso senza lamentarti anche se devi avere il corpo e i piedi a pezzi. Sei saltata in quel fiume senza ripensamenti e quando la situazione sembrava spacciata, hai fatto ciò che andava fatto. Sei un fiore all'occhiello per la Marina, tenente."

Avery fece un lungo respiro, poi disse: "Grazie."

"Non c'è di che. Hai domande su oggi?"

"No. Tu fai strada e io ti seguirò. Non ho bisogno di sapere tutti i dettagli."

Rex annuì. Aveva ragione. Le avrebbe detto volentieri tutto ciò che sapeva, ma non avevano tempo e quando fosse arrivato il momento, entrambi sapevano che gli esperti erano lui, Phantom e il resto del team.

"Cole?"

"Sì?"

"Mi piacerebbe contattare la mia famiglia il prima possibile. Saranno preoccupatissimi. Pensi che si possa fare, una volta alla base?"

"Certo," le rispose immediatamente Rex.

"Grazie, mia sorella vive in Florida e i miei genitori abitano in Texas. Erano tutti preoccupati per la mia partenza e anche se non sono entusiasta all'idea che mi dicano 'te l'avevo detto', dopo che ho ignorato le loro riserve sul fatto che questo fosse un posto pericoloso, ho davvero bisogno di sentire le loro voci."

"Mi assicurerò che tu ci possa parlare prima di tornare in California," la rassicurò Rex.

"Grazie, tu hai parenti?"

"Sì, i miei sono divorziati. Mia madre vive nel nord della

California, si è risposata. Mio padre abita a New York, felicemente single."

"Mi dispiace," gli disse Avery con un piccolo cipiglio.

"Non devi dispiacerti, stanno meglio separati. Sono entrambe brave persone, ma sono molto più felici l'uno lontano dall'altra che insieme."

"Sanno quello che fai?"

"Che sono un SEAL? Sì."

Avery scosse la testa. "Sì, ma sanno quanto significhi per le persone come me? Persone letteralmente sul filo del rasoio, che sanno di stare per morire, quando tu e la tua squadra fate irruzione e salvate tutti?"

Fu il turno di Rex di scuotere la testa. "Non sono un supereroe," la redarguì. "Sono un tipo normale. Impreco troppo spesso, guardo troppi sport alla TV e so cucinare solo ricette semplici. Non farmi diventare ciò che non sono."

Avery alzò gli occhi al cielo. "Vabbè... per la cronaca, alle vere donne non importa niente di quella roba. Vogliamo qualcuno su cui contare nei momenti di necessità. Sopporterei volentieri il football in TV per tutto il giorno e tutta la notte, oltre al comando in cucina, se avessi qualcuno che mollasse tutto per venire da me quando ne ho bisogno. Tu, Cole, sei decisamente quel tipo di uomo, che tu voglia ammetterlo o no."

Si fissarono a lungo. Rex non poté fare a meno di apprezzare il fatto che lei lo vedesse in quel modo, ma si preoccupò anche di essere messo su un piedistallo molto alto: al primo passo falso avrebbe fatto una gran bella caduta.

"Pronti per andare?" chiese Phantom da lì vicino, rompendo l'incantesimo che stava avvolgendo Rex e Avery.

"Siamo pronti," gli rispose lei, che poi distolse lo sguardo da Rex e fece per alzarsi.

Lui le posò immediatamente una mano sul braccio per

aiutarla. Avery barcollò per un istante, poi trovò l'equilibrio. Rex si accigliò.

"Sei sicura di farcela fino in cima?" le chiese, gli occhi puntati prima sulla montagna che avrebbero dovuto scalare e poi di nuovo su di lei.

"Sì," gli rispose Avery in tono fermo.

Rex annuì. Avrebbe dovuto sapere che gli avrebbe risposto in quel modo. Si voltò per guardare Phantom, l'amico gli rivolse un leggero cenno con il mento. Sapeva tanto quanto Rex che la tenente poteva essere piuttosto testarda. Phantom l'avrebbe tenuta d'occhio per monitorarne le condizioni, così come avrebbe fatto Rex.

Si avvicinò per prendere lo zaino e Avery chiese: "Posso portare qualcosa?"

Rex ridacchiò e non si preoccupò di rispondere.

"Dico sul serio, mi sento malissimo a non aiutare. So che quegli zaini devono essere pesanti."

Rex si girò per rispondere, ma Phantom si era già avvicinato e le aveva messo una mano su una spalla. Rex rimase in disparte, cauto, pronto a contenere i danni in caso Phantom dicesse qualcosa di inappropriato.

"Stai già aiutando," le disse. "Facendo ciò che ti chiediamo. Non lamentandoti. Rimanendo positiva. Hai già portato un bel peso sulle spalle e sul cuore per due settimane, probabilmente continuerai a farlo per un po'. Il tuo lavoro è quello di mettere un piede davanti all'altro e continuare ignorando ciò che può capitare. Puoi farlo?"

Avery annuì immediatamente.

"Bene," rispose Phantom. "Allora che ne dite di andarcene da questo deserto e tornare a casa, eh?"

"Mi sembra un bel piano," gli rispose Avery.

Phantom si voltò e non si guardò più indietro, poi cominciò a camminare verso la montagna.

"Pronta?" Rex chiese piano ad Avery: aveva notato che

stava fissando la schiena di Phantom con quell'espressione imperscrutabile in viso.

Fece un lungo sospiro e annuì. "Pronta."

Incrociarono per un secondo gli sguardi e Rex le vide negli occhi una vulnerabilità nuova. Le parole di Phantom le avevano fatto un certo effetto. Avery era forte, resiliente e tutte le altre caratteristiche per cui Rex l'ammirava tanto, ma era anche stata danneggiata da quell'esperienza. Phantom aveva riconosciuto quel fatto, l'aveva tirato fuori alla luce del sole e l'aveva accettata lo stesso.

Rex si fece un appunto mentale per seguire l'esempio di Phantom. Non forzare Avery a spingere nelle retrovie della mente ciò che le era successo. Avrebbe dovuto farci i conti. Piangere, arrabbiarsi, infuriarsi. Solo allora sarebbe riuscita a voltare pagina.

Due ore più tardi stavano ancora risalendo il crinale a passo costante. Erano vicini alla grotta dove avevano ritrovato Avery, più precisamente in una zona pianeggiante. Una volta arrivati lì, avevano ancora trecento metri di dislivello prima che l'elicottero potesse prelevarli. Phantom aveva programmato un orario per l'estrazione. Se qualcosa avesse fatto perdere loro il momento, avrebbe chiamato la squadra per informarli. Tuttavia, fino a quel momento erano in orario.

Avevano appena lasciato la sicurezza di un gruppetto di massi quando udirono delle voci.

Senza pensare, Rex fece i tre passi che lo separavano da Avery e l'atterrò, prepotentemente.

Lei si lasciò sfuggire un gemito morbido, ma quando toccò il suolo non disse altro. Rex aveva fatto del proprio meglio per usare le braccia e alleggerirle la caduta, ma non doveva essere stato piacevole venire aggredita da lui.

Rex sapeva che anche Phantom si sarebbe buttato a terra, quindi si concentrò a rassicurare Avery.

Era disteso su di lei e le copriva ogni centimetro del corpo con il proprio. Abbassò la testa fino a quando le labbra non furono all'altezza dell'orecchio di lei. "Resta immobile, Avery. Ci passeranno proprio accanto."

Le batteva forte il cuore e lui le vide il collo pulsare a un ritmo che combaciava con quello del cuore. Avery non fiatò. Non annuì. Nemmeno si mosse sotto di lui. Rex avvicinò le braccia al corpo di lei, pregò che le tute mimetiche color sabbia che indossavano facessero il loro dovere.

Erano all'aperto, circondati da cespugli, altre sterpaglie incolte e qualche roccia di grande dimensioni qua e là. Se li avessero visti, sarebbero potuti tornare indietro ai massi che avevano appena superato, ma durante la corsa sarebbero stati bersagli fin troppo facili. Sia Rex che Phantom avevano delle armi, ma anche se sembrava che ci fossero solo un paio di uomini, sparare avrebbe allertato chiunque altro si trovasse nelle vicinanze.

"Respira, Avery. Non trattenere il fiato. Respira con me. Dentro... fuori... così." Rex fece del proprio meglio per rassicurarla. Non si azzardò a voltare la testa o guardare in su per vedere dove fossero quegli uomini. Riusciva ancora a sentirli parlare e lì nel deserto poteva significare che fossero proprio sopra di loro o lontani abbastanza da non poterli vedere. Tuttavia, non avrebbe corso rischi. Non sulla vita di Avery.

Lì vicino c'era una strada, insieme ad altre grotte. Avrebbero semplicemente dovuto aspettare che se ne andassero. Dalla fronte di Rex cadde una sola goccia di sudore, che andò a finire sul suolo. Anche il volto di Avery era madido di sudore. Doveva avere caldo, a contatto con la sabbia calda sotto di lei e il peso di lui sopra. Però non mosse un muscolo. Fece esattamente ciò che avrebbe dovuto fare: diventare parte del deserto attraverso il quale si stavano muovendo.

Ci volle circa mezz'ora, i trenta minuti più lunghi della vita di Rex, ma alla fine il rumore delle chiacchiere dei due uomini si dissolse. Lui e Phantom rimasero ai loro posti per altri dieci minuti, tanto per essere sicuri.

Quando Rex si spostò da sopra Avery, la vide respirare a fondo.

"Ti ho schiacciata?" le chiese con voce bassa, consapevole che, se le voci dei due uomini si erano propagate tanto facilmente, sarebbe stato lo stesso con le loro.

Avery non si mise seduta, si limitò a rimanere stesa sulla sabbia e a scuotere la testa.

Rex le portò una mano dietro la nuca e le disse: "Guardami."

Avery voltò la testa e fece riposare la guancia sulla sabbia. Aveva il collo bagnato sotto la mano di Rex, i capelli appiccicati alla fronte.

"Va tutto bene," la rassicurò lui. "Non ci hanno visti." Avery lo sapeva, ma Rex non era sicuro di cos'altro avrebbe potuto dire per tranquillizzarla.

"Lo so," gli sussurrò lei di rimando. "Ho solo... bisogno di un secondo."

Rex avrebbe voluto darle tutto il tempo del mondo affinché Avery potesse riprendere l'equilibrio, ma sfortunatamente non ne avevano. Eppure annuì lo stesso, decise che avrebbe potuto concederle un minuto o due, visto come si era comportata bene durante la mezz'ora estenuante che avevano appena trascorso.

Rex era abituato a nascondersi in piena vista, ma era comunque stressante, perfino per lui. Per qualcuno come Avery, che non aveva mai dovuto evitare la cattura come avevano fatto lui e i compagni SEAL, quei trenta minuti dovevano esserle sembrati un'eternità.

Rex alzò lo sguardo su Phantom e vide che era estremamente paziente. Rex apprezzò.

Proprio quando stava per dire a Avery che dovevano andare, lei si mosse. Alzò la testa e si mise in ginocchio.

Rimase così e fece un altro bel respiro. Si spazzolò la sabbia dalle guance e dalla fronte al meglio possibile, poi si alzò.

Era passato tanto tempo dall'ultima volta che Rex era stato tanto orgoglioso di qualcuno.

"Sono pronta," disse. Rex ignorò il tremolio della voce.

Quando partirono, però, la prese per mano. Camminarono fianco a fianco sul terreno disseminato di sassi verso il pendio successivo, al quale sarebbero dovuti arrivare per giungere al punto d'incontro.

CAPITOLO OTTO

Avery succhiò la bustina di gel che Cole le aveva dato prima di partire per esplorare la zona in cui avrebbe dovuto prelevarli l'elicottero. Erano in anticipo di circa un'ora e mezza. Avery si sentiva agitata all'idea di passare tanto tempo nello stesso posto, ma Phantom e Cole non sembravano essere preoccupati.

Forse poteva essere contenta del fatto che fossero in anticipo rispetto al piano prestabilito, ma non riusciva a fare a meno di pensare a quanto si era spaventata poco prima. Erano stati beccati all'aria aperta, senza alcun riparo. Avery aveva apprezzato la protezione di Cole, anche se il peso di lui sulla schiena era stato estremamente difficile da sopportare. Le costole avevano dato qualche segno di protesta ed era stato difficile respirare a fondo. Avery non aveva idea di come avessero potuto passare inosservati, ma miracolosamente era stato così. Si erano mimetizzati molto bene tra le sfumature di marrone e beige del suolo desertico, se gli uomini che stavano parlando avevano guardato il panorama era chiaro che non li avevano visti.

L'intera esperienza aveva fatto capire ad Avery quanto

dovesse a Cole e Phantom. A tutta la squadra, a dire il vero. Pensare che loro lo facevano sempre, che mettevano a rischio le loro vite per aiutare gli altri e rintracciare i terroristi, le dava un nuovo motivo per apprezzare i SEAL e tutte le altre squadre delle forze speciali.

Avery non era molto contenta che Cole fosse uscito dal nascondiglio per andare alla ricerca di pericoli nei dintorni, ma non era esattamente nella posizione di poter protestare e implorarlo di restare. Aveva Phantom al fianco e lui era capace allo stesso modo di proteggerla, tuttavia c'era qualcosa in Cole che la faceva sentire più stabile.

"Hai finito?" le chiese Phantom.

Avery fece un balzo. Era talmente persa nei propri pensieri che le parole di lui l'avevano spaventata a morte.

"Scusa," le disse Phantom. "Non volevo spaventarti."

"Non preoccuparti, dovrei prestare maggiore attenzione." Avery gli consegnò la bustina vuota. Non era l'alimento più gustoso che avesse mai mangiato, ma non poteva negare che quelle bustine avessero fatto un ottimo lavoro ad aiutarla a recuperare un po' delle energie perse. Erano perfino della misura perfetta. A quel punto riusciva a finirne una intera senza che le venisse da vomitare.

Phantom si mise la bustina vuota in una tasca laterale dello zaino e si voltò verso di lei. "Allora," esordì, "cosa ci fa una bella creatura come te in un posto come questo?"

Avery ridacchiò piano e alzò gli occhi al cielo.

"Va bene, mi è uscita male, ma dico sul serio... abbiamo del tempo da perdere. Cos'è che ti ha fatto venir voglia di diventare un'infermiera e perché ti trovi qui, nel bel mezzo del nulla?"

Avery voleva disperatamente essere distratta dalle preoccupazioni verso Cole, così si abbracciò le ginocchia al petto e raccontò a Phantom la propria storia.

"Quando avevo circa dieci anni, mia madre è dovuta

andare in ospedale. Io pensavo che stesse per morire, invece era solo appendicite. L'hanno tenuta lì per un paio di giorni, cercando di far diminuire il gonfiore, poi hanno deciso di operarla. Mio padre ha passato ogni notte lì con lei e un vicino di casa ha fatto da baby-sitter a me e mia sorella. Andavamo a farle visita tutti i giorni, io ero in completa adorazione verso i suoi infermieri. Sorridevano sempre e rassicuravano costantemente sia lei che noi. Ci facevano divertire e ci portavano dei piccoli regali. Quando hanno portato via mia madre per l'intervento, ricordo di aver pianto e una delle infermiere mi ha presa da parte e mi ha detto che sarebbe andato tutto bene, che lei sarebbe stata con mia madre per tutta la notte e si sarebbe presa cura di lei. È stato lì che ho deciso che avrei voluto essere proprio come lei."

"Interessante," commentò Phantom.

Avery inclinò la testa. "Dici così, ma non sono sicura tu lo intenda per davvero."

"Sì invece, dico sul serio," protestò Phantom.

Avery lo studiò a lungo per un momento, poi chiese: "Cosa c'è d'interessante, esattamente?"

Phantom ridacchiò. "Sei brava a leggere le persone, lo sai?"

"Sì, ora smetti di evitare la domanda," lo rimbrottò Avery.

"Trovo che il rapporto tra te, tua madre e quell'infermiera sia... interessante, tutto qui."

"Perché?"

Avery non pensava che Phantom avrebbe risposto. Dal poco che sapeva di lui, aveva l'impressione che non parlasse molto di se stesso. "Beh, tu sai molte cose su di me," gli disse. "Sai che aspetto ho dopo due settimane che non mi faccio la doccia, che sono malata di caffè, che non mi piacciono gli insetti, che ora ho paura del buio e che quando si tratta di situazioni in cui c'entra la medicina prendo il comando, se qualcuno si permette di intromettersi e mettermi i bastoni tra le ruote, lo faccio fuori... Quindi parla."

Phantom sorrise, poi distolse lo sguardo da lei. Avery stava per aprire la bocca e dirgli che stava scherzando, che non avrebbe dovuto dirle nulla, quando lui iniziò a parlare.

"Non ho mai conosciuto mio padre. Era solo un tizio che mia madre si era scopata. Lei viveva con la sorella e nessuna delle due era molto contenta che io fossi un maschio. Le cose sono andate bene finché ero piccolino, ma più crescevo più il loro odio verso il genere maschile si riversava su di me. Ti risparmio i dettagli ma... diciamo che non c'era giorno in cui non venissi abusato fisicamente o mentalmente. Non ho mai passato due settimane senza cibo come hai fatto tu, ma solo perché lo rubavo agli altri bambini a scuola. Mia madre e mia zia di certo non si preoccupavano di darmi da mangiare."

"Merda, Phantom, mi dispiace," disse Avery sconvolta.

"Già. Tuttavia, trovo che la tua storia sia interessante perché avevo circa tredici anni quando mi è scoppiata l'appendice. Ero chiuso a chiave in camera e mi è stato detto di smettere di lamentarmi. Dopo un giorno passato a pensare che sarei morto per il dolore, ho rotto la finestra e sono scappato di casa. Ho camminato per tre chilometri e mezzo fino a una clinica e li ho pregati di fare qualcosa per il dolore. Loro hanno telefonato a mia madre."

Avery fece una smorfia.

"Già," continuò Phantom. "Lei non l'ha presa certo bene. Io sapevo che se mi avesse riportato a casa sarei morto. C'era qualcosa che non andava in me, qualcosa di grosso. Non sapevo di che si trattasse, sapevo solo che, se non avessi ricevuto delle attenzioni mediche, non ce l'avrei fatta. Allora ho detto a mia madre che se non mi avesse portato immediatamente in un pronto soccorso avrei fatto sì che tutti sapessero quanto lei e la sorella abusassero di me. Deve aver sentito qualcosa nella mia voce, ha capito che non stavo scherzando.

Mi ha accompagnato in ospedale e se n'è andata via. Io ho mentito sulla mia età. Anche a tredici anni ero più alto della maggior parte degli altri ragazzini, quindi ho mentito dicendo di essere un senzatetto che non aveva assicurazione medica. Mi hanno operato quel pomeriggio stesso. Tuttavia, gli infermieri non erano come quelli con cui hai avuto a che fare tu. Mi hanno perlopiù ignorato, dal momento che ero una nullità senza nessuno che avesse a cuore i miei interessi."

Avery non riuscì a trattenersi dal cercare il contatto con lui. Si sporse in avanti e gli posò una mano sul ginocchio. "Mi dispiace, Phantom."

Lui scrollò le spalle.

"Che è successo?"

"Niente, il pomeriggio successivo sono tornato a casa, ero stanco di essere ignorato."

"Sei tornato a casa?" gli chiese Avery incredula.

"Sì, non avevo altro posto dove andare, e poi sapevo già che sarei voluto diventare un SEAL. Per farlo, avrei dovuto avere il diploma del liceo e se avessi vissuto per strada sarebbe stato difficile diplomarsi... quindi sono tornato a casa."

"E tua madre e tua zia?"

"Immagino che, grazie al fatto che mi fossi finalmente fatto valere, si siano rese conto di non potermi più controllare. Così hanno iniziato a ignorarmi anche loro, del tutto. Il che mi andava bene. Appena potevo, rubavo loro dei soldi e mi compravo cibo e vestiti. Quando ho compiuto quindici anni mi sono trovato un lavoretto alla ferramenta locale e ho iniziato a guadagnare per conto mio. Il giorno che ho ottenuto il diploma me ne sono andato di casa e mi sono arruolato in Marina."

"Ed eccoti qui," concluse Avery.

"Ed eccomi qui. Quindi per rispondere alla tua domanda, trovo interessante la storia di come hai deciso di diventare un'infermiera. Prima di tutto perché non ho mai avuto dei genitori come i tuoi e poi per via dell'esperienza positiva che hai avuto con l'infermiera di tua madre, per come ti ha ispirata."

Avery si sporse in avanti e guardò Phantom negli occhi. "Essere un'infermiera è difficile. Molto difficile. Sono sempre stanca, devo essere continuamente sorridente e allegra anche quando qualcuno sta morendo, perché i parenti non meritano una persona arrabbiata e scontrosa che si prenda cura dei loro cari. Mi hanno sputato, pisciato, cagato e vomitato addosso. Ho pianto tutte le mie lacrime quando uno dei miei pazienti moriva e ho esultato quando uno di quelli fastidiosi veniva dimesso."

"Tuttavia non ho mai, e dico mai, trattato i miei pazienti in modo diverso per via di quanti soldi avessero, del colore della loro pelle o dell'assicurazione sanitaria. Ogni persona della quale sono responsabile viene trattata come una figlia, un figlio, un genitore, un nonno o un grande amico. Se io fossi stata la tua infermiera, quando avevi tredici anni, avresti visto che spina nel fianco avrebbe potuto essere un'infermiera preoccupata e gentile."

"Il lavoro d'infermiera richiede una vocazione, proprio come penso sia stato lo stesso per te e i SEAL, ma non avere alcun dubbio, non sono una santa. Se vedessi uno dei miei rapitori o quel traditore che sta per morire dissanguato davanti ai miei occhi, non sono sicura che riuscirei a trovare il cuore di aiutarlo."

"Rex è un uomo fortunato," disse Phantom.

Avery si accigliò. "Cosa?"

"Mi hai sentito."

"Sì, ma non sono sicura del perché tu me lo stia dicendo."

"Perché vedo come vi guardate. Vedo come è protettivo nei tuoi confronti e come tu lo segui con gli occhi ovunque vada."

Avery avrebbe voluto smentire le parole di Phantom, ma non ci riuscì.

"In caso avessi dei dubbi, Avery, tu gli piaci. Prima che venissi spedita qui in missione, cercava delle scuse per andare in ospedale solo per vederti. Noi lo prendevamo in giro perché se la faceva sotto a chiederti di uscire. Era ovvio che tu gli piacessi: quando ha scoperto che facevi parte della nostra missione ha quasi perso la testa. È un uomo fortunato ad avere una donna come te. Ecco cosa intendevo."

"Penso che sia il contrario," disse Avery, sincera. "Voglio dire, lui è praticamente fantastico. Non ho idea di come *io* abbia fatto a catturare la sua attenzione. Tutte le altre infermiere all'ospedale mi prendevano in giro. Sapevo che non aveva una vera ragione per essere sempre in ospedale."

Phantom annuì. "Le donne come te sono difficili da trovare, eppure gli altri ragazzi sono riusciti a trovare i loro diamanti grezzi e le cose tra noi sono cambiate."

Prima che lei potesse chiedere in che modo, Phantom riprese.

"Non lo dico in senso negativo. Sono solo diverse. Invece che vederci e stare tra di noi, organizziamo barbecue sulla spiaggia e giochiamo con le figlie di Piper e Ace. Oppure andiamo in un pub e guardiamo le *donne* farsi la loro serata, poi ognuno di loro riporta la propria compagna a casa in modo che ci arrivino sane e salve."

"Vorresti lo stesso per te?" gli chiese Avery.

Phantom ridacchiò. "Nessuna mi vuole."

"Non è quello che ho chiesto, ma va bene, abboccherò all'esca. Perché no?"

Scosse la testa. "Non sono esattamente il tipo più gentile in circolazione. Dico ciò che penso. Non mi piace perdere tempo e non sarò mai il tipo di uomo che dice a una donna che è bellissima quando non è così. Se mi chiedi se i pantaloni ti fanno il sedere grosso, sarò onesto, anche se probabilmente non sarà quello che vuoi sentirti dire. E poi, non ho avuto dei grandi modelli a cui ispirarmi."

"Ma ora sì, non è così?"

Dato che Phantom non rispose, Avery continuò. "I tuoi compagni di squadra hanno tutti una moglie o una compagna, giusto? Hai detto che passi il tempo con loro. Chi se ne frega se non hai imparato come dovrebbe essere una relazione sana da tua madre o da tua zia, mandale al diavolo. A me sembra che tu abbia alcuni tra i migliori esempi proprio davanti agli occhi. Ammiri e rispetti i tuoi compagni di squadra, quindi perché non puoi imparare da *loro*?"

Quando il silenzio si protrasse, Avery pensò che Phantom non avrebbe risposto. "Sarei il padre peggiore di sempre," disse poi, con tono flebile.

"*Vuoi* diventare padre?" gli chiese Avery.

Phantom alzò le spalle. "Sì, credo di sì. Non tanto presto, è solo che... non ho mai avuto tanto amore, da piccolo. Non so come parlare ai bambini o cosa fare con loro. Quando sto con i figli di Ace, faccio ciò che mi dice di fare lui."

"Penso che, tra tutti i tuoi amici, tu saresti senza ombra di dubbio il padre migliore."

Phantom alzò lo sguardo fino a incontrare gli occhi di lei. "Come fai a dirlo? Non sai quanta merda ho dovuto affrontare crescendo. Ho paura che, la prima volta che mio figlio o mia figlia mi farà arrabbiare, mi trasformerò in mia madre e ricorrò alle botte. È *l'ultima cosa* che vorrei fare."

"Ed è per questo che saresti un padre fantastico," disse Avery con convinzione. "Sai cosa vuol dire essere abusato e ignorato. Sai come ti ha fatto sentire e ciò che ha significato per te, quindi penso che farai tutto il possibile per *non* essere quel tipo di genitore."

"Sei un brav'uomo, Phantom. Forse un po' diretto, sì, ma non è esattamente una brutta caratteristica. Cercare di capire cosa dire ogni minuto è stancante e fare i gentili con qualcuno che non ti piace fa schifo. Ti invidio per questo. A ogni modo, tornando al mio discorso, saresti uno dei padri migliori proprio *per via* di ciò che hai passato. Sarai ultra protettivo e possessivo e tratterai tua moglie e i tuoi figli come se fossero i diamanti più preziosi del mondo perché per te lo saranno davvero."

"Invece di avere paura del tuo passato, dovresti sfruttarlo. Ti ha reso l'uomo che sei oggi. L'uomo che farebbe qualsiasi cosa pur di tenermi al sicuro e farmi tornare a casa per rivedere la mia famiglia, ne sono certa."

Phantom chiuse gli occhi e per un secondo Avery pensò di essersi spinta troppo oltre, di aver oltrepassato il limite. L'aveva appena conosciuto e gli stava facendo da psicologa.

Proprio mentre stava per scusarsi per aver pensato di conoscere i dettagli della sua situazione, Phantom aprì gli occhi.

"Forse, o forse no. Ma non sono sicuro che troverò mai una donna che vorrà avere a che fare con... le mie particolarità," disse Phantom.

Avery rise. "È così che le chiami?"

Lui sorrise, poi sospirò. "Non ho molta fortuna, quando si tratta di relazioni romantiche," le disse. "Di solito la donna non riesce a mantenere la mia attenzione, una volta conosciuta meglio, oppure è una pazza."

"Pazza? Sembra ci sia una storia dietro," disse Avery, interessata.

"Non c'è molto da dire," le rispose Phantom scrollando le spalle. "Ho conosciuto questa donna, Mona Saterfield, mentre ero fuori una sera. Era una ragazza molto carina e minuta."

"Sono tutte minute in confronto a te," lo interruppe Avery ridacchiando. "Tu sei enorme!"

"Sono solo un metro e novantacinque," si lamentò Phantom.

"Solo," ribatté Avery alzando gli occhi al cielo. "Scusa, non volevo interrompere il racconto, continua."

"Giusto, dunque, Mona... era carina. Era più bassa di me di circa trenta centimetri e aveva i capelli lunghi e biondi e gli occhi azzurri. Sembrava... vulnerabile. Non è la parola giusta, ma tanto per capirci. Pareva un pesce fuor d'acqua in quel pub, nervosetta, non era come le solite coniglliette che ci vanno per adescare i marinai. Abbiamo parlato per un po', poi le ho chiesto il numero e ci siamo dati la buonanotte... no, non l'ho portata a casa per una botta e via. Per la prima volta dopo tanto tempo ero interessato a conoscere una donna."

Phantom non continuò, così Avery gli chiese: "E poi? Immagino che non abbia funzionato."

"Esatto. Abbiamo parlato al telefono un paio di volte e circa una settimana dopo l'ho portata fuori a cena. Era come se fosse una persona *del tutto* diversa. Ha cominciato a parlare del tipo di casa in cui avrebbe voluto vivere, dicendo che sarebbe rimasta a casa con i nostri figli mentre io lavoravo. Pensava che essere un SEAL fosse troppo pericoloso, così mi ha detto di licenziarmi e di trovare un lavoro più sicuro."

"Accidenti, davvero? Al *primo* appuntamento?" gli chiese Avery.

"Sì, quando ho sorriso alla cameriera che ci portava il cibo, Mona ha perso la testa. Ha detto a quella povera ragazza che io ero il suo uomo e che avrebbe dovuto tenere a bada lo sguardo. È stato assurdo."

"Wow! E tu che hai fatto?"

"Abbiamo finito di mangiare, ma quando l'ho accompagnata a casa le ho detto che non pensavo avrebbe funzionato tra noi. Lei era sconvolta. Piangeva, non riusciva a respirare... una scenata. Che tu ci creda o no, non sono *sempre* uno stronzo, così ho mentito e le ho detto che si meritava un uomo che la mettesse al primo posto nella vita, che io non volevo farla preoccupare quando sarei stato in missione. Non sono mai stato così sollevato come quando è scesa dalla mia macchina."

"Accidenti, Phantom, solo perché sei uscito con una pazza non vuol dire che siamo *tutte* così," gli disse Avery.

Phantom scrollò le spalle. "Hai ragione, però... Probabilmente sarei davvero protettivo e possessivo nei confronti di mia moglie e dei miei figli. Troppo diretto. I piccoli imprecherebbero come marinai (la battuta è voluta) prima ancora di compiere quattro anni. Sono ancora *perlopiù* uno stronzo, lo riconosco. Non riesco a immaginare il tipo di donna che sopporterebbe un paio di appuntamenti, figuriamoci passare il resto della vita con me."

"Quella donna esiste," gli disse Avery. "Potrai essere un po' grezzo, ma non tutte le donne sono pazze come Mona e ad alcune di noi piace quando i nostri uomini sono protettivi... sempre che per proteggerci non diventino degli stronzi abusatori e manipolatori."

Entrambi rimasero in silenzio per un momento. Poi Phantom parlò. "Ti terrò al sicuro e ti farò tornare dalla tua famiglia sana e salva," le promise.

"Lo so," gli rispose piano Avery.

"E quando torneremo negli Stati Uniti, tu e Rex farete meglio a smettere di girarvi intorno come state facendo: uscite insieme!"

Avery sorrise, felice che Phantom avesse alleggerito l'umore. "Gli ho già chiesto di uscire," informò l'amico.

"Me l'hai detto," le rispose lui.

"Oh, hai ragione." Avery scosse la testa. "Mi è scappato quando è entrato nella grotta per venire a prendermi. È stato leggermente imbarazzante, a dire il vero," ammise Avery.

Phantom ridacchiò. "Non per lui, probabilmente dentro di sé si stava dando un cinque."

Avery scoppiò a ridere pensando alla scena.

"Dico sul serio, siete fatti l'uno per l'altra. Lui ha bisogno di una come te."

"Una come me?"

"Sì. Una che non ha paura di sporcarsi le mani, che lo metterebbe al primo posto. Passiamo la vita a mettere le vite degli altri davanti alle nostre. Pensava che sarebbe morto, al fiume. Glielo leggevo negli occhi, quando tornava in superficie per prendere aria. Tu avresti benissimo potuto mollare la presa sul tronco e galleggiare fino a valle, ma non l'hai fatto. Hai lottato per salvargli il culo. So che lui ti è grato, ma non solo, anche *io ti sono grato*. Lo saranno anche gli altri ragazzi, quando sapranno cosa è successo. Non accade spesso di trovare qualcuno disposto a mettere la propria vita in pericolo per noi proprio come facciamo noi con gli altri."

"Sono un'infermiera," gli ricordò Avery. "È il mio lavoro."

"Lo ripeto, sei perfetta per lui," disse Phantom.

"Sento che stiamo parlando in tondo," lo prese in giro Avery.

"Allora forse dovresti smettere di parlare."

Avery non si offese, gli colpì leggermente un braccio. "Smettila."

"Smettila *tu*."

"L'ho detto prima io," gli disse Avery, come se fosse una bambina di sei anni.

Quando Cole aveva detto che sarebbe andato a esplorare la zona, Avery si era sentita nervosa all'idea di essere lasciata sola con Phantom. Tuttavia, in quel momento fu grata di aver avuto l'occasione di parlarci. Parlarci *davvero*. Ancora una volta le era stato ricordato che tutti avevano una storia. Non potevi semplicemente guardare qualcuno e vedere un dottore, un soldato, una ballerina, un senzatetto, una commessa al supermercato. C'era molto più dietro, più di quanto il mondo vedesse da fuori.

Ad Avery piaceva Phantom. Era un uomo vero, aveva dei

difetti e delle preoccupazioni, proprio come lei. "Tra quanto pensi che tornerà Cole?"

Phantom scrollò le spalle. "Probabilmente tra non molto. Vuoi che ti elenchi tutti i suoi difetti, intanto che aspettiamo? Meglio togliersi il pensiero e saperli subito ora, per non avere sorprese più avanti, durante la relazione."

Avery alzò gli occhi al cielo. "No."

"Oh, andiamo, nemmeno un paio? Come che i suoi piedi sono la cosa più schifosamente puzzolente che incontrerai mai nella vita?"

"Smettila, Phantom," gli disse Avery ridendo. "E poi, in quanto infermiera ho annusato parecchie schifezze."

"Ah sì? Per esempio?"

"C'era un veterano senzatetto, ritrovato su una spiaggia e portato all'ospedale. Aveva una ferita sulla gamba piena di vermi. Quando gli abbiamo tolto le bende sporchissime, ne sono caduti a centinaia sul pavimento del pronto soccorso. E l'odore... santo cielo, non me lo scorderò tanto presto."

Avery non riuscì a interpretare l'espressione sul viso di Phantom, ma sapeva che gli stava tornando in mente qualcosa di estremamente poco piacevole. Aprì la bocca per chiedergli cosa c'era che non andava, ma fu interrotta dalla voce di Cole, proveniente da dietro di lei.

"Sembra che il tuo piano di spifferare tutti i miei segreti sia andato in fumo, Phantom," commentò Cole con una risatina.

Quando Avery si voltò a guardare di nuovo Phantom, l'espressione irrequieta di poco prima era sparita, sostituita da una maschera apatica.

"Accidenti, stavo per dirle quanto russi forte."

"Io non russo, stronzo," ribatté Cole, poi posò lo sguardo su Avery. "Stai bene?"

"Sì, perché non dovrei?" gli chiese.

"Nessuna ragione," le rispose lui con un sorriso. "Allora, tu e Phantom andate d'accordo?"

"Sì," disse Avery, senza elaborare oltre.

Il sorriso sul volto di Cole si allargò per un momento, poi si fece di nuovo serio e si voltò verso Phantom. "Sarà un po' complicato."

L'altro SEAL annuì. "Già, immaginavo."

"Perché?" chiese Avery. "Cosa c'è che non va?"

"Niente, di per sé," le disse Cole. "La zona di atterraggio dell'elicottero è stretta ma..."

"Che vuol dire?" lo interruppe Avery, non capiva la terminologia.

"Vuol dire che non c'è abbastanza spazio per far atterrare i nostri compagni, ma non avrà importanza. Ci sono molte zone d'ombra *per arrivare* in cima alla montagna, anche se quando arriveremo lì saremo scoperti, quando dovremo correre verso l'elicottero. I massi potranno fornirci copertura prima di assicurarci il passaggio, ma potranno essere nascondigli anche per i *ribelli*. Quello è il nostro problema principale. Dall'altro lato di dove ci troviamo ora c'è un accampamento; è da lì che devono venire i due che abbiamo incrociato prima. Se hanno alcune delle armi provenienti dal convoglio, l'estrazione non sarà una passeggiata come speravamo."

"Dovremo annullarla e scendere dall'altro lato?" chiese Avery, agitata.

Phantom scosse la testa. "No, dobbiamo portarti via di qui. Devi farti vedere da un dottore e poi metterti al lavoro per identificare il traditore che ti ha messo in questa situazione. Rocco mi ha detto che c'è un team delle Delta Force appena arrivato per aiutare a rintracciare gli stronzi che hanno ucciso i loro compagni dell'esercito, sono sicuro che saranno interessati a sapere anche cosa hai da dire tu. Siamo stati invischiati in situazioni ben peggiori di questa, Avery, non preoccuparti."

Non preoccuparti, sì certo. Ad Avery non piaceva il suono della parola "accampamento" di ribelli dall'altra parte della montagna che stavano scalando per arrivare a prendere un passaggio fino alla base militare americana. "Sto bene," disse testarda. "Posso camminare fino a un altro punto di ritrovo."

Cole si mosse, le si avvicinò e si accovacciò davanti a lei. Avery fece del suo meglio per non indirizzare lo sguardo in mezzo alle gambe di lui, ma andiamo, Cole aveva reso il compito praticamente impossibile. Prima di alzare lo sguardo, notò che era proprio ben piazzato. Da tutte le parti.

Cole sorrise, come non sapesse esattamente dove fossero andati gli occhi di lei, e le sfiorò una guancia con la punta di un dito. "Accidenti, sei bella quando arrossisci."

Il che ovviamente non fece che farla arrossire di più.

"Una squadra di Night Stalkers volerà qui per venirci a prendere, sai chi sono?"

Avery scosse la testa.

"Sono un'unità specializzata di piloti di elicotteri, il cui compito è lavorare con le Forze Speciali. Sono abituati a volare sulle zone più pericolose, sono il meglio del meglio. Ci vorranno massimo due minuti dal momento in cui arriveranno: butteranno giù la scala, aspetteranno che noi l'afferriamo e voleranno via mentre ci tireranno su, in salvo sull'elicottero. Ci vuole più tempo per far sì che un lanciarazzi venga puntato e messo in azione."

Avery non era esattamente convinta, ma sentiva di comportarsi da ingrata se avesse continuato a discutere. "Va bene."

Cole si lasciò sfuggire un sospiro, come se sapesse che lei lo stava assecondando solo perché non aveva altra scelta.

"Se cambiamo il piano ora, saremo per conto nostro ancora per un paio di giorni. Non abbiamo abbastanza pasticche per purificare l'acqua per tre persone per così tanto tempo. Io e Phantom potremmo tranquillamente farne a meno, ma tu no. Non dopo due settimane senza niente da mangiare. Tuttavia, ciò che mi preoccupa di più sono i ribelli. Abbiamo corso il rischio di ripercorrere questa strada per disseminare gli uomini che ci stavano seguendo. Ha funzionato, ma nelle ultime dodici ore sembra che i terroristi siano tornati a casa, diciamo. L'ultima cosa che vogliamo è rischiare che ti catturino di nuovo."

"Sei la risorsa più importante ora, Avery. Sei l'unica che può identificare il traditore e vendicare i due soldati uccisi, e forse anche le centinaia di altri uomini e donne che saranno uccisi come risultato di aver messo altre armi nelle mani dei ribelli."

"Cielo," si lamentò Avery, "quando la metti così mi sento una stronza per starmene qui a esitare."

"Mi dispiace," rispose Cole. "Non voglio farti sentire in colpa, cerco solo di farti rendere conto che questa è l'opzione migliore, al momento. Phantom e io faremo tutto il possibile per farti scappare da qui tutta intera."

"Lo so. Sempre che non faccia niente di stupido," disse Avery.

"Mai," le rispose Cole con un sorriso e un occhiolino. "Ora, se tu e Phantom avete finito di fare le chiacchiere davanti al tè, che ne dite se ci dirigiamo verso il punto di estrazione?"

Avery annuì e si alzò, grazie all'aiuto di Cole. Una volta in piedi, Cole la strinse in un abbraccio. Avery gli si aggrappò stretta, sentì la barba di lui graffiarle la guancia nell'abbraccio. Era una bella sensazione.

"Fidati di me," le disse Cole dolcemente. "Non farò niente per mettere a repentaglio l'appuntamento che mi hai promesso. Ho aspettato troppo tempo per mandare tutto a puttane poco prima dell'ora X."

Avery ridacchiò, poi disse piano: "Avresti meno considerazione di me se ammettessi di essere spaventata a morte?"

"No, sarei più preoccupato se la vedessi come una grande avventura," le rispose Cole.

Poi la prese completamente alla sprovvista e le baciò una tempia, poi la guancia, fino a far sfiorare le loro labbra. La barba le fece il solletico, ad Avery piacque. Senza pensare, alzò una mano e gli accarezzò il lato del viso e la barba.

"È morbida," gli sussurrò.

Cole sorrise, quando lei fece per abbassare la mano, lui gliela intrappolò con la propria. "Devo accorciarla," le disse.

"Forse un pochino, ma a me piace."

Gli occhi scuri di Cole penetrarono quelli di lei. "Sono contento. In posti come questo mi aiuta a mescolarmi, ma onestamente ormai ci sono abituato. Penso che mi sentirei nudo senza."

"Non ti sto chiedendo di raderti," lo rassicurò Avery.

"Lo farei," le disse Cole. "Se mi dicessi che la odi, mi raderei in un batter d'occhio."

Avery sapeva che il cuore le stava battendo più forte del normale, sapeva che se ne sarebbero dovuti andare. Non erano esattamente al sicuro e probabilmente Phantom stava sentendo ogni parola di ciò che si dicevano, ma lei non riusciva a staccare gli occhi da quelli di Cole. "Non la odio," lo rassicurò di nuovo.

"Bene."

Rimasero lì in piedi, Cole le tenne la mano sul proprio viso per un lungo momento. Poi le lasciò andare la mano e dopo averla baciata di nuovo sulla tempia fece un passo indietro. "Stai bene? Vuoi un'altra bustina energetica prima di andare al punto di ritrovo?"

Avery scosse la testa, stava cercando di capire cosa fosse appena successo tra di loro. Si erano connessi in un modo che non le era mai capitato con un altro uomo. La loro chimica era intensa e anche se era spaventata all'idea di cosa potesse succedere nelle ore successive, non riusciva a non essere entusiasta per ciò che sarebbe potuto accadere tra loro, una volta tornati a Riverton.

Guardò Phantom e Cole rimettersi gli zaini in spalla. Avery avrebbe voluto ancora una volta offrirsi di portare qualcosa, ma sapeva che le avrebbero detto di no, così si concentrò per mettere un piede davanti all'altro e rimanere più in silenzio possibile.

La salita non fu per niente facile, ma dopo quello che aveva passato, la sua definizione di "facile" era decisamente diversa. Era viva e due SEAL della Marina la stavano proteggendo. Nel giro di poche ore sarebbe stata alla base, intenta a fare i bagagli per tornare negli Stati Uniti. Tutto ciò che avrebbe dovuto fare nel frattempo era esattamente ciò che le avrebbero ordinato Phantom e Cole, e tutto sarebbe andato per il meglio.

Non importava quante volte Avery si fosse ripetuta quelle parole: una parte di lei, nel profondo, era preoccupata che la situazione stesse per precipitare.

CAPITOLO NOVE

Rex era in allerta massima. Erano arrivati al punto di estrazione senza la minima complicazione. Avery stava reggendo il tutto in maniera fantastica e non avevano incontrato alcun ribelle a spasso per la zona.

Tuttavia, Rex e Phantom sapevano che nell'attimo stesso in cui l'elicottero si fosse avvicinato abbastanza da farsi sentire, l'accampamento di ribelli si sarebbe svegliato come se qualcuno avesse messo un piede su un formicaio. Il loro obiettivo sarebbe stato quello di abbattere l'elicottero, a costo della vita dei loro compagni e delle persone a bordo.

Dal momento che avevano le armi per farlo, Rex sapeva che le possibilità che accadesse sarebbero state molto più alte, rispetto a prima che il convoglio venisse attaccato. Al diavolo chi aveva fatto trapelare informazioni ai terroristi.

Rex sentì una mano sul braccio e si voltò per guardare Avery. Lei aveva capito che era agitato senza che lui dicesse una parola. Riusciva a capirlo bene tanto quanto i compagni SEAL, il che era strabiliante, visto che si conoscevano da relativamente poco tempo.

L'atteggiamento positivo di Avery era ben accolto e

apprezzato. Dal secondo in cui l'aveva trovata nella grotta e si era reso conto che non era stata con le mani in mano, ferma ad aspettare di essere salvata, ma che al contrario stava facendo di tutto per trovare una via d'uscita dalla situazione, Rex aveva perso la testa per lei.

Sapeva che era brava nel suo lavoro dalle poche informazioni che aveva racimolato su di lei a Riverton, sapeva anche che aveva molti amici e le lentiggini più carine che Rex avesse mai visto. Avrebbe voluto vedere quanto le scendevano lungo il petto. Ne era ricoperta ovunque, oppure si trattava solo del viso e del décolleté?

Dopo aver passato gli ultimi due giorni con lei, Rex aveva capito che gli piaceva in tutto e per tutto. Era ancora curioso riguardo le lentiggini, ma l'attrazione fisica si era trasformata in qualcosa di più. Voleva sapere cosa la motivasse, conoscere la sua infanzia e la vita a Riverton. Voleva sedersi accanto a lei, tenerla per mano e godersi la vicinanza senza preoccuparsi che qualcuno sparasse contro di loro.

Avrebbe fatto di tutto per far sì che potesse succedere. Sì, era importante che Avery si mettesse in salvo, perché era l'unica persona in grado di identificare il traditore che aveva reso molto più difficile la vita di ogni soldato e marinaio in missione in quella regione, tuttavia era ancora più importante per Rex *personalmente*.

Il pensiero che Avery potesse perdere la vita a causa di un proiettile, o peggio, di un lanciarazzi RPG, era orribile per moltissime ragioni.

"Dieci minuti," disse Phantom a bassa voce; era al loro fianco.

Rex si sentì attanagliato dal panico di non aver passato abbastanza tempo con Avery.

Tuttavia, lei gli strinse il braccio.

Erano tutti a pancia in giù, nascosti fino all'ultimo secondo, quando sarebbero dovuti correre verso la scala calata dall'elicottero. I tre sarebbero stati caricati nello stesso istante. Rex per primo, si sarebbe attaccato al primo piolo, Avery l'avrebbe seguito, con Phantom subito dietro. Prima che potessero salire in cabina, però, il pilota avrebbe dovuto allontanarsi dalla zona in volo, con loro ancora appesi alla scala.

Non era niente di straordinario per un SEAL, ma Rex sapeva che Avery non era proprio entusiasta. Era un ufficiale navale e aveva affrontato l'addestramento, ma lì si trattava della realtà. Ci sarebbero stati dei veri proiettili a volteggiare nell'aria e il rischio era più alto del normale.

Rex si voltò per guardare Avery e capì che non si sarebbe mai scordato quel momento. Lei sembrava calma e tranquilla, mentre lui si sentiva tutto il contrario. Avery aveva più lentiggini su naso e guance di quando l'aveva trovata nella grotta, perché aveva passato una giornata o giù di lì al sole. I lividi erano ancora visibili e aveva le labbra screpolate. Eppure era la creatura più bella che Rex avesse mai visto.

"Ce la faremo," gli disse lei dolcemente. "Sarà una passeggiata."

Rex avrebbe voluto sorridere ma non ci riuscì.

Avery ovviamente non insistette. Non gli chiese cosa c'era che non andava, perché era più che ovvio. Continuò a tenergli una mano posata su un braccio e si voltò di nuovo in avanti, pronta per il segnale di Phantom che avrebbe dato il via alla corsa scatenata.

Dopo sette minuti, Phantom fece un cenno con il mento a Rex, per fargli sapere che era quasi ora.

Rex si voltò e sussurrò a Avery: "Sei pronta?"

"Prontissima," gli rispose lei con tono solo leggermente tremolante.

Dopo pochi secondi cominciarono a sentire il rumore delle pale dell'elicottero in lontananza. Si alzarono tutti e tre e si avvicinarono al limitare del piccolo altopiano, abbastanza grande per permettere all'elicottero di atterrare in sicurezza, malgrado la pendenza.

"Piano," disse Rex, si era liberato dei brividi ed era completamente concentrato. La sua attenzione era sul lato della montagna dove sarebbe apparso l'elicottero. Prima sarebbero riusciti a raggiungere la scala calata dall'elicottero e attaccarvisi con dei moschettoni, prima sarebbero volati via da lì.

Insieme al suono delle pale sentirono anche delle grida echeggiare attraverso i canyon e la cima della montagna.

Poi apparve l'elicottero, volava veloce nella loro direzione.

La corsa era iniziata.

Il secondo in cui Phantom vide l'elicottero gridò: "Ora!"

Avery non aveva bisogno di essere esortata, partì a razzo dietro a Phantom. Corse come se ne andasse della sua vita, il che era vero. Come se non l'avessero torturata quasi fino alla morte solo qualche giorno prima.

Quando raggiunsero la metà dell'altopiano, davanti all'elicottero, Rex ebbe un brivido di terrore. Erano prede accessibili, all'aperto... Se un ribelle fosse arrivato sull'altopiano dal lato opposto rispetto all'accampamento, sarebbero stati bersagli facili.

Tuttavia, passarono giusto pochi secondi prima di vedere apparire la scala. Le pale sollevavano il terriccio attorno a loro, rendendo impossibile la vista di qualsiasi terrorista che si stesse avvicinando.

Phantom afferrò il fondo della scala e la tenne ferma. Rex vi si arrampicò rapidamente di qualche gradino, poi allungò una mano e la porse ad Avery. Non aveva bisogno di preoccuparsi di lei, gli stava addosso, proprio come avevano detto. Rex guardò Avery agganciare il cavo di sicurezza su un lato della scala.

Saltò su anche Phantom, aveva lo sguardo allo stesso

livello del sedere di Avery, che a sua volta aveva gli occhi sul sedere di Rex. Era protetta al massimo tra i due.

Rex guardò verso l'alto e fece cenno per comunicare agli uomini in cabina che erano tutti agganciati e che sarebbero potuti volare via da lì.

Per un secondo Rex pensò che se la fossero cavata senza intoppi. Che i ribelli ci avessero impiegato troppo tempo per reagire, ma proprio mentre cominciavano a risollevarsi, sentì degli spari al di sopra del rumore dell'elicottero.

"Testa giù e tieniti forte!" urlò aggrappandosi alla scala con una mano e usando l'altra per sparare alla cieca nella direzione degli altri colpi. Anche Phantom stava sparando mentre l'elicottero impiegava due preziosi secondi per voltarsi e allontanarsi velocemente dalla cima della montagna.

"RPG!" urlò Phantom una volta lontani abbastanza da riuscire a vedere attraverso la polvere e i detriti.

Un uomo era in ginocchio sul lato opposto a quello in cui si erano nascosti e stava puntando contro l'elicottero un dannato lanciagranate gigante.

Non c'era verso che il pilota avesse sentito l'avvertimento di Phantom, ma ovviamente uno degli altri uomini a bordo aveva visto il pericolo. L'elicottero virò bruscamente a sinistra, poi si abbassò di colpo.

Rex sentì lo stomaco in subbuglio per via dello sbalzo di quota, ma non smise di sparare ai terroristi che cercavano di annientarli. Nel momento in cui venne lanciata la granata, si sentì un grande *swooosh*, ma il pilota dei Night Stalker si fece trovare pronto. Virò di nuovo a destra, poi guadagnò altri centocinquanta metri di quota in pochi secondi.

Penzolare all'estremità della scala di corda come dei pesci su una lenza non era esattamente la situazione ideale per il trio, ma in quel momento era più importante allontanarsi dalla portata degli uomini che cercavano di ucciderli.

Rex e Phantom continuarono a sparare verso il basso, in

direzione dei ribelli, proprio come loro facevano del loro meglio per sparare all'insù.

Non erano passati più di trenta secondi da quando erano saliti sulla scala, ma in quei trenta secondi Rex non aveva sentito Avery fiatare. La percepiva contro una gamba, ma nel panico urlò lo stesso: "Avery?"

"Che c'è?" gridò lei di rimando, impaziente.

Rex avrebbe voluto ridere, ma non riuscì a far muovere le labbra nemmeno di un millimetro. "Stai bene?"

"Alla grande!" esclamò lei.

"Phantom?"

"Bene!" gli rispose urlando il compagno.

Rex ebbe l'impressione che avrebbero potuto scamparla illesi, così punto l'arma verso il basso e sparò un'altra raffica. Si stavano lasciando indietro la zona pericolosa e si sarebbero diretti presto alla base. Mentre volavano via, gli uomini all'interno della cabina cominciarono a tirare su la scala un piolo alla volta.

Rex non sentì gli ultimi colpi emessi dai ribelli, ma vide i flash dei fucili che cercavano disperatamente di abbattere l'elicottero, o ferire uno di loro, appesi alla scala.

Pochi secondi dopo, Rex sentì la scala risalire lentamente. Stavano ancora volando in cerchio come bandierine appese a un palo.

Rex guardò verso l'alto e vide i pattini dell'elicottero avvicinarsi sempre di più. Una volta abbastanza vicino, ne prese uno e cercò di stabilizzare la scala. Poi si tirò ancora più su e uno degli uomini in cabina gli afferrò la mano.

Senza dire una parola, i due uomini lo tirarono dentro e gli sganciarono il cavo di sicurezza. Rex infilò la pistola nella fondina e porse una mano ad Avery nello stesso momento in cui lo fecero anche i Night Stalker. Avery aveva il viso pallido che rendeva evidenti le lentiggini e i lividi in maniera quasi oscena, ma era al sicuro e stava strisciando verso Rex come se lo facesse tutti i giorni della sua vita.

Quando Phantom fece sbucare la testa sul lato dell'elicottero, Rex capì immediatamente che c'era qualcosa che non andava. Era più pallido di Avery e non perché fosse spaventato dal viaggio in elicottero.

Anche Avery l'aveva notato, perché il secondo che Phantom venne caricato nella cabina e il portellone fu chiuso, lei stava già spingendo da parte uno dei Night Stalker.

Lui si tirò indietro e lei urlò. "Sono un'infermiera, spostatevi così posso esaminarlo!"

Loro non indossavano le cuffie e all'interno dell'elicottero c'era molto rumore, ma Avery sembrò non rendersene conto. Rex prese velocemente un paio di cuffie e le mise in testa a Avery, aggiustandogliele sulle orecchie e posizionandole il microfono davanti alla bocca. Poi fece lo stesso con Phantom. Per capire dove fosse stato ferito, avrebbero avuto bisogno di comunicare.

Avery si voltò verso Rex non appena anche lui indossò delle cuffie. "Ho bisogno di un paio di forbici, subito!" abbaiò lei.

Rex si rivolse a uno dei Night Stalker, che gli stava già allungando un paio di cesoie. Rex le passò ad Avery e la osservò tagliare abilmente la parte destra dei pantaloni di Phantom, mettendolo a nudo dalla coscia al polpaccio.

"Merda," mormorò lei, ma non si fermò.

"Toglietegli gli stivali," ordinò. "E alzategli le gambe."

Rex fissò il compagno in stato di shock. Sotto di lui si stava formando un lago di sangue a velocità allarmante.

Phantom alzò la testa per dare un'occhiata alla ferita e quando vide il sangue zampillare ritmicamente da dietro il ginocchio si lasciò andare a un'imprecazione.

Un secondo prima il sangue stava schizzando ovunque e

quello dopo Avery gli afferrò la gamba e fermò l'emorragia con una mano.

Phantom urlò di dolore e fece uno scatto in avanti.

"Tenetelo fermo!" ordinò Avery.

Rex si spostò sulle spalle dell'amico e le premette verso il basso con tutta la forza che aveva in corpo.

Uno dei Night Stalker fece l'errore di spingere da parte Avery in modo da poter prendere il controllo. La ragazza si voltò di scatto e ringhiò in un tono che Rex non le aveva mai sentito usare prima. "Se mi tocca ancora una volta, sergente, la manderò così velocemente davanti a una corte marziale che le verrà il mal di testa. Io sono la tenente Nelson, sono un'infermiera. Prenda qualcosa per tenerlo al caldo, presto andrà in shock. Tenga pronti dei lacci emostatici, se li ha. Ne avremo bisogno, in caso mi scivolasse la mano."

Avery si girò di nuovo verso Phantom.

Lui ricambiò lo sguardo con un'espressione dolorante. "Sono messo male, vero?" le chiese.

"Sarà una passeggiata. Sembra che uno di quegli stronzi sia stato fortunato e ti abbia leso l'arteria poplitea. È come una ferita alla testa... Sanguina moltissimo ma basteranno un paio di punti e tornerà come nuova."

Phantom si lasciò a un respiro incredulo. "Sta dicendo cazzate, tenente."

Rex vide la mano di Avery contrarsi sulla mano di Phantom. "Davvero stai dicendo alla persona con un dito sulla diga, diciamo così, che sta dicendo cazzate?"

"Scusami, hai ragione, continua," poi quando l'elicottero incontrò delle turbolenze grugnì da dolore.

"Quanto ci vuole ancora per arrivare alla base?" chiese Avery a nessuno in particolare.

"Dieci minuti, signora," le comunicò nell'interfono il pilota dalla cabina di comando dell'elicottero.

"Facciamo sei," gli ordinò Avery, poi rivolse l'attenzione a Phantom.

"Come fai a sapere che è solo lesa e non recisa?" le chiese lui,

"Non lo so," rispose lei cupa. "Ma sono sicura all'ottanta per cento. Se fosse stata recisa, probabilmente non saresti cosciente perché avresti perso molto più sangue. Ho l'arteria stretta tra le dita e sembra che funzioni. Potremo metterti un laccio emostatico, ma dato che siamo vicini alla base e a una sala operatoria, non voglio rischiare di mollare la presa e lasciare che l'arteria si apra ancora di più."

"Ho della morfina," disse uno dei Night Stalker dal fianco di Avery.

Senza distogliere lo sguardo da Phantom, lei annuì e rispose: "Dagliela."

Phantom grugnì e l'espressione sul suo volto fece capire ad Avery quanto dolore stesse provando.

"Pensa a qualcos'altro," gli ordinò lei. "Qualsiasi altra cosa, poi raccontamela nel più piccolo dei dettagli."

Rex osservò Avery e Phantom fissarsi negli occhi. Lei aveva le mani ricoperte di sangue e poteva a malapena vedersi la mano sinistra, seppellita nella ferita del compagno di squadra. Erano talmente tanto concentrati l'uno sull'altra che Rex non aveva idea se si rendessero conto di non essere soli.

"Quando eravamo a Timor Est e ho trovato quella fossa di corpi... non ho potuto fare a meno di guardare." Si lasciò scappare Phantom.

Anche se Rex sapeva che Avery non aveva idea di ciò che le stava dicendo Phantom, la vide sforzarsi incredibilmente di seguirlo. "Come ti sei sentito?" gli chiese.

"Incazzato," rispose Phantom a denti stretti. "Riuscivo a vedere solo delle gambette e delle braccia. Non era giusto, non c'era motivo che i ribelli uccidessero tutte quelle bambine."

"Poi cos'è successo?" gli chiese Avery quando Phantom non continuò il racconto.

"Abbiamo sentito arrivare i ribelli. Ridevano e sparavano a chi sa cosa mentre si facevano strada verso l'orfanotrofio. Il fatto che sembrassero così spensierati mentre le bambine nella fossa non avrebbero più potuto esserlo mi faceva incazzare moltissimo."

"Li avete uccisi?" chiese Avery, che poi si abbassò su di lui in modo da essere naso a naso.

"No. Dovevamo andarcene. Prendere Piper, i bambini e scappare. Tuttavia, mi sono girato un'ultima volta... Porca merda!"

"Cosa?" gli domandò Avery. "Che hai visto?"

Quando Phantom rispose spostò lo sguardo da Avery a Rex, che gli stava ancora sopra e gli teneva ferme le spalle. "Kalee si era mossa! Il suo piede non era più nella stessa posizione in cui l'avevo visto la prima volta."

Rex si irrigidì. Avrebbe voluto dire a Phantom che si sbagliava. Che la volontaria dei Corpi di Pace che erano andati a salvare a Timor Est era decisamente morta. Tuttavia, la certezza negli occhi del compagno di squadra lo fece rimanere in silenzio.

"Kalee era viva!" disse Phantom in tono angosciato. "Ecco cosa mi tormenta, di quella missione. Non è il fatto che abbiamo fallito, non del tutto. Ho visto la prova che non era morta, anche se inconsciamente, ma l'abbiamo lasciata lì lo stesso!"

"Piano, amico," gli disse Rex.

"Tu mi credi, vero?" lo implorò Phantom.

"Sì," gli rispose subito Rex, perché era così. Non aveva idea di cosa potessero farci in quel momento, mesi dopo, ma credeva al compagno SEAL.

"Merda, vaffanculo, cazzo!" imprecò Phantom. "Dobbiamo tornare là, dobbiamo trovarla!"

"Phantom, sai bene quanto me che è improbabile che sia ancora viva, dopo tutto questo tempo," gli rispose Rex.

"Ah sì? Non sappiamo nemmeno se si è fatta male. Non siamo riusciti a vederla da davanti, solo alle spalle. Forse era solo svenuta. Magari è ancora là, sola tra le colline, terrorizzata e intenta a chiedersi come diavolo farà a tornare a casa."

"Va bene, Phantom. Parlerò con il comandante North e vediamo cosa possiamo scoprire."

"Tex. Dillo a Tex! Lui dovrebbe stare in allerta in caso di attività inusuali. Forse hanno avvistato una donna americana dai capelli rossi o qualcosa del genere."

"Ha i capelli rossi?" gli chiese Avery. "Allora è una tosta."

Phantom guardò di nuovo Avery. "Non so niente su di lei, ma se è sopravvissuta a ciò che è successo all'orfanotrofio, allora è decisamente una tipa tosta."

"Ovvio che sì," gli disse Avery in tono calmo. "In caso fosse viva, non ho dubbi che farete tutto ciò che potete per trovarla e riportarla a casa, proprio come avete fatto con me. Ora, atterreremo tra un minuto e venti secondi. Io mi attaccherò alla tua arteria come una scimmietta in astinenza da sesso. Ci saranno delle urla, probabilmente mie, e altri casini. Ignora tutto quanto. Concentrati su di me. Stai andando benissimo. Il fatto che tu sia ancora cosciente mi fa pensare che tu sia in parte un supereroe, ma se senti il bisogno di fare un riposino, lasciati pure andare."

Mentre Avery continuava a informare Phantom di ciò che sarebbe successo una volta atterrati, Rex vide con i propri occhi perché Avery era una così brava infermiera. Usava una combinazione di humor e franchezza per mettere a proprio agio il paziente.

Poi lei si chinò su Phantom e gli parlò con un tono serissimo. "Non stai morendo, Phantom. Quindi non provare nemmeno a cominciare a dare ultime direttive ai tuoi compagni o stronzate simili. Hai solo una piccola bua sull'arteria. Il chirurgo ci metterà tre punti al massimo e tra qualche settimana starai bene. Intesi?"

"Sì, signora," le rispose Phantom.

Rex si rese conto che Phantom non aveva ancora elaborato tutto ciò che gli era appena tornato alla mente, ma che stava facendo del suo meglio per concentrarsi su ciò che gli accadeva intorno.

"Non ti lascio finché non saremo in sala operatoria. Primo, perché mi rifiuto di lasciarti andare la gamba finché il dottore non sarà lì pronto con ago e filo e secondo perché non sappiamo chi sia il traditore, se per caso fosse un dottore o un infermiere, non ho intenzione di mollarti alla loro mercé, capito?"

"Se non sposerai Rex, te la farò io la proposta di matrimonio," le disse Phantom.

Avery alzò gli occhi al cielo. "Come no, non siamo fatti per stare insieme, ci faremmo impazzire dopo nemmeno una settimana."

L'elicottero subì una scossa non appena i pattini colpirono l'asfalto con un tonfo. Avery si voltò e cominciò a dare ordini ai Night Stalker, che si precipitarono a eseguirli.

Rex voltò la testa e vide il resto della squadra correre verso il velivolo. Ovviamente il pilota li aveva informati di ciò che era successo. Aprirono il portellone e l'aria calda riempì la cabina. Rex tolse le cuffie ad Avery delicatamente, poi quelle di Phantom.

"Posso lasciarlo andare, ora?" chiese Rex.

Avery annuì. "Non va da nessuna parte, giusto Phantom?"

"Giusto," rispose l'altro a denti stretti.

"Ricorda ciò che ti ho detto," lo redarguì Avery. "Niente ultime direttive alla squadra. Potrai parlare con loro tra un paio d'ore, quando sarai uscito dalla sala operatoria e sarai in rotta per gli Stati Uniti."

"Sei un po' cattiva," le disse Phantom.

Avery sorrise. "Lo so, lo dicono tutti i miei pazienti, all'inizio."

"All'inizio?" sospirò Phantom.

"Sì, poi si rendono conto che ho sempre ragione e tutto ciò che dico nel momento è per il loro bene. Dopodiché mi amano e dicono che sono l'infermiera più meravigliosa che abbiano mai avuto."

Fu il turno di Phantom di sorridere e alzare gli occhi al cielo.

Rex si lasciò a un sospiro di sollievo. Avery aveva in qualche modo fatto un miracolo. Non solo aveva fatto ricordare a Phantom ciò su cui aveva passato mesi a crucciarsi, ma l'aveva anche fatto sorridere. Il tutto mentre gli teneva insieme una gamba a mani nude.

"Che cazzo è successo?" chiese impaziente Rocco quando Rex saltò giù dall'elicottero.

"Storia lunga, per farla breve Phantom è stato colpito di striscio da un proiettile mentre ci stavano caricando sull'elicottero dalla scala," lo informò Rex.

"Tutto quel sangue è *suo*?" chiese Ace.

"Sì."

"La tenente sta bene?" domandò Gumby.

"Sì, il sangue è tutto di Phantom," li rassicurò Rex.

"Come diavolo fa a essere ancora cosciente?" mormorò Bubba.

"Perché è un testone," disse Rex. Tuttavia, sapeva che non era per quello. Era grazie ad Avery, che lo aveva costretto a rimanere lucido facendolo pensare ad altro, oltre alla ferita e al dolore, così gli aveva rallentato il battito cardiaco.

Per non parlare del fatto che gli stesse tenendo insieme l'arteria con le dita.

"Barella!" gridò qualcuno alle loro spalle.

I cinque uomini si tolsero di mezzo ma non lasciarono

l'area. Rex aiutò Avery a stabilizzarsi mentre usciva dall'elicottero con la mano ancora nella gamba di Phantom.

"Stai attento!" ordinò lei mentre trasferirono il SEAL sulla barella. "Se non la smetti di provare ad allontanarmi ti sparo," disse a un certo punto a qualcuno. Era ovvio che non dicesse sul serio, ma il tono di voce fu abbastanza per far sì che il soldato si allontanasse da lei lentamente.

"Sali con lui sulla barella," le disse Rex.

Avery annuì e lo fece. Si mise a cavalcioni delle ginocchia di Phantom e si piegò su di lui per mantenere salda la presa sulla gamba. Una volta stabile, i tre uomini cominciarono a spingere la barella verso l'edificio vicino.

"Evviva! Ho sempre voluto salire su una di queste!" esclamò Avery con aria disinvolta, seppur rimanendo concentrata su Phantom. Rex sapeva che probabilmente gli stava tenendo d'occhio il respiro e il battito cardiaco mentre si precipitavano verso la clinica.

Andò loro dietro correndo, seguito dal resto della squadra.

"Avery andrà in sala operatoria con lui," disse Rex correndo.

"Non deve essere lasciata sola, nemmeno per un secondo. Dobbiamo essere tutti in coppia finché non saremo sulla strada di casa."

"Per via del traditore?" chiese Rocco.

Rex annuì e disse: "Non posso parlarne qui, ma è sufficiente dire che l'attacco al convoglio non è stato casuale, proprio come aveva sospettato il sergente maggiore."

"Merda," disse Gumby.

"Cazzo," gli fece eco Ace.

"Giusto," aggiunse Rocco. "Che è successo a Phantom?"

Rex comunicò loro i sospetti di Avery riguardo l'arteria poplitea lesa.

"Speriamo sia solo lesa e non recisa," disse Bubba.

Entrarono nella clinica e seguirono la barella lungo il

corridoio, assistendo alla tenente che dava ordini a destra e a manca.

Invece di portare Phantom in una delle sale per esami, Avery insistette che lo portassero direttamente in quella operatoria. Rex non si stupì quando fecero esattamente come aveva detto lei. Cercò di seguirli dentro, ma fu fermato da un capitano della Marina.

"Non può entrare lì dentro," disse loro il capitano.

Rex sospirò, poi annuì. Non era contento, anche se capiva. Tuttavia, non avrebbe lasciato Avery senza protezione. Sarebbe stato piantonato fuori dalla sala operatoria, arma alla mano in caso di bisogno. Si rivolse alla propria squadra. Resterò io qui con loro."

"Anche io rimango," s'intromise Rocco. "Immagino che staremo qui altre ventiquattro ore prima di prendere un volo per tornare a casa, ora che Phantom è stato ferito. Gumby, ti occupi degli alloggi per dormire? Stessa stanza, se possibile. Non abbiamo ancora i dettagli, ma per ora sembra sia meglio non fare comunella con nessun altro. Ace, tu e Bubba potete contattare il comandante North e cominciare i preparativi per tornare a casa? So che il protocollo prevede di passare dalla Germania, ma vista la situazione..." Lasciò cadere la frase.

"E dite a North che la tenente avrà bisogno di guardare le foto di ogni marinaio e soldato, anche dei civili, che sono attualmente stazionati qui in Afghanistan," aggiunse Rex a voce bassa, così da non essere sentito dai passanti.

"Merda, va bene... sarà fatto," gli rispose Bubba.

Rex non vedeva l'ora di sedersi a un tavolo con la squadra e rivedere tutto ciò che aveva appreso da Avery, ma avevano tutti delle incombenze da sbrigare, per fare ritorno in California al più presto. Ovviamente ciò dipendeva da Phantom e dalla gravità dell'infortunio.

Rex sbirciò in sala operatoria e vide Avery gesticolare in

grande con la mano libera. Aveva i capelli scompigliati e bisognosi di una lavata, i vestiti sporchi e negli ultimi minuti dal labbro spaccato aveva ricominciato a uscire sangue, eppure Rex non riusciva a ricordarsi di aver mai visto una donna tanto attraente.

Stava tutto nel modo in cui si comportava. Nel fatto che mettesse il benessere degli altri prima del proprio, un dettaglio a cui avrebbe dovuto prestare attenzione in futuro, per prendersi cura di lei quando lei era troppo impegnata a prendersi cura degli altri. Quel pensiero avrebbe dovuto spaventarlo a morte, invece percepiva solo la determinazione di fare sua Avery.

Non erano nemmeno usciti per un appuntamento, ma se lei pensava che gli eventi dei giorni passati l'avessero scoraggiato si sbagliava di grosso. Rex era più determinato che mai a uscire con lei, a continuare a mostrarle che era un uomo sul quale avrebbe potuto contare, che l'avrebbe apprezzata com'era e non avrebbe tentato di cambiarla.

Dopo che Bubba, Ace e Gumby se ne furono andati, Rex si voltò verso Rocco.

"C'è dell'altro."

"Che cosa?" gli domandò cauto Rocco.

"Phantom si è ricordato ciò che lo tormentava riguardo alla missione a Timor Est."

"Ah, sì? Grazie al cielo, che cos'era?"

"Ha detto che Kalee non era morta, quando l'ha vista nella fossa. Che l'ha vista muovere un piede."

"Porco cazzo!" imprecò Rocco. "Ne è sicuro?"

"Sicuro."

"Un altro argomento da discutere con il comandante," commentò Rocco. "Ma prima dobbiamo assicurarci che stia bene, poi andremo a casa e troveremo quel dannato traditore."

"Amen!" ribatté Rex. *E facciamo sì che Avery riesca a superare tutto quello che le è successo mentre era prigioniera,* aggiunse mentalmente.

Fino ad allora, lui si sarebbe preso cura di lei. Si sarebbe assicurato di procurarle vestiti puliti, la possibilità di una doccia, un bel piatto nutriente e un appuntamento per parlare con uno psicologo al più presto possibile, oltre che una visita per curare lividi e tagli. Rex aveva la sensazione che Avery sarebbe scappata davanti a tutto ciò. Era una ragazza indipendente ed esuberante. Per soddisfare i bisogni di lei, Rex avrebbe dovuto agire d'astuzia.

Stranamente, Rex non vedeva l'ora di farlo.

CAPITOLO DIECI

Un'ora più tardi, Rex era ancora in piedi davanti alla sala operatoria a guardare l'amico e compagno di squadra venire ricucito. Il dottore si era preso la briga di mandare un'infermiera per informarli che Avery aveva ragione: l'arteria poplitea di Phantom era semplicemente lesa.

Sembrava che l'operazione stesse volgendo al termine e Rex ne era più che contento. Era stato lì a guardare Avery accasciarsi sempre di più ogni minuto che passava. In quel momento era appoggiata al muro e Rex era abbastanza sicuro che fosse l'unica cosa a tenerla in piedi.

Non solo stava probabilmente attraversando un calo dell'adrenalina dovuta al salvataggio, all'infortunio di Phantom che l'aveva fatto sanguinare come un maiale al macello, ma era anche ancora molto lontana dal tornare la donna di sempre, dopo essere rimasta senza cibo tanto a lungo.

Subito dopo la fine dell'intervento, Rex l'avrebbe portata da qualche parte, ovunque, cosicché potesse mangiare e poi dormire. Sapeva che c'era molto da fare, ma il resto avrebbe potuto aspettare. Aveva già detto a Rocco di spostare alla mattina successiva la riunione con il generale della base, per riferire ciò che Avery aveva visto. Avevano tutti bisogno di qualche ora per rilassarsi e Avery aveva bisogno di dormire. Non sapevano ancora quando sarebbero partiti, dipendeva da Phantom e da quando sarebbe stato abbastanza stabile da poter volare fino in California.

Rex guardò il chirurgo annuire verso uno degli assistenti e dirigersi verso Avery. Scambiarono qualche parola, poi il dottore le mise una mano sul gomito e l'accompagnò alla porta. Sentirsi a disagio per via di un altro uomo che la toccava era folle, ma Rex non riusciva a fermare quelle emozioni. Non era esattamente gelosia, solo un senso di agitazione generale.

Nell'attimo stesso in cui la coppia attraversò le porte, Rex si mise al fianco di Avery e le circordò la vita con un braccio.

"Va' a farti la doccia, mangia qualcosa e dormi," le stava dicendo il dottore. "Il tuo sistema è sottosopra, dopo tutta la faccenda che hai subito. La cosa migliore che puoi fare per il tuo amico è prenderti cura di te stessa."

"Sto bene," insistette Avery.

Rex non poté fare a meno di ridacchiare. Guardò il chirurgo e si scambiarono uno sguardo divertito e incredulo.

"Va bene, ti lascio nelle mani di questo marinaio capace, allora. Ah, tenente Nelson?"

"Sì, signore?" rispose lei voltandosi verso il chirurgo.

"Bel lavoro là fuori. Hai fatto tutto in maniera perfetta. Il sottoufficiale di prima classe Dalton si riprenderà completamente. Se gli avessi messo un laccio emostatico, dal mio punto di vista professionale, avrebbe fermato l'emorragia, ma avrebbe anche danneggiato ulteriori arterie e vene."

"Grazie, signore. A essere onesta, non ci ho pensato troppo. Ho solo reagito e gli ho afferrato la gamba, l'arteria, rifiutandomi di lasciarla andare. Sapevo che non eravamo troppo lontani dalla base, specialmente alla velocità a cui stava andando il pilota, sarebbe stato più complicato applicare un laccio emostatico invece che tenerla stretta tra le dita fino al nostro arrivo," concluse Avery, sminuendo i complimenti del dottore.

"Il che lo rende ancora più sbalorditivo. È bello riaverti qui sana e salva," concluse lui. Fece un cenno a entrambi, poi si voltò e si diresse lungo il corridoio per cambiarsi il camice insanguinato.

"Avery?" la chiamò Rex.

"Phantom starà bene. Il dottore mi ha guidata attraverso ogni passaggio dell'operazione, mentre riparava l'arteria. Pensa che tornerà normale nel giro di tre settimane o giù di lì, il che è davvero fantastico. Dovrà andarci piano e sarà difficile per lui, penso, ma sono sicura che gli altri faranno ciò che serve per intrattenerlo mentre è fuori servizio."

"Avery," ripeté Rex.

"Non pensa ci siano motivi per cui non possa partire già domani, ma probabilmente dovrà essere nel tardo pomeriggio, non la mattina. Il dottore vuole esaminarlo e assicurarsi che i punti reggano, prima di dimetterlo."

"Avery, fermati un secondo," disse Rex.

Lei lo ignorò. "Ma dal momento che ci sarò io in volo con lui, almeno questo è ciò che penso tu abbia detto, ho comunicato al dottore che avrei potuto tenerlo d'occhio e in caso qualcosa andasse storto, per esempio se gli scende troppo la pressione, posso fare il necessario finché non atterreremo e lo porteremo in un ospedale in Germania o in un posto vicino a dove ci troveremo in quel momento."

Rex aveva esaurito la pazienza. La prese e se la caricò in spalla.

"Cole! Che stai facendo? Mettimi giù!" Gli mise le mani intorno al collo e si tenne forte a lui mentre percorrevano il corridoio stretto.

"Che cosa sto facendo?" le chiese. "Ti porto fuori di qui

così potrai fare esattamente ciò che ti ha ordinato il dottore. Mangiare, farti una doccia e dormire."

"Posso camminare!" protestò lei. "Volevo aspettare che Phantom si svegliasse per vedere che andasse tutto bene."

"Ace e Bubba staranno qui con lui, stasera. Saranno al suo fianco non appena si sveglierà. Rocco e Gumby alloggeranno nella nostra stanza, giusto per essere certi che tu sia al sicuro. È già tutto organizzato."

Avery smise di agitarsi tra le braccia di Rex e sospirò, ma non protestò più. Non era del tutto rilassata, ma non lo stava nemmeno combattendo e Rex lo apprezzava. Si diressero verso la sala mensa, ignorando gli strani sguardi nella loro direzione mentre Rocco si faceva strada attraverso le porte dell'edificio adibito ad ospedale.

Erano troppo in ritardo per la cena, ma Gumby aveva chiesto qualche favore e aveva fatto sì che ci fosse un pasto caldo ad aspettare Avery.

C'erano alcuni gruppetti di militari dell'Esercito o della Marina che usavano la sala per giocare a carte o semplicemente stare insieme. Tutti fissarono Rex, che entrò con Avery tra le braccia.

"Bentornata, tenente!" urlò qualcuno, il calore dell'accoglienza fu condiviso dalla maggior parte degli uomini e donne presenti.

Rex vide Avery arrossire e capì che non si sarebbe mai stancato di vedere la fioritura rosea delle sue guance. La rimise in piedi accanto a un tavolo vuoto e disse fermamente: "Siediti. Gumby ti sta prendendo la cena."

"E tu?" gli chiese.

"Io sto bene."

"Oh, no," protestò Avery. "Non pensare che non mi sia accorta che sei stato tutto il tempo in piedi davanti alla sala operatoria mentre Phantom era sotto i ferri. Anche tu devi mangiare."

Rex non avrebbe voluto sentire il calore che le preoccupazioni di Avery gli provocavano in ogni parte del corpo, ma lo fece comunque. Era consapevole che Avery avrebbe detto lo stesso a chiunque altro avesse avuto bisogno di nutrirsi, ma Rex sospettava che ci fosse dell'altro.

"Mangerò un pasto pronto quando saremo nei nostri alloggi per la notte."

Lei lo guardò con fare testardo e la fronte aggrottata. Rex alzò una mano per fermare e prevenire ulteriori proteste. "Non sono io quello che non mangia da due settimane. Sto bene, giuro. Dammi retta, Avery, l'ultima cosa di cui hai bisogno è ammalarti e collassare. Ti avremo anche portata via dal deserto, ma non vuol dire che il pericolo sia scongiurato. Ho il presentimento che i prossimi giorni, o forse settimane se questo tizio si dimostrerà essere un tipo sfuggente, saranno più difficili di quanto immagini ora."

"Va bene," gli rispose lei con un sospiro. "Ma ti invito a mangiare tutto ciò che non mangerò io."

Rex non rispose. Aveva la sensazione che, se avesse acconsentito, lei avrebbe smesso di mangiare prima di essere piena per assicurarsi che anche *lui* mangiasse qualcosa.

Gumby si presentò con un vassoio di cibo e lo appoggiò sul tavolo davanti ad Avery, poi si sedette dall'altro lato.

Avery prese in mano una forchetta, ma esitò prima di tuffarla nel piatto ricco di proteine e carboidrati che aveva di fronte. "Avete intenzione di fissarmi tutto il tempo, mentre mangio? Perché se è così potete andare da qualche altra parte finché non avrò finito."

Gumby ridacchiò. "Scusa, Rossa, è più forte di me."

"Rossa?" mormorò Avery tra sé e sé. "Sul serio?"

"Ehi, ti sta bene," le rispose Gumby con una risata.

"Immagino di essere stata chiamata con nomi peggiori," concordò Avery. "Ma sono seria, non mi fissate o non butterò giù niente."

"Va bene, allora che ne dici se vi racconto cosa è successo intanto che tu, Rex e Phantom eravate in campeggio?"

Avery alzò gli occhi al cielo per la battuta, poi annuì.

"Dunque, Ace e Bubba si sono messi in contatto con una squadra delle Delta Force, che una volta arrivata alla base è stata informata di ciò che hai detto riguardo al convoglio. Sono stati mandati qui per trovare i terroristi che hanno ucciso i due soldati, oltre che per rintracciare le armi mancanti dal convoglio. Sono molto interessati a parlare con te dell'uomo afghano che hai sentito parlare la nostra lingua."

Avery mandò giù una forchettata di puré di patate e si rivolse a Gumby. "Come diavolo fanno a sapere già di lui? Voglio dire, sono tornata solo da un paio d'ore."

"Ricordi quando Phantom ha chiamato per organizzare l'estrazione?" le chiese Rex. Dopo che Avery ebbe annuito, lui scosse le spalle. "Ha fatto un resoconto a Rocco di tutto ciò che avevi detto, compresa la faccenda del fiume."

"A proposito," s'intromise Gumby; Avery riportò lo sguardo su di lui. "Tutti abbiamo pensato di affogare Rex, una volta o due, ma apprezziamo il fatto che tu gli abbia salvato il culo."

Rex la vide arrossire leggermente e fece del proprio meglio per nascondere un sorriso.

"Non è stata una gran cosa," protestò lei.

"Non è vero," ribatté Gumby serio. "So che sei in imbarazzo e stai cercando di minimizzare, ma Phantom ha raccontato tutto a Rocco, in ogni dettaglio. Se non ci fosse stata tu a fare ciò che hai fatto, ora staremmo organizzando un funerale... Non è qualcosa che ci piace fare gli uni per gli altri. In caso non l'avessi capito, siamo come fratelli. Darei la vita per ognuno di loro e loro la darebbero per me. Solo perché abbiamo trovato delle compagne che amiamo, non vuol dire che il dovere verso gli altri sia venuto meno. Dovrai superare l'imbarazzo perché ci saranno almeno altre tre persone a ringraziarti e se vuoi lasciarti la faccenda alle spalle, ti suggerisco di accettare i ringraziamenti con quel bel sorriso che hai."

"Santo cielo, va bene," borbottò Avery. "Non c'è di che."

"Meglio," le rispose Gumby. "Ora veniamo alla vera domanda."

"Sì?" lo esortò Avery quando lui non proseguì a parlare.

"Sei riuscita a dormire almeno un po' con quei due russacchioni al fianco?"

Rex guardò male l'amico. "Sta' zitto, stronzo."

"No, dico sul serio," continuò Gumby con un bagliore negli occhi. "Rex russa come una motosega. Quando siamo in missione, di solito estraiamo a sorte chi deve dormigli affianco. Quando dobbiamo stare nel silenzio più assoluto, non gli è permesso dormire finché non siamo fuori portata dei cattivi."

Rex rubò un pisellino dal vassoio di Avery e lo tirò all'amico. "Vaffanculo."

Avery ridacchiò e quel suono fece immobilizzare Rex. Prese a fissarla come se non l'avesse mai vista prima di quel momento.

Fin da quando l'aveva conosciuta, persino in California, non l'aveva mai sentita emettere un suono così spensierato. Aveva già riso prima, ridacchiato, ma quel suono così infantile? Mai. Rex era affascinato.

"Devo ammettere di essere stata talmente stanca e mentalmente esausta, quando ci siamo fermati ieri sera, che quando ho chiuso gli occhi non ho sentito un accidenti. Un intero gruppo di ribelli avrebbe potuto fare irruzione nel nostro accampamento e non li avrei sentiti," disse Avery a Gumby.

"Beh, stasera scoprirai che non sto mentendo," le rispose lui con un sorrisetto.

"Mi dispiace," ribatté Avery. "Sono una dal sonno pesante.

Lo sono sempre stata, una volta che mi addormento, non ci sono per nessuno. Probabilmente potreste fare conversazione proprio sopra la mia testa e io continuerei a dormire."

"Accidenti, Rex, dovrai sposartela... Nessun'altra donna sopporterebbe i rumori che fai di notte."

Rex vide Avery passare dal divertito all'imbarazzato, così lanciò un'occhiataccia a Gumby. "Basta, la stai mettendo a disagio."

Gumby apparve subito contrito. "Scusa, Avery. Stavo cercando di mettere in imbarazzo *Rex*, non te."

"Va tutto bene," gli disse lei.

Proprio allora, un capitano di fregata della Marina si presentò al loro tavolo. "È bello rivederla, tenente Nelson. Eravamo tutti preoccupati."

Avery si mise seduta dritta sulla sedia. "Grazie, signore."

Il capitano si acciglió verso Gumby e Rex, poi guardò di nuovo Avery intensamente. "Al nostro tavolo c'è ancora posto, se vuole fare qualche partita a blackjack con noi. Fraternizzare con i marinai semplici non è decoroso."

A Rex ci volle un secondo per capire cosa stesse dicendo, dato che si era concentrato così tanto su Avery. Tuttavia, quando lo capì, strinse le mani a pugno talmente forte che dovette trattenersi a forza dal saltare in piedi e picchiare a sangue il giovane e presuntuoso ufficiale.

Prima che potesse parlare, Avery lo batté sul tempo.

"Sul serio?" gli chiese. "Ha intenzione di tirare fuori certe stronzate, dopo tutto quello che ho affrontato? E non finga di non sapere di che sto parlando, visto che la prima cosa che ha fatto è stata darmi il bentornato. In caso le importi *davvero* e questa non sia una stupida mossa per rimorchiarmi, le farò sapere in cosa sono stata coinvolta di recente." Si sporse in avanti e lanciò un'occhiataccia all'ufficiale.

"Sono stata colpita in testa da un grosso detrito mentre l'edificio nel quale mi trovavo è stato fatto esplodere da una granata. Poi sono stata trascinata su una montagna e incatenata al muro di una grotta, dopodiché mi hanno picchiata. Ripetutamente. Non mi davano niente da mangiare e ho dovuto succhiare l'acqua dal bordo di una roccia. Poi chi mi teneva prigioniera ha fatto saltare in aria l'entrata della caverna e mi ha seppellita viva. Ho passato un'altra settimana senza mangiare una sola briciola e nel frattempo spostavo le pietre una alla volta, cercando di scavarmi una via d'uscita. Questi marinai *semplici* sono venuti a salvarmi. Poi siamo stati rincorsi fino a un fiume pieno di rapide dal quale siamo a malapena usciti vivi. *Dopodiché*, per scappare ci siamo dovuti appendere a una scala ciondolante da un elicottero, dove ci hanno sparato contro."

"Quindi mi scusi se sono troppo stanca per avere a che fare con le sue stronzate politiche. Non me ne fregherebbe un cazzo se i due uomini accanto a me fossero membri di una tribù povera in canna o reclute di marina. Mi hanno salvato la vita e solo per questo meritano rispetto, ma solo per sottolineare quando lei si stia comportando da stronzo, sono anche dei SEAL... *signore*."

Rex vide l'ufficiale sbiancare. Sia lui che Gumby non avevano indosso niente che evidenziasse la loro appartenenza alle Forze Speciali ed era ovvio che l'ufficiale avesse visto i loro gradi sulle uniformi mimetiche che indossavano in attesa che Phantom uscisse dalla sala operatoria.

"Quindi torni dai suoi presuntuosi amici ufficiali e sparisca dalla mia vista. Non ho ancora finito di mangiare e non le permetterò di rovinarmi il primo vero pasto che faccio in due settimane."

Senza dire una parole, l'uomo si voltò e si ritirò verso il proprio tavolo, con una proverbiale coda tra le gambe.

Se un minuto prima Rex si era arrabbiato, a quel punto era solo divertito. Si rilassò e mise un braccio intorno alla sedia di Avery, senza nemmeno cercare di mascherare un sorriso.

Avery lo guardò e sbuffò. "Se ridi dovrò farti del male, Kingston."

Rex sbatté le palpebre. "Conosci il mio cognome."

Avery apparve confusa, il che era meglio dell'espressione arrabbiata con fumo dalle orecchie di qualche secondo prima. "Certo che sì, ti ho detto che ho chiesto in giro."

Rex scrollò le spalle. "Solo che non pensavo conoscessi il mio nome per intero."

"Non so come ti sei fatto quel soprannome," disse lei, che poi si infilò un'altra forchettata di pollo in bocca.

"Rex vuol dire 're' in latino. Avevo un istruttore che pensava di essere intelligente, ha cominciato a chiamarmi in quel modo fin dal primo momento che mi ha conosciuto ai bootcamp."

"È sciocco," lo informò Avery.

Rex non riuscì a non sorridere.

Lei mandò giù, si voltò per guardare Gumby e poi di nuovo Rex. "Apprezzo che nessuno di voi abbia picchiato a sangue il tenente. Sono talmente abituata a non vedere i gradi delle persone con cui lavoro, che non mi è passato per la testa che potesse sembrare strano il fatto che stessi passando del tempo con due marinai semplici."

Rex non avrebbe lasciato che Avery andasse a parare in quella direzione. Si sporse verso di lei e le mise una mano dietro al collo. Lei si immobilizzò e si rivolse a lui per guardarlo. "Tra noi, Avery, non c'è alcun grado. E con 'noi' intendo dire l'intera squadra. Tu sei Avery e io sono Cole. Quello è Gumby, poi c'è Phantom. L'ultima cosa che vogliamo è tenerti a distanza per via di una cazzo di mostrina sulla spalla, capito?"

Avery annuì. "Tranquillo, marinaio," gli disse scherzando. "Non stavo dicendo di mettere distanze tra noi, solo che non avevo capito come potesse apparire agli occhi degli altri. Quando eri in quel fiume non me ne è fregato nulla del tuo grado, o sbaglio? O quando tu ti sei infilato nella caverna per salvarmi. E di certo non mi è fregato un cazzo del grado di Phantom quando gli ho infilato una mano nell'arteria. Se gli altri hanno problemi sulle amicizie che mi scelgo, possono andare a farsi fottere."

"Mi piace," disse Gumby ridacchiando. "Ha fegato."

"Beh, grazie al cielo. Stanotte potrò dormire tranquilla sapendo di piacerti." Avery esibì un sorrisetto.

A quel punto Gumby prese a sghignazzare.

Rex sorrise di nuovo e le lasciò andare il collo con una carezza del pollice. Non gli passò inosservato il rossore di Avery.

Per i dieci minuti successivi, mentre Avery finiva di mangiare, parlarono del più e del meno... di quali verdure le piacevano e quali si rifiutava di mangiare, ciò che non vedeva l'ora di ritrovare in California e qualche parola sugli altri della squadra che Avery non aveva ancora avuto occasione di conoscere.

Quando finalmente mise giù le posate, Rex fu felice di constatare che avesse mangiato la maggior parte del pasto che le aveva procurato Gumby.

"Ti senti meglio?" le chiese quando lei allontanò il vassoio da sé.

"Sì, grazie. Anche se ora mi sento gli occhi talmente pesanti da non riuscire a tenerli aperti. Mi sento come quando mangio troppo al Ringraziamento, anche se adesso non ho mangiato così tanto."

Gumby si alzò e le prese il vassoio per riportarlo in cucina. "Non mi sorprende. Ci vorrà un po' prima che il tuo stomaco riesca a gestire di nuovo pasti come quelli che eri solita mangiare."

"Pronta per andare?" le chiese Rex una volta in piedi.

Avery annuì e spinse indietro la sedia. Rex le mise la mano sulla parte inferiore della schiena e la guidò verso l'uscita.

Prima di passare oltre, si voltò e lanciò un sorrisetto al tavolo del capitano. Era ovvio che quell'uomo stesse facendo del proprio meglio per rimorchiarla, una mossa da completo stronzo, considerando che Avery era stata prigioniera fino a nemmeno quarantotto ore prima. Tuttavia, Avery stava con *Rex* e lui l'avrebbe tenuta con sé fino a che lei l'avesse voluto.

Tornarono nell'aria calda del deserto e incontrarono Rocco insieme a un uomo che Rex non aveva mai visto prima.

"Avery, Rex, lui è Trigger. La sua squadra Delta è qui per rintracciare le armi che sono state rubate e trovare gli uomini che hanno ucciso i soldati."

Rex e Avery gli strinsero a turno la mano.

"Piacere di conoscere entrambi, mi dispiace che le circostanze non siano migliori," disse Trigger. "Sono molto lieto di vederla viva e vegeta, tenente Nelson."

"Grazie."

"Mi dispiace non essere arrivati a lei prima dei suoi amici marinai."

Avery scrollò le spalle. "Apprezzo comunque il fatto che siate venuti a cercarmi."

"A quanto ho capito, domani probabilmente partirete. Se potesse trovare il tempo di parlare con me e la mia squadra, l'apprezzeremmo molto. Speriamo che le informazioni che sarà in grado di darci ci aiutino a catturare chi sta dietro all'attacco al convoglio e ci portino al capobanda."

"Non sono sicura di essere di grande aiuto. Sono stata in una grotta per il tutto il tempo della mia prigionia e non saprei nemmeno dirvi dove si trova quella grotta. Cole e gli altri hanno probabilmente più informazioni di me."

"Abbiamo già parlato con Ace e Bubba e conosciamo le coordinate. Sono più interessato all'uomo che parla la nostra lingua. Se è qualcuno con cui l'Esercito o la Marina sta lavorando e finge di essere dalla nostra parte, dobbiamo trovarlo e ottenere delle risposte."

"Concordo, sarò felice di parlare con voi domani, Trigger."

"Bene, grazie. Mi scuso per averla trattenuta dalla doccia. Non c'è niente di meglio di una lunga doccia bella calda, dopo aver passato giorni, o settimane, sul campo."

A Rex piaceva l'uomo delle Delta Force. Era chiaro che avesse la testa sulle spalle e gli piaceva l'estrema cura che stava usando con Avery. Rex sospettò che Trigger avesse una compagna a casa che gli avesse insegnato come essere perspicace riguardo al sesso opposto.

"Ci vediamo domani," Rex strinse di nuovo la mano di Trigger.

"Ora posso finalmente portarti a fare una doccia e poi a letto?" le chiese Rex una volta che il Delta se ne fu andato.

"È un po' presto per la nostra relazione, non credi?" scherzò Avery. "Voglio dire, non mi hai nemmeno portata fuori per un appuntamento vero e proprio."

Gumby e Rocco scoppiarono a ridere e anche Rex non riuscì a trattenersi. "Non intendevo dire questo e lo sai, ma sono felice di sentirti ammettere che abbiamo una relazione."

"Beh, voglio dire, sei venuto dall'altra parte del mondo per farmi fare rafting e un giro in elicottero piuttosto adrenalinico... Sarebbe scortese da parte mia darti buca ora, no?"

Rex non riuscì a non avvolgere un braccio intorno alla vita di Avery e a tirarla verso di sé. Il fatto che lei ricambiasse subito la stretta e si appoggiasse a lui mentre camminavano gli piacque molto.

"Dico sul serio, comunque, faremmo faville in una corsa a tre gambe," disse con un sorriso mentre si metteva al suo stesso passo.

"Fareste il culo a me e Caite, questo è sicuro," disse Rocco. "È quasi trenta centimetri più bassa di me... Ovviamente se facessimo a gara a chi riesce a portare meglio la propria donna in braccio, vincerei a mani basse."

"Non essere così presuntuoso, SEAL," lo prese in giro

Avery. "Cole mi ha dovuta portare in braccio per una parte del tempo, durante la nostra fuga e ciò non è sembrato minimamente rallentarlo."

Arrivarono a una tenda di tela grande e robusta, vicino a dove Avery aveva dormito insieme a circa venticinque soldati e marinai prima di essere catturata. Gumby aprì la porta e le fece cenno di entrare. "Dopo di lei, tenente."

"Chiamami pure Avery," lo corresse lei, poi entrò. "Dove sono tutti?" chiese sorpresa, dopo aver dato un'occhiata in giro e non aver visto nessuno.

"Siamo solo noi, stasera," le disse Rocco. "Ho richiesto di avere lo spazio per noi. Considerato ciò che hai passato, i piani alti erano ansiosi di accontentarci."

"Non mi piace usare la mia esperienza per ottenere trattamenti speciali," lo rimbrottò Avery.

Rex le sollevò il mento con un dito e la costrinse a guardarlo. "Dovresti essere all'ospedale, stasera," le disse. "Probabilmente senti più dolore di quanto vuoi ammettere. E poi fare degli esami del sangue per capire quali vitamine ti mancano non sarebbe una cattiva idea. Tuttavia, non sapere chi è il traditore o se sta lavorando da solo in modo da finire ciò che i ribelli avrebbero dovuto finire da soli, significa che è troppo pericoloso. Quindi ti becchi una manciata di SEAL a farti da bodyguard e a pensare a ogni tuo bisogno. Rocco ha immaginato che ti servisse un po' di privacy. Sei più o meno una celebrità da queste parti, ormai, non volevamo che la gente ti fissasse o si mettesse a fare fotografie di te che dormi per venderle a qualche giornaletto a casa. Va bene?"

Avery annuì immediatamente. "Molto più che bene. Grazie." Si voltò verso Rocco. "Grazie anche a te. Apprezzo molto come tu e la squadra vi siate fatti in quattro per aiutarmi."

"Sei una di noi," le disse Rocco semplicemente. "Un marinaio in tutto e per tutto."

"Non sono sicura di essere esattamente una di voi," disse Avery ridacchiando. "Non posso dire che andare a spasso nel deserto schivando proiettili sia esattamente la mia idea di divertimento."

"Andiamo," le disse Rex. "Di solito questa tenda è riservata ai dignitari in visita. C'è una doccia privata a disposizione, poi potrai riposarti su quel letto lì. Gumby ha recuperato le tue cose da dove erano state conservate, così avrai dei vestiti puliti da metterti dopo la doccia."

Avery li ringraziò tutti quanti di nuovo e prese un cambio d'abiti dalla borsa prima di sparire nel bagnetto.

Appena sentirono l'acqua iniziare a scorrere, Rocco guardò Rex con espressione d'intesa. "Non sta affrontando ciò che è successo."

"Lo so, ma non ne ha letteralmente avuto il tempo," gli rispose Rex.

"Crollerà," l'avvertì Gumby.

"*Lo so*," ripeté Rex.

"Tu sarai lì per aiutarla a superarla?" gli chiese.

"Sì." Non c'era bisogno di elaborare, gli amici di Rex sapevano quanto Avery fosse importante per lui.

"Sono contento che l'abbiamo trovata," disse Gumby dolcemente.

"Anche io," concordò Rex. "Anche io."

———

Il guardiamarina Scott Wheatland se ne stava steso in cuccetta nella tenda affollata in cui viveva da ormai quattro mesi. Aveva addosso degli auricolari, ma erano spenti. Ascoltando i compagni di camerata, quando pensavano che nessuno li sentisse, aveva scoperto un sacco di informazioni utili. Al momento era solo e guardava accigliato il telaio del letto sopra la sua testa.

La sua vita stava andando di male in peggio.

Prima di essere inviato in missione lo avevano fatto retrocedere di grado: una stronzata. Gli altri ufficiali di polizia della Marina, altrimenti noti come agenti di pattuglia a terra, i quali avevano assistito ai combattimenti clandestini di cani che si svolgevano su ring segreti, erano fuggiti durante il raid mentre lui era stato beccato a scavalcare una recinzione a catena intorno a quel palazzo.

L'avvocato della Marina che gli avevano assegnato era stato in grado di convincere la commissione d'inchiesta che quella era stata la prima volta che Scott aveva partecipato a un evento del genere e invece di processarlo, lo avevano semplicemente fatto retrocedere a guardiamarina. Era stato umiliante e degradante.

Inoltre, Scott aveva bisogno di ogni centesimo della paga precedente, che era più alta, per permettersi di comprare i farmaci da cui era diventato dipendente.

Si era infortunato più di un anno prima, al ginocchio. Gli era stata somministrata la codeina... e una volta iniziato a prendere le pillole non c'era stato più niente da fare. Tutto il resto aveva cessato di avere importanza. La sensazione che provava quando le prendeva, come se niente nella vita potesse andare storto, era inebriante. Poco dopo aveva cominciato a mentire, a dire ai dottori di provare ancora moltissimo dolore.

Quando i medici della Marina avevano smesso di prescrivergli le pillole, Scott aveva trovato un altro fornitore.

Era stato inviato in Afghanistan per un incarico temporaneo, ma Scott sapeva che era perché il suo comandate si vergognava di averlo intorno e voleva punirlo ulteriormente. Non appena fosse tornato negli Stati Uniti, l'avrebbero spedito a Norfolk o qualcosa del genere. A Scott andava bene... ma la mancanza di soldi era un problema.

Così aveva preso in mano la situazione.

Il primissimo giorno in cui era stato assegnato a quel posto dimenticato da Dio, stava pattugliando i paesini adiacenti quando aveva incontrato un uomo che parlava molto bene la sua lingua. Mentre chiacchieravano, quell'uomo aveva menzionato la mancanza di un ospedale nella zona e il fatto che per i civili non esistesse alcun posto dove andare, in caso di malattie o ferite. Quella conversazione aveva dato modo a Scott di chiedergli se avessero accesso agli antidolorifici, in caso ne avessero avuto bisogno.

Il nuovo amico si era rivelato una miniera d'oro.

Da allora aveva cominciato a fornire a Scott le pillole di cui aveva maggiore necessità.

Una volta, quando era disperato e senza soldi, aveva portato a quell'uomo dei vecchi giubbotti antiproiettile che la polizia della marina indossava in servizio. Quello scambio aveva dato da pensare all'uomo e prima che Scott potesse rendersene conto stava condividendo con lui informazioni riguardo le attività alla base.

In poco tempo era passato da scambiare pasti pronti, vecchi vestiti e attrezzatura, a rivelare all'uomo sempre più dettagli riguardanti le operazioni alla base, incluso quando e dove sarebbero arrivate le forniture.

Quando l'uomo gli aveva offerto un milione di dollari per avere i dettagli sulla tratta della spedizione, le tempistiche e il numero di personale che avrebbe accompagnato un convoglio di munizioni, Scott non ci aveva pensato due volte.

Si era fatto in quattro per il proprio paese e cosa ci aveva guadagnato? Una retrocessione di grado e un viaggio in quel posto infernale, il tutto come punizione per qualche *cane*.

Beh, che andassero tutti a farsi fottere.

Il problema era che quella stronza di infermiera lo aveva visto parlare con il proprio contatto, al villaggio.

Scott aveva fatto tutto giusto, si era assicurato che

nessuno sospettasse di nulla... col cavolo che quella gli avrebbe mandato all'aria la paga.

Si era inventato una storiella e un consulente alla base lo aveva aiutato ad aprire un conto ad Abu Dhabi. Dopo aver rivelato i dettagli sul convoglio di armi, gli era stato trasferito il denaro, nascosto al sicuro dalle autorità, in caso Scott fosse mai stato sospettato dell'attacco.

L'infermiera della Marina avrebbe dovuto morire in fretta e non avrebbero mai dovuto scoprire ciò che lui aveva fatto. Era il piano perfetto, dal momento che la clinica dove lei lavorava era sulla rotta del convoglio.

Tuttavia, il contatto aveva cambiato i piani. Lo stronzo l'aveva rapita.

Un team di SEAL della Marina si era presentato per salvare l'infermiera e in quel momento era lì, alla base. Protetta da quegli stessi SEAL.

Se c'era *qualcuno* che lui odiava più degli ufficiali in comando e di quelle merde di giudici che l'avevano fatto retrocedere di grado, erano proprio i SEAL. Pensavano tutti di essere un regalo divino per le donne, di essere indistruttibili.

E come se ciò non fosse bastato, aveva sentito dire da una voce in California che era stata una squadra di SEAL ad aver assistito la polizia locale durante il raid ai combattimenti di cani, quando Scott era stato arrestato.

Sapeva che non sarebbe mai riuscito ad arrivare all'infermiera prima che lasciasse il paese. Non in quel momento. L'unica consolazione era non essere ancora in cella. Significava che non l'aveva identificato... Non ancora.

Avrebbe solo dovuto starle alla larga fintanto che lei rimaneva alla base.

Lui sarebbe dovuto andare a casa dopo tre settimane; una volta tornato in California, l'avrebbe trovata e avrebbe fatto in modo che tenesse la bocca chiusa... in un modo o nell'altro.

Scott sapeva anche che non avrebbe potuto trasferire i fondi sul proprio conto americano, al momento. Non mentre c'erano buone possibilità che l'NCIS controllasse eventuali transazioni fuori dal normale che coinvolgessero chiunque fosse stazionato alla base.

Doveva solo sperare e pregare che lei non capisse chi fosse, prima di arrivare a casa e completare il lavoro che lo spacciatore afghano non aveva portato a termine. In qualche maniera, Scott avrebbe ottenuto quei soldi.

Si sporse verso il lato della brandina e afferrò la boccetta di aspirine che teneva nel borsone, dove nascondeva la scorta illegale di pillole. Fece fuoriuscire un paio di pasticche di codeina e fece una smorfia per quanto in fretta stava finendo quelle ultime scorte. Le inghiottì insieme a un bel sorso d'acqua. Non vedeva l'ora di poter tornare a casa e riprendere a schiacciarle e sniffarle, o fumarle, oppure iniettarsele in vena. L'effetto era immediato e sembrava durare più a lungo, ma lì non godeva della privacy della quale aveva bisogno. Era sempre circondato da altri e ciò lo irritava.

Tre settimane, poi sarebbe stato a casa... poi avrebbe potuto mettere a tacere l'infermiera una volta per tutte e andare avanti con la propria vita.

CAPITOLO UNDICI

L'acqua calda scottava il corpo malconcio e livido di Avery. In bagno non c'era alcuno specchio a figura intera, ma anche senza specchio lei sapeva di avere lividi in posti in cui non ne aveva mai avuti prima.

Nel deserto non aveva mai abbassato la guardia per paura che un ribelle potesse spuntare fuori dal nulla e cominciare a sparare.

Aveva passato giorni su delle montagne russe d'adrenalina e per la prima volta sentì di potersi finalmente rilassare. Sapeva di non essere fuori pericolo. Chiunque volesse assicurarsi che lei fosse morta era ancora là fuori e finché non fosse stato identificato, la vita di Avery era ancora sul filo del rasoio.

Per il momento, dietro la sia pur sottile sicurezza delle pareti di tela, della porta del bagno e della precaria tenda della doccia, Avery fu in grado di pensare a ciò che era successo nelle precedenti due settimane. Era stata sepolta viva. Se non fosse stato per l'acqua che gocciolava all'interno della grotta e per il desiderio degli uomini che l'avevano catturata di torturarla, invece di ucciderla fin da subito, lei sarebbe morta. Cole e la squadra avrebbero trovato un cadavere. Era una realtà che le diede da pensare.

Per la prima volta dopo moltissimo tempo, Avery avrebbe voluto la madre al fianco. Essere avvolta nelle sue braccia, sentirla dire che sarebbe andato tutto bene.

Trattenne un singhiozzo. No, non aveva tempo di disperarsi. Gumby, Rocco e Cole erano nella stanza affianco e aspettavano che lei finisse di sistemarsi. Poi avrebbe dovuto dormire un po', prima di controllare come stesse Phantom, poi incontrare i membri delle Delta Force e il resto della squadra di Cole per identificare il traditore.

Mise il viso sotto il getto dell'acqua e chiuse gli occhi, ignorando il bruciore sui tagli. Il dolore stava a significare che almeno era viva.

Terminò di fare la doccia senza crollare, poi chiuse l'acqua. Non era mai stata una di quelle ragazze troppo femminili. Non era solita truccarsi molto. Gloss per mantenere le labbra idratate, crema idratante con protezione solare per mantenere il numero di lentiggini sul viso al minimo e un po' di mascara nelle occasioni speciali. Non stava troppo tempo sotto la doccia e non si preoccupava che i vestiti che indossava andassero di moda o no. Per la maggior parte del tempo aveva addosso l'uniforme e quando non lavorava era solita indossare un paio di jeans o dei pantaloncini corti.

Tirò fuori un paio di pantaloni della tuta blu scuri e una maglietta grigia con la scritta NAVY sul davanti, si sentiva un po' apatica. Era pulita, ma sentiva ancora la patina di sporco e polvere sulla pelle. Avery sapeva che era tutto frutto dell'immaginazione, ma era comunque leggermente disorientante.

Uscì dalla stanzetta. Rocco e Gumby erano in piedi nei paraggi, stavano parlando con la schiena rivolta verso il bagno. Avery apprezzò l'intento di darle un po' di privacy, ma non era davvero necessaria. Per qualche ragione non si sentiva affatto a disagio in loro presenza.

"Va tutto bene?" le chiese Cole, una volta avvicinatosi a lei.

Avery annuì. "Certo, perché non dovrebbe?" gli domandò lei.

Cole le lanciò un'occhiata che lei non riuscì ad interpretare, poi le indicò uno dei letti. "Mi sono preso la libertà di preparartene uno. Spero non ti dispiaccia."

La branda che Cole le aveva preparato non era niente di speciale.

Era solo un lettino con un lenzuolo di cotone e una coperta sopra, pronto affinché lei ci infilasse dentro.

"Ho pensato che non volessi un sacco a pelo. Voglio dire, magari era troppo costrittivo e poi sarebbe troppo caldo. Così ho rubato un lenzuolo e una coperta dall'ospedale. Possiamo riportarli indietro domani, quando andremo a trovare Phantom."

Avery sentì le lacrime minacciare di scorrere ancora una volta, ma le ricacciò sbattendo le palpebre. Si trattava di un lenzuolo e una coperta, accidenti, non di un picnic romantico per due. Eppure non riusciva a non pensare alle ultime quattordici notti che aveva passato sul terreno brullo, a chiedersi se avrebbe mai rivisto la base, figuriamoci un letto.

"È perfetto, grazie," riuscì a dire.

Avery sapeva di non stare ingannando Cole, ma lui non disse nulla mentre lei si sedette sul letto, infilò le gambe sotto le coperte e si stese.

"Se hai bisogno di qualsiasi cosa non esitare a chiedere," le disse Cole. "Io sarò lì, vicino alla porta."

Avery scorse lo sguardo dove lui stava indicando e vide che aveva spostato il letto proprio *davanti* alla porta principale, cosicché se qualcuno fosse entrato nella tenda gli sarebbe andato addosso. Sapere che Cole si stava letteralmente mettendo tra lei e chiunque potesse tentare di arrivare a farle del male nel mezzo della notte fece di nuovo emozionare Avery.

Poi diede un'occhiata agli altri letti. Gumby e Rocco avevano messo i loro letti sulle pareti opposte della tenda, cosicché se qualcuno si fosse azzardato a entrare avrebbe corso il rischio di svegliarli.

Avery non si sentiva così al sicuro da moltissimo tempo.

Chiuse gli occhi e stesa sulla schiena fece del proprio meglio per controllare le emozioni. Riusciva a sentire le persone chiacchierare nei paraggi e l'occasionale rumore di un veicolo in partenza. Nella grotta era tutto molto silenzioso, tutto ciò che sentiva era il fruscio nelle proprie orecchie. Sapere che c'erano altri vicino a lei, che non era tornata nella caverna, la rassicurava.

Sentì un click, aprì gli occhi e vide che Cole aveva acceso una torcia a forma di penna e stava puntando il fascio di luce verso il soffitto della tenda. Era abbastanza per illuminare l'area ristretta in cui dormiva Avery.

"In caso ti svegliassi nel bel mezzo della notte e ti dimenticassi dove ti trovi," le disse a bassa voce Cole, poi tornò a letto.

Quella fu la goccia che fece traboccare il vaso.

Le lacrime che aveva trattenuto fino a quel momento presero a scorrerle oltre le palpebre e poi caddero ai lati del viso e nei capelli.

Avery pensava di essere stata silenziosa, ma ovviamente Cole aveva capito che stava piangendo. Sentì il suo letto scricchiolare mentre le andava incontro. Si sedette accanto a lei senza dire una parola. Prima che Avery capisse cosa avesse in mente, Cole le si era steso al fianco e l'aveva attirata a sé. Erano appiccicati dai fianchi al petto. Stavano un po' stretti in quel lettino, ma Avery non aveva abbastanza energia perché le importasse qualcosa.

Gli seppellì il volto nel petto e pianse. Pianse perché aveva avuto tanta paura, perché era stata salvata. Pianse ricordandosi quanto era stato bello mettersi nella pancia qualcosa di diverso dall'acqua. Pianse a ricordare come e perché Phantom si era fatto male e pianse perché c'era la possibilità che quella faccenda non fosse ancora conclusa, perché qualcuno era ancora determinato a vederla morta a causa di ciò che lei aveva visto.

Cole non vacillò nemmeno per un secondo per tutto il tempo. Non le disse di smettere, né che tutto sarebbe andato per il meglio. Si limitò a stringerla, ad accarezzarle leggermente la schiena mentre lei gli bagnava la maglietta di lacrime. Avery si sarebbe dovuta sentire in imbarazzo o a disagio, per quanto erano pressati l'uno sull'altra, ma al contrario si sentiva solo esausta.

Dopo essersi pulita il viso sulla maglia di lui e aver fatto del proprio meglio per controllare l'emozione, cercò di scusarsi.

"Shhh. È meglio lasciare andare tutto invece che tenerlo dentro," le disse Cole.

"Ora... ora sto bene."

"Lo so."

Avery non voleva muoversi ma non era sicura che usare Cole come cuscino umano fosse appropriato. "Puoi tornare nel tuo letto... non crollerò di nuovo."

"Se questo non ti mette a disagio, non mi dispiacerebbe restare," le rispose lui con una leggera esitazione.

"Non sono a disagio," gli disse lei.

"Bene. Avery?"

"Sì?"

"Gumby non ha detto una bugia, io russo davvero," le disse con tono solenne.

Avery ridacchiò. "Sai, anche Phantom mi aveva avvertita, ricordi?"

Cole esitò per un secondo, poi annuì. "È vero."

"Non è un problema, Cole," gli rispose lei. "Non mentivo quando dicevo che ho il sonno pesante. Inoltre, dopo aver passato tutto quel tempo nella grotta, completamente da sola e in silenzio, penso che sentire qualcosa al di là del mio respiro sarà confortante... seppur a un livello inconscio."

Ciò le fece guadagnare una piccola stretta. "Troveremo il bastardo responsabile della tua cattura," le promise Cole.

Essere rassicurata da lui la fece sentire meglio, anche se Avery sapeva che toccava a lei identificare l'americano che aveva visto al villaggio. "Lo so," gli rispose.

"Se dovessi russare troppo forte, dammi una scossatina, mi farà zittire."

Avery sorrise e annuì contro di lui.

"Avery?"

Lei avrebbe voluto dirgli che, se non avesse smesso di parlarle, lei non sarebbe mai riuscita a dormire, invece disse solo: "Sì?"

"Sei incredibile. Volevo solo assicurarmi che lo sapessi."

Avery non si sentiva incredibile. Aveva tutti i muscoli doloranti ed era più debole di quanto avrebbe voluto. Sapeva che ci sarebbe voluto un po' di tempo prima di riacquisire forza e tono muscolare. Tuttavia, sentire le parole di Cole fu come un abbraccio per l'anima.

"Grazie," gli sussurrò.

"Buonanotte," le disse Cole.

"Buonanotte."

———

Rex non riusciva a ricordare di aver mai dormito meglio. Si era svegliato un paio di volte, durante la notte, solo per constatare che Avery non si era mossa. Gli stava ancora abbarbicata al fianco e dormiva profondamente. Il fascio di luce proveniente dalla piccola torcia illuminava la tenda e

Cole riusciva a vedere tutto perfettamente. Gumby e Rocco dormivano e niente sembrava aver subito alterazioni.

Era passato tanto tempo dall'ultima volta che aveva dormito con una donna, ma non riusciva a ricordare di essersi sentito tanto felice come la notte precedente.

Circa trenta minuti prima si era alzato e si era fatto una doccia veloce, poi si era vestito. Mise in valigia il poco che aveva portato in missione e sarebbe stato pronto per lasciare l'Afghanistan non appena il dottore avesse detto che Phantom era in grado di affrontare il viaggio.

Rocco e Gumby erano andati a dare il cambio ad Ace e Bubba all'ospedale e si sarebbero ritrovati tutti, una volta che Avery fosse pronta.

Riluttante, Rex si accovacciò al fianco del letto di lei e la scosse con dolcezza. Non gli sembrava che avesse avuto incubi la notte prima, ma Cole sapeva che c'erano ancora possibilità che arrivassero in futuro.

"Avery, sveglia," le disse dolcemente.

Un secondo prima era in fase REM, quello dopo era seduta sul letto e si guardava intorno terrorizzata.

"Tranquilla, va tutto bene, sei al sicuro," le disse Rex.

La vide prendere fiato a fondo, poi Avery lo guardò. "Almeno questa volta non ho provato a combatterti, quando mi hai svegliata. Dove sono tutti?"

"Sono all'ospedale, da Phantom. Li raggiungeremo non appena sarai pronta."

Avery si liberò della coperta, fece slanciò le gambe giù dal letto e si alzò in piedi. "Sono pronta," dichiarò, poi prese a barcollare.

"Ehi! Piano," la sgridò Rex dolcemente. "Ti ci vorrà un po' per tornare alla normalità."

Avery sembrò irritata per qualche secondo, poi ribatté. "Sto bene. Perché non mi hai svegliata prima?"

"Dormivi molto profondamente, non ti sei nemmeno

mossa quando mi sono alzato, così ho pensato di lasciarti dormire il più possibile. Sarà una giornata stressante."

Avery sospirò.

"A ogni modo, non c'è fretta. Prenditi il tempo che vuoi per prepararti. Andremo alla clinica a trovare Phantom, poi parleremo con il generale della base e con la squadra delle Delta Force di Trigger. Rimangono qui ancora un po' per vedere se riescono a trovare lo stronzo che ti ha parlato nella nostra lingua."

"Ci metterò un secondo," lo rassicurò lei affrettandosi in bagno.

Cinque minuti più tardi, Avery mise di nuovo piede nella zona principale della tenda.

"Fatto?" le chiese lui con un sopracciglio alzato.

Lei sorrise. "Sì, ti ho detto che ci avrei messo un secondo."

Avery si era tolta la maglietta e i pantaloni della tuta e si era infilata l'uniforme beige mimetica che indossavano da quelle parti sia i militari dell'Esercito che quelli della Marina. Rex sapeva che in California, sul lavoro, Avery era solita indossare la divisa e il camice da infermiera.

"Come stanno i piedi?"

"Bene."

"E le costole?"

"Bene."

Rex si accigliò. Pensò che Avery avrebbe anche potuto avere un'ascia conficcata in testa e avrebbe comunque detto di stare alla grande.

Come se riuscisse a leggergli nel pensiero, Avery disse: "Sul serio Cole, sto bene. Ho un po' di mal di testa, ma immagino che sia perché mi sto riabituando al cibo e tutto il resto. Ho le costole doloranti, ma niente che non possa sopportare. Ho circa un centinaio di lividi e tagli addosso, ma sono viva, in piedi qui, dopo una bella nottata di sonno, non sepolta sotto un'enorme montagna o torturata per nessun motivo. Sto. *Bene.*"

"Se per qualche ragione cominci a sentirti vomitina, devi dirmelo."

"Vomitina?" gli chiese Avery con un sorrisetto.

"Sì, un po' strana. Malata, a disagio. Vomitina."

"Va bene, lo farò," gli rispose.

Rex avrebbe di gran lunga preferito vederla sorridere, che accigliata e stressata. Sfortunatamente, sapeva che le riunioni che dovevano affrontare quel giorno non l'avrebbero fatta sorridere per un po'.

"Devo portare la borsa con me o la lascio qui?" gli chiese lei.

"Lasciala qui," le rispose Rex. "Qualcuno verrà a prendere tutta la nostra roba prima di partire."

Si fermarono alla mensa per una colazione veloce. Per quanto Avery volesse vedere Phantom, Rex sapeva che lei aveva bisogno di mangiare qualcosa. Sarebbe passato un po' di tempo prima di smettere di sentirsi in dovere di nutrirla ogni volta che lei si voltava.

Dopo mangiato, uscirono dalla tenda della mensa e Rex si avvicinò istintivamente ad Avery mentre si dirigevano alla clinica. Odiava non sapere chi fosse il traditore. Avrebbe potuto essere quel soldato che li guardava mentre stava fumando fuori da una tenda residenziale alla loro destra. Oppure avrebbe potuto essere uno dei cuochi alla mensa, o l'ufficiale navale che aveva appena aperto loro la porta della clinica. Non sapere chi fosse il nemico non era una bella sensazione.

Camminarono lungo il corridoio verso la stanza di Phantom e, con sorpresa e piacere di Rex, quando entrarono il compagno di squadra era già sveglio e lucido.

"Ehi!" lo salutò felice Avery.

"Vieni qua," le disse Phantom grugnendo.

Rex sbatté le palpebre di fronte al tono aggressivo dell'amico e seguì da vicino Avery.

Il secondo in cui lei raggiunse il bordo del letto, Phantom le prese una mano e la tirò a sé. La circondò con le braccia e la strinse forte.

"Grazie," le disse Phantom nell'orecchio in tono burbero.

Avery si tirò un pochino indietro e si ristabilizzò in piedi appoggiandogli le mani sulle spalle. "Non c'è di che," gli disse. "Hai fatto colazione? Come ti senti? Ti hanno fatto alzare dal letto? Com'è il rilascio delle urine?"

Phantom ridacchiò. "Sì, bene, sì e non ho intenzione di dirtelo."

Si sorrisero a vicenda.

"Il dottore dice che sembra tutto a posto e che Phantom dovrebbe essere autorizzato a partire nel tardo pomeriggio," disse Ace lanciando uno sguardo divertito al compagno di squadra.

Avery si voltò a guardarlo. "Sono Avery, tu sei Ace?"

L'uomo annuì. "Sì, molto lieto di vederti, tenente."

"Avery," insistette lei. "So che siamo alla base e tutto il resto, ma non mi sembra giusto che vi riferiate a me per grado, dopo tutto quello che è successo."

"Avery," acconsentì Ace annuendo.

Bubba allungò una mano. "Io sono Bubba."

"Ciao," disse Avery stringendogli la mano. Poi si voltò di nuovo verso Phantom. "Il dottore ha detto qualcosa di nuovo riguardo l'arteria e la riabilitazione?"

"Ha detto che era lesa, proprio come pensavi. E che mi hai letteralmente salvato la vita tenendola tra le dita."

Avery scrollò le spalle. "Sì, va bene, certo, ma che mi dici della riabilitazione?"

"Ha detto che ha messo solo un paio di punti e che a meno che non decida di andare a correre una maratona nei prossimi giorni, dovrei essere a posto tra un paio di settimane." Phantom guardò Rocco. "Devo parlare con il comandante, subito."

"Riguarda Timor Est?" gli chiese Rocco.

"Sì."

"Che *c'entra* Timor Est?" domandò Bubba.

"Kalee non era morta, quando abbiamo lasciato l'orfanotrofio," disse Phantom con tono piatto.

"Come?" ribatté Bubba sbalordito.

"Porca miseria, dici sul serio?" domandò Ace.

Phantom annuì. "Voglio anche parlare con Tex. Gli ho detto di stare all'erta in caso di anomalie, ma ora che so che Kalee è ancora viva, posso dargli più dettagli su cosa monitorare. In particolare gli avvistamenti di un'americana dai capelli rossi."

Rex si scambiò un'occhiata con i compagni. Sapevano tutti che le probabilità che Kalee fosse viva, dopo tutti quei mesi, erano poche, ma sapevano anche che, se ci fosse stato solo l'un per cento di possibilità, Phantom non avrebbe mollato il colpo. E nemmeno loro.

"Dobbiamo andare all'ufficio del generale," disse Rocco a Phantom. "Avery deve dirgli ciò che ha visto, così possiamo avvertirlo di stare in allerta. Poi parleremo con il team Delta, sono qui per cercare i terroristi che hanno attaccato il convoglio."

Phantom annuì. "Ho capito."

"Gumby resterà qui con te," gli disse Rocco.

"Non ho bisogno di un babysitter," ringhiò Phantom.

"Lo sa," Avery s'intromise nella conversazione. "Chiunque ti dia un'occhiata lo sa. Hai visto gli uffici o le sale riunioni che ci sono qui? Sono minuscole, non c'è modo che tutti voi, quelli della Delta Force e il generale ci stiate tutti. E poi, devi riposare. Se non sarai pronto a partire, nessuno di noi potrà andarsene. Non so te, ma io non sarei triste di lasciarmi alle spalle il deserto. Quindi, Gumby starà qui e si assicurerà che non deciderai di alzarti e cominciare a fare dei jumping jacks o qualcosa del genere, rovinando le nostre possibilità di tornare a casa."

Incredibilmente, Phantom sorrise *di nuovo*. "Va bene, signora. Andate alla riunione, ma non metteteci tutto il giorno. Prima sarò fuori di qui, meglio mi sentirò."

"Siamo in due," mormorò Avery.

Rex le posò una mano sulla parte bassa della schiena e la incoraggiò a voltarsi e lasciare la stanza. Rocco e Ace fecero strada, Rex e Avery alle spalle e Bubba in chiusura.

Tutti loro sapevano quanto fosse importante proteggere la tenente. Era l'unica persona in grado di identificare il responsabile dell'attacco al convoglio e colui che aveva provocato la morte di due soldati dell'esercito. Non avevano idea delle motivazioni, ma prima o poi sarebbe tutto venuto a galla.

"Tu e Phantom sembrate andare molto d'accordo," notò Bubba mentre attraversavano il complesso verso l'ufficio del generale.

"Sembri sorpreso," gli rispose Avery.

"È solo che... Phantom non è esattamente un tipo socievole," le disse Bubba.

"A me piace," ammise Avery. "Dice ciò che pensa e non gira intorno alle cose. Ha avuto un'infanzia difficile ed è complicato per lui fidarsi."

"Ti ha raccontato della sua infanzia?" le chiese Rocco in tono sorpreso.

"Sì, un pochino."

"Wow, faresti meglio a stare attento, Rex," scherzò Ace. "Potrebbe fregarti la ragazza."

Rex sentì Avery irrigidirsi accanto a lui, poi si fermò.

"Non è divertente," disse Avery ad Ace. "Io e Phantom siamo amici, proprio come spero di diventare amica con te e con gli altri. Phantom non 'fregherebbe' la ragazza di un vostro amico più di quanto lo fareste voi. Non vi conosco bene, ma deduco che siate più onorevoli di così. E poi, io e Rex non stiamo insieme, non sono la sua 'ragazza'."

"Sì che lo sei," ribatté Rex.

Avery si voltò verso di lui e gli lanciò un'occhiataccia. "Ah, sì? Da quando?"

"Da quando entrambi volevamo chiederci di uscire, in California, prima che tu partissi per la missione. Da quando mi hai chiesto di uscire insieme, quando eravamo ancora nella caverna. Da quando mi hai salvato il culo nel fiume e da quando hai dormito tra le mie braccia per non una, ma due notti," le rispose Rex, ricambiando lo sguardo.

Rimasero nel bel mezzo della base a fissarsi fin quando Avery mosse le labbra. Un secondo dopo stava ridendo così forte che dovette afferrare un braccio di Cole per tenersi in piedi. Le scorrevano delle lacrime sul viso e con la mano libera si teneva stretto il costato.

Quando finalmente Avery riprese il controllo, Rex si ripromise di farla ridere in quel modo almeno una volta al giorno. Secondo lui era sempre carina, ma era bellissima mentre rideva come se non avesse alcuna preoccupazione al mondo.

"Giusto," disse finalmente Avery. "A quanto pare sono la tua ragazza, allora."

"Puoi contarci," le disse Rex annuendo.

I compagni di squadra ripresero a camminare con un sorriso a trentadue denti.

Più si avvicinavano all'ufficio del generale, più Avery si faceva seria, fino ad arrivare a mordersi il labbro, una volta giunti lì davanti. Rex avrebbe voluto dirle di non preoccuparsi, che loro le avrebbero protetto le spalle, ma non aveva tempo. Erano già entrati e stavano venendo scortati a un ufficio sul retro dell'edificio, senza fermarsi ad aspettare o sedersi.

Avery aveva ragione. L'ufficio del generale era piccolo.

Dopo essere entrati tutti ed essersi uniti ai sette uomini delle Delta Force e al generale, non c'era molto spazio se non per rimanere fermi in piedi.

Il generale si alzò dalla sedia sulla quale era accomodato dietro la scrivania e strinse la mano di Avery. "Mi fa molto piacere rivederla, tenente. Mi dispiace che sia rimasta coinvolta in questa brutta situazione."

"Grazie, signore," rispose Avery. "Non è colpa sua."

"Immagino sia questo il motivo per cui siamo qui, oggi." Continuò lui, poi si rimise a sedere.

Rex spostò una delle sedie davanti alla scrivania per Avery e lei si accomodò mentre il resto degli uomini rimase in piedi, in ascolto e con il fiato sospeso, in attesa di sapere ciò che le fosse successo.

Per quanto Rex non avrebbe voluto che lei rivivesse quell'esperienza, era fiero del fatto che riuscisse a raccontare di nuovo la storia dell'accaduto. Ci vollero circa quindici minuti e la stanza era talmente silenziosa che riuscivano a sentire la segretaria tossire dal fondo del corridoio.

"Rende grande onore alla Marina," le disse il generale.

Avery scosse la testa. "Con tutto il rispetto, signore, non stavo cercando di rendere orgoglioso il mio paese e non stavo nemmeno pensando al mio lavoro, volevo solo rimanere viva. Quando ero più giovane, ero un'adolescente terribilmente lunatica. Mia madre era una santa. Non ho idea di come abbia fatto a superare quegli anni senza impazzire, ma mi diceva sempre di prendere le cose un passo alla volta. Di non guardare il quadro generale, ma di concentrarmi su ciò che potevo controllare, che il domani era un nuovo giorno. Ho pensato solo a quello. A spostare una roccia alla volta. Superare un'ora alla volta. Un minuto. Tutto ciò che posso controllare nella mia vita è come penso e come reagisco alle situazioni che mi circondano... e così ho fatto."

"Potrà pensare di non aver fatto niente di speciale, ma

posso dirle che non è così," le disse Trigger, alle spalle di Avery. "Sono sicuro che Rocco e il suo team saranno d'accordo con me quando dico che non tutti hanno la forza fisica o d'animo per sopravvivere a quello che ha superato lei. Abbiamo salvato abbastanza uomini e donne e mi creda quando le dico che ciò che ha fatto è straordinario."

Rex vide Avery arrossire e fu determinato ad assicurarsi che lei sapesse di essere incredibile. Forse, se l'avesse sentito abbastanza volte, avrebbe smesso di imbarazzarsi davanti ai complimenti.

"Possiamo tornare al giorno prima dell'attacco?" chiese il generale. "Se ciò che dice è vero, c'è senza dubbio un traditore fra noi."

"È vero," confermò Avery sicura. "Non mentirei mai, signore. Nemmeno esagererei per uscirne meglio."

"Non è che non le creda, ma è un'accusa piuttosto seria e voglio essere sicuro di avere dei fatti solidi prima che venga aperta un'indagine."

Avery annuì. "Capisco. Ho guardato fuori dalla finestra e ho visto due uomini nell'ombra tra due edifici, dall'altra parte della clinica. Al primo impatto ho pensato fossero due abitanti del posto, ma poi ho notato che uno dei due non aveva la barba e portava i capelli molto corti. Così ho guardato meglio e ho capito che era un americano. Non aveva la pelle scura come gli altri e continuava a guardarsi intorno con aria furtiva."

"Che aspetto aveva?" le chiese il generale.

"Capelli scuri, altezza e corporatura nella media." Avery fece una smorfia. "Lo so, non è una grande descrizione, ma se lo vedessi di nuovo lo riconoscerei."

Il generale sembrava scettico. "L'ha visto per quanto, un paio di secondi? Come può essere sicura di riconoscerlo quando non riesce a descrivere niente di lui oltre al colore dei capelli?"

Rex dovette ammettere di pensare lo stesso.

"Non so se riuscirò a spiegarlo in un modo che possiate capire. Prendo nota dei piccoli dettagli." Avery continuò, senza staccare gli occhi da quelli del generale. "Il battito cardiaco di Phantom era oltre i centoventi quando si è steso per la prima volta nell'elicottero, ma quando si è sdraiato e si è reso conto che avevo tutto sotto controllo è sceso a novanta. Lei ha bevuto un caffè, prima di venire qui, alla vaniglia. Glielo sento nell'alito. Il suo assistente l'ha nascosto molto bene, ma dalle smorfie e gli occhi iniettati di sangue, direi che ieri sera si è preso una bella sbronza. L'uomo in piedi dietro di me, accanto a Trigger, si sta annoiando da morire ad ascoltare ciò che ho passato, immagino vorrebbe che ci sbrigassimo, così da poter passare a parlare dei locali afghani, in modo da dare il via alla caccia a coloro che hanno ucciso i due soldati e fare loro giustizia."

Rex sentì Brain, uno dei militari delle Delta Force, emettere un sussulto sorpreso per via della corretta osservazione che Avery aveva fatto su di lui. Lei continuò.

"Quindi, potrei non essere in grado di descrivere un americano in modo utile da poterlo rintracciare, o permettere a un ritrattista di farne un disegno, ma sono brava con le facce e sono abbastanza sicura che quando lo vedrò di nuovo lo saprò. È uno nella norma e scommetto che pensi sia un punto a suo vantaggio perché lo aiuta a mimetizzarsi, ma io non penso che dimenticherò mai l'uomo che ha fatto del proprio meglio per uccidermi. Che ha dato l'ordine di farmi ammazzare e non ci ha pensato due volte, prima di vendere delle informazioni ai terroristi, armi che sapeva avrebbero prolungato il conflitto in questa parte del paese e che avrebbero ucciso molte persone, sia americani che afghani. Prometto di fare del mio meglio per identificarlo, signore."

Il generale annuì. "Immagino che non le vada di rimanere

qui per cercare di trovare il traditore," le chiese inarcando un sopracciglio.

"Signore, posso interrompere per un momento?" domandò Rex, che poi si avvicinò ad Avery.

Il generale annuì di nuovo.

"Non è sicuro rimanere qui per la tenente Nelson. Il traditore si trova molto probabilmente ancora alla base e potrebbe decidere di prendere in mano la situazione in ogni momento, per zittirla. Senza contare che i ribelli potrebbero prendersela per la sua fuga e potrebbero provare a concludere ciò che hanno iniziato, magari anche utilizzando un paio degli RPG che ci hanno rubato. È più sicuro per tutti che lei torni in California."

"Concordo," rispose il generale.

"Se approva," s'intromise Rocco, "la tenente potrebbe revisionare le foto ufficiali di ogni soldato e marinaio che staziona qui da almeno due settimane, quando ha visto il traditore che parlava con l'afghano."

Il generale si appoggiò allo schienale e tamburellò le dita sul bracciolo della sedia. Dopo un paio di secondi passati a pensare, annuì. "Vale la pena provare."

"Grazie, signore," gli disse Avery. "Non la deluderò."

"Non sarà facile," le rispose il generale. "Molti degli uomini sono cambiati, da quando hanno fatto quelle foto per il Dipartimento della Difesa. Hanno preso o perso peso, cambiato l'aspetto del viso con o senza barba, cose del genere."

Avery annuì. "Lo so, vorrei provare lo stesso."

"Le farò trovare un file su cui potrà lavorare, una volta tornata alla sua base," le disse il generale. "Ma non sarà possibile visionarle su niente che non sia un dispositivo assicurato alla stazione di polizia della base."

"Non sarà un problema, grazie," gli rispose Avery, che poi si rilassò sulla sedia.

"Possiamo parlare degli altri uomini, ora?" chiese uno dei Delta.

Era colui che Avery aveva etichettato come impaziente.

"Mi scuso per Brain," disse Trigger.

"Nessuna scusa necessaria," gli rispose il generale. "Siete qui da una settimana e mi pare di capire che non siate ancora riusciti a rintracciarli. Questo è un bel passo avanti."

Avery si rivolse alla squadra delle Delta Force. "Ho interagito più con lui che con il traditore, ma a dire il vero somiglia molto agli altri abitanti della zona. Aveva la barba lunga che gli copriva la maggior parte del viso. Alto circa quanto me, corporatura media. I capelli erano scuri ma nella barba aveva delle distinte strisce bianche ai lati della bocca. Parlava bene la lingua, anche fin troppo bene, credo abbia ricevuto una certa istruzione o qualcosa del genere. Gli altri abitanti del posto di solito conoscono solo le basi e quando parlano fanno molti errori grammaticali. Lui no."

Continuò spiegando ciò che le aveva detto quel tipo, il giorno in cui l'aveva visto con l'americano e anche il giorno dell'attacco al convoglio. Quando finì di riportare le sue parole, ogni uomo nella stanza aveva la mascella serrata e l'aspetto di chi era pronto a uccidere.

"Lo troveremo," disse Trigger ad Avery. "Glielo prometto, lo troveremo e gliela faremo pagare."

"Grazie," disse Avery. "Ma non fatelo da parte mia. Sono viva, sono sopravvissuta. Trovatelo per i due soldati che hanno perso la vita solo perché hanno avuto la sfortuna di guidare i camion contenenti le armi volute dai ribelli. Fatelo per gli uomini e le donne che in futuro verranno uccisi dalle armi che lui ha rubato."

"Lo consideri fatto," le giurò Trigger.

"Se c'è altro che ricorda o qualche informazione che pensa possa essere utile, per favore, non esiti a contattarmi," la esortò il generale.

Avery nascose un sorriso. "Emh, che faccio, le telefono?" gli chiese.

Il generale ridacchiò. "Beh, sarebbe difficile, non crede?" Guardò gli altri SEAL. "Immagino che voi terrete d'occhio la tenente, vero?"

"Sì, signore," rispose Rex prima che potessero farlo i compagni.

"Bene." Posò di nuovo lo sguardo su Avery. "Parli con uno dei SEAL e loro useranno le loro linee di comunicazione per contattare me o i Delta, va bene?"

"Sì, signore," gli rispose Avery.

Il generale si alzò e Avery fece lo stesso. Tutti i presenti si fecero il saluto militare, poi il generale disse di nuovo: "Sono contento di vedere che sta bene, dopo tutta questa faccenda. Mi dispiace che ci sia rimasta invischiata."

"Anche a me, signore, ma farò il possibile per aiutarvi a trovare il bastardo responsabile."

Il generale annuì e li congedò. Il gruppo uscì dall'ufficio, superò l'assistente reduce da una sbornia e tornò al caldo del deserto.

Trigger fermò Avery posandole una mano su un braccio. Lei si voltò a guardarlo.

"Lo prenderemo, tenente," le disse in tono serio.

Avery annuì. "Bene."

"Ma... quando tornerà in California, faccia finta di non averci mai incontrati. Per quanto ne sanno gli altri, l'unica squadra di Forze Speciali che ha visto sono stati i SEAL che l'hanno salvata, intesi?"

"Certo, non sono un'idiota," gli rispose lei leggermente stizzita. "Potrò anche essere solo un'infermiera della Marina, ma so come funzionano le operazioni di sicurezza. Sono grata a voi e agli uomini come voi più di quanto immaginiate, ma questo non vuol dire che tornerò a casa a concedere interviste al giornale locale sulla squadra di fusti della Delta che scateneranno l'inferno contro coloro che mi hanno rapita."

Seguirono una serie di risatine.

Anche Trigger sorrise. "Non pensavo che lo facesse, ma dovevo dirlo. Ovviamente capirà."

"Sì, anche se non è necessario." Avery gli tese una mano. "È stato bello conoscerla, oscuro e pericoloso sconosciuto. Faccia attenzione. Da fonti attendibili so che ora là fuori ci sono molti più dispositivi pronti a fare boom di un paio di settimane fa."

"Va bene," le rispose Trigger.

"Non ero annoiato," sbottò Brain dalla destra di Avery.

Lei sussultò. "Non mi è uscita proprio bene, scusa se ti ho messo in imbarazzo."

Brain ridacchiò. "Non ero imbarazzato, né annoiato, ma potrei essere stato un po' impaziente di passare alle informazioni sull'uomo che stiamo cercando, come ha detto lei. Ho il presentimento che riuscirà a identificare il traditore, tenente."

"È così," disse Avery convinta. "Forse mi ci vorrà più di quanto mi piaccia ammettere, ma alla fine ce la farò."

"Buona fortuna," le disse Brain.

Gli altri Delta gli fecero eco e poi si diressero tutti in una zona diversa della base.

Rex posò una mano sulla parte inferiore della schiena di Avery e insieme andarono alla clinica. "Tutto ok?" chiese piano ad Avery.

"Sì, non è stato esattamente divertente, ma più parlo di ciò che è successo più diventa facile."

Rex non era sorpreso. La cosa peggiore che Avery potesse fare era tenere tutto dentro. Lui sperava di essere colui al quale lei avrebbe potuto parlare ogni notte, per aiutarla a superare quell'esperienza, ma sapeva che non era del tutto logico. Non erano nemmeno ancora usciti insieme.

"Prima uscirò di qui, più sarò felice," mormorò Ace.

Rex era completamente d'accordo. Erano tutti consapevoli che la persona che voleva Avery morta probabilmente si trovasse alla base. Forse li stava persino guardando, in quel momento. Era una sensazione inquietante e Cole si sarebbe sentito meglio riguardo la sicurezza di Avery una volta partiti.

"Una settimana fa, un'unità dell'Esercito è tornata a casa," disse Bubba, come se potesse leggere i pensieri di Rex. "È possibile che il nostro uomo sia già tornato negli Stati Uniti. Tra qualche settimana ci saranno altre unità dell'Esercito e della Marina pronte per tornare indietro."

"Quindi abbiamo un po' di tempo per far vedere le fotografie ad Avery prima di doverci preoccupare troppo della sua incolumità," disse Rocco. "Dal momento che l'unità che ha lasciato l'Afghanistan viene dal Texas."

"Non significa che il traditore non verrà in California per mettere a tacere Avery," disse Rex.

Avery alzò una mano per fermare la conversazione. "Fermi," disse con un tono convinto. "Prima che qualcuno di voi lo suggerisca, non vivrò la mia vita barricata in casa, a nascondermi. Non mi serve nemmeno una guardia del corpo. So benissimo che potrei essere ancora in pericolo, ma non posso vivere la mia vita continuando a nascondermi. Tornerò in California, vedrò cosa posso fare per rintracciare l'uomo che ho visto e starò molto, molto attenta nel riprendere i miei turni all'ospedale. Mi rifiuto di farmi spaventare da lui."

A Rex quella posizione non piaceva. Non voleva che Avery fosse vulnerabile, una volta tornata a Riverton. Concordava sul fatto che non dovesse barricarsi in casa, ma pensava anche che non fosse una buona idea tornare alla vita di prima. Il punto era che, finché non avessero identificato il traditore, lei sarebbe stata in pericolo.

Fu Bubba a fare del proprio meglio per far capire ad Avery che la sua vita era cambiata. "Va bene, ma non puoi semplicemente andare a casa e far finta che non sia successo nulla. Che non sei stata presa di mira per ciò che hai visto. Non sei un'ingenua e non puoi nascondere la testa sotto la sabbia. Le cose saranno diverse per te, almeno finché questo tizio commetterà un errore, o tu lo identificherai. Nessuno ha detto che avrai bisogno di una guardia del corpo o che non potrai tornare al lavoro, ma devi agire d'astuzia. Dovresti mettere un allarme, se non ne possiedi già uno. Non dovresti stare da sola in ospedale. Devi parlare con il tuo comandante e comunicare che cosa è successo. In altre parole, non correre rischi. A volte l'ultima persona che ti aspetti essere il cattivo è esattamente la persona di cui ti devi preoccupare di più, io ne ho esperienza diretta."

Avery aprì la bocca per parlare, ma Bubba le parlò sopra.

"Quello che c'è tra te e Rex non sono fatti miei, ma è più che ovvio che ci sia qualcosa. Non allontanarlo perché pensi di poterti difendere da sola o perché stai cercando di dimostrare qualcosa. Non confondere i suoi sentimenti per pietà, o pensare che voglia tenerti al sicuro solo perché è obbligato a farlo."

"Bubba, basta così," disse Rex in tono basso.

"No, è tutto ok," gli disse Avery, poi alzò una mano verso Rex e fissò Bubba. "Immagino che la tua sia una storia affascinante e non mi dispiacerebbe ascoltarla, un giorno, ma adesso io non conosco te e tu non conosci me. Per sicurezza metterò le cose in chiaro."

"Quando ho detto che non avrei lasciato che questo tizio mi spaventasse, non intendevo dire che mi sarei trasformata in una di quelle eroine idiote dei film horror. Non me ne andrò in giro per Riverton come se non avessi alcuna preoccupazione al mondo. Non lascerò la porta aperta e non prenderò la stessa strada per andare al lavoro tutti i giorni cosicché un bambino di terza elementare possa rapirmi. Non voglio un bodyguard, su quello non mentivo, ma non sono contraria all'idea di avere un SEAL tosto intorno. *Se* io e Cole ci frequenteremo, una volta tornati, sarà perché sono interessata a lui come persona, non per via di ciò che potrà fare per me, intesi?"

Bubba sorrise, così anche Rocco e Ace.

"Sì, signora," disse Bubba facendole il saluto militare.

Avery alzò gli occhi al cielo. "Siete tutti delle spine nel fianco, sapete?" disse scuotendo la testa.

Erano all'aperto, dove tutti avrebbero potuto vederli, così Rex non poté fare ciò che avrebbe voluto. In particolare, metterle un braccio intorno alle spalle e tirarla a sé. Tuttavia si avvicinò un po', assicurandosi di essere nello spazio personale di Avery per dirle: "Ci rivedremo, a Riverton. Mi hai già chiesto di uscire e io non lascerò che ti rimangi quelle parole. Non vedo l'ora di passare del tempo con te. Non sarò il tuo bodyguard, ma non mi dispiacerebbe essere il tuo moroso."

Rex adorava il colore rosato di cui si tinsero le guance di Avery, che comunque non si allontanò da lui. "Moroso mi sa tanto di... scuole medie."

"Come vorresti chiamarmi allora?" le chiese Rex.

"Non lo so? Il mio amico? Il mio uomoroso?"

Tutti si misero a ridere. "Non sono sicuro che quello funzioni," disse Rex, che poi usò la pressione della mano sulla schiena per far voltare Avery verso la clinica. "Che ne dici di non definirci, per il momento?"

"Penso decisamente che dovremmo tenere d'occhio Avery, ma penso anche che Phantom rappresenti il problema più urgente. Dovremmo fargli da babysitter per far sì che non si sforzi troppo e assicurarci che non gli vengano strane idee di andare a Timor Est," disse Ace.

"La prima cosa da fare quando torniamo è una bella chiacchierata di squadra con il comandante North," disse Rocco.

"Sai che, se *mai* avrà informazioni sul fatto che Kalee è ancora viva, Phantom partirà, vero?" replicò Rex.

"Ecco perché dovrò anche parlare con Tex," gli rispose Rocco. "So che Phantom gli ha già detto di dare un'occhiata alla zona, gli chiederò anche se potrà riferire ogni informazione prima a me e al comandante, così potremo limitare i danni e pensare a un piano per controllare Phantom."

"Pensi di poterlo tenere a bada?" chiese Avery inarcando un sopracciglio. "A me sembra che stiate tutti sottovalutando il vostro compagno di squadra. E poi, se io fossi in questa Kalee, vorrei che Phantom venisse a cercarmi il prima possibile, diamine. Se è davvero ancora viva e sta vivendo nel bel mezzo di una guerra civile da così tanto tempo, ogni secondo potrebbe fare la differenza per la sua incolumità fisica e mentale."

Tutti rimasero in silenzio per un lungo momento. Raggiunsero la porta della clinica e Rocco la tenne chiusa con la mano per un secondo. Guardò Avery e disse: "Hai ragione, so che è così, ma non è nella nostra natura agire da soli. Siamo una squadra."

"Sarete anche una squadra, ma questa sembra una missione a cui Phantom non può rinunciare. Si sente responsabile per non aver capito cosa avesse visto quel giorno, quando eravate tutti lì. Non sto dicendo che dovreste lasciarlo andare da solo e starvene seduti ad aspettare che torni, ma dovete dargli dello spazio per processare il tutto. Immagino che debba dimostrare a se stesso di non essere il tipo di uomo che la madre e la zia credevano, per come lo trattavano. Un perdente, una nullità."

Rex inalò bruscamente. Tutti loro amavano Phantom come un fratello. Non aveva mai mostrato altro so non l'orgoglio di far parte di una squadra di SEAL, ma forse Avery aveva ragione.

"Non è sicuro farlo buttare nel bel mezzo di una guerra civile da solo," commentò Bubba.

"Non ho mai detto che sia sicuro. Del resto, non è stato

sicuro per voi nemmeno dividervi quando siete venuti a prendermi, no? Eppure vi siete divisi comunque. Non credo che stiate vedendo la situazione con gli occhi di Phantom. Lui crede che sia colpa sua, se Kalee non è stata salvata, e pensa di dover rimediare a quello sbaglio." Si voltò verso Rex. "Come ti saresti sentito, se avessi dovuto smettere di spostare rocce poco prima di arrivare a me perché i ribelli avevano raggiunto la cima della montagna qualche minuto in anticipo, se poi avessi scoperto che io ero lì dentro, eppure tu non avevi spostato l'ultima pietra."

Avery aveva ragione, in tutto e per tutto. Rex avrebbe smosso mari e monti per tornare a salvarla. "Touché."

"Non sappiamo nemmeno se sia davvero viva," disse Rocco. "Quindi al momento è tutto molto teorico. Tuttavia, il tuo ragionamento fila e lo terrò a mente, quando sarà il momento." Poi aprì la porta e fece cenno ad Avery e agli altri di entrare.

Passarono il resto del pomeriggio nella stanzetta dove Phantom si stava riprendendo. Gumby andò a prendere il pranzo per tutti e fecero una sorta di picnic nella cameretta mentre aspettavano che il dottore firmasse le dimissioni di Phantom.

Quando si diressero verso l'aeroporto per salire sull'aereo che li avrebbe portati via dal paese, si era fatto tardi. Avrebbero dovuto fermarsi un paio di volte, prima di tornare in California, ma il secondo in cui le rotelle si staccarono dal terreno duro della pista, Rex esalò un sospiro di sollievo.

Guardò Avery e vide che stava fissando le montagne in lontananza dal finestrino.

"Stai bene?" le chiese dolcemente.

Avery scrollò le spalle. "Ero entusiasta di venire qui e aiutare questa gente. La salute delle donne è un questione importante e io ero contenta di aiutare a responsabilizzarle e far sì che si prendessero cura di loro stesse. Mi vergogno ad ammettere che non ho più pensato alle donne che ho conosciuto prima di essere rapita. Sono anche molto contenta di andarmene e non voglio più tornare. Ciò mi fa sentire come una pessima ufficiale di Marina."

Rex le toccò la mano e fu contento quando lei ricambiò immediatamente. Gliela strinse e le disse: "Ti rende umana, Avery. Più di tutto, prima del dovere verso il tuo paese, devi fare ciò che è meglio per te."

Avery continuò a guardare fuori dal finestrino e insieme osservarono la campagna farsi sempre più piccola, man mano che l'aereo prendeva quota; Avery gli strinse forte la mano e lui capì che lo aveva sentito.

———

Il guardiamarina Scott Wheatland vide l'aereo decollare, a bordo c'era la squadra dei SEAL e la stronza che l'aveva visto. Era contento di vederli andare via e pensò che il fatto che la polizia militare o un comandante della Marina non fossero andati a prenderlo dovesse essere un buon segno.

Tuttavia, non avrebbe abbassato la guardia. Dal momento che lavorava per la sicurezza, aveva accesso a molte informazioni dalle quali sarebbe stato altrimenti escluso. Era autorizzato ad andare in città e parlare con le persone del posto per raccogliere informazioni. Era così che aveva preso contatto con colui che gli forniva le pillole, quando ne aveva bisogno.

Tutto ciò che avrebbe dovuto fare era mantenere un basso profilo nelle tre settimane successive, che precedevano il rientro alla base in California. Poi avrebbe fatto qualche ricerca e scoperto cosa stesse facendo la stronza. Sapeva che lavorava all'ospedale, così poteva tenerla d'occhio. Era stato un miracolo che non l'avesse già incontrata, in passato. Prima per via dell'incidente, poi tutte le volte che aveva dovuto accompagnare dei guidatori sospettati di essere ubriachi, affinché facessero loro dei test.

In più, ovviamente, si era finto malato in modo da poter avere altre prescrizioni di antidolorifici.

Scott aveva la sensazione che Avery avrebbe potuto riconoscerlo. Se la tenente avesse fatto la spia su di lui, tutto sarebbe andato alle ortiche.

Quello era esattamente il motivo per cui aveva detto al suo contatto di uccidere la stronza il prima possibile. Invece... che cosa era successo? L'avevano salvata e Scott avrebbe dovuto preoccuparsi continuamente di essere portato in cella, con l'accusa di aver avuto un ruolo nell'attacco al convoglio e nella morte dei due soldati. Non solo, aveva anche un milione di dollari in tasca, che però non poteva toccare.

"Goditi le prossime tre settimane," mormorò tra sé e sé mentre l'aereo spariva tra le nuvole alte sopra la base. "Perché saranno le ultime."

CAPITOLO DODICI

Quando le ruote dell'aereo atterrarono nel sud della California, Avery sospirò di sollievo. L'ultimo tratto era stato un volo lungo e lei era rimasta sveglia per assicurarsi che Phantom stesse bene e che non stesse avendo problemi per via dell'altitudine.

Si sentiva in colpa per il fatto che Cole fosse rimasto sveglio con lei. Sapeva che doveva essere estremamente stanco, ma non lo aveva dato a vedere. Le aveva portato degli snack per mantenere alti i livelli di energia e l'aveva obbligata a bere molta acqua, in più avevano parlato per ore.

Avevano disquisito di ogni materia possibile. Di ciò che gli piaceva leggere, di cosa facevano nel tempo libero e, interessante, di ciò che cercavano in un partner.

Avery voleva qualcuno che non avesse paura di lasciarle prendere il comando di tanto in tanto, ma che non esitasse a prenderlo in caso la situazione lo richiedesse. Cole aveva confessato di essere spaventato a morte dal matrimonio. Non sarebbe voluto finire come i genitori, divorziati. Aveva visto tanti matrimoni di SEAL fallire ed era pietrificato all'idea di seguire la stessa strada.

Avery poteva capirlo, anche se gli aveva fatto notare che i suoi amici sembravano cavarsela bene nelle loro relazioni e che per far funzionare un matrimonio c'era bisogno di compromessi da entrambe le parti.

A quel punto Rex aveva ammesso che il bimbo che aveva visto nel fiume, durante la visione, aveva i capelli rossi e gli occhi verdi... il che li aveva portati a parlare di bambini, se ne volessero (sì, entrambi), poi delle loro credenze religiose e se credevano nelle premonizioni. Era stata una conversazione intima, soprattutto così all'inizio del loro rapporto, ma Avery non si era sentita per niente a disagio. Era facile parlare con Cole e più tempo passava con lui, più diventava difficile pensare a come separarsi, una volta arrivati in California.

Ormai erano atterrati e Avery non era sicura di come si sarebbe sviluppata la faccenda.

Le parole di Rocco misero fine a quel dubbio.

"Questo ritorno a casa è molto riservato," disse al gruppo. "Le nostre donne non sono state informate del nostro ritorno, quindi sentitevi liberi di chiamarle e dire loro che sarete a casa presto. Avery, ci sono i tuoi genitori. La Croce Rossa li ha informati del tuo salvataggio e li ha fatti venire qui."

Avery sussultò sorpresa e contenta. "Davvero?"

"Davvero," le disse Rocco con un piccolo sorriso.

"Vedo che non ti dispiace," le disse Cole al suo fianco.

"No!" gli rispose Avery scuotendo vigorosamente la testa. "Non li vedo da una vita! Ero troppo preoccupata di come potessero reagire alla mia cattura. Stanno bene? Mia sorella è stata informata?" chiese a Rocco.

Lui scrollò le spalle. "Non so niente oltre a quanto ti ho già detto. Ma lo scoprirai da sola tra qualche minuto."

Avery si girò e guardò fuori dal finestrino dell'aereo, ma non vide niente, salvo gli edifici vicino a cui l'aereo stava parcheggiando.

"Phantom, scusa amico, ma tu andrai diretto in ospedale per farti visitare," gli disse Rocco.

Il SEAL mise il muso.

"Lo so, ma è necessario," gli rispose Rocco.

"Lo è davvero," aggiunse Avery.

"Quando posso vedere il comandante?" chiese Phantom.

"Domani mattina," gli rispose Rocco. "Abbiamo già organizzato. Prima gli forniremo il rapporto sulla missione, dopodiché potremo fare una chiacchierata in privato con il comandante North. Credo che sarà presente anche il contrammiraglio Creasy."

Phantom sospirò ma annuì.

"E io?" chiese Avery.

"Tu andrai a casa con i tuoi genitori, stasera, ti farai una bella dormita. Rex verrà a prenderti domattina dopo la riunione e ti porterà alla stazione di polizia. Ti verrà data una stanza dove potrai cominciare a revisionare i documenti di tutti gli uomini che erano stazionati o lavoravano alla base in Afghanistan due settimane fa," le disse Rocco.

Avery percepì la mano di Cole su un braccio, ma mantenne gli occhi su Rocco. "Quanto tempo ho per identificarlo?"

"Quanto ti ci vorrà."

Avery si accigliò. "Immagino che prima riuscirò a trovarlo e meglio sarà?"

"Ovviamente," s'intromise Gumby. "Ma non è una procedura che può essere affrettata. Devi essere sicura al cento per cento della persona che accusi, è meglio prenderti il tuo tempo, invece che fare di fretta."

"Il tuo capitano è stato informato del tuo ritorno e potrai tornare al lavoro non appena pensi di essere pronta," le disse Cole dal sedile accanto.

Avery sospirò di sollievo. Era stata preoccupata per il lavoro. "Bene, sono già pronta."

"Dovresti prenderti del tempo," le disse Cole.

Avery scosse la testa. "No, seriamente, devo tornare a lavorare. Impegnarmi in qualcosa, altrimenti me ne starò seduta tutto il giorno ad annoiarmi a morte." Quello che non disse è che sarebbe stata probabilmente tutto il giorno a pensare a ciò che le era successo e a preoccuparsi di chi potesse essere il traditore.

Come se potesse leggerle nei pensieri, Cole disse: "Non c'è da vergognarsi nel chiedere qualche aiuto psicologico."

"Lo so," disse Avery, ed era così. Conosceva diversi psicologi che lavoravano all'ospedale con lei e sapeva quanto fosse importante per i soldati e i marinai parlare con qualcuno per alleviare la pressione dello stress da evento traumatico, ma lei stava davvero bene. Se avesse avuto bisogno di parlare con qualcuno l'avrebbe fatto, ma al momento doveva tenersi occupata ed esaminare le foto degli uomini stazionati in Afghanistan.

"Prima che si apra quello sportello vorrei solo dire..." iniziò Bubba, "...grazie alla tenente Nelson. Quando partiamo per le missioni non sappiamo mai cosa troveremo, di sicuro non ci saremmo mai aspettati che la persona che eravamo partiti per salvare avrebbe salvato non uno ma ben due elementi della nostra squadra. Conosco questi ragazzi quasi dal primo giorno delle nostre carriere e non riesco a immaginare di essere un SEAL senza loro al mio fianco, quindi grazie."

Gli altri si accodarono ai ringraziamenti e Avery si rese conto di essere rosso fuoco. "Non ho fatto niente che gli altri non avrebbero fatto," protestò. "Ero solo al posto giusto nel momento giusto."

Tutti e sei gli uomini scossero la testa e alzarono gli occhi al cielo.

"Rex, vuoi fare tu gli onori?" chiese Ace con un cenno del mento all'amico.

Avery si voltò e vide Cole che le allungava un oggetto sul palmo d'una mano.

Era una spilla. Avery la riconobbe subito. Era una Special Warfare Insignia, conosciuta anche come il tridente dei SEAL o la Budweiser. Avery sapeva che la davano ai membri della Marina che avevano completato un rigoroso addestramento, avevano passato l'allenamento di qualifica dei SEAL ed erano stati nominati SEAL della Marina statunitense.

Quello che Avery non sapeva era il motivo per cui la stesse allungando a *lei*.

Guardò Cole negli occhi e ci vide del rispetto e qualcosa in più. Qualcosa di intenso che la spaventò sinceramente a morte.

Era stremata, preoccupata per Phantom, dubbiosa di essere in grado di identificare il traditore ed entusiasta di rivedere i genitori. Non aveva energia cerebrale per provare a capire cosa stesse succedendo in quel momento.

"Prendila," la esortò dolcemente Cole.

Lentamente, Avery allungò una mano e prese la spilla. Vi chiuse la mano sopra e le ali dell'aquila le punsero il palmo.

"Come probabilmente sai, la Budweiser è una delle tradizioni più celebrate e onorate dai SEAL," iniziò Gumby. "Ne abbiamo parlato tutti insieme e abbiamo deciso che, visto che tu rappresenti tutto ciò che è sacro per un SEAL, l'onore, il coraggio, la forza, la testardaggine e l'abilità di rimanere calma nelle situazioni di estrema pressione, te la meriti tanto quanto noi."

"Io... Io non posso prenderla," balbettò Avery, oltremodo scioccata.

Cole si avvicinò a lei e le prese le mani nelle proprie. "Puoi e lo farai," le disse fermamente. "Non puoi esattamente metterla sull'uniforme," continuò ironico, "ma sapere che ce l'hai significa il mondo per me e i miei compagni. Per noi è molto importante."

Avery non riusciva a distogliere lo sguardo da lui. Cole aveva i capelli che gli ricadevano sul viso e la barba sembrava ancora più folta di quanto lo fosse stata il giorno prima, ma per lei era comunque bellissimo. Se lui voleva che lei avesse quella spilla, sarebbe stata un'idiota a rifiutarla.

"Grazie," gli disse senza staccare lo sguardo da quello di lui.

Dopodiché, lui la sorprese da morire chinandosi in avanti e baciandole la fronte.

Avery chiuse gli occhi e inspirò profondamente, il profumo di Cole le riempì le narici e l'anima. Aveva un odore buonissimo. Anche dopo aver viaggiato per così tanto tempo, Avery riusciva ancora a percepire il sapone che lui aveva usato l'ultima volta che si era fatto la doccia, alla base in Afghanistan. Su di lui aveva un aroma molto più buono che su di lei.

Cole le aprì il pugno con la spilla e la prese tra le dita. "La chiusura è un po' difficile, stai attenta a non farti del male quando la maneggi." Un pensiero attraversò la mente di Avery, mentre lui le slacciava alcuni bottoni della camicia mimetica e le fissava la spilla sulla maglietta sotto, attento a non toccarla in modo inappropriato. Avery non riuscì a trattenersi. "È la tua?" gli chiese.

In quel momento era come se fossero le uniche due persone sull'aereo. Lui finì di sistemarle la spilla poi le chiuse nuovamente l'uniforme.

"Lo era, ora è tua," le disse. "Phantom e io abbiamo giocato a sasso, carta, forbici per vedere chi avrebbe avuto il privilegio di darti la propria. Ho vinto io."

"Ha barato," si lamentò Phantom da lì vicino, ma Avery lo sentì a malapena.

"Non posso prendere la tua spilla," protestò lei. "So quanto sia importante per voi. È un oggetto sacro." Inconsciamente si portò una mano a coprire il punto in cui Cole le aveva attaccato la spilla.

Cole le mise una mano sopra la sua e disse: "Io sono qui grazie a te. Phantom è qui grazie a te. Non c'è niente di più sacro di questo."

Avery non voleva piangere, ma era sicura che se Cole avesse detto un'altra parola lei non ce l'avrebbe fatta. Socchiuse gli occhi e si impose di riprendere il controllo sulle proprie emozioni. "Grazie," sussurrò.

"No, grazie a te," le disse Cole dolcemente.

"Tutti pronti," annunciò a voce alta il pilota, interrompendo il momento di pathos.

Prima di rendersene conto, Avery stava sbarcando. Camminò sull'asfalto verso l'edificio dell'aeroporto. "Verrò a prenderti domani verso le undici, al tuo appartamento, per portarti alla stazione di polizia, se a te va bene," le disse Cole. "Dovrebbe essere abbastanza tempo per dormire e fare due chiacchiere con i tuoi genitori. Va bene?"

"Sai dove vivo?" gli chiese lei guardando nella direzione di lui.

Cole scrollò le spalle. "No, ma lo scoprirò prima delle undici di domani mattina."

Avery sorrise e scosse la testa.

Arrivarono alla porta dell'hangar e Avery capì che qualche secondo dopo non avrebbe più avuto tempo di parlare con Cole. Era strano pensare di non rimanere con lui, più tardi. Erano stati insieme ogni minuto, da quando lui aveva rimosso quell'ultima pietra. Era stato la prima persona che aveva visto dopo essere stata seppellita viva e per qualche ragione si sentiva estremamente a disagio a pensare che si sarebbero separati.

Avery si mise una mano sulla spilla sul petto e posò l'altra su un braccio di Cole, affondandoci le unghie. "Cole?"

"Che c'è?" le chiese lui, che poi si guardò immediatamente intorno, cercando ciò che l'aveva spaventata.

"Io... non so so come mettermi in contatto con te," disse Avery un po' debolmente.

Gli occhi di lui si addolcirono e tirò fuori un cellulare dalla tasca. "Dammi il tuo numero. Ti manderò un messaggio, così anche tu avrai il mio. Se hai bisogno di me ti basta chiamarmi o scrivermi, non importa che ora è, va bene?"

Era sciocco, ma sapere di avere anche quella piccola connessione con lui la fece sentire al cento per cento meglio. Gli diede il numero e lo guardò digitare sui tasti. Poi lui si rimise il telefono in tasca e si allungò verso di lei.

Avery si fece abbracciare. Girò il volto sul collo di lui e sentì il calore della sua pelle sulle labbra. La stretta di Cole le dava una bella sensazione, intima. Rimasero abbracciati per un momento, poi lui si allontanò. "Sei pronta?"

Avery fece un bel respiro e annuì. "Pronta."

"Sarò sempre a un paio di clic di distanza," le ricordò lui.

"Lo so, e ti vedrò tra circa..." Avery guardò l'orologio, "più o meno quindici ore."

"Giusto, sono quattordici ore e cinquantuno minuti," la corresse.

Avery si rilassò un po'. Era sollevata di non essere l'unica ad avere difficoltà, nelle strane circostanze in cui si erano trovati. Come aveva fatto a legare in modo così profondo con Cole dopo pochissimo tempo?

Era una domanda stupida. Avery sapeva come. Avevano già una chimica intensa prima della sua missione. Si tenevano d'occhio da mesi. Lui l'aveva salvata, poi lei aveva salvato *lui*, poi erano scappati insieme, con il pericolo letteralmente alle calcagna, e ciò aveva sedimentato il loro legame. Separarsi da lui, anche solo per una sera, era estremamente difficile.

"Voi venite?" chiese Ace tenendo la porta aperta.

"Sì," rispose Cole, senza distogliere gli occhi da quelli di Avery. Poi alzò un dito sul volto di lei e con la punta le tracciò una linea leggera da una guancia all'altra, passando sul naso. "Non ne ho mai abbastanza delle tue lentiggini," le disse dolcemente.

Avery aveva bisogno di alleggerire la situazione, così disse: "Meno male, dal momento che il mio corpo ne è ricoperto."

A Cole si accesero gli occhi. "Sì? Dappertutto?"

Avery annuì, sapeva di star arrossendo di nuovo. "Già."

"Accidenti, dolcezza, così mi uccidi."

Avery ridacchiò. "Ora sai come mi sento a fantasticare sui tuoi tatuaggi sulle braccia... e a chiedermi se ne hai altri sotto l'uniforme."

Lui sorrise. "A quanto pare abbiamo entrambi qualcosa che vogliamo scoprire, eh?"

"A quanto pare..." concordò lei, che poi si tirò indietro e attraversò la porta.

Il secondo in cui entrò nell'enorme hangar, Avery sentì la madre urlare il suo nome con felicità mista a sollievo.

Il suono di quella voce fu come un abbraccio per l'anima di Avery. Si precipitò verso la madre e quando la circondò con le braccia, nessuna delle due donne riuscì a trattenere le lacrime.

———

Rex odiava vedere Avery piangere, ma sapeva che aveva bisogno di scaricare le proprie emozioni. Vedere lei e la madre insieme era una degna conclusione a tutto ciò che avevano passato insieme negli ultimi giorni. Le due donne si somigliavano molto. Avery era più alta di qualche centimetro, ma avevano entrambe gli stessi capelli rossi e occhi verdi. Il padre era lì vicino, una mano sulla schiena della moglie, l'altra sulla spalla della figlia. Aveva i capelli biondi ed era molto più alto di Avery.

Entrambi non sembravano avere nemmeno sessant'anni, ma Cole sapeva da Rocco che ne avevano quasi sessantacinque. Era ovvio che avessero sofferto per quanto capitato alla figlia e Cole adorava poter assistere al loro ricongiungimento felice.

A ogni modo, non riusciva a non pensare allo sguardo impanicato di Avery quando aveva realizzato che il loro tempo insieme stava volgendo al termine. Cole lo aveva odiato. *Moltissimo.* Non avrebbe voluto altro che portarla a casa e farla stabilizzare lì, assicurarsi che fosse al sicuro, che mangiasse quanto dovuto, in modo da poter vegliare su di lei quando dormiva. Tuttavia, non ne aveva il diritto. Non ancora.

Rocco prese il controllo della situazione e spedì Phantom all'ospedale insieme a Gumby e Ace. Il piano era che Phantom avrebbe dovuto trasferirsi nella casa al mare di Gumby fino a che non si fosse ripreso completamente. Speravano che la spiaggia lo incoraggiasse a guarire meglio e più velocemente, oltre che a tenerlo calmo.

Tutti sospettavano che Phantom fosse una bomba a orologeria, sarebbe bastato un indizio che Kalee Solberg fosse ancora viva a Timor Est per farlo esplodere.

Rocco e Bubba se ne andarono in silenzio per tornare a casa dalle rispettive compagne, Avery stava per andarsene con i genitori nell'auto a noleggio. Tuttavia, si voltò verso Rex invece che verso la porta. "Cole?"

Le andò incontro immediatamente. Stava cercando di darle un po' di spazio, di farla ricongiungere con i genitori senza interferire. "Sì, Avery?"

"Non ti ho presentato mia madre e mio padre. Scusa. Mamma, papà, lui è Cole Kingston, uno dei SEAL che mi hanno salvata, ma non potete tornare in Texas e spifferare tutto, intesi?"

"Certo che no, cara," disse la madre senza distogliere lo

sguardo da Cole. "Piacere di conoscerti," gli disse, poi gli tese una mano affinché lui potesse stringerla. "Sono Amy e lui è Bob."

"Il piacere è tutto mio," la rassicurò Rex.

"Grazie," disse piano Bob Nelson. "Non posso dirlo più semplicemente di così."

"Non ce n'è bisogno. Davvero, vostra figlia si era già salvata al novanta per cento da sola, quando siamo arrivati noi."

"Non credetegli," disse Avery scuotendo la testa.

I loro sguardi si incrociarono e Cole non riuscì a staccarsi da lei. Riusciva a leggerle tante emozioni... sollievo per essere tornata in California, desiderio, paura... e di nuovo, Cole non desiderò altro che prenderla tra le braccia e chiudere entrambi dietro le porte di casa, via da tutti e da tutto.

"Non saremo mai in grado di ripagarti," continuò Bob, Rex si sforzò di guardarlo. "Quando abbiamo sentito che Avery è stata rapita, ci sono venute in mente le peggio cose, ma abbiamo provato a rimanere positivi."

"Quando abbiamo ricevuto la telefonata che era salva, è stato il giorno più bello della nostra vita," continuò Amy.

"Quanto pensate di fermarvi?" chiese Rex.

Amy guardò prima lui poi Avery, poi di nuovo lui. "Non ne siamo sicuri, probabilmente almeno una settimana... ma rimarremo finché Avery avrà bisogno di noi," rispose vagamente.

"Siete i benvenuti, rimanete quanto volete," li rassicurò velocemente Avery. "Ho una camera degli ospiti, al mio appartamento."

"Grazie, tesoro," rispose Amy. "Immagino che ci vedremo più avanti?" chiese a Rex.

"Sì, signora, spero di sì. Non vedo l'ora di conoscervi meglio." Rex sapeva di stare giocando un po' troppo con la fortuna, ma da quello che aveva visto gli piacevano i genitori di Avery e se avesse cominciato a uscire con lei (e voleva davvero farlo), avrebbe anche voluto conoscere le persone che avevano cresciuto la donna fantastica che era diventata.

Avery era rossa in volto, ma riuscì a fargli un piccolo sorriso. "Ci vediamo domattina?" gli chiese, anche se sapeva già la risposta alla domanda.

"Assolutamente, alle undici."

"Che succede domani?" chiese Bob.

"Parlerò con il comandante di ciò che è successo in Afghanistan," gli rispose velocemente Avery.

Rex era di nuovo sorpreso. Non avrebbe pensato male di lei, per aver detto ai genitori cosa fosse successo, che era l'unica in grado di identificare il traditore, ma era un'ufficiale della Marina in tutto e per tutto e senza dubbio avrebbe seguito alla lettera i regolamenti di sicurezza, rivelando ai genitori solo ciò che avevano bisogno di sapere.

"Beh, ci vediamo allora," disse Amy con un sorriso a Rex.

Bob gli fece un cenno con il mento, poi i tre si voltarono e si diressero al parcheggio.

Rex rimase sulla soglia a guardarli andare, gli occhi fissi su Avery. Come se lei lo percepisse, si voltò a guardare indietro una volta e lo sguardo di insicurezza e nostalgia gli fece quasi venire voglia di andare da lei. Quasi.

Rimase fermo fino a quando la macchina non uscì dal parcheggio, poi si costrinse a muoversi. Era esausto e aveva bisogno di dormire qualche ora. Avery sarebbe stata bene. L'avrebbe vista l'indomani. Era sopravvissuto trentaquattro anni senza di lei, avrebbe potuto sopportare un'altra notte.

CAPITOLO TREDICI

Erano le otto del mattino e Rex era seduto insieme al resto della squadra e al comandante North attorno a un grande tavolo in sala conferenze. Era presente anche il contrammiraglio Creasy. I SEAL avevano già fatto rapporto sulla missione e a quel punto stavano per discutere di Kalee Solberg. Visto che Phantom era tanto ansioso di parlarne, avevano anticipato la riunione.

Rocco si sporse in avanti e digitò qualcosa sul telefono: stava chiamando Tex per includerlo in quella parte di incontro. Non appena l'ex SEAL rispose, si voltarono tutti a guardare Phantom e il comandante.

Phantom era seduto con una gamba alzata su una delle sedie vicine. Era a disagio, Rex sapeva che doveva sentire dolore, ma niente e nessuno gli avrebbe impedito di partecipare a quella riunione. Una volta finita, Gumby lo avrebbe riportato alla casa al mare cosicché Sidney e il loro cane, Hannah, potessero tenerlo d'occhio e si assicurassero che non si affaticasse troppo.

Il comandante North si appoggiò allo schienale e incrociò le dita sotto al mento. "Phantom, ho sentito che ricordi maggiori dettagli della missione a Timor Est, è corretto?”

“Sì, signore,” gli rispose Phantom.

“Dimmi esattamente cosa ricordi e perché pensi che la signorina Solberg possa essere viva dopo tutti questi mesi.”

Rex vide Phantom stringere i denti nervosamente quando percepì il dubbio nella voce del comandante, ma cominciò immediatamente a raccontare ciò che aveva ricordato subito dopo aver ricevuto una pallottola alla gamba.

Quando finì, l'intera stanza rimase in silenzio per un po'.

Dopodiché, il contrammiraglio disse: “Ci hai detto perché credi che Kalee fosse viva mesi fa, mentre eravate in missione, non perché credi che sia viva ora. Ne è passato di tempo.” Il tono del comandante era tutt'altro che critico e anche gli altri SEAL sapevano che quella sarebbe stata una domanda inevitabile.

Phantom si sedette più dritto e si sporse in avanti, poi inchiodò con lo sguardo il comandante e il contrammiraglio al loro posto. “Non ho prove,” disse loro. “A dire il vero, sarebbe un miracolo se fosse viva. Tuttavia, il mio istinto mi dice che è sopravvissuta. Non ha visto l'orfanotrofio, signore. Era una mattanza, le bambine erano state uccise senza pietà. Era come mi immagino i soldati abbiano vissuto la liberazione dei campi in Europa, durante la seconda guerra mondiale, tuttavia non c'era alcun sopravvissuto in giro.”

“Kalee deve essere una forte per aver superato ciò che stava succedendo lì. Avrebbe fatto il possibile per proteggere quelle bambine, lo so per certo con tutto il cuore, specialmente dopo aver sentito Sinta e Kemala parlare di che tipo di persona fosse. Se è sopravvissuta a ciò che è successo prima di venire gettata nella fossa... e so per certo che è così, allora ci sono buone possibilità che abbia superato anche quello che è venuto dopo. È sveglia, lo sappiamo dai discorsi di Piper e del padre. Farà il possibile per sopravvivere.”

"Sono passati mesi, Phantom," disse piano il contrammiraglio.

"È vero, ma sa meglio di me che quando c'è un forte istinto di sopravvivenza, una persona riesce a sopportare i peggiori abusi per mesi, anni," ribatté Phantom.

"Quindi cosa vuoi che facciamo?" gli chiese il comandante. "Anche se la situazione sull'isola sembra essersi calmata, ci sono ancora gruppi di ribelli che continuano a provocare caos. Sai che non posso autorizzarti ad andare a Timor Est solo per curiosare in giro e vedere cosa riesci a scoprire su di lei."

Rex odiava che Phantom fosse in quella situazione. Odiava che non potessero tutti tornare nell'isola asiatica a cercare la donna che Phantom non riusciva a togliersi dalla testa.

"Questo lo so, signore," rispose Phantom, Rex sapeva che non lo stava dicendo con convinzione. Era chiaro che l'amico ci avesse pensato molto e a lungo.

"Propongo che Tex indaghi sulla faccenda. Ha più contatti di quanti possiamo immaginare. Ha già tenuto d'occhio il territorio, ma non sapeva cosa cercare, ora che sappiamo che Kalee potrebbe essere viva può concentrarsi sulla scoperta di alcuni fatti. Lui sa quali sono le domande giuste da fare."

"Hai un bel po' di fiducia in me," gli rispose Tex divertito dall'altro capo del telefono, poi si fece serio. "È una mossa azzardata, lo sai vero Phantom? Voglio credere che sia viva tanto quanto lo credi tu, ma è passato *molto* tempo. Non possiamo sapere cosa le sia successo. Sai meglio di me che i ribelli non sono conosciuti per essere figure umanitarie. Non hanno esitato a uccidere intere famiglie senza alcun rimorso. Ho sentito storie di bambini tenuti ostaggio cosicché le donne che avevano catturato facessero quanto richiesto... sai di cosa parlo senza che debba dirlo. Se Kalee *è* sopravvissuta tutto questo tempo, in che condizioni pensi che sia?"

"Pensi che quella sia una ragione per lasciarla là?" chiese Phantom in tono acceso.

"No," gli rispose immediatamente Tex. "Sto solo cercando di assicurarmi che tu sappia che se è viva e riesci a trovarla, non sarà più la Kalee che tutti conoscevano. Tutto ciò che ci ha detto il padre non varrà più nulla. Le foto che la ritraggono sorridente sembreranno quelle di un'altra persona. Potrai salvarla... ma lei probabilmente non ti ringrazierà."

"Sono disposto a correre il rischio," gli rispose Phantom in maniera testarda.

"Perché?" gli chiese il comandante North. "Per placare il senso di colpa che senti per non aver completato la missione la prima volta?"

Rex vide Phantom prendere un bel respiro prima di parlare. "Perché sono stato nei suoi panni. Non esattamente, intendo metaforicamente. Avevo bisogno di essere salvato e nessuno si è fatto avanti per aiutarmi, nonostante sapessero che c'era qualcosa che non andava. Non posso lasciar perdere, signore," disse Phantom all'ufficiale comandante. "Lei è là fuori, io lo so. Ha bisogno di essere trovata."

Il silenzio riempì di nuovo la stanza. Rex trattenne il respiro. Se fosse stato per lui, sarebbe partito immediatamente con Phantom in direzione Timor Est. Non aveva mai sentito l'amico parlare così appassionatamente di *nient'altro*. Era importante per lui, quindi era importante anche per ogni altro SEAL della squadra.

"Se Tex verrà a dirmi di aver trovato delle prove concrete che Kalee è viva, vedrò di organizzare un modo affinché tu possa tornare là e trovarla," disse il contrammiraglio Creasy. "Fino ad allora, resterai qui e lavorerai con la tua squadra. Non dirai una sola parola al padre o a chiunque altro riguardo ciò che pensi di aver visto e non ti farai venire in testa strane idee di andare a Timor Est da solo. Ti negherò ogni richiesta di permesso per assicurarmi che uno, tu sia guarito e due, non te ne vada dall'altra parte del mondo a cercare un ago in un pagliaio. Intesi?"

"Sì, signore," gli rispose Phantom con una traccia di sollievo nel tono.

"Tex?"

"Signore?"

"Avrò bisogno di qualcosa di preciso, preferibilmente delle immagini, ma se non è possibile, testimonianze di prima mano di una o più persone che l'hanno vista, intesi?"

"Certamente."

Tex non sembrava turbato. Rex sapeva che il genio dei computer fosse bravo, ma non era sicuro che sarebbe riuscito in quella missione. Non esistevano delle telecamere di sorveglianza, nella zona in cui Kalee era stata vista per l'ultima volta, tra le montagne vicino alla capitale; in più, se fosse stata viva avrebbe potuto essere ovunque. Rex odiava ammetterlo ma aveva dei dubbi.

Eppure, dopo ciò che aveva passato Avery, per non parlare di Caite, Sidney, Piper e Zoey, sapeva anche che tutto era possibile.

Il comandante guardò in giro per la stanza, incontrò lo sguardo di tutti i presenti e poi annuì. "Siete congedati."

Mentre gli alti ufficiali lasciarono la stanza, il resto della squadra si alzò in piedi.

Una volta usciti, dopo che Rocco ebbe chiuso la telefonata con Tex, i sei uomini si sedettero di nuovo e si guardarono l'un l'altro.

"Come ti senti, Phantom? E non mentire," gli ordinò Rocco.

"Dolorante," ammise subito Phantom. "Caricare peso sulla gamba fa male, ma è meglio di prima."

"Bene. Come stanno Sidney, Piper e Zoey?" chiese Rocco agli altri.

"Piper è felice di riavermi a casa," esordì Ace. "Adora fare la mamma ma è opprimente, a volte. Specialmente perché è molto vicina a partorire."

"Però sta bene?" chiese di nuovo Rocco, preoccupato.

"Sì, sta bene," Ace rassicurò l'amico.

"Sidney è andata da una nuova psicologa mentre non c'ero, ha detto che le piace molto. Adora lavorare sul fronte dell'adozione e della riabilitazione dei pitbull," disse Gumby agli amici.

"Zoey sta più che bene," disse Bubba. "Sto cercando di convincerla a sposarmi alla svelta, ma lei insiste sul matrimonio che pensa di volere."

"Che *pensa* di volere?" chiese Ace con un sorrisetto.

"Sì, se fosse per me risparmierei tutti quei soldi, ma se lei vuole una festa grande, allora gliela farò avere."

"E Caite? Lei sta bene?" chiese Rex a Rocco.

"Sì, sta bene, adora il lavoro alla NCIS, anche se penso che passi troppo tempo a lavorare alle traduzioni, perché l'altra sera a letto ha cominciato a urlare cose in francese. Dal momento che sembrava felice e contenta non le ho detto nulla."

I ragazzi ridacchiarono.

"Vedrai Avery, oggi?" chiese Rocco a Rex.

Lui annuì e guardò l'orologio. "Sì, dovrei essere da lei tra un'oretta o giù di lì. La porto alla stazione di polizia per cominciare a esaminare le foto."

"Devi stare attento a lei," gli disse Phantom dal nulla.

Rex lo guardò e si accigliò. "Contavo già di farlo. Specialmente tra qualche settimana, quando l'unità proveniente da questa base tornerà dall'Afghanistan."

"Non intendo quello. Certo, *ovviamente* dovrai far sì che sia al sicuro, ma io voglio dire molto più di questo."

"Spiegati," ordinò Rex all'amico.

"Credo che tutti gli altri possano essere d'accordo con me quando dico che le persone che sembrano reagire al meglio a tutta la merda che la vita gli getta addosso sono quelle più distrutte dentro. Avery è una tipa tosta, è vero. Ha sempre mantenuto la calma, là fuori, e non ha dato di matto nemmeno nelle circostanze peggiori, ma ho la sensazione che quando si lascerà andare, crollerà di brutto. Devi solo starci attento. Lavora in un ambito dove è costantemente circondata da uomini che dipendono dall'adrenalina come noi. Probabilmente deve faticare il doppio per ottenere il rispetto che merita nel suo campo. Le infermiere si fanno il culo, ma sono i dottori che solitamente si prendono tutto il merito. Lei è abituata a essere tosta, a non lasciare che le sue vere emozioni e i sentimenti traspaiano."

Rex fissò l'amico. Phantom era incredibilmente perspicace. Rex sarebbe stato geloso, se non avesse saputo che Phantom non era minimamente interessato a lei come donna. La rispettava e, a essere sinceri, le doveva un grosso favore. Inoltre, la sua intuizione era del tutto corretta.

"La terrò d'occhio," disse Rex.

Phantom annuì.

"Saremo di riposo per i prossimi giorni... se hai bisogno di noi, fai un fischio," disse Rocco a Rex.

"Lo farò, grazie."

Si alzarono tutti in piedi e Rex andò ad aiutare Phantom. L'altro gli fece cenno di lasciar perdere. "Ci pensa Gumby. Va' da Avery. Sono sicuro che sia preoccupata per oggi."

Rex annuì a mo' di ringraziamento e si voltò per andarsene. Era ansioso di vedere Avery di nuovo, si era chiesto come avrebbe fatto ad aspettare le undici. Era assurdo, specialmente dal momento che prima di andare in Afghanistan era solito vivere la propria vita normalmente senza di lei. Tuttavia, la situazione era cambiata. Rex lo sapeva, ma non era sicuro di ciò che pensasse Avery. L'aveva chiamata la propria ragazza e lei aveva acconsentito, ma forse, dopo un po' di tempo passato separati, lei avrebbe iniziato a dubitare di quanto si stessero muovendo velocemente.

Rex voleva ancora uscire con lei, conoscere ogni piccolo dettaglio, e voleva farlo rimanendo il più possibile al suo fianco.

Se pensava di essere leggermente ossessionato da lei già prima, non era niente in confronto a come si sentiva in quel momento.

Una volta fuori, fece una corsetta verso il suo Chevy Malibu blu scuro e si diresse verso l'appartamento di Avery. Aveva recuperato l'indirizzo quella mattina, dal comandante. Quando arrivò sul posto rimase sorpreso. Era in un bel quartiere della città e il paesaggio era perfetto. Rex approvava l'abbondanza di luci nei parcheggi. Non che avesse pensato che Avery vivesse in una zona fatiscente e pericolosa, ma fu felice di constatare che il posto sembrasse relativamente sicuro.

Per qualche ragione, Rex si sentiva nervoso, mentre si avvicinava all'appartamento. Era al terzo piano dell'edificio, dettaglio che lui approvava. C'erano diversi appartamenti su ogni piano e mentre saliva le scale all'aperto notò che moltissimi ingressi avevano degli zerbini di benvenuto fuori dalle porte e altri tocchi familiari che lo rassicurarono nuovamente sul fatto che Avery vivesse in un complesso di appartamenti in cui la gente non andava e veniva di continuo.

Rex aveva una vicina curiosa che viveva lì da anni e anche se alcune persone avrebbero potuto lamentarsi, lui ne era contento. Gli prendeva sempre i pacchi, quando lui non era a casa e non aveva problemi a denunciare chiunque si aggirasse lì intorno, in caso non lo conoscesse. Rex preferiva avere una vicina ficcanaso, piuttosto che una completamente disinteressata. Si chiese se qualcuno stesse guardando dal proprio spioncino per dargli una bella occhiata.

Indossava la divisa da lavoro della Marina, quella con la

fantasia mimetica a quattro colori (grigio scuro, grigio chiaro, nero e blu) e immaginò che i condomini avessero visto abbastanza marinai fare avanti e indietro.

Bussò alla porta e dopo aver aspettato solo qualche secondo, la vide aprirsi. Amy Nelson era in piedi lì davanti e gli sorrideva. "Ciao! È bello vederti di nuovo, accomodati!"

Rex annuì ed entrò nell'ambiente di Avery per la prima volta.

Un breve corridoio all'ingresso portava a una zona soggiorno di belle dimensioni. Sulla sinistra c'era una cucina in stile cambusa e una porta a vetro scorrevole che si affacciava su un piccolo balcone sulla parete più distante, con tanto di vista sull'oceano, appena visibile in lontananza. Alla destra della zona giorno c'era un corridoio, che Rex pensò portasse alle camere da letto.

Avery si era alzata dal divano di pelle su cui era seduta nel momento in cui lui era arrivato e dopo una sola occhiata Rex capì che c'era qualcosa che non andava. Aprì la bocca per chiederglielo, ma la madre lo interruppe.

"Vuoi qualcosa da mangiare o bere? Ho preparato la colazione preferita di Avery, stamattina, pancake alle mele e cannella, ma non ha mangiato tanto quanto credevo, quindi è avanzato un po' d'impasto. Posso prepararne velocemente qualcuno."

"Mamma, non vuole mangiare, sono sicura sia molto impegnato," disse Avery scuotendo leggermente la testa.

"Sei sicuro?" chiese l'altra donna. "Non sarebbe un disturbo."

"Sto bene così, grazie per l'offerta però. Avete dormito tutti bene?" chiese Rex, cercava di capire perché Avery avesse degli aloni scuri sotto gli occhi e sembrava che fosse stata sveglia tutta la notte.

"Come un sasso," rispose Bob, seduto su una poltrona accanto al divano. Anche lui si era alzato, quando era arrivato

Rex, poi si era riaccomodato con un giornale in grembo. "Giuro che questa è stata la prima notte di sonno decente che abbiamo avuto da quando abbiamo ricevuto la notizia che Avery era stata fatta prigioniera."

La madre di Avery si unì al marito, ma Rex smise di ascoltarla quando cominciò a dire che lei e Bob avrebbero fatto i turisti mentre Avery avrebbe sbrigato le proprie faccende del giorno.

Rex fissò Avery e lasciò che anche lei lo guardasse, ma lei faceva vagare gli occhi ovunque tranne che sul viso di lui. Il pensiero di Rex sul fatto che ci fosse qualcosa che non andava si solidificò quando Avery alzò una mano per sistemarsi i capelli dietro un orecchio e lui vide che stava tremando.

"Vado a farmi le trecce ai capelli, torno subito." Senza aspettare che lui acconsentisse, si voltò e sparì lungo il corridoio.

Rex vide Amy accigliarsi alle spalle della figlia.

"Sta bene?" chiese Rex piano.

Amy incontrò il suo sguardo e cambiò immediatamente atteggiamento, da rilassato a serio. "No, ma è testarda e si rifiuta di dirci cosa c'è che non va. Ieri sera speravo che ne parlasse al telefono con la sorella, che le dicesse cosa le passava per la testa, ma una volta uscita dalla sua camera dopo la chiamata, sembrava stressata tanto quanto prima. Mi manca quando aveva sei anni e tutto ciò che volevo fare era coccolarla e lei ci diceva tutto."

Quella era una scena che Rex riuscì a immaginarsi facilmente. Fece un cenno verso il corridoio. "Vado a vedere se sta bene... se posso."

"Certo che puoi," gli disse Bob. "È la mia bambina, ma sono consapevole che sia un'adulta. Sta male e noi non possiamo fare un accidenti per aiutarla, ma tu eri lì con lei. Non ha fatto altro che snocciolare complimenti su di te, ieri sera. Ti prego, se riuscissi a parlare con lei ti saremo debitori per sempre."

"Non vi prometto niente, ma state certi che ho a cuore l'interesse di Avery. Probabilmente questo non è il momento né il posto adatto per dirlo, ma vostra figlia mi piace. È incredibile, è una delle donne più interessanti e affascinanti che abbia mai incontrato. Per non parlare di quanto sia forte, coraggiosa e del tutto capace di gestire ogni situazione che potrebbe capitarle a tiro."

"Ha detto che uscite insieme," gli rispose Amy, poi appoggiò un fianco al bancone della cucina e stette a guardare Rex attentamente.

"Ha detto così?" le chiese Rex.

"Sì, ma ha anche detto che è una cosa nuova."

"Lo è, ma questo non vuol dire che non rispetti già lei o le persone che l'hanno cresciuta," affermò Rex onestamente.

"Lo apprezzo," disse Bob. "Dunque, se conosci un po' mia figlia sai che non le ci vuole molto a prepararsi, quindi se vuoi parlare con lei prima di uscire, oggi, sarà meglio che ti affretti."

Rex ridacchiò. "Sì, signore." Dimenticò i genitori di Avery e percorse tutto il corridoio, verso la porta della camera da letto della ragazza. Capì quale fosse semplicemente dall'odore delizioso che proveniva da una delle stanze. Aprì la porta e vide un letto disfatto, sembrava che avesse ospitato un match di wrestling. Il piumino giaceva ai piedi del letto, c'era una coperta di traverso, il lenzuolo spinto su un lato, a penzoloni sulla moquette.

La stanza sembrava vissuta. Non era estremamente in ordine, ma nemmeno troppo ingombra di roba. C'erano dei dipinti sulle pareti, delle foto sul cassettone e un cesto per i vestiti sporchi addossato a una parete. Un armadio era aperto e Rex vide un po' di vestiti appesi, sia abiti civili che uniformi della Marina.

Ancora una volta, fu il profumo a farlo fermare e inspirare profondamente. Lavanda e cotone.

Seguì l'aroma, rimase in piedi sulla porta del piccolo bagno adiacente alla stanza per un momento, a osservare Avery senza che lei se ne accorgesse. Aveva le mani sul ripiano del mobiletto e la testa bassa. Teneva gli occhi chiusi ed era immobile. Rex vide una bottiglietta di crema alla lavanda sul ripiano e un paio di quei deodoranti per ambienti liquidi collegati alle prese elettriche dall'altro lato di Avery. Era probabilmente da quelli che veniva il profumo di vestiti appena lavati.

Per quanto la stanza sapesse di buono, Rex aveva occhi solo per Avery. Sembrava esausta. Stanca e abbattuta, quando invece avrebbe dovuto essere rigenerata, dopo una bella notte di sonno.

"Hai dormito almeno un po'?" le domandò lui a bassa voce.

Avery non si spaventò. Era ovvio che sapesse che Rex era lì da qualche minuto. "Non proprio."

Non aggiunse dettagli.

"Perché no?" insistette Rex.

"Non ci riuscivo," mentì lei.

Rex entrò nella stanza e le si mise dietro. Dal momento che erano più o meno alti uguali, non riusciva a vedere gli occhi di lei, quindi si spostò un po' verso la destra e incrociò lo sguardo di Avery nello specchio.

Ci vide del dolore e della frustrazione, ma non volle insistere. Prese la spazzola dal bancone e fece un cenno con il capo verso la testa di lei. "Ti spiace?"

Avery scosse la testa.

Rex cominciò a spazzolarle i capelli già lisci e setosi. "Sono morbidi," disse dopo un po'.

Avery si lasciò andare a una specie di risata. "Molto diversi dalla prima volta che mi hai vista in quella caverna, eh?"

"Sì," le rispose Rex. "Hai un elastico?"

Lei si accigliò ma prese un laccetto dal ripiano e lo allungò a lui da sopra la spalla. Rex lo prese e senza dire una parola cominciò ad acconciarle i capelli in una treccia alla francese.

"Se qualcuno mi avesse chiesto come sarebbe andata questa mattina, non avrei mai indovinato che mi avresti intrecciato i capelli," commentò Avery con una risatina stanca.

"Forse hai notato che mi piace portare i capelli un po' lunghi," le disse Rex, rispondendole alla domanda che aveva sentito nel tono di lei, ma che lei non aveva esplicitato. "Ho passato un periodo in cui erano molto più lunghi di così e ho realizzato che fosse molto più semplice tenerli tirati indietro in una treccia, mentre lavoro. Così ho imparato da solo tramite dei tutorial online." Sorrise. "I ragazzi mi prendevano costantemente in giro. Ora li porto lunghi solo sul davanti."

"Non fai le trecce alla barba?" gli chiese Avery con un sorrisetto.

Rex le legò la treccia e si sporse in avanti, poi appoggiò le mani accanto a quelle di Avery, intrappolandola lì. I loro sguardi si incontrarono ancora una volta allo specchio e Rex cominciò a sfregare la barba sul collo di Avery senza interrompere il contatto visivo. "No, non mi piace il look vichingo, anche se, se ti andasse di provare non ti fermerei. Penso che ti lascerei fare praticamente qualsiasi cosa tu voglia."

Avery non rispose, si limitò a sbattere le palpebre.

"Sei agitata per oggi?" le chiese Rex, che voleva cercare di capire a fondo perché Avery non avesse dormito bene.

Lei scrollò le spalle. "Non esattamente. Voglio dire... devo solo guardare delle foto. Se dovessi guardarlo di persona allora sì, sarei più agitata."

Rex era infastidito dal fatto che lei non gli dicesse ciò che la preoccupava. "La chiamata con tua sorella è andata bene?"

"Certo, ha pianto un po', ma era molto contenta che fossi a casa sana e salva."

"Sei turbata dal fatto che i tuoi genitori siano qui?"

"No," disse Avery immediatamente. "Li adoro e so che la mia cattura è stata un brutto colpo per loro. Penso che avessimo tutti bisogno di vederci e toccarci e assicurarci che tutto questo fosse reale."

Rex lo capiva.

"Com'è andata la riunione di stamattina?" gli chiese lei prima che lui potesse avere altro spazio per approfondire ciò che la tormentava. "Phantom è in rotta per Timor Est?" Sorrise mentre lo diceva, facendo capire a Rex che stava scherzando.

Lui ridacchiò. "No, ma immagino sia solo questione di tempo." Le raccontò ciò che aveva detto loro il comandante, il fatto che Tex avrebbe cercato informazioni specifiche su eventuali avvistamenti di un'americana dai capelli rossi che vagava per la campagna.

"Ciò che ho passato è stato brutto," disse Avery. "Tuttavia, non riesco a non pensare che se Kalee è viva, quello che sta passando lei è molto peggio. Non posso immaginare di aver bisogno di aiuto e nessuno sa che sono viva. Con me era diverso, sapevo di dover prendere un giorno alla volta perché sapevo che sarebbe arrivato qualcuno dell'Esercito o della Marina a salvarmi. Gli Stati Uniti non avrebbero negoziato con i terroristi, ma non avevo alcun dubbio che non sarei rimasta là fuori per sempre. Immagino che Kalee pensi di essere sola, che nessuno andrà a salvarla."

Rex adorava il grande cuore di Avery. Odiava il pensiero che Kalee potesse credere che a nessuno importasse se fosse viva o morta. Se solo avesse saputo *quanto* Phantom tenesse a lei. Magari era iniziato tutto perché gli importava di aver fallito la missione, ma da allora era ovvio che si trattasse di molto di più.

Avery fece un lungo respiro e si voltò a guardare Rex. Lui non si allontanò, quindi quando lei appoggiò il sedere sul mobiletto dietro di lei si stavano praticamente toccando.

"Cole?"

"Sì?"

"Posso baciarti?"

E così, le buone intenzioni di Cole andarono a farsi benedire.

Aveva pianificato di andarci piano con Avery. Portarla fuori a qualche appuntamento, conoscerla, poi introdurre l'intimità tra loro. Ogni volta che le stava intorno, però, era sempre più difficile combattere la loro chimica.

Se Avery non si fosse trattenuta, Rex aveva pochissime possibilità di andarci piano. Era troppo attratto da lei. L'ammirava troppo. Ci avrebbe comunque provato... ma le avrebbe concesso qualcosa.

"Puoi farmi quello che vuoi," le disse onestamente.

Proprio perché erano alti uguali, Avery non dovette mettersi in punta di piedi per raggiungere le labbra di lui. Si sporse semplicemente in avanti e posò la propria bocca su quella di lui. Una volta. Due volte. Poi si tirò indietro e si morse un labbro, incerta.

Rex riuscì a trattenersi per il rotto della cuffia. Non voleva farle dare di matto o fare niente che potesse spaventarla, ma quando vide quell'incertezza negli occhi di lei, agì senza pensare. Le mise una mano dietro al collo per tenerla ferma e l'altra su una guancia. Fece unire le loro bocche, ma quella volta non ci andò piano con il bacio. Tirò fuori la lingua e le leccò i bordi delle labbra, e quando lei le schiuse per lui, Rex piegò la testa e vi si immerse dentro.

Sorprendentemente, quando lei ricambiò il bacio Rex sentì la pelle d'oca su tutte le braccia. Avery non era sottomessa e arrendevole in quell'abbraccio, ricambiò con la stessa foga. Le loro lingue si intrecciarono e quella di Avery premette nella bocca di Rex. Lui gemette e le si avvicinò.

Erano appiccicati insieme dai fianchi al petto e Rex sapeva che la propria erezione stava spingendo decisamente sul ventre di Avery. Normalmente sarebbe stato imbarazzato, ma lei si spinse contro di lui come per incoraggiarlo.

Rex fece un respiro e alzò la testa di qualche centimetro. Tenne le mani ferme e sentì le unghie di lei scavargli nella schiena. Avrebbe preferito non indossare l'uniforme, così da poterle sentire sulla pelle nuda.

Entrambi facevano fatica a respirare e quando Avery si leccò le labbra, Rex non poté fare a meno di seguire il movimento con gli occhi.

"Già, non devi mai più chiedermi il permesso per fare una cosa del genere," le disse Rex dolcemente.

Lei gli sorrise. "Non so che cos'hai di speciale, ma non mi sono mai sentita così con nessun altro, prima d'ora."

"Se è perché sono stato quello che ti ha salvata…"

Avery lo interruppe prima che Rex potesse finire la frase. "No," affermò decisa. "So che succede spesso, ma non è questo il caso e se la pensi così, allora dovremmo fermarci prima di andare oltre."

Avery cercò di allontanarsi da lui, ma Rex strinse la presa e la fece appoggiare di più sul mobiletto. "Dovevo essere sicuro che sentissi lo stesso legame che sento io," le disse. "Tralasciando l'innamorarsi del proprio salvatore, ho conosciuto diverse donne alle quali non interessava niente di chi fossi, volevano solo scoparsi un SEAL della Marina."

Avery alzò una mano e gli accarezzò teneramente la barba. "Io sono più propensa a starti lontana proprio perché sei un SEAL," ammise.

"Non sono quel tipo di uomo," disse Rex fermamente. "Ho avuto due relazioni serie, nella mia vita, entrambe anni fa. Non sto con una donna da moltissimo tempo, decisamente non da quando ho conosciuto te, all'ospedale."

"Ma è stato mesi fa," disse Avery spalancando gli occhi.

"Quindi?" le chiese Rex.

"La tua barba è morbidissima," gli disse Avery dopo un paio di secondi. "Non avevo mai baciato nessuno con la barba, prima d'ora."

Rex sorrise. "Qual è il verdetto?"

"Non ne sono sicura," gli rispose con un bagliore negli occhi. "Penso di dover accumulare più dati."

Rex si stava abbassando a baciarla di nuovo quando sentirono la voce della madre di Avery nei paraggi.

"Tutto bene, lì dentro?"

Rex si allontanò e spostò le mani riluttante. Toccare Avery gli piaceva. Adorava baciarla, gli piaceva praticamente tutto di lei.

"Stiamo bene, mamma, usciamo tra un secondo!" urlò Avery. Guardò Rex. "Salvati dalla metaforica campanella della mamma," scherzò.

"I tuoi genitori mi piacciono, Avery," le disse Rex.

"Sono brave persone," disse lei.

"Tua madre mi ha detto che le hai confessato che usciamo insieme."

Avery sembrò a disagio. "Ho sbagliato? Voglio dire, mi hai già praticamente definita la tua ragazza."

"Certo che non hai sbagliato. Volevo solo assicurarmi che a te stesse bene. Non abbiamo esattamente iniziato la nostra relazione nel più normale dei modi," disse Rex onestamente.

"Lo so, ma a me sta bene se anche a te sta bene."

"Mi sta molto bene. Se ti baciassi di fronte ai tuoi genitori si sconvolgerebbero? Se ti terrò per mano o ti metterò un braccio intorno alle spalle..."

"Ovvio che no, perché me lo chiedi?"

"Mi stavo solo assicurando," disse Rex con un sorriso.

"Non sono mai stato uno molto sdolcinato in passato, ma con te non riesco a tenere le mani a posto."

Avery sorrise. "Quando conoscerai i miei genitori ti renderai conto che sono uguali."

"Sapevo che mi piacevano," le disse Rex. "Se sei pronta dovremmo davvero andare."

"Sono pronta," gli rispose immediatamente. "Cole?"

"Sì, tesoro?"

"Grazie."

Rex non chiese per quale motivo, le rispose solo: "Prego."

CAPITOLO QUATTORDICI

Avery chiuse gli occhi e li strofinò con il pollice e l'indice per un secondo, prima di aprirli di nuovo e fissare il tablet che aveva in mano. Era seduta da sola in una sala interrogatori alla stazione di polizia della base e stava guardando le foto di centinaia di uomini stazionati in Afghanistan nello stesso periodo in cui c'era anche lei. Non pensava sarebbe stato tanto difficile.

Prima di tutto, era esausta. Non aveva dormito quasi per niente, la notte prima, in più soffriva del cambio di fuso orario.

Secondo, ogni foto sembrava uguale alla precedente.

Ogni militare era nella medesima posizione, indossavano tutti la stessa uniforme e una bandiera americana campeggiava sullo sfondo.

Terzo, alcune foto erano vecchie di un anno o due e Avery sapeva che essere stazionati all'estero in una zona di guerra stressante avrebbe potuto cambiare drasticamente l'aspetto di una persona, anche in poco tempo.

Non sapeva se stava cercando qualcuno nell'Esercito o nella Marina. Se fosse un soldato semplice, un ufficiale oppure un civile a contratto. Avery credeva ancora di poter identificare l'uomo, se l'avesse visto, ma stava iniziando a pensare di essere stata un po' ingenua su quell'intera faccenda. Aveva pensato di arrivare lì, sfogliare un paio di fotografie ed essere immediatamente in grado di puntare il dito contro il traditore.

Sapeva bene che, se avesse identificato l'uomo sbagliato, gli avrebbe potuto rovinare la carriera militare e la vita. L'ultima cosa che avrebbe voluto fare era accusare falsamente qualcuno dei terribili crimini di cui lei sapeva che quell'individuo era responsabile. Per quel motivo, stava esaminando ogni foto con attenzione, studiando ogni tratto dal viso.

Avery era più che pronta per una pausa, stava fissando il vuoto senza guardare realmente la parete a specchio davanti a cui era seduta, che l'aveva intimidita dal primo momento che aveva messo piede nella stanza. Lasciò distrattamente che il pensiero le tornasse a quella mattina.

Cole era bellissimo. Una bella nottata di sonno gli aveva fatto fare faville. Aveva la barba pettinata e sembrava anche idratata, anche se lei non immaginava che lui si fosse preso la briga di applicarci qualche prodotto.

Ad Avery piaceva la sensazione della barba di lui sul viso, non era sicura del motivo. E accidenti, quell'uomo sapeva come baciare. Avery si era aspettata di trovarlo un po' titubante, dal momento che si era comportato da galantuomo fino a quel momento, ma Cole non era stato affatto reticente. Una volta che Avery gli aveva mostrato di volerci stare, lui si era fatto avanti.

Avery ricordò i brividi dietro il collo di lui, un dettaglio che l'aveva spronata ancora di più. Avrebbe voluto fargli sentire lo stesso grado di eccitazione e stupore che aveva percepito lei. Alla sensazione dell'uccello contro lo stomaco, il corpo di Avery si era immediatamente preparato a riceverlo. Ogni spinta della lingua di Cole in bocca le aveva fatto contorcere la pancia e contrarre i muscoli del pavimento pelvico.

Non era da lei. Solitamente era la regina della lentezza nelle relazioni, ma accidenti, voleva troppo Cole. Aveva la sensazione che sarebbe stata lei a dettare quanto in là e quanto velocemente si sarebbero spinti, semplicemente perché Cole era fin troppo un gentiluomo per volerle mettere fretta in qualcosa. C'era da sentirsi sollevata?

"Tenente Nelson, va tutto bene?"

Avery saltò sulla sedia e si voltò per guardare verso la porta. Un sottufficiale di terza classe, dipendente della centrale di polizia, se ne stava in piedi con espressione preoccupata.

Avery sospirò, poi annuì. Per quanto volesse continuare a guardare le fotografie, sapeva di aver finito, per il momento. Non riusciva a concentrarsi e a ogni modo aveva bisogno di andare in ospedale.

"Sì, ho finito. Grazie." Si alzò e allungò il tablet al marinaio.

"Grazie. Mi è stato detto che le è permesso venire ogni volta che sarà disponibile per continuare a sfogliare i file," disse il giovane.

"Sì, il capitano d'armi con cui ho parlato quando sono arrivata mi ha detto lo stesso," gli rispose Avery.

Seguì il marinaio fuori dalla sala interrogatori, poi proseguì verso l'uscita. Lui le fece il saluto militare e si voltò per tornare indietro lungo un corridoio che portava a degli uffici.

Cole le aveva detto di chiamarlo, una volta finito, ma Avery decise di camminare fino all'ospedale. Voleva vedere gli amici e parlare con il proprio comandante. Le avevano dato la settimana libera, ma lei sapeva che, se non avesse fatto qualcosa, sarebbe impazzita, così aveva richiesto di essere re-inserita nei turni il prima possibile.

Passeggiare per la base l'aiutava a placare i pensieri. Ricambiò i saluti di altri marinai che incrociava per strada e pensò a quanto fosse assurdo che solo qualche giorno prima era ancora sepolta in una caverna sul fianco di una montagna afghana.

Nell'attimo stesso in cui mise piede in ospedale, venne accolta da tutti i colleghi. Erano tutti scioccati di vederla così presto, ma contenti che stesse bene. Aveva ancora l'alone di qualche livido sul volto, ma il resto dei graffi e dei tagli era coperto dall'uniforme. Si sentiva addosso la spilla Budweiser che le aveva dato Cole e che era appuntata sulla maglietta. Per qualche ragione, quando quella mattina si era vestita e l'aveva vista, non aveva resistito al forte istinto di indossarla. Era una sciocchezza, lei non era una SEAL, nemmeno per scherzo... Eppure se l'era appuntata addosso.

Avery sapeva quanto quelle spille valessero per i SEAL, e Cole le aveva dato la propria. Le sembrò quasi di essere tornata al liceo e uno dei ragazzi le avesse dato il proprio anello della classe da indossare.

"Stai benissimo!" esclamò Rita Lipson, una delle infermiere con le quali Avery lavorava spesso, poi l'abbracciò stretta.

Avery fece del proprio meglio per nascondere il dolore causato dalla presa forte della donna.

"Non posso credere che tu sia già qui!" commentò Beverly Moses in maniera più sommessa, poi l'abbracciò anche lei.

"A essere onesta... mi annoiavo. Ci sono i miei genitori in città e stamattina sono andati in giro a fare i turisti mentre io mi occupavo di qualche faccenda ufficiale. L'ultima cosa che volevo fare era tornare a casa a non combinare niente. Il capitano c'è?"

"Sì, per quanto ne so è nel suo ufficio," le rispose Rita.

"Io e Rita facciamo una pausa tra dieci minuti, vieni a sederti con noi?" le chiese Beverly.

Avery odiava essere sgarbata, ma non si sarebbe seduta con loro a raccontare tutto ciò che era successo, per niente al mondo. Era ancora troppo presto e poi non le piaceva il bagliore entusiasta negli occhi delle colleghe. Le stavano simpatiche, ma non intendeva diventare il soggetto dei loro gossip e dei divertimenti del giorno.

"Mi dispiace, ma non posso. Spero di tornare presto in servizio, potremo parlare allora," disse loro, poi si voltò per proseguire lungo il corridoio.

"Sono contenta che quei bastardi non abbiano avuto la meglio," le gridò Rita alle spalle.

Avery si diresse su per le scale; odiava usare gli ascensori. Erano vecchi e un po' scalcagnati. Inoltre, al momento non pensava di riuscire a sopportare di essere rinchiusa in una scatoletta di metallo. Fortunata com'era, l'ascensore avrebbe smesso di funzionare e lei sarebbe rimasta intrappolata lì, in preda a una crisi di nervi o qualcosa del genere.

L'ufficio del capitano era al terzo piano di un edificio a quattro e quando arrivò, Avery aveva salutato e sopportato la frase 'Sono felice che tu stia bene' almeno una sessantina di volte. Sapeva che infermieri e dottori stavano solo esprimendo la loro gioia di riaverla tutta intera, ma in quel momento tutto ciò che avrebbe voluto fare era voltare pagina da ciò che era successo, non che glielo ricordassero ogni volta che vedeva qualcuno.

Una delle caratteristiche che amava di più del capitano Cora Rosner era la sua praticità. Non aveva nessuno a fare la guardia alla porta come un falco. Era aperta a chiunque volesse entrare e parlare, non sopportava le stronzate dei dottori o degli alti ufficiali che cercavano di farsi grandi con il proprio grado di comando.

Avery bussò alla porta e sorrise quando sentì il capitano Rosner dire: "Avanti!"

Fece capolino alla porta e il secondo che l'ufficiale superiore la vide, balzò in piedi e le andò incontro. "Avery! Che diavolo ci fai qui oggi? Accidenti se è bello vederti, però!"

Si abbracciarono e il capitano fece attenzione a non stringere troppo o troppo a lungo Avery. Quando si allontanò, le lasciò le mani sulle spalle e le fissò il volto livido, poi fece una smorfia.

"Ho avuto un rapporto dal generale della base in Afghanistan, ma accidenti, è sempre più facile leggere le parole sulla carta invece che guardare di persona cosa ti è successo. Stai bene?"

Per qualche ragione, quella domanda colpì molto Avery. Provò a trattenere le lacrime ma uscirono lo stesso.

Il capitano Rosner non perse un secondo, la tirò verso una sedia davanti alla scrivania e la fece sedere. Poi andò alla porta e la chiuse a chiave, avvicinò una seconda sedia a Avery e le poggiò le mani sulle ginocchia mentre lei singhiozzava. Cora rimase in silenzio, a supportarla senza soffocarla.

Quando Avery riprese quasi del tutto il controllo di se stessa, il capitano disse: "Vuoi parlarne?"

Stranamente, Avery voleva farlo. Così raccontò all'ufficiale tutto ciò che era successo, tralasciando i dettagli top secret riguardo al traditore. Una volta finito, Avery fece un bel respiro e si rese conto di sentirsi meglio. Non bene, ma meglio.

"Sembra sia stato un inferno," disse Cora.

Avery annuì. "Lo è stato."

"Ma se guardiamo il lato positivo..." Il capitano lasciò cadere la frase.

"Il lato positivo è che ora ho un tostissimo fidanzato SEAL della Marina," le disse Avery con un piccolo sorriso. "Sono sopravvissuta e forse ora i dottori che sono stati in combattimento smetteranno di comportarsi in maniera così altezzosa con me."

"Brava, così si fa," le rispose Cora. Poi le prese una mano.

"Fammi indovinare, sei qui perché vuoi essere rimessa in turno."

Avery annuì.

"Non ho avuto le tue stesse esperienze, ma capisco il volersi tenere impegnate. Ti reinserirò a una condizione."

"Quale?"

"Che tu parli con il dottor Halterman."

Avery si irrigidì. Sapeva di doverlo fare, ma ciò la rendeva ansiosa.

"So che non vuoi," continuò Cora come se stesse leggendo nel pensiero di Avery. "Ma anche se io posso rimanere seduta qui ed empatizzare con te, e sono sicura che anche il tuo SEAL ne sia in grado, non abbiamo passato ciò che hai passato *tu*. Il dottor Halterman potrebbe aiutarti a filtrare le emozioni, così non avrai sorprese più avanti."

Avery non si mostrò immediatamente d'accordo, così il capitano Rosner continuò. "Mettiamola così, se qualcuno venisse in ospedale e ti raccontasse di essere stato rapito, tenuto in ostaggio, sepolto vivo, di essere quasi annegato e poi in un incontro a fuoco mentre stava scappando su un elicottero, lo giudicheresti se decidesse di aver bisogno di parlare con qualcuno?"

"Sa che non lo farei," le rispose piano Avery.

"Non essere dura con te stessa," le disse Cora. "È un ordine. Non sto dicendo che devi continuare a frequentarlo per settimane, ma provaci... Vedi cos'ha da dire. Non si sa mai, potrebbe avere delle informazioni a cui non hai mai pensato prima. Ne vale la pena, no?"

"Giusto," acconsentì Avery. A giudicare dalla sera prima, aveva più problemi di quanto pensasse e l'idea di riuscire a sdraiarsi e dormire era un incentivo maggiore di qualsiasi altra cosa le dicesse il capitano.

"Bene. I turni cambiano tra tre giorni. Ti inserirò allora,

nel frattempo prendi appuntamento con il dottor Halterman. Chiamerò il suo ufficio e gli dirò di aspettarti.”

“Grazie di tutto, non intendevo crollare qui.”

Cora picchiettò sulla mano di Avery. “Lo so, ora vai a casa... passa del tempo con i tuoi e vedi se riesci a riportare il corpo a una routine regolare, va bene?”

Avery annuì e si alzò. Si sentiva meglio dopo quell'esplosione emotiva, ma ancora un po' strana nel profondo. Mentre usciva dall'ospedale tirò fuori il telefono. Si sedette su una delle panchine fuori, all'ombra, e mandò un messaggio a Cole.

Avery: Ehi, sono le tre e sto tornando a casa. So che mi hai detto di chiamarti una volta finito, ma non volevo disturbarti. Prenderò un taxi. Vuoi venire a cena stasera? I miei sono andati allo zoo di San Diego, oggi, ma mia madre ha promesso di essere a casa in tempo per preparare le sue fantastiche lasagne. Non è esattamente l'appuntamento che ti ho promesso, ma non voglio trascurare i miei mentre sono qui. Zero pressioni. So che probabilmente sei impegnato.

Era un messaggio lungo e Avery sapeva che avrebbe dovuto chiamarlo, ma non aveva idea degli impegni di Cole per quel giorno e l'ultima cosa che avrebbe voluto fare era interromperlo.

Premette invio e stava cercando online il numero di una compagnia di taxi locale, quando le squillò il telefono. Guardò lo schermo e vide che era Cole.

“Pronto?”

“Se hai già chiamato un taxi, devi disdirlo.”

Avery sorrise per il modo in cui aveva esordito la conversazione. “Non l'ho ancora chiamato.”

“Bene. Sto venendo a prenderti.”

"Sul serio, Cole, non devi."

"Tesoro, sono già per strada... Ho i prossimi giorni di riposo e mi sto annoiando a morte. Gli altri sono tutti impegnati con le proprie donne e visto che Phantom è ancora allettato non posso nemmeno chiamarlo per andarci a fare una nuotata nell'oceano insieme. Mi faresti un favore."

Avery ridacchiò. "Beh, accidenti, se la metti così... va bene."

"Sei ancora alla stazione di polizia, giusto? Com'è andata?"

"Oh, ehm... no, sono all'ospedale."

Cole rimase in silenzio per un po', poi disse: "Non potevi stargli lontana, eh?"

Contenta del fatto che Cole non le stesse rompendo le scatole perché voleva tornare subito al lavoro, Avery gli rispose: "No, ho guardato le foto alla stazione di polizia finché non mi si incrociavano gli occhi e ho realizzato che non mi avrebbe fatto bene rimanere lì otto ore al giorno a rovinarmi la vista, non se volevo essere sicura al cento per cento di identificare l'uomo giusto. Non volevo andare a casa a fissare il soffitto e non sono tipa da oceano, così sono andata a trovare il mio capitano."

"E?" le chiese Cole.

"Mi reinserirà nei turni tra qualche giorno."

"Allora possiamo passare del tempo insieme, prima che torni a lavorare," concluse Cole.

Ad Avery piaceva quel pensiero. Non gli disse dello psicologo. Non perché pensava che lui non approvasse (Avery sapeva che l'avrebbe fatto, dal momento che era stato lui ad incoraggiarla ad andare), ma perché era una conversazione che avrebbe preferito fare a quattr'occhi. "Mi piacerebbe," gli disse.

"Anche a me. Ora, dov'è che sei esattamente? Così non devo andare a caccia."

"Sono sul lato ovest dell'ospedale, ci sono una porta e diverse panchine."

"Sarò lì tra circa dieci minuti. Non andare da nessuna parte."

"Va bene. Cole?"

"Sì?"

"Grazie."

"Non c'è bisogno che mi ringrazi, tesoro. Faccio esattamente ciò che voglio e se devo essere sincero, stavo cominciando a piangermi addosso a stare a casa come un sacco di patate. Mi stai davvero facendo un favore."

Avery sapeva che Cole stava esagerando, ma allo stesso tempo lo apprezzava.

"Ci vediamo presto," le disse Cole.

"Ciao."

Avery chiuse la chiamata e anche gli occhi. Il punto saliente degli ultimi giorni nella sua vita era sicuramente Cole. Quando era in Afghanistan, aveva rimpianto di non avere il suo indirizzo email, così da poter flirtare tramite internet. Tuttavia, poterlo fare faccia a faccia era molto meglio.

Lui arrivò a bordo del Malibu nove minuti dopo. Uscì e Avery notò che si era cambiato, indossava un paio di jeans e una maglietta.

Era la prima volta che lo vedeva in tenuta casual e niente riuscì a smorzare l'entusiasmo e l'eccitazione che provava quando era con lui. Dal momento che non erano coperti dall'uniforme, riusciva a vedere i tatuaggi colorati sul braccio destro e ancora una volta si chiese quanto si estendessero lungo il braccio. Anche il petto e la schiena ne erano ricoperti, oppure si trattava solo delle braccia?

Avery rimase sorpresa quando lui le aprì la portiera del passeggero. "Perché mi fissi in quel modo?" le chiese lui.

Avery si lasciò sfuggire ciò che stava pensando. "Mi stavo chiedendo dove altro potresti avere dei tatuaggi."

Cole sorrise, i denti bianchi scintillavano circondati dalla barba scura. "Ne abbiamo già parlato e immagino che tu debba scoprirlo da sola, no?"

Conscia di dove si trovasse e di essere un ufficiale navale, Avery si limitò ad annuire. Quello che avrebbe voluto fare era sporgersi in avanti, baciarlo, mettergli le mani sotto la maglietta e sollevarla per constatare con i propri occhi cosa ci fosse sotto.

Cole sorrise, come se sapesse cosa stesse pensando lei. "Salta su, donna, prima che il calore nei tuoi occhi mi bruci vivo."

Quando lei si fu seduta, Cole chiuse la portiera e fece una corsetta per arrivare sull'altro lato. Si accomodò sul sedile del guidatore e si diresse a casa di lei.

Non parlarono, ma lui allungò una mano per intrecciare le dita con quelle di lei, rilassando le mani nella console centrale.

Era molto... normale. Giusto. Avery non avrebbe potuto essere più felice. Tutto ciò che era successo di recente era sembrato così urgente... Sempre di fretta. Emotivo. Stare seduta in macchina con Cole mentre lui li guidava verso casa di Avery per cenare con i genitori sembrava un'attività piuttosto mondana, in confronto. Era proprio ciò che serviva alla psiche di Avery.

Era tardi, erano le nove in punto.

Cole era rientrato con lei e non se n'era ancora andato.

I genitori di Avery erano tornati a casa e la madre si era messa immediatamente a cucinare. Cole era rimasto seduto sul divano con il padre e avevano guardato una partita di football in TV, oltre che chiacchierato.

Era come se Cole conoscesse Avery da sempre e si inserisse perfettamente in famiglia.

La cena era stata piena di risate e la madre di Avery aveva fatto del proprio meglio per tirare fuori tutte le storie imbarazzanti che riguardavano la figlia quando era al liceo e alle medie.

Il padre aveva indagato non proprio in modo discreto sul passato di Cole e lui gli aveva rivelato le storie più leggere riguardo alcune delle missioni che aveva affrontato. Non aveva rivelato i dettagli di dove o quando fossero successe, ma Avery vide che il padre le stava apprezzando ugualmente.

Tutto sommato, era stata una bellissima serata. Avery non era sicura che quello valesse come primo appuntamento, dal momento che erano presenti anche la madre e il padre, a fare da accompagnatori, ma non poteva negare che stava iniziando a innamorarsi di Cole in maniera veloce e intensa.

"Dovrei andare," disse Cole quando la conversazione si attenuò.

Avery non avrebbe voluto che se ne andasse, ma non disse nulla.

Lui si alzò e le tese una mano. "Mi accompagni alla macchina?" le chiese alzandosi in piedi.

Lei inarcò un sopracciglio e si alzò per mettersi al suo fianco. "Davvero?"

"Sì."

"Ma non ti piace che cammini da sola, quindi se ti accompagno dovrai scortarmi di nuovo fino a qui. Finiremo per girare in tondo tutta la notte." Avery sentì i genitori ridacchiare alle loro spalle, ma Cole si limitò a sorridere.

"Vuole passare del tempo con te senza che i tuoi genitori vedano o sentano," disse il padre da dietro di lei. "Assecondalo."

Avery si voltò per guardare il padre e vide la madre farle cenno di andare via con una mano.

"Oh, va bene allora," disse Avery, si sentiva stupida per non aver capito le intenzioni di Cole. "Torno subito," avvertì i genitori.

"Prenditi il tuo tempo, cara," le rispose la madre.

"È stato bello conoscerti, Cole," disse il padre, che poi gli allungò una mano.

Cole gliela strinse. "Anche per me."

"Prenditi cura della nostra bambina, va bene?"

"Papà," si lamentò Avery.

Cole le strinse una mano e disse: "Certo, farò del mio meglio per assicurarmi che non le succeda nulla mentre sta con me."

Si annuirono l'un l'altro, poi Cole tirò Avery verso la porta. Scesero i tre piani di scale fino al parcheggio. Si stava facendo buio e Avery rabbrividì guardandosi intorno per vedere se ci fosse qualcuno appostato.

Cole la fece appoggiare con le spalle alla portiera del guidatore. Senza dire una parola, le si avvicinò e abbassò la testa.

Avery gli andò incontro volentieri e sospirò di sollievo quando lui cominciò a fare l'amore con la bocca. L'aveva toccata tutta la sera. Le aveva sfiorato la nuca con le dita, le aveva tenuto la mano. Le aveva tirato le gambe in modo da mettersele in grembo quando erano sul divano.

L'aveva fatta impazzire e il tocco delle loro labbra era come lanciare un fiammifero in una pozzanghera di benzina.

I capezzoli le si inturgidirono sotto la maglietta e Avery si spinse il più possibile contro Cole. Gli sollevò la maglietta e gli posò i palmi sulla pelle calda dei fianchi mentre si baciavano.

Avery non aveva idea di quanto tempo fosse passato, ma quando Cole si staccò, si rese conto che gli stava affondando le dita nella pelle ed emettendo piccoli gemiti dal profondo della gola.

Imbarazzata dal bisogno che stava mostrando, Avery sapeva di essere rossa in volto. Sperava che la luce notturna lo nascondesse a Cole. Ovviamente non fu così fortunata.

Lui le passò un dito su una guancia e sorrise. "Adoro come riesci a essere appassionata e vogliosa, ma anche timida allo stesso tempo."

"È colpa tua," gli disse Avery. "Normalmente non sono così. Sono quella strana che fa aspettare il ragazzo almeno quattro appuntamenti prima di fare qualsiasi cosa che vada oltre qualche bacetto."

"Non ho obiezioni," le rispose Cole, che poi le si avvicinò al collo e le annusò la pelle sotto l'orecchio.

La barba le sfregò la pelle sensibile del collo e Avery rabbrividì.

Ovviamente lui se ne accorse. "Ti piace la sensazione che ti dà la mia barba?" le chiese.

Avery annuì.

"L'adorerai contro altre parti più sensibili del corpo."

A quel pensiero, Avery rabbrividì di nuovo. Prima di allora, non aveva pensato a niente oltre al fatto che baciare un uomo con barba e baffi le sembrasse del tutto strano. In quel momento, non riusciva a pensare ad altro che non fosse la sensazione di quei peli morbidi e setosi contro i seni... o tra le gambe, mentre lui le dava piacere con la bocca. Si mosse contro di lui, non si eccitava in quel modo da moltissimo tempo.

"Merda, scusa, non avrei dovuto dirlo," si scusò Cole. "Ora non sarò in grado di pensare ad altro. Specialmente dopo aver visto la reazione che hai avuto pensandoci."

Avery girò la testa e gliela nascose nel collo. Nessuno dei due disse nulla per un lungo momento. Cole le accarezzava la schiena in maniera ritmica, confortandola e aiutandola a calmare l'eccitazione.

"Mi sono divertito, stasera. Grazie per avermi invitato e avermi fatto passare del tempo con i tuoi genitori."

"Figurati," gli rispose Avery, che poi si tirò indietro. "Sono contenta che tu sia venuto."

"I tuoi sono uno spasso, davvero divertenti."

"Tranne quando cercavano di mettermi in imbarazzo."

"No, sono orgogliosi di te. Siete molti carini insieme, non vedo l'ora di conoscere tua sorella. Scommetto che è altrettanto fantastica, come te."

"Lo è, che fai domani?" gli chiese Avery cambiando argomento.

"Mi alleno con gli altri sulla spiaggia, a casa di Gumby. Phantom ci starà a guardare e ci urlerà dietro di correre più veloce o di fare più addominali. Poi probabilmente tornerò a casa e leggerò un po'."

"Tu leggi?" gli chiese Avery con un sopracciglio inarcato.

"Sì, a dire il vero adoro leggere."

"Fammi indovinare. Storia, vero?" gli domandò Avery.

"Qualcosina, al momento sono più interessato alla fiction militare," le disse Cole.

Avery scosse la testa. "Potresti essere più sexy di così?"

Cole ridacchiò. "Tu, invece?"

Avery si irrigidì. "Appena mi alzo devo chiamare per prendere un appuntamento. I miei usciranno per fare qualcosa di turistico, quindi pensavo di andare alla stazione di polizia a dare un'occhiata alle foto, intanto che loro sono impegnati. Se mi danno l'appuntamento di cui ho bisogno, sbrigherò quella faccenda nel pomeriggio, poi tornerò a casa e passerò di nuovo del tempo con mamma e papà."

"Che appuntamento?"

Avery aveva immaginato che se ne sarebbe accorto. Decise che non aveva niente da nascondere e si rifiutava di provare vergogna come facevano molti altri soldati e marinai. "Con uno psicologo... Solo per parlare di ciò che è successo."

Cole si sporse in avanti e le baciò la fronte. "Penso che sia una buona idea. Hai dovuto superare un bel po' di merda in davvero poco tempo."

"So che mi incoraggi ad andare, ma sei sicuro di non pensare che valga meno, per questo?"

"Assolutamente no, cazzo," le rispose immediatamente Cole. "Pensi che io non mi sia mai seduto con un professionista a parlare di alcune situazioni di merda che ho visto e cose brutte che ho fatto?"

Avery pensò che si trattasse di una domanda retorica, perché Cole continuò a parlare senza lasciarla rispondere.

"L'ho fatto, molte volte. A volte io e i ragazzi ci troviamo tutti insieme, specialmente dopo una missione particolarmente dura, e ne parliamo. Tuttavia, sono andato diverse volte da uno psicologo. Aiuta. Ogni volta."

Avery annuì.

"Detto questo, non sono un dottore, ma se hai bisogno di parlare e il tuo psicologo non è disponibile, io sono qui. Ti ascolterò senza giudicare, va bene?"

"Va bene."

"Dico sul serio, Avery. Ogni volta che vuoi. Giorno o notte che sia. Devi solo prendere in mano il telefono, capito?"

"Grazie. Cole?"

"Sì, tesoro?"

"Grazie per non aver reso le cose strane, quando mi sei venuto a prendere oggi."

"Strane in che modo?"

"È solo che... tu non sei un ufficiale e io sì. Anche se non è un problema se stiamo insieme, dal momento che non lavoriamo insieme o che non frequentiamo nemmeno le stesse cerchie in Marina, sarebbe comunque strano se ci baciassimo o coccolassimo alla base, specialmente sul mio posto di lavoro."

Cole si allontanò e le mise le mani sulle spalle. Avery

incontrò il suo sguardo sincero. "Non farei mai niente per metterti a disagio o mettere a repentaglio la tua carriera di ufficiale in Marina. Potrei volerti abbracciare e baciare quando vengo a prenderti, ma ti rispetto troppo per farlo davanti ai tuoi colleghi. Intesi?"

Avery annuì. "Sì, grazie. E dovresti sapere che avrei voluto davvero, davvero abbracciarci, quando ti ho visto, oggi."

"Lo so."

"Lo sai?" gli chiese ridacchiando. "Siamo un po' presuntuosi?" mormorò lei.

"Lo so perché anche io volevo fare lo stesso," concluse subito lui.

"Bel salvataggio," gli rispose lei con un sorrisetto.

"Adoro toccarti, Avery. Capisco i limiti necessari quando siamo alla base, ma quando siamo soli, indossiamo vestiti civili o usciamo insieme, non aspettarti che tenga le mani, o le labbra, a posto," le disse.

"Idem," gli rispose lei con un sorriso.

"Merda, devo proprio andare," le disse scuotendo la testa. "Baciami, donna, e non intendo dire con quella passione che mi fa alzare le dita dei piedi e mi fa venire i brividi in tutto il corpo. Solo un bacetto, per favore, altrimenti dovrò guidare fino a casa con un'erezione e potrebbe essere pericoloso."

Avery rise ad alta voce e gli si avvicinò per dargli un bacio veloce e asciutto sulle labbra, poi si allontanò di nuovo.

"Beh, non è stato affatto soddisfacente," si lamentò lui con un piccolo sorriso.

"L'hai voluto tu."

"Lo so," si lamentò di nuovo lui. "Ti spiace se ti chiamo, domani?"

"Vuoi venire di nuovo da me?" gli domandò lei con voce timida.

"Sì," rispose lui senza esitare. "Ma non voglio interferire nel tempo che passi con i tuoi genitori."

"A loro piacerebbe averti di nuovo lì," gli disse Avery. Sapeva che era vero. Sua madre l'aveva tirata da parte per dirle quanto le piacesse Cole e quanto fosse contenta che i due si stessero frequentando. Avery sapeva che la madre non avrebbe avuto problemi, se Cole si fosse presentato di nuovo a cena.

"Va bene, ma non aver paura di comunicarmi un qualsiasi cambiamento nei piani. Non me la prenderò a male. Se potrò parlare con te, sarò soddisfatto."

Avery sorrise per quelle parole.

"Sei peggio di un uomo, vedi riferimenti sessuali ovunque," le disse Cole, poi scosse la testa.

"Non posso farne a meno," ribatté Avery. "Quando sto con qualcuno di sexy come te, la mia mente va lì da sola."

"Oh, andiamo," le disse lui, dopodiché la riaccompagnò su per le scale dell'appartamento.

"Ti chiamo domani," le disse Cole una volta arrivati alla porta, poi le rivolse uno sguardo intenso. "Se tutto va bene, ti vedrò anche."

"Vai piano," gli disse Avery con una mano sulla maniglia.

"Sì."

"Scrivimi quando arrivi a casa, ok?" gli chiese lei.

"Va bene, ci sentiamo dopo, tesoro."

Lei annuì e dopo che Cole scese di nuovo le scale e salì in macchina, lei lo salutò con un cenno della mano. Lui alzò due dita dal volante per ricambiare, poi mise in moto e uscì dal parcheggio.

Una volta spariti i fari posteriori, Avery si rese conto di dove fosse e che fuori era buio pesto. Le luci del parcheggio illuminavano la zona, ma non riusciva a vedere nulla oltre quelle ombre.

Si voltò e aprì la porta, poi cercò di ricomporsi prima di tornare in soggiorno. L'ultima cosa che voleva era che i genitori le chiedessero se c'era qualcosa che non andava.

Avery lanciò un altro sguardo nell'oscurità e rabbrividì.

Fece un bel respiro, chiuse la porta e si assicurò di chiudere a chiave. Inserì il chiavistello.

Nemmeno quello sembrava riuscire a scacciare tutti i demoni.

CAPITOLO QUINDICI

Una settimana e mezzo dopo, Rex stava facendo avanti e indietro per il suo appartamento con aria triste.

C'era qualcosa che non andava in Avery, ma lui non aveva idea di cosa si trattasse. L'aveva vista tutti i giorni, dal loro ritorno dall'Afghanistan, e pur non avendone dato segno... qualcosa non gli tornava. Rex pensava che Avery non stesse affrontando bene quanto diceva ciò che aveva passato laggiù.

I genitori di Avery se n'erano andati quattro giorni prima, per tornare in Texas. Anche se lei era d'accordo con la decisione di lasciarli partire, da allora sembrava ansiosa e in allerta. Era stata due volte a cena a casa di Rex e gli era sembrata abbastanza rilassata, tuttavia, ogni volta che la riportava a casa sembravano luccicarle gli occhi.

Una sera si era addormentata sul divano di Rex e quando lui aveva fatto cadere per sbaglio un bicchiere nel lavello lei si era svegliata di colpo, spaventata a morte. Rex era stato avvertito di aspettarsi di vederla crollare, ed era ovvio che stava succedendo. Il fatto che Avery si fosse impegnata ogni giorno sulle foto del Dipartimento della Difesa per identificare il traditore di certo non aiutava; fino a quel momento, non aveva avuto fortuna. Era anche tornata a fare i turni in ospedale, il che voleva dire che Rex non poteva passare tanto tempo con lei quanto quando erano entrambi in ferie.

Rex era frustrato e preoccupato per lei. Quella sera, Avery aveva lavorato in ospedale fino alle sette e poi aveva detto che si sarebbe fermata in centrale di polizia per dare un'occhiata a qualche foto prima di andare a casa. Rex non era riuscito a vederla e ciò lo infastidiva. Sapeva che era al sicuro, le aveva parlato un'ora prima, eppure non riusciva lo stesso a darsi pace.

Anche parlare con lo psicologo sembrava non aver alleviato i demoni con cui lottava e Rex avrebbe voluto spingerla a parlare di ciò che le passava per la testa, ma sapeva che non avrebbe funzionato. Doveva decidersi a parlargli di sua spontanea volontà. Se Rex l'avesse forzata, sapeva che avrebbe minato la loro relazione appena avviata.

Tuttavia, ciò non significava che non avrebbe continuato a cercare di convincerla a parlare con lui. Confidava nel fatto che lei avrebbe abbassato la guardia.

La loro relazione sembrava procedere bene. Ogni volta che erano da soli si baciavano e stava diventando sempre più difficile tenere le mani a posto. La notte prima, Rex le aveva finalmente permesso di togliergli la maglietta e lei aveva passato almeno dieci minuti a fargli vedere con le mani e con le labbra quanto le piacessero i suoi tatuaggi, specialmente la grossa ancora sul fianco destro che si era fatto appena diventato SEAL.

Lui aveva ricambiato togliendole la canottiera e dandole un assaggio dell'effetto che faceva la barba sulle parti più sensibili del corpo. L'aveva presa in giro per via delle lentiggini, che sembravano ricoprirla da capo a piedi, non era stato in grado di tenere le labbra lontano da quelle lentiggini e ne aveva baciate quante più poteva, prima di arrivare al punto di spingersi troppo oltre. Rex non si era mai eccitato così tanto nemmeno a guardare altre donne nude, ma vedere Avery sul divano in reggiseno e mutandine lo faceva impazzire. Lei e Rex insieme erano come un combustibile e quando finalmente avrebbero consumato la loro relazione, lui sapeva che avrebbero fatto scintille.

Tuttavia, non poteva portare la loro relazione al livello successivo, quando sapeva che Avery non stava gestendo bene lo stress post traumatico.

La faccenda lo infastidiva più di quanto ammettesse. Avrebbe voluto invitarla a rimanere a dormire da lui, per poterla tenere tra le braccia mentre dormivano. Non aveva dimenticato quanto era stato bello dormire con lei in Afghanistan, quando erano entrambi stanchi e attenti anche al più piccolo dei rumori provenienti dal nemico. Dormire con lei al di là di una porta chiusa a chiave, nella comodità del proprio letto o di quello di lei, sarebbe ancora più sconvolgente.

Eppure ogni notte lei lo aveva accompagnato alla porta e gli aveva dato la buonanotte prima di chiudere la porta a chiave tre volte e lasciarlo fuori.

Non si sentiva al sicuro? Aveva paura che il traditore la trovasse? Rex non lo sapeva.

Mentre camminava avanti e indietro tormentandosi su come far sì che Avery si aprisse con lui, gli squillò il telefono. Vide che era un numero della base, così si irrigidì. Essere convocato per una missione era l'ultimo dei suoi desideri. Non in quel momento, quando era sicuro che Avery fosse vulnerabile. Non quando stavano ancora cercando di conoscersi e sviluppare la loro relazione.

"Pronto?" esordì dopo aver premuto il tasto di risposta.

"Cole Kingston?" gli domandò una voce maschile profonda.

"Sono io. Chi parla?"

"Sono il tenente Zhang, dalla centrale di polizia. Chiamo per via della tenente Nelson."

Il cuore di Rex smise di battere. "Sì? Cos'è successo?"

"È solo che... So che lei l'ha accompagnata qui diverse volte e che era coinvolto nel suo salvataggio, quando era prigioniera di guerra. Lei è qui ora. Pensa che potrebbe fare un salto?"

"Sì," rispose immediatamente Rex senza pensarci. Se c'era qualcosa che non andava con Avery, certo che avrebbe fatto un salto. "Lei sta bene?"

"Sì, certamente. Mi dispiace, avrei dovuto dirlo fin dall'inizio."

Rex non riusciva a immaginarsi cosa potesse essere successo, ma disse comunque: "Sarò lì tra quindici minuti, va bene?"

"Sì, non c'è bisogno dell'uniforme. Ha solo bisogno di un passaggio a casa. È troppo tardi perché ci siano agenti in grado di accompagnarla."

"Sono felice di venire a prenderla. Ci vediamo presto."

Rex chiuse la chiamata e si avviò verso la porta. La rassicurazione del tenente sul fatto che Avery stesse bene non lo aveva calmato. Avery era andata alla stazione da sola in macchina, perché aveva bisogno di un passaggio? Rex non aveva idea di cosa stesse succedendo ma avrebbe dovuto scoprire ciò che stava passando Avery e quello sembrava un momento perfetto per farlo. L'avrebbe accompagnata a casa propria e avrebbero parlato.

Guidò velocemente ma in sicurezza e arrivò alla stazione di polizia in meno di quindici minuti. Entrò nella zona della reception e venne accolto dal tenente con il quale aveva parlato al telefono.

"Grazie per essere venuto... Se vuole seguirmi."

Rex non percepì alcuna urgenza nel tono dell'uomo, così cercò di rilassarsi. Lo seguì fino al corridoio dove sapeva fossero situate le sale interrogatorio e dove Avery passava il tempo a sfogliare fotografia. Il tenente aprì la porta e fece entrare Rex, che si accorse subito di essere in una sala di osservazione, da un lato di uno specchio bidirezionale che guardava all'interno di una stanza per interrogatori.

Lì c'era Avery. Era seduta al tavolo ma aveva la testa appoggiata su un braccio e stava dormendo profondamente. Aveva indosso l'uniforme da infermiera, i capelli tirati indietro in una treccia disordinata. Il tenente Zhang la fissò e disse: "Si è addormentata dieci minuti appena dopo che è arrivata. Avevamo intenzione di svegliarla e dirle di andare a casa ma non sembra che abbia dormito molto nell'ultima settimana. Non ce la siamo sentita."

"Quindi avete chiamato me?" gli chiese Rex.

Il tenente scrollò le spalle. "Ho visto il modo in cui vi guardate, senza offesa. Ho pensato che fosse meglio chiamare lei a svegliarla, invece di uno di noi. Continuerebbe a dirmi di stare bene e si rimetterebbe a guardare le fotografie, per poi crollare ancora una volta dieci minuti dopo. Quello che sta facendo non è un segreto da queste parti e mi creda, facciamo tutti il tifo affinché trovi quel che cerca."

Rex s'incupì. "Non è un segreto?"

Il tenente sembrava a disagio. "Lei non ha detto nulla, se è di quello che si preoccupa, ma tutti conosciamo la sua storia, sappiamo che è stata prigioniera di guerra e che probabilmente sta cercando di identificare gli uomini che l'hanno tenuta in ostaggio. L'ammiriamo e vogliamo che ci riesca, tutto qui."

Rex si lasciò a un sospiro di sollievo. I capitani d'armi erano un gruppo di uomini e donne molto uniti. Era difficile mantenere un segreto, ma per il momento nessuno sembrava sapere che ci fosse un traditore nella base afghana. Un uomo che non aveva avuto problemi a vendere segreti di stato ai terroristi e a mettere centinaia, se non migliaia di persone innocenti in pericolo.

"Giusto. Va bene, apprezzo la chiamata. La sveglierò e la porterò a casa. Grazie."

Il tenente annuì e fece strada fuori dalla sala di osservazione. Rex entrò poi in quella dell'interrogatorio. Avery non si mosse.

Le si avvicinò e si accovacciò accanto a lei, poi le mise una mano su una gamba. "Avery, sveglia, è ora di andare."

A una prima occhiata, Rex pensò che stesse dormendo della grossa, ma dal momento che le stava molto vicino, riucì a vedere che non era affatto così. Gli occhi si muovevano in ogni direzione sotto le palpebre chiuse e il corpo era rigido e teso.

Rex si allarmò.

"Avery? Svegliati," le disse, con più urgenza di prima.

Il secondo prima dormiva, quello dopo scattò in piedi e sferrò un colpo con il braccio sinistro. Lo beccò in pieno petto e dal momento che Rex non se lo aspettava, la forza del pugno lo fece cadere. Al contempo, lo slancio di Avery aveva fatto rovesciare la sedia su cui era seduta, mandandola a gambe all'aria.

"Merda! Avery, stai bene?" le chiese Rex, che balzò in piedi e le si avvicinò immediatamente. Lei si era già spostata e si era liberata dalle gambe della sedia.

"Sto bene," disse in un tono greve che non sembrava per niente normale a Rex.

"Guardami," le ordinò.

"*Sto bene*," ripeté lei mettendosi in ginocchio.

Rex l'aiutò ad alzarsi e tentò di abbracciarla, ma Avery si allontanò e si girò per sistemare la sedia su cui era seduta. Afferrò il tablet sul quale stava dormendo e si assicurò che i file che stava esaminando fossero di nuovo chiusi nella cartella top secret. Poi si strinse il tablet al petto con fare difensivo. "Sei qui per portarmi a casa?" chiese a Rex.

"Sì," le rispose lui dolcemente, indispettito dal fatto che lei lo stesse tagliando fuori.

"Fantastico, andiamo? È stata una giornata lunga."

"Dobbiamo parlare," le disse Rex, che poi fece per prenderle una mano. Avery si voltò e si diresse verso la porta della stanzetta.

Rex sospirò e la seguì lungo il corridoio, la guardò restituire il tablet al tenente Zhang, ringraziarlo e dirgli che sarebbe tornata l'indomani.

"Dove hai parcheggiato?" gli chiese.

Rex accennò all'ingresso principale e in silenzio uscirono dall'edificio e si diressero verso l'auto di lui. Una volta per strada, Rex ci riprovò. "Ho pensato che potremmo andare da me, mangiare qualcosa e parlare."

"Sono molto stanca," gli rispose Avery, che poi finse uno sbadiglio dietro una mano.

Rex strinse i denti, doppiamente frustrato.

"C'è qualcosa che non va," sbottò audace. "E mi piacerebbe che me ne parlassi."

"Non c'è niente che non va," insistette lei. "È solo stata una giornata lunga. Una cosa dopo l'altra al lavoro, poi me ne sono andata tardi. Volevo dare un'occhiata a qualche foto e mi sono ovviamente addormentata. Mi vergogno del fatto che il tenente ti abbia chiamato. Ecco qua."

"Sei imbarazzata di essere vista insieme a me?" le chiese Rex.

"No, non intendevo in quel senso," gli rispose lei.

"Beh, sembrava così," ribatté Rex.

Rex si rese conto che niente di ciò che avrebbe detto sarebbe andato bene, così girò la macchina e si diresse verso casa di Avery.

Quando gli aveva detto di essere stanca, non mentiva. Rex

le vedeva le borse nere sotto agli occhi e non era per via delle botte subite durante la prigionia. Quelle erano sparite. Tuttavia sembrava ancora devastata. Rex lo odiava, ma se lei non gli avesse parlato, lui non avrebbe potuto aiutarla.

Per la prima volta mise in dubbio la loro relazione. Era vero, avevano una chimica esplosiva, ma se lei non si fosse aperta con lui, che razza di relazione avrebbero potuto avere? Rex voleva una compagna come quella che avevano trovato gli amici. Una con cui poter parlare di tutto. Dopo una missione di merda, voleva poter tornare a casa e sfogarsi con lei.

Tuttavia, forse Avery non era quella donna.

Senza dire altro, Rex si avvicinò il più possibile alle scale e strinse forte il volante.

"Grazie del passaggio," gli disse piano Avery.

"Prego." Rex trattenne il fiato e pregò che lei gli chiedesse di salire in modo da poter parlare.

Non glielo chiese. Avery aprì la portiera e scivolò fuori, poi la chiuse fermamente dietro di sé. Dopodiché fece una corsa dalla macchina su per le scale. Rex la guardò fino a che non vide le luci nell'appartamento accendersi, poi si allontanò e tornò a casa, il cuore pesante nel petto.

Avery era seduta in un angolino della propria camera da letto, ginocchia al petto, il cuore le batteva all'impazzata. Aveva acceso ogni singola luce, eppure era ancora troppo buio. C'erano ancora ombre negli angoli e poco fuori dalla porta e dalle finestre. Ogni volta che chiudeva gli occhi, vedeva solo oscurità. Come quando era nella caverna.

Aveva parlato con il dottor Halterman ma non era riuscita a dirgli quanto fosse terrorizzata dal buio. Era una stupidaggine. Era stata al buio anche dopo essere stata salvata. Aveva dormito all'aperto. Anche sull'aereo che li aveva portati a casa era buio.

Ma a pensarci bene, ogni volta che era stata immersa nell'oscurità c'era sempre stato Cole, con lei. Le era stato al fianco, le aveva tenuto a bada i demoni. Nell'ultima settimana Avery aveva fatto del suo meglio, soprattutto da quando i genitori se n'erano andati, per superare quella... debolezza, ma invece di migliorare stava peggiorando.

Non aveva dormito più di qualche ora sparsa in tutta la settimana e i risultati si stavano ripercuotendo su ogni aspetto della sua vita. Aveva un aspetto disastroso. Non riusciva a concentrarsi sul lavoro e quella sera si era addormentata alla stazione di polizia mentre avrebbe dovuto scoprire chi aveva detto ai ribelli afghani di ucciderla senza pensarci due volte.

Dopodiché, ciliegina sulla torta, era stata trovata in quello stato da *Cole*. Addormentata sul posto di lavoro. Che brava ufficiale navale. L'aveva preso a pugni ed era quasi caduta sbattendo la testa. Non era stato un gran momento per lei.

Non aveva intenzione di irritare Cole, ma evidentemente lui se l'era presa. Avery non voleva parlare. Voleva dormire, ma non ci riusciva. Voleva chiedergli di restare. Avrebbe voluto implorarlo di rimanere con lei, ma lui era chiaramente turbato e l'ultima cosa che Avery voleva era dover avere a che fare con il biasimo di Cole.

Avrebbe voluto piangere ma non ne aveva le forze, così rimase seduta nell'angolo per ore. A cercare di non sbattere le palpebre, di tenere lontana l'oscurità. Sarebbe dovuta essere al lavoro alle otto della mattina successiva, ma sapeva che non ce l'avrebbe fatta. Avrebbe finito per dare le medicine sbagliate a qualcuno o non sarebbe stata in grado di fare una diagnosi esatta a un paziente. L'ultima cosa che avrebbe voluto fare era fare del male a qualcuno per colpa dei propri problemi.

Guardò l'orologio e vide che erano quasi le due e mezza, avrebbe davvero voluto dormire, tuttavia non riuscì a frenarsi dal prendere il telefono sul piccolo comodino accanto al letto. Toccò il nome di Cole e si portò il cellulare all'orecchio.

"Sì?"

Cole aveva la voce roca, era ovvio che l'avesse svegliato. Un'altra cosa di cui si sarebbe sentita in colpa.

"Cole?"

"Avery?" Sembrò istantaneamente molto più sveglio. "Che succede?"

"Puoi venire qui?" gli chiese, sapeva di sembrare molto più patetica di quanto avrebbe voluto.

"Sto arrivando. Parlami, tesoro, dimmi cosa c'è che non va."

Avery non riusciva a parlare, le si era chiusa la gola. Sapeva di essere sull'orlo di una crisi di nervi e se avesse detto anche solo una parola, avrebbe perso la testa.

"Almeno dimmi se sei ferita. Sei in pericolo? C'è qualcuno lì?"

"No," riuscì a dire, quella singola sillaba rispondeva a entrambe le domande.

"Va bene, sto arrivando. Subito. Puoi aprire la porta quando arrivo?"

Avery annuì.

"Avery?"

Si rese conto che lui non poteva vederla, così si sforzò di sussurrare: "Sì."

"Va bene. Dammi dieci minuti e sarò lì. Sto arrivando, Avery, tieni duro."

CAPITOLO SEDICI

Rex guidò come un indemoniato.

Quando gli era squillato il telefono si era infastidito, ma il pensiero di una missione non gli era più sembrato così brutto.

Avery, invece, lo aveva spaventato a morte. Quando gli aveva chiesto di andare da lei, Rex non aveva nemmeno preso in considerazione l'idea di dirle di no.

La mente gli vorticava con tutti i possibili scenari di ciò che potesse essere andato storto. Avery aveva detto che non c'erano intrusi, ma se *avesse dovuto dirlo* perché erano proprio lì e la stavano minacciando? E se il traditore avesse già lasciato l'Afghanistan e stesse cercando di fare irruzione da lei?

Merda, Rex stava esagerando e lo sapeva. Avery era al limite. Era esausta, spaventata e doveva gestire lo stress post traumatico. Rex era stato un idiota a non insistere per rimanere insieme a lei.

Si maledì e guidò ancora più velocemente. Arrivò nel parcheggio davanti al condominio di Avery e corse su per le tre rampe di scale fino all'appartamento, che dava nell'occhio poiché era l'unico con le luci accese a quell'ora della notte.

Non una sola luce, ma da ciò che riusciva a vedere erano tutte accese.

Bussò alla porta e provò immediatamente a girare la maniglia. Nonostante la sorpresa, quando la sentì muoversi tra le mani emise un sospiro di sollievo. Se avesse dovuto, avrebbe buttato giù la porta, ma preferiva di gran lunga non creare un gran baccano a quell'ora.

"Avery?" la chiamò mentre entrava nell'appartamento. Rex si chiuse la porta alle spalle poi andò a cercarla. La casa non era tanto grande, quindi non gli ci volle molto per trovarla. Stava per proseguire lungo il corridoio che portava alla camera da letto quando guardò a sinistra.

Lei era lì, accucciata in un angolo del salottino accanto alla cucina, le braccia intorno alle ginocchia rannicchiate al petto. Aveva gli occhi aperti ma sembrava stesse fissando il vuoto di fronte a sé. Aveva le nocche delle mani bianche da quanto si stava abbracciando forte, le borse nere sotto gli occhi sembravano ancora più scure in confronto alla carnagione pallida. Indossava un paio di pantaloncini corti e una canottiera, al posto della solita uniforme.

Rex non si era perso il costante peggioramento di Avery, ma aveva sopravvalutato le sue capacità di riconoscere i sintomi di una crisi e gestirli.

Rex decise che le domande avrebbero potuto aspettare, così si avvicinò immediatamente al tavolo. Si accovacciò, un po' spaventato di toccarla. Non avrebbe voluto spaventarla o scatenarle qualcosa.

"Avery? Sono Cole. Sono qui."

Lei alzò lo sguardo e sbatté le palpebre. "Cole?"

"Sì, tesoro, sono io. Che è successo?"

"Il buio," sussurrò lei. "Non riesco a scacciare il buio."

A Rex si spezzò il cuore per lei. "Posso toccarti, tesoro?"

"Sì, ti prego," lo implorò lei.

Senza esitare nemmeno per un secondo, Rex si allungò

verso di lei e la prese in braccio. Avery gli si aggrappò al collo come se non avesse mai dovuto staccarsi e gli nascose il viso nel petto. Rex l'accompagnò in camera e si sedette con lei in grembo. Si tolse le scarpe, poi si spostò fino a poggiare la schiena alla testiera del letto. Le coperte erano in disordine, non gli ci volle molto per alzare il sedere e prendere il lenzuolo e il piumino per coprire entrambi.

Se possibile, Avery si strinse ancora di più a lui. Gli stava aggrappato come se Rex fosse l'unica cosa che la proteggesse da morte certa.

Rex non disse nulla per parecchi minuti, si limitò ad accarezzarle i capelli in maniera metodica. Avery non piangeva, ma non era nemmeno molto rilassata tra le braccia di lui.

"Riesci a parlare?" provò a chiederle lui. "A dirmi cosa succede? Devo chiamare un dottore? Tua madre? Di cosa hai bisogno?"

Avery scosse la testa contro di lui. "È solo che... È il buio," gli rispose. "Ogni volta che chiudo gli occhi, ho paura che quando li riaprirò mi ritroverò di nuovo laggiù. Sola, al buio e senza una via d'uscita."

A Rex si strinse lo stomaco. "Hai dormito?"

Avery scosse la testa.

"Oh, tesoro, mi dispiace tanto."

"Non è colpa tua," gli mormorò lei nel collo.

"Lo so, ma se avessi detto qualcosa prima, forse avrei potuto aiutare."

"Lo stai facendo ora."

Erano solo quattro parole, ma fecero sentire Rex alto tre metri. Rex sapeva che, se avesse potuto, avrebbe combattuto tutti i demoni di Avery al suo posto. Era una donna forte che non aveva bisogno di un uomo, ma lui voleva proteggerla lo stesso. Voleva aiutarla a guadare il fiume della vita. Voleva incitarla quando ne aveva bisogno e farsi da parte per ammirarla quando non era necessario fare altro. Al momento, però, non sapeva cosa dire per aiutarla a superare il trauma psicologico di cui era stata vittima in quanto prigioniera di guerra.

Rex fece un bel respiro e ripensò a uno dei peggiori momenti della propria vita, sperando di poterla aiutare.

"Anche io sono stato prigioniero di guerra."

Avery gli si mosse tra le braccia, poi tirò su la testa per guardarlo.

Rex non poteva nascondersi da lei, con tutta quella luce nella stanza. La guardò negli occhi e anche nel bel mezzo della propria situazione drammatica, ci vide dello sconcerto e della preoccupazione per lui.

Fu allora che giurò di tenerla vicina, di spostare montagne e fare qualsiasi cosa servisse per farla sua.

"Ah, sì?" gli chiese lei a voce bassa.

Rex annuì, poi le posò una mano sulla testa e la riaccompagnò verso la propria spalla. Avery oppose resistenza per qualche secondo prima di rilassarsi sotto di lui. Rex si distese meglio a letto, fino a che Avery non gli fu stesa al fianco, invece che seduta in grembo. Più o meno, visto che metà del corpo di lei gli era ancora sopra. Gli avvolse un braccio intorno e si strinse a lui come se non avesse mai voluto lasciarlo. A Rex andava bene.

Rex fissò il soffitto e si preparò a dirle qualcosa che non aveva mai confidato a nessun altro, nemmeno allo psicologo o ai compagni di squadra.

"Ace e io eravamo rimasti feriti durante uno scontro a fuoco. Io mi ero preso un proiettile in una coscia e Ace uno nel fianco. Non avevano colpito niente di vitale, non come Phantom, sull'elicottero. Non ci stavamo dissanguando, ma di sicuro non potevamo muoverci velocemente per andare da nessuna parte. Invece di scappare di lì, la squadra è rimasta con noi e alla fine siamo stati fatti prigionieri."

Avery inspirò velocemente e Rex la strinse per rassicurarla, prima di continuare. "Ci hanno portato a una serie di grotte, ma la nostra non era piccola come la tua, era enorme. I talebani avevano messo su una specie di recinto per cavalli. Ognuno di noi era legato a una staccionata. Non potevamo vederci ma riuscivamo a sentire tutto ciò che ci accadeva intorno.

"Quindi non eri da solo, è un bene... vero?" gli chiese Avery piano.

"Sì e no," le rispose in modo onesto Rex. "Non fraintendermi, ero contento di avere lì i miei compagni perché sapevo che insieme avremmo trovato il modo di scappare. Eravamo molto più forti insieme che singolarmente. Significava anche che l'attenzione dei nostri... padroni di casa... era divisa, però sapevo che eravamo lì per colpa mia e di Ace."

"Che intendi dire?"

"Se non ci avessero colpito, nessuno di noi sarebbe stato lì. Quegli stronzi non ci avrebbero fatto il culo. Si sono divertiti molto a picchiarci."

Avery annuì, sapeva esattamente cosa intendesse Rex e lui ne era consapevole.

"Riuscivo a pensare solo che i miei amici venissero picchiati per colpa mia. Quando è stato il turno di Bubba, ha cominciato a urlare delle parole che ci hanno ricordato l'inferno che era stato l'addestramento SEAL. In pratica ci stava dicendo di tenere duro senza che i rapitori capissero ciò che stesse facendo."

Rex percepì Avery muoversi contro di lui. "Che cosa diceva?"

"Cose come 'freddo', 'sonno', 'cibo'. Parole a caso. Niente che i Talebani potessero capire, ma il resto di noi sapeva esattamente cosa significassero."

Avery annuì. "È stato intelligente."

"Sì, molto, ma ogni parola mi faceva sentire più in colpa."

Avery scosse la testa. "No, Cole. Non era per quello che l'ha fatto."

"Lo so, ma non cambia come io mi sentissi."

"Come siete scappati?"

"Bubba ha l'abitudine di portarsi dietro qualsiasi cosa, tra le varie tasche. Quando l'hanno perquisito si sono dimenticati di un coltellino. Di notte, una volta stanchi di picchiarci, ci lasciavano da soli, legati alla nostra staccionata. Lui ha liberato una mano e ha usato il coltello per slegarsi del tutto, poi ha fatto lo stesso con noi. Hanno fatto del loro meglio per stabilizzare me e Ace e poi ce ne siamo andati. Non dimenticherò mai il dolore che ho provato a scappare da quel postaccio, ma mi rifiutai di arrendermi o di far capire a chiunque altro che a ogni passo mi sembrava che i talebani mi stessero infilzando un attizzatoio in una gamba. Ho sofferto in silenzio. Anche quando ci hanno salvati e mi hanno portato in ospedale, non ho detto nulla su quanto dolore sentissi davvero."

"Ti stavi punendo," disse dolcemente Avery.

Rex annuì. "Sapevamo tutti che non ci avrebbero catturati, se io e Ace non fossimo rimasti feriti. Quando Rocco si è seduto sul letto d'ospedale all'altezza del mio fianco, sono svenuto. Il movimento mi ha spostato la gamba di pochi centimetri ma il mio corpo ne aveva avuto abbastanza. È crollato. Ho fatto spaventare Rocco e mi sono svegliato solo dopo l'intervento che mi hanno fatto per ripulire l'infezione che mi stava consumando.

"Il punto è, e ne ho davvero uno, che se avessi parlato prima non avrei sofferto tanto. Avrebbero potuto darmi degli antibiotici e degli antidolorifici. Non ho mai detto a nessuno quanto mi sentissi in colpa per quella missione, quanto mi ci senta ancora. Odiavo il fatto che loro stessero soffrendo a causa mia. Non mi è piaciuto metterli in quella posizione."

"Non è stata colpa tua. Chiunque avrebbe potuto essere colpito da un proiettile vagante," gli disse Avery, che aveva la voce più forte nel difenderlo, mentre non pensava al buio o a ciò che le era successo. "Se avessero colpito Rocco o Phantom, o uno degli altri, tu li avresti incolpati per avervi messi in quella posizione?" Non aspettò che lui rispondesse. "No, non l'avresti fatto. Quindi non dovresti incolpare te stesso."

"Lo so," le rispose Rex con un piccolo sorriso. "Ora lo capisco, ma allora no. So che se avessi aperto la bocca e avessi detto a Rocco e agli altri come mi sentivo, loro mi avrebbero detto lo stesso, che avrei potuto evitare l'ansia e il senso di colpa che avevo provato. So che sei andata da uno psicologo. Cosa ha detto riguardo alla paura del buio?"

Rex sapeva cosa avrebbe detto Avery ancora prima che lei parlasse.

"Non gliene ho parlato," ammise lei. "Ma è diverso!" aggiunse subito. "Non è uguale a ciò che hai passato tu."

"Perché no? Non hai fatto niente di sbagliato, tesoro. Non hai chiesto di venire rapita. Non hai chiesto di essere picchiata e sepolta viva, ma è successo e ora devi gestirne le conseguenze. So che non ti senti così, ma sei fantastica. Non conosco molte persone che avrebbero avuto la forza mentale di fare ciò che hai fatto tu. Non ti sei arresa, hai trovato un modo per sopravvivere e non hai aspettato che qualcuno venisse a salvarti. Se non fossimo arrivati noi, ti saresti scavata una via d'uscita. Avere paura del buio non è una debolezza, Avery. Non c'è niente di cui vergognarsi, proprio niente."

"È stupido," protestò lei. "So di non essere in Afghanistan... sono qui, a casa mia."

"Il cervello funziona in modo strano," le disse Rex. "Ci permette di funzionare in situazioni dove non dovremmo essere in grado di farlo, ma poi ha la brutta abitudine di non voler lasciare andare quelle situazioni."

Avery non disse nulla per qualche momento, poi parlò. "Sono furiosa, Cole."

"Per cosa?"

"Per tutto. Furiosa verso chiunque abbia deciso che i soldi

valgono più delle vite umane e ha detto ai ribelli del convoglio di armi. Furiosa che quell'uomo afghano abbia pensato fosse giusto rapirmi e torturami. Furiosa che i terroristi pensassero fosse divertente picchiarmi e seppellirmi viva. Furiosa con me stessa per non riuscire a scrollarmi di dosso questa debolezza e tornare alla normalità."

"Non è una debolezza," disse Rex.

"Sì che lo è!" insistette Avery. "Non riesco a dormire, non riesco a vivere normalmente. Sto impazzendo!"

"Dopo che ti abbiamo salvata, hai dormito al buio; cosa è cambiato?" le chiese Rex. La sentì irrigidirsi contro di lui e capì di aver fatto la domanda giusta. "Parlami," la implorò. "È successo qualcosa quando sei arrivata a casa? Stai avendo degli incubi che ti fanno ricordare tutto quanto? Perché ora non riesci a dormire, se prima di arrivare qui ne eri capace?"

Rex non pensava che lei gli rispondesse. Passarono almeno tre minuti prima che lei facesse un bel respiro.

"Perché prima c'eri tu con me e io mi sentivo... al sicuro."

A quella risposta, Rex sentì la pelle d'oca. Non gli era mai successo prima di allora. Non aveva mai sentito la pelle pungere, mentre era con qualcun altro. Tuttavia, Avery riusciva ad arrivargli dritta al cuore e farlo sentire vivo.

Rex le strinse le braccia intorno e girò la testa per baciarle la fronte. Sapeva che non doveva piacerle ammettere una cosa simile, ma cambiò tutto tra loro. *Tutto* quanto.

"Non avrei dovuto chiamarti," disse Avery, dato che lui non aveva ancora risposto a quell'ammissione.

Rex la strinse più forte. "Sì, avresti sicuramente dovuto farlo," le disse deciso. "Anzi, avresti dovuto dire qualcosa molto prima."

"Non... Non mi piace essere debole," ammise Avery.

Rex non riuscì a trattenere una risata. "Debole?" le chiese in tono sbalordito. "Avery, sei la persona più forte che conosca. Chiedere ciò che ti serve non ti rende debole. Al contrario, a volte è molto più difficile che rimanere in silenzio. Sono onorato di farti questo effetto e mi dispiace che tu non me l'abbia detto prima, ma ora sono qui. Ne verremo a capo e ti prometto che la situazione migliorerà. Giorno dopo giorno, o meglio, notte dopo notte. Non importa se dovremmo dormire con le luci accese per il resto della nostra vita, faremo ciò che serve affinché tu ti senta al sicuro, va bene?"

"Faremo?"

"*Sì*, tesoro. Ora chiudi gli occhi e dormi."

"Tu resti qui?" gli chiese, poi alzò la testa per guardarlo negli occhi.

"Certo che resto qui," le rispose deciso. "Finché avrai bisogno di me. Ora zitta e dormi, va bene?" le disse in tono scherzoso.

Avery sbuffò ma si riaccucciò su di lui. Rimase in silenzio per un momento o due, poi disse: "Grazie, Cole. So che hai detto che non mi rende debole, ma dirlo non allontana quel sentimento."

"Lo so e va bene così, posso essere forte per entrambi."

"Non puoi dormire con me per sempre," gli disse lei.

Rex avrebbe voluto protestare immediatamente, dirle che certo che avrebbe potuto farlo, ma quello non era il momento giusto. "Posso farlo per ora. Prima o poi arriverai al punto di non aver bisogno di me per dormire, ma per il momento e per il futuro prossimo, rimarrò qui."

"Grazie," gli sussurrò lei.

Per la prima volta, Rex sentì i muscoli di lei rilassarsi completamente e capì senza dubbio che quello era il suo posto. Al fianco di Avery, per supportarla e incoraggiarla. L'avrebbe superata, Rex lo sapeva. Gli eventi erano ancora troppo freschi nella mente di lei, perché riuscisse a rilassarsi e lasciarsi andare del tutto. Una volta catturato il traditore e tornati alla normalità, anche lei avrebbe ripreso la propria vita. In quel momento, viveva con solo qualche ora di sonno alle spalle, lo stress di tornare al lavoro e l'ulteriore impegno di dover riconoscere l'uomo che aveva visto al villaggio.

Dopo cinque minuti Avery si era addormentata al fianco di Rex. Era un peso morto lungo il corpo di lui, che ne sentiva il respiro caldo sul collo. Per certi versi, sembrava che Rex avesse dormito in quel modo con Avery per anni, sotto altri aspetti, era tutto nuovo ed entusiasmante.

Sentirla contro di sé lo fece anche pensare ad altro. Per esempio, quale sarebbe stata la sensazione dei loro corpi nudi. Fare l'amore con lei.

Pensare di amare Avery gli fece risvegliare il membro nei jeans. In quel momento fu grato di essere ancora vestito di tutto punto. Non c'erano dubbi sul fatto che Rex la volesse, ma avrebbe anche voluto che fosse una decisione di Avery. Voleva che lei avesse bisogno di lui tanto quanto lui ne aveva di lei. Non erano ancora pronti, ma avevano tempo. Rex avrebbe potuto esserci per lei in maniera platonica, finché lei ne avesse avuta necessità. Sarebbe stato per lui un onore e un privilegio.

La baciò sulla fronte ancora una volta, poi chiuse gli occhi. Anche così riusciva a vedere le luci accese della stanza, ma non lo infastidivano. Si fece un appunto mentale di assicurarsi che Avery avesse abbastanza lampadine di scorta, in caso una delle luci dell'appartamento si bruciasse.

Se avesse avuto bisogno di luce per dormire, l'avrebbe avuta.

Quella... e Cole al fianco.

Rex si addormentò con Avery tra le braccia, provava un sentimento di contentezza che non aveva mai vissuto in trentaquattro anni di vita.

———

Avery si svegliò di soprassalto e per un momento rimase confusa su dove fosse e cosa stesse succedendo. Stava sognando di trovarsi in fondo a un buco e che un uomo americano, vestito da afghano, stava ridendo mentre richiudeva il foro con un pezzo di legno, lasciandola nella più completa oscurità.

Era una variazione dello stesso sogno che faceva da quando era tornata in California. In ognuno di essi, finiva sempre per essere sepolta viva, in qualche modo, incapace di farci qualcosa.

La differenza era che quella volta non stava avendo nessuna crisi. Si era svegliata di colpo ma invece di essere sudata e in preda al panico era quasi calma.

"Shhh," le mormorò una voce maschile assonnata all'orecchio. "Va tutto bene, tesoro. Era solo un sogno."

Cole.

Avery si sentì immediatamente in imbarazzo.

Lo aveva chiamato in un momento di panico e lui non aveva esitato a presentarsi. Era riuscita ad andare alla porta di casa e aprirla, ma poi non aveva avuto più energie o forza per tornare in camera da letto, così si era rifugiata nel posto più sicuro che era riuscita a trovare... l'angolo della sala da pranzo.

Cole non era rimasto disgustato da lei. Non l'aveva guardata con compassione. Anzi, le era sembrato di vedergli negli occhi un pizzico di orgoglio.

Che pazzia. Anche quando lei aveva ammesso che era stato lui a tenerle a bada la paura del buio, lui non si era messo a ridere e non aveva detto che stava perdendo la testa.

Avery chiuse gli occhi e si rilassò contro il corpo caldo di lui. Di solito, dopo essersi svegliata da uno di quegli incubi, non riusciva a riaddormentarsi, ma sorprendentemente si rese conto di essere a pochi momenti dal farlo.

Ed era tutto grazie all'uomo che aveva al fianco. Lui faceva tutta la differenza. Avery si sentiva al sicuro con lui, Cole non avrebbe lasciato che il traditore misterioso la chiudesse di nuovo nel buio.

Avery odiava dover contare sugli altri, su un uomo, per tenersi al sicuro. Eppure sapeva che Cole aveva ragione. A un certo punto, sarebbe stata in grado di reggersi di nuovo in piedi da sola, o dormire da sola, nel suo caso. Per il momento le stava bene averlo lì a combattere i demoni e altri mostri nella notte.

Cole si era aperto con lei e le aveva raccontato della propria prigionia. Avery stessa si era sentita meno sola a sapere quanto l'avesse reso vulnerabile quella cattura. Si era sentita più forte.

Avery spostò la mano e si rese conto di star accarezzando del cotone, non la pelle morbida di lui. Senza pensarci gli infilò una mano sotto la maglietta e gli posò il palmo sugli addominali. Lo sentì e lo percepì inalare a fondo, poi lui intrecciò le dita con quelle di lei sulla pancia, sotto la maglia.

Tenergli la mano, sentire il suo cuore che batteva su una guancia e il solletico della barba contro la testa la fece sentire al caldo e protetta.

"Torna a dormire, tesoro. Ci sono io qui."

Quelle furono le ultime parole che Avery sentì mentre il corpo si abbandonava al richiamo di un sonno a lungo negato.

CAPITOLO DICIASSETTE

Una settimana più tardi, Avery era nel corridoio che portava alla zona giorno e osservava Cole arrabattarsi in cucina. Stava sorseggiando una tazza di caffè in piedi davanti ai fornelli, intento a cuocere del bacon. Avery sapeva che, il secondo che si fosse reso conto che lei era sveglia, avrebbe cominciato a prepararle una semplice omelette fatta di uova, formaggio e pomodori.

Avery pensava che sarebbe stato imbarazzante svegliarsi insieme a Cole, quella prima volta, ma lui aveva fatto di tutto per farle sembrare che fosse normale per lui ricevere chiamate nel bel mezzo della notte per andare a calmare la fidanzata in preda al panico.

Da allora aveva passato tutte le notti con lei. Avery aveva sempre dormito come un ghiro e si era svegliata rigenerata e pronta ad affrontare la giornata. Senza parlarne, Cole aveva cominciato a portare un po' di effetti personali da lei, come il sapone, lo spazzolino e qualche cambio di vestiti.

Avery non era mai stata tanto felice.

Il solo pensiero la spaventava. Non era così che funzionavano le relazioni. Loro stavano facendo tutto al contrario.

Stavano convivendo ancora prima di conoscersi. Dormivano insieme ancora prima di essere *andati a letto* insieme.

Tuttavia, il fatto che non si conoscessero era una bugia. Avery aveva passato molto tempo con Cole, a parlare e ridere, tanto da conoscerlo meglio di ogni altro uomo che aveva frequentato. Era molto alla mano, sapeva fare lo sciocco, era fortemente devoto agli amici. Era premuroso, l'aveva fatta mangiare fino ad abbuffarsi, era anche generoso, faceva la spesa per entrambi senza badare ai prezzi e le aveva fatto il pieno di benzina alla macchina.

Avery continuava ad aspettare che facesse qualcosa che la disgustasse. Lo avrebbe fatto sembrare meno un uomo modello e più un tipo... rompiscatole. Fino a quel momento non era mai successo.

Sapeva di essere ingiusta con se stessa, ma le sembrava quasi di essere l'unica ad avere difetti, nella relazione.

"Buongiorno," esordì Cole, spaventandola.

Le sorrideva da davanti ai fornelli e Avery vide che aveva già cominciato a preparare l'omelette. "Buongiorno," gli rispose lei, che poi si diresse verso la cucina.

"Hai dormito bene?" le chiese lui, proprio come ogni mattina.

"Lo sai che ho dormito bene," gli rispose lei in tono sarcastico. Avery non l'avrebbe mai creduto possibile, ma quando ogni notte andavano a letto e si facevano le coccole, lei si addormentava immediatamente appena chiudeva gli occhi. Anche quando si svegliava per via di un incubo, sapere di essere al sicuro tra le braccia di lui la faceva tornare a dormire subito, il che era stato impossibile prima che lui cominciasse a passare la notte da lei.

Quando gli si avvicinò, lui la cinse con un braccio e la tirò a sé. Si sporse verso di lei e la baciò come se fosse del tutto naturale. Anche Avery lo sentiva un gesto naturale. Lo faceva da una settimana, la baciava spesso e in maniera delicata ogni volta che ne aveva l'occasione.

Prima di lasciarla all'ospedale, le si avvicinava e la baciava prima che Avery scendesse dalla macchina.

Faceva lo stesso quando l'andava a riprendere.

La baciava anche dopo che Avery aveva passato del tempo alla stazione di polizia a visionare le foto.

Prima di cena.

Dopo cena.

Mentre guardavano la TV.

Quando lei gli era accoccolata accanto nel letto.

Avery non poteva dire che non le piacesse, ma era frustrata del fatto che non approfondisse mai i baci. Non come quello che si erano scambiati prima che lei desse di matto. Si trattava sempre di un piccolo bacetto a fior di labbra. La barba e i baffi le facevano un leggero solletico prima che lui si tirasse indietro.

A lei mancava la mano di Cole dietro il collo, che la teneva vicina a sé mentre le piegava la testa all'angolatura che voleva e la baciava come se non dovesse mai averne abbastanza.

"Oggi fai solo mezzo turno, vero?" le chiese.

Avery annuì e sorseggiò la tazza di caffè che le aveva preparato.

"E poi vuoi passare un'oretta circa alla stazione di polizia?"

"Sì," gli rispose lei. "Mi rimangono le ultime foto, vorrei finire."

Cole si accigliò. "E nessuno di loro ti sembra familiare?"

Avery sospirò. "No, è uno schifo. Pensavo che avrei sicuramente riconosciuto quell'uomo rivedendolo, ma ho passato in rassegna tutte le foto della Marina e sono abbastanza sicura che non ci fosse. Ora ho solo qualche soldato dell'Esercito e dei civili da visionare." Posò la tazza di caffè. "Cosa farò se non riesco a trovarlo, Cole? La prima unità lascerà presto l'Afghanistan. Sii sincero, pensi *davvero* che sarò in pericolo?"

Lo guardò spegnere il fornello e farle scivolare un'omelette perfetta nel piatto. Cole si voltò verso di lei e le mise le mani sulle spalle. Indossava una maglietta color sabbia e i pantaloni mimetici blu. Era riuscito a fare la doccia senza che lei lo sentisse e Avery poteva sentire l'odore fresco e pulito. Le faceva venire voglia di nascondergli il viso nel collo e rimanere lì tutto il giorno ad annusarlo.

"C'è qualche rischio, sì," le rispose in maniera solenne. "Vorrei davvero poterti dire che starai bene, Avery, ma sei stata tu a rivelarci ciò che ti ha detto l'afghano. Che gli era stato ordinato di assicurarsi che tu non uscissi viva da quel paese. È ovvio che il traditore sappia chi tu sia e se tu non riesci a identificare lui... ciò ti mette in pericolo."

"*Sono in grado* di identificarlo," insistette Avery. "Se lo vedessi di nuovo... Come hanno detto gli altri, le foto del Dipartimento della Difesa sono molto posate e probabilmente le persone non somigliano per niente a come sono nella vita reale. Scommetto che riuscirei a malapena a riconoscere te, se vedessi la tua."

Cole fece un sorrisetto.

"Vedi? Ho ragione," disse Avery con uno sbuffo.

"So che hai ragione, nella mia non ho né barba né baffi," le rispose Cole.

Avery sgranò gli occhi. "Sul serio? Ora voglio davvero vederla."

Cole ridacchiò, poi fece un passo in avanti per avvicinarsi a lei e le mise una mano sulla nuca, l'altra intorno alla vita.

In risposta, Avery fu percorsa da un brivido. Accidenti, adorava quando lui la teneva in quel modo. Quando la guardò, Cole aveva uno sguardo intenso. "Non lascerò che ti succeda nulla."

Per quanto ad Avery piacesse il sentimento dietro quelle parole, sapeva che non era in quel modo che funzionavano le cose. "Lo apprezzo, ma ho il presentimento che, se questo tizio vuole prendermi, ci riuscirà."

Cole si accigliò.

"Non puoi stare con me ventiquattr'ore su ventiquattro, Cole," insistette Avery. "Devi lavorare, e anche io. Per quanto mi piacerebbe averti come ombra muscolosa personale, non è fattibile per nessuno dei due. Ho bisogno di sapere in quanto pericolo credi che sia. Se siamo a dieci in una scala da uno a dieci allora mi comporterò diversamente rispetto a un cinque. Non voglio morire, ho molto per cui vivere, ma non posso nemmeno passare la mia vita rinchiusa, a chiedermi se là fuori c'è un cecchino con un proiettile che porta il mio nome. Mi capisci?"

Cole sospirò. "Sì, piccola, ti capisco. Lo odio, ma ti capisco. Al momento direi che il livello di pericolo è a due. È possibile che questo tizio conosca qualcuno e possa assumerlo per venire a prenderti, ma dal momento che tutto tace da due settimane, direi che sei a posto."

"E quando quelle unità dell'Esercito e della Marina lasceranno l'Afghanistan?" chiese lei.

Cole strizzò le labbra per un momento, poi disse: "Sette."

Ad Avery si strinse lo stomaco a sentire quelle parole. "Grazie per essere onesto con me."

"La migliore delle ipotesi è che tu riconosca il traditore nell'ultimo lotto di fotografie," disse Cole. "Così potrà essere prelevato e interrogato e tu sarai al sicuro."

"E se non ci riuscissi?"

"Allora dovrai essere ancora più vigile, costantemente in allerta su chi hai intorno e dovrai essere sicura di non rimanere mai sola. In un parcheggio, nel piano di un ospedale o mentre fai la spesa. Non mentirò, sarà orribile ma farò il possibile per aiutarti. Per essere con te in modo che tu possa rilassarti ed essere te quando sei in giro."

"Per quanto tempo?" chiese lei.

"Che vuoi dire?"

"Quello che hai detto, per quanto tempo? Altre unità lasceranno l'Afghanistan, nei prossimi mesi. Quand'è che saprò che la minaccia non è più tale? Voglio dire, se questo tizio tornasse negli Stati Uniti e si rendesse conto che non l'ho identificato, sarà finita così? Penserà di aver vinto e mi lascerà in pace? Oppure dovrò guardarmi le spalle per sempre? Per quanto tempo sarò in pericolo?"

"Non lo so," ammette Cole. La tirò a sé finché i loro corpi non combaciavano dal petto ai fianchi. Avery gli afferrò i lati dei pantaloni e lo guardò negli occhi. "Quello che so è che, non importa quanto ci vorrà, tu hai me. E i miei compagni di squadra. Non sei sola, Avery."

"È solo che non riesco a immaginare di vivere nella paura per mesi o anni."

"Non succederà."

"Non puoi saperlo," insistette Avery.

"Invece sì, ed ecco perché... Perché conosco *te*," le disse Cole. Sei tenace. Non lascerai perdere. Se quando sarai arrivata alla fine delle foto non l'avrai riconosciuto, le riguarderai ancora. Ispezionerai ogni uomo con cui entri in contratto e prima o poi lo riconoscerai."

"E se non fosse della Marina? Non in quella base?" gli chiese; ciò che le aveva detto l'aveva fatta stare meglio.

"Ho il presentimento che, chiunque sia, vorrà essere sicuro che non lo identifichi. Se non è della Marina, verrà fuori lo stesso. Potrà rimanere nell'ombra, ma vorrà che tu lo veda. Se gli mostrerai anche solo minimamente di aver capito, lui saprà che deve fare qualcosa. Se dovessi vedere qualcuno che *pensi* essere lui, dovrai fare del tuo meglio per non fargli capire che l'hai riconosciuto. Dico sul serio, Avery, ne potrebbe valere la tua vita."

Avery annuì. "Lo so, e ciò che dici ha senso. Forse potrei

andare alla cerimonia di bentornato, la prossima settimana, vedere se riesco a riconoscerlo lì."

"Non è una brutta idea," ammise Cole. "Se non lo identificherai con le ultime foto, parlerò con il comandante e vedrò se possiamo organizzarci in qualche modo."

La accarezzò dietro il collo con un pollice e in risposta i capezzoli di Avery si inturgidirono.

In un attimo, i pensieri sul traditore e sul fatto che la sua vita potesse essere in pericolo sparirono. Tutto ciò a cui Avery riusciva a pensare era l'uomo di fronte a lei e a quanto volesse averlo.

"Perché non mi hai più baciata?" gli chiese lei dolcemente.

"Sì che l'ho fatto," insistette Cole.

Avery scosse la testa. "Sai che intendo. I bacetti a fior di labbra non contano."

Cole sembrava costernato. "Vuoi la verità?"

"Sempre."

"Perché so che se ti baciassi come vorrei, non riuscirei a fermarmi. Ti porterei in camera da letto e farei l'amore con te nel modo in cui sogno di farlo tutte le notti. Ti farei agitare, nuda sotto di me ancora prima che tu sappia cosa sta succedendo. Non mi fermerei a baciarti le labbra. Assaggerei ogni centimetro del tuo corpo prima di scoparti talmente forte da non far pensare più *nulla* a entrambi, solo a quanto stiamo bene insieme. L'ultimo mio desiderio è metterti fretta, oppure fare qualcosa che ti farebbe fare dei passi indietro nella tua guarigione. Stai andando benissimo, nell'ultima settimana, non voglio incasinare tutto."

Quella spiegazione la fece agitare. Avery aveva le mutandine bagnate e voleva disperatamente ciò che le parole così vivide di lui le avevano promesso. "Sì," sussurrò.

Tuttavia, Cole scosse la testa. "Per quanto il fatto che tu lo dica mi ecciti, non sono pronto."

Avery si accigliò. "Cosa? Pensavo che voi ragazzi foste

sempre pronti per il sesso. Lo eri una settimana fa, cos'è cambiato?"

"Tu mi piaci, Avery. Davvero moltissimo. Potremmo scopare seduta stante ed entrambi potremmo ricavarne estremo piacere, ma... Io voglio di più. Voglio tutto. Sono disposto ad aspettare che lo voglia anche tu. So che pensi che tutti i ragazzi, in particolare i SEAL, siano degli arrapati che sono andati a letto con centinaia di donne e non hanno alcun desiderio di sistemarsi, ma io non sono così. Io voglio ciò che hanno i miei amici. Voglio una compagna. Qualcuna con cui passare il resto della mia vita. Per cui lottare. Da cui arrivare a casa alla fine di una missione e sentirmi completo perché lei è di nuovo tra le mie braccia. Voglio qualcuna con cui poter ridere, piangere e rimanere semplicemente seduti nella stessa stanza e sentirsi sereni. Non voglio un'*amica di letto*, una che vuole stare con me solo perché tengo a bada gli incubi."

Avery aprì la bocca per protestare, per dirgli che non era quello il motivo per cui l'aveva chiamato, quella notte, la ragione per cui l'aveva lasciato dormire al suo appartamento ogni notte da allora.

Tuttavia, lui le strinse la presa sul collo e continuò a parlare.

"No, non penso sia questo il motivo per cui stai con me, ma a essere onesto tu mi spaventi a morte, Avery. Penso costantemente a te. Mi preoccupo per te quando sei al lavoro e mi devo impedire di scriverti centinaia di volte al giorno per sapere come stai, o per raccontarti qualcosa di divertente che mi è successo. Non sono pronto perché devo assicurarmi che è questo ciò che vuoi. Che ci sei dentro fino al collo. Perché se decidessi di stare con me e poi cambiassi idea, mi distruggerebbe.

"Quindi non posso baciarti come vorrei davvero, perché porterebbe ad altro e io non voglio metterti pressione per qualcosa che non sia il voler essere al cento per cento sicura di una relazione con me. So che mi fa sembrare un debole, ma non posso fare altrimenti."

Avery gli mise una mano sulla bocca coprendola. "Non sei un debole," gli disse in tono fermo. "Non posso credere che tu ti definiresti un debole. Moltissimi uomini non avrebbero le palle di ammettere ciò che hai appena detto. Tuttavia... hai ragione. Sono restia a impegnarmi in qualsiasi cosa ci sia tra noi perché mi confonde. Non ho mai sentito questo tipo di chimica con nessun altro e ciò spaventa a morte anche me. Non posso fare a meno di chiedermi se, una volta scopato, si dissolva e svanisca tutto."

Cole scosse la testa, ma Avery non rimosse la mano.

"Non sto dicendo che faresti qualcosa per farmi intenzionalmente del male, non sei quel tipo di uomo, ma con il tempo, quando i bisogni e le voglie si affievoliranno e sarai costretto ad avere qualcuno nel tuo letto che non riesce a dormire senza una maledetta luce accesa, non voglio che tu ti chieda che diavolo stai facendo. Se comincerai ad allontanarti e io rimarrò di nuovo sola, a chiedermi cosa cavolo è successo."

Cole allungò una mano e prese nella sua quella che Avery gli teneva sulla bocca. Poi portò le mani dietro la schiena di lei, intrappolandola tra se stesso e il mobile della cucina. "Non succederà, dolcezza. Non me ne frega niente della luce. Potremmo passare il resto della nostra vita a dormire con la luce accesa e non mi turberebbe, ma è questo il motivo per cui mi sto trattenendo. Quando finalmente faremo l'amore, bruceremo più intensamente del sole, ma voglio che tu sappia, fin nel profondo del cuore, che sono qui perché voglio esserci. Non per via del sesso, non per via di ciò che pensi voglia da te. Io voglio solo te, Avery. Esattamente come sei. Per sempre. Sono un po' all'antica, lo ammetto, ma prima di fare passi avanti sul lato fisico ho bisogno di essere rassicurato che questa non sia solo un'avventura."

"Quindi vuoi che ci sposiamo, prima di baciarmi, prima di fare l'amore con me?"

Cole scosse la testa. "No. So che sembra assurdo e non mi sto spiegando bene. Ho solo bisogno di sapere che ti impegnerai a far funzionare la relazione con me, prima di intraprendere un percorso fisico. Forse ti sarà sfuggito, piccola, ma una volta che ti avrò fatta mia... non ti lascerò andare. Non intendo dirlo in maniera inquietante, tipo 'nessuno potrà averti tranne me', come uno stalker. Tuttavia, dentro di me so che puoi distruggermi. Se lasci che ti faccia mia e poi decidi che non è ciò che vuoi, non mi riprenderò mai. Mi spaventa a morte. Quando sarai pronta a essere mia, *davvero* mia, fammelo sapere e ti bacerò e faremo... molto di più."

Ad Avery batteva forte il cuore nel petto e sentiva di non riuscire a respirare abbastanza aria.

Cole stava dicendo sul serio? Le sue parole erano un tantino scioviniste... Avery non era una proprietà che sarebbe 'appartenuta' a qualcuno, ma al contempo non poteva negare di adorare l'idea. "Se io sono tua, tu saresti mio? Non tollererò il tradimento," gli disse. "Se mai andrai a letto con un'altra donna alle mie spalle, o invierai messaggi piccanti a qualcuna o anche solo la bacerai come hai baciato me, prima che ti chiamassi nel bel mezzo della notte, sarà finita. Io mi chiamerò fuori. Non importerà quanto mi implorerai o ti scuserai, sarà finita."

"Non lo farò."

Le parole di Cole erano semplici e sentite.

Avery avrebbe voluto accettare in quell'esatto momento di essere sua, dire che era pronta. Ma nel profondo sapeva di non esserlo. La sua vita era un disastro al momento e l'ultima cosa di cui aveva bisogno era aggiungere Cole a quel crogiolo.

Ovviamente lui ne era già coinvolto. Praticamente vivevano insieme ed erano usciti ufficialmente insieme solo un paio di volte. Eppure lei lo aveva chiamato e lui non aveva esitato un secondo a raggiungerla. La presenza di Cole le permetteva di dormire la notte.

Avery non avrebbe voluto intraprendere una relazione con lui finché non fosse stata sicura di non usarlo in alcun modo. Non voleva che lui fosse una sorta di stampella, per lei. Voleva essere tutta per lui. Non aveva idea di quando sarebbe successo, ma era più che ovvio che lui era un uomo d'onore e lei voleva rispettarlo.

"Ti farò sapere," gli disse piano.

Il bagliore di calore negli occhi di Cole fu quasi sufficiente a farle dichiarare di essere pronta seduta stante.

"Ne vali la pena," le disse lui teneramente.

"Cosa?"

"Vale la pena aspettarti," chiarì. "Non importa quanto ci vorrà, vali ogni minuto." Poi fece un bel respiro e si allontanò da lei. "La tua colazione si sta freddando, dovresti mangiare."

"Sei sempre lì a riempirmi il piatto," si lamentò fintamente Avery; la sensazione di averlo addosso le mancava più di quanto fosse disposta ad ammettere.

"Probabilmente lo farò sempre," ammise lui. "Sapere che hai passato due settimane senza cibo mi tormenta ancora. Dovrai assecondarmi."

Avery sapeva che c'era di peggio da dover affrontare, quando si trattava di fidanzati. Così prese in mano la tazza di caffè e si diresse verso il tavolino della cucina. Mangiò guardando Cole prepararsi delle uova.

Fecero colazione insieme e parlarono dei rispettivi piani per la giornata.

"Oh, prima che ci distraessimo volevo chiederti se avevi voglia di andare a casa di Gumby, oggi pomeriggio, dopo aver finito di visionare le foto. Phantom tornerà al proprio appartamento domani e abbiamo pensato di organizzargli una piccola festicciola di 'bentornato a casa'."

Avery non era sicura che si sarebbe sentita in vena di

socialità, dopo il lavoro e le foto, ma sapeva che ultimamente Cole aveva passato molto più tempo con lei che con gli amici e si sentiva in colpa.

Come se lui fosse in grado di leggerle nel pensiero, le disse: "Puoi anche dire di no, ovviamente dipenderà anche se riuscirai o meno a identificare il traditore. Se lo troverai, avremo altre faccende da sbrigare."

Avery scosse la testa e prese una decisione. "No, voglio venire. Non ho ancora conosciuto Caite, Sidney, Piper e Zoey e ne ho tanto sentito parlare da voi. Mi sento più a mio agio a tornare qui, ma voglio davvero conoscerle e rivedere i ragazzi. Specialmente Phantom. Ci sono novità su quella donna, Kalee?"

"Non ancora, ma il nostro amico genio dei computer Tex sta facendo del suo meglio per vedere che riesce a trovare. Facciamo così, ci fermeremo per un po', dopodiché prometto di riportarti qui prima del tramonto. So che non ti piace essere in giro quando è buio."

Avery si sentì al contempo commossa dalla considerazione di Cole e arrabbiata con se stessa per essere così tanto fifona. "Affare fatto."

Cole si allungò e le prese una mano, impedendole di alzarsi e mettere il proprio piatto nel lavandino. "Sono passate solo poche settimane, datti un po' di tregua."

Avery fece un bel respiro e annuì. "È solo che... odio tutto questo. Sono stata abbastanza forte da sopravvivere a tutto quello che mi hanno fatto e ora lascio che una sciocchezza come il buio mi abbatta."

"Non è una sciocchezza," le disse Cole. Le accarezzò il dorso della mano con il pollice, poi la lasciò andare.

Avery mise i piatti sporchi in lavastoviglie, dopodiché andò a finire di prepararsi per il lavoro. Venti minuti dopo, lei e Cole erano diretti all'ospedale. Avery aveva una macchina, avrebbe potuto guidare lei stessa, ma lui aveva insistito che non gli dispiaceva accompagnarla e andarla a riprendere, e dal momento che ad Avery piaceva passare più tempo possibile con Cole, aveva accettato.

Arrivarono davanti all'ospedale e Cole si sporse verso di lei, l'afferrò dietro il collo e la tirò verso le proprie labbra. Il bacio fu casto come sempre, ma ormai Avery aveva capito perché Cole si stesse trattenendo, quindi non le dava più fastidio.

"Stai attenta," le disse lui, proprio come ogni volta che l'accompagnava lì.

"Sì."

"Chiama o scrivi quando arrivi alla stazione di polizia."

"Certo."

La lasciò andare e Avery scese dalla macchina. Lui la chiamò prima che potesse chiudere la portiera.

"Sì?" gli chiese lei, poi si abbassò per guardarlo negli occhi.

"Sono orgoglioso di te. La tua determinazione nel voler identificare chi ha tradito il nostro paese ti fa maledettamente onore, non ho parole. A nome di ogni americano ucciso o ferito dai ribelli e dai terroristi: grazie."

Avery si sentì sul punto di piangere, tuttavia riuscì ad annuire verso Cole.

Lui sorrise, lei chiuse lo sportello e si diresse verso l'ingresso dell'ospedale. Le parole di Cole erano esattamente quelle di cui Avery aveva bisogno. Era vero, ciò che le era successo era terribile, ma non riguardava soltanto lei. Due uomini avevano perso la vita in Afghanistan e altre migliaia erano morti combattendo per il proprio paese. Il traditore, chiunque e dovunque fosse, aveva contribuito direttamente a mettere in pericolo ancora più uomini e donne americani. Le sue azioni avevano fatto crescere esponenzialmente la tensione tra i civili e i militari stazionati nella regione.

Per non parlare delle missioni come quella in cui era stata

impegnata lei, aiutare le donne locali con l'assistenza sanitaria: erano state messe in pausa per il futuro prossimo.

Avery non aveva idea di cosa sarebbe successo, se non fosse stata in grado di identificare il traditore, quel pomeriggio, tra le foto dell'ultimo file che doveva visionare, ma non si sarebbe fermata fino a quando non avesse capito chi fosse.

"Ti troverò, stronzo," borbottò mentre le porte automatiche le si aprivano davanti. Si mise una mano sul petto e si assicurò che la spilla Budweiser di Cole fosse ancora attaccata alla maglietta, sotto l'uniforme. Il semplice fatto di averla addosso le dava sicurezza in sé e la faceva sentire come se Cole fosse sempre con lei.

———

Scott Wheatland stava ascoltando il discorso del generale della base alle unità che avrebbero dovuto lasciare l'Afghanistan nel corso della settimana successiva. Fino a quel momento non l'avevano ancora gettato in cella, il che sembrava essere un buon segno: la tenente non l'aveva ancora identificato.

Tuttavia, sapeva che sarebbe stata solo questione di tempo.

Scott non vedeva l'ora di tornare in California e scoprire cosa stesse facendo l'infermiera, da quando era tornata negli Stati Uniti. Non pensava che avesse lasciato perdere la faccenda. L'aveva guardato dritto negli occhi e l'aveva visto incontrare quell'uomo al villaggio.

Scott era rimasto scioccato ma lieto di sapere che quando il suo contatto afghano era stato circondato dalla squadra delle Delta Force mandata per investigare su ciò che era successo al convoglio di armi, si era sparato in testa. Ovviamente doveva aver pensato che uccidersi sarebbe stato meglio che dare agli americani la possibilità di interrogarlo, scegliendo di morire invece di fornire informazioni sui ribelli e su dove fossero nascoste le armi.

Per Scott significava che quell'uomo non avrebbe potuto divulgare il suo nome e il ruolo che aveva avuto nell'attacco.

Era stato un colpo di fortuna. A preoccuparlo, in quel momento, era la limitata scorta di pillole a causa dell'uscita di scena di quell'uomo.

Scott non era sicuro di averne abbastanza da resistere fino al ritorno in California. Avrebbe dovuto farsele bastare con cura. Una volta atterrato, avrebbe potuto ricontattare il solito spacciatore, ma fino ad allora avrebbe dovuto soffrire un po' i sintomi d'astinenza per via della diminuzione nella dose.

Mentre il generale continuava a blaterare, Scott si distrasse. Fantasticò di rivedere la tenente, di metterla a tacere. Scott sapeva che, in quanto infermiera dell'ospedale della base, sarebbe stata facile da raggiungere, ma avrebbe dovuto pianificare tutto al minuto esatto. Se l'avesse anche solo scorto prima che fosse tutto pronto, ogni cosa sarebbe andata alle ortiche. Lei lo avrebbe denunciato senza pensarci due volte.

Scott avrebbe dovuto capire come escogitare un incontro faccia a faccia al momento giusto. Dopodiché avrebbe potuto portare a termine ciò che quegli incompetenti degli afghani non erano riusciti a fare, ovvero assicurarsi che la tenente non potesse mai identificarlo davanti alle autorità.

Mantenne un'espressione apatica, ma dentro di sé sorrise e riprese a complottare.

CAPITOLO DICIOTTO

Rex guardò Avery e dovette trattenersi fisicamente dall'uscire di macchina, tirarla tra le braccia e coprirla di baci.

Tutto ciò che le aveva detto quella mattina era del tutto accurato. Aveva sognato di nuovo di baciarla, di assaggiare ogni centimetro del suo corpo e poi di scoparla fino a quando entrambi non si fossero ridotti a un ammasso di muscoli flosci e sudati. Tuttavia, Rex non poteva farlo, almeno non prima che lei decidessi di voler stare con lui. In caso contrario, non era sicuro di potersi riprendere.

Erano alla casa al mare di Gumby e Avery era seduta sul portico nel retro insieme a Phantom e Caite. Stavano guardando le figlie di Ace e Piper giocare con la sabbia insieme alle altre donne, a Gumby e a Rocco.

Rex era dentro casa, insieme ad Ace e Bubba, a ripulire dopo la cena.

"Hai un'espressione buffa, fratello," lo prese in giro Bubba.

Rex spostò l'attenzione sul piatto che stava asciugando.

Ace gli diede una pacca sulla spalla e ridacchiò. "Un altro colpito e affondato, eh?"

Anche Rex si mise a ridere, ma non disse nulla.

"Era ora, cazzo," gli disse Bubba. "Voglio dire, sappiamo tutti che avevi gli occhi su di lei da sempre. Odio il fatto che lei abbia dovuto subire un rapimento, prima che voi due vi trovaste, ma siamo felici per voi."

"Grazie," rispose Rex agli amici. Ripose il piatto ormai asciutto nel mobiletto, poi posò l'asciughino. "Posso chiedervi una cosa?"

"Certo."

"Qualsiasi cosa."

"Come avete fatto a... quando avete..." Rex lasciò cadere la frase.

"Sputa il rospo," gli disse Ace con un sorrisetto.

"Come hai fatto a capire che Piper stava con te perché voleva e non per via delle bambine?" gli chiese Rex.

Ogni traccia di divertimento sul volto dell'amico venne rimossa dall'espressione seria di Rex.

"Devo essere sincero? Anche io me lo chiedevo spesso. Non è che penso che non mi ami," aggiunse Ace velocemente. "Ma ogni tanto guardo le nostre bambine e il piccolo che le sta crescendo nella pancia e mi chiedo come diavolo ho fatto ad arrivare fin qui. Ho sempre voluto dei figli ma non ho mai pensato di arrivare ad averne tre, tra poco quattro, dopo pochissimo tempo che ho conosciuto Piper. Sapere che ama me e non solo per i bambini è qualcosa che non riesco a spiegare. È una sensazione, qui dentro." Ace si mise un pugno sul cuore.

"Farei qualsiasi cosa per i miei figli," continuò Ace. "Ma se non fossero qui e Piper non fosse incinta, so per certo, fino al midollo, che staremmo comunque insieme. Magari ci siamo sposati per via delle bambine, ma c'era molto più di questo, anche prima di dire 'sì, lo voglio'. Non sono un idiota, sapevo che c'erano altri modi con cui Tex avrebbe potuto portare via le ragazza da Timor Est, ma sposarmi mi legava a Piper e lei a me, in un modo da cui nessuno dei due sarebbe potuto uscire facilmente. Eravamo entrambi insicuri l'uno dell'altra, ma alla fine si è trattato solo di... saperlo."

"Zoey e io abbiamo passato un brutto momento, quella settimana trascorsa nella natura selvaggia dell'Alaska," intervenne Bubba. "Abbiamo avuto modo di conoscerci molto bene in un periodo di tempo limitato. Il fatto che ci conoscessimo dal liceo ha aiutato, certo, ma comunque... Se stai mettendo in dubbio il motivo per cui Avery sta con te, smettila."

Rex scrollò le spalle. "Non ci riesco. Fa fatica a superare l'essere stata sepolta al buio in quella montagna."

"Tu la stai aiutando e pensi che quella sia l'unica ragione per cui lei tollera la tua brutta faccia?" gli chiese Ace con un sorrisetto.

Rex non era in vena di scherzare. "Fottiti," borbottò.

Ace si fece serio e mise una mano sulla spalla di Rex. "A volte è difficile capire le donne, ma se lei non avesse dei sentimenti per te, non dormiresti nel suo letto ogni sera."

"Ha paura del buio," ammise Rex. "Mi ha chiamato nel bel mezzo della notte in preda al panico, anche se ogni luce nel suo appartamento era accesa. Non dormiva da una settimana ed era davvero agli sgoccioli."

"Bene, magari quella notte ti ha davvero usato, ma quelle dopo? No," disse Ace in tono deciso. "Non ti sto dicendo che non la stai aiutando, sono sicuro che sia così, ma è una donna adulta. Un'infermiera, per giunta. Sa che esistono altri modi per superare le paure. La psicoterapia, i medicinali... e compagnia bella. Rex, se non provasse nulla per te, non saresti ancora nel suo letto."

Rex non era del tutto convinto.

"Non riesce a staccarti gli occhi di dosso per più di cinque minuti alla volta," gli disse Bubba. "È seduta là fuori con Phantom e Caite ma si gira costantemente per vedere dove sei... proprio come fai tu con lei."

"Ho paura," ammise Rex agli amici. Non l'avrebbe detto a nessuno di cui non si fidasse al cento per cento, ma gli uomini che aveva davanti avevano passato le pene dell'inferno insieme a lui.

"Io sono spaventato a morte che ogni giorno Zoey possa risvegliarsi e decidere di non voler più convivere con le mie stranezze," ammise Bubba.

"E anche se Piper porta in grembo mio figlio, mi preoccuperò sempre del fatto che un giorno possa svegliarsi e decidere che essere sposata con un SEAL non fa per lei," aggiunse Ace.

"Sai bene quanto noi che i nostri futuri non sono scolpiti nella pietra," disse Bubba a Rex. "Ma ciò non significa che non possiamo prenderci ciò che vogliamo. Lasciati andare, amico. Se cerchi garanzie che lei non ti lascerà mai o che la vita sarà sempre tutta rose e fiori... non le troverai mai. La vita è un disastro. È davvero difficile. Ci saranno momenti in cui litigherete e lei potrà pensare di essersi pentita di aver scelto questa vita, ma ciò vuol dire che dovrai lavorare sodo per mostrarle che dopotutto ha fatto la scelta giusta. Che tu ne vali la pena, anche quando sei un casino dentro e fuori. Lei farà lo stesso quando ti arrabbierai per una stupidaggine che ha fatto."

"La vita è un rischio, Rex. Lo sai tanto quanto noi. Quindi che diavolo stai aspettando? Il momento non sarà mai quello 'giusto'. Forse pensi di voler aspettare che lei sia fuori pericolo, ma se lei non riuscisse mai a identificare il terrorista? Le rimarrai semplicemente amico per il resto della vita? Non è giusto per nessuno dei due."

"O sei dentro o sei fuori," continuò Bubba. "Potresti rimanere ucciso nella prossima missione. Potresti perdere una gamba, oppure uno dei suoi pazienti potrebbe dare di matto in ospedale e ucciderla. Non lo sai. Una cosa è certa, se aspetti il momento perfetto per far funzionare la relazione, aspetterai in eterno.”

Rex guardò di nuovo verso il portico e scorse Avery che lo studiava con un'espressione preoccupata in viso. “Stai bene?” gli chiese lei con il labiale.

Rex si rese conto che durante i rimproveri di Bubba si era accigliato, così distese i muscoli della faccia e annuì ad Avery. Lei gli sorrise, lui ricambiò, poi lei tornò alla conversazione che stava intrattenendo con gli altri sul portico.

Quando Rex si rivolse di nuovo a Ace e Bubba, entrambi stavano sorridendo come degli idioti.

“Avete dimostrato il punto,” disse Rex con un sorriso.

“Bene, ora... perché non andiamo fuori così posso assicurarmi che mia moglie non si stanchi troppo sulla spiaggia e tu puoi rassicurare la tua donna che stai bene?” suggerì Ace.

Rex seguì gli amici fuori dalla porta e si mise a ridere quando rivolsero a malapena la parola a Caite, Phantom e Avery per dirigersi verso le donne sulla spiaggia.

“Avete già pensato a tutto voi?” chiese Avery. “Sono felice di dare una mano.”

“Siamo a posto,” le rispose Rex. La spinse affinché si sedesse sul gradino più in basso e quando lo fece, lui si sedette dietro di lei e la prese tra le braccia. Era passato l'orario della cena, ma il sole era ancora alto. Avevano ancora un'ora e mezza buona, prima che facesse buio. Rex si appuntò mentalmente di rimanere non oltre un'ora, così sarebbero potuti tornare all'appartamento in tempo.

“Succede qualcosa di interessante qui fuori?” chiese.

“Rani e Sinta giocano a torello con Kemala, ma Rani continua a far cadere la palla. Kemala avrebbe potuto prenderla facilmente parecchie volte, ma fa finta di inciampare per far continuare il gioco, probabilmente anche perché così Rani non si sente a disagio a non tenere la palla lontana dalla sorella,” disse Caite con un sorriso.

"Mi sembra un comportamento che le si addice," commentò Rex annuendo, poi si sporse in avanti per appoggiare il mento sulla spalla di Avery. La sentì rilassarsi e voltare la testa per riposarsi addosso a lui. Rex si sentiva... felice.

"Avery ha detto che non è mai stata all'Aces Bar e Grill," annunciò Caite.

Rex s'irrigidì. L'Aces era un locale carino, ma era anche conosciuto come un posto dove si rimorchiava un sacco. Lui e gli altri ragazzi della squadra erano andati lì parecchie volte in passato, quando erano ancora a caccia di donne. Era passato tanto tempo da quando Rex aveva sentito il desiderio di andare in un bar, soprattutto per rimorchiare.

Tuttavia, la proprietaria dell'Aces era Jessyka Sawyer, la moglie di uno dei SEAL nella squadra di Wolf. Dicevano che avesse meno la reputazione del bar da rimorchio... ma ciò non significava che Avery dovesse frequentarlo.

"Così le ho detto che un giorno ce l'avrei portata."

"Sul serio?" le chiese Rex. Si voltò per lanciare un'occhiataccia a Caite e la vide sorridere da un orecchio all'altro. "Mi stai prendendo in giro, vero?" le chiese.

Lei ridacchiò. "Più o meno. Però ho pensato che potesse piacerle una serata tra ragazze con me, Sidney, Piper e Zoey."

"Pranzo," disse Rex senza riflettere.

Si rese conto di ciò che aveva detto solo quando Avery gli lanciò uno sguardo.

Merda, non avrebbe voluto dire niente che rivelasse la paura del buio di Avery.

Tuttavia la cara Caite non fece domande, l'assecondò e basta.

"Vero, sarebbe meglio. Piper dice che la sera si addormenta alle sette, per via del bambino. In più a tutte piace essere a casa, quando voi ragazzi smontate dal lavoro. Un pranzo per me va bene. Avery?"

"Certo, mi sembra ottimo."

"Fantastico, organizzo e mi faccio sentire," le disse Caite.

"Fate tra qualche settimana," s'intromise Rex.

Caite aggrottò la fronte confusa, tuttavia Phantom sapeva esattamente cosa intendesse dire Rex. "Niente fortuna con le foto di oggi?" chiese ad Avery.

Lei sospirò e Rex sentì i suoi muscoli tendersi di nuovo.

"No, e ciò mi fa arrabbiare. Deve essermi sfuggito. Ricomincerò da capo, ma so che non finirò in tempo, prima che l'unità rientri dall'Afghanistan," disse Avery a Phantom.

Caite, la quale probabilmente era stata aggiornata da Rocco su ciò che stava facendo Avery, si accigliò. "Che brutto, mi dispiace Avery."

"È tutto okay. Forse è meglio se... rimango nei pressi di casa per un po'. Fino a che non capiremo come muoverci. L'ultima cosa che voglio è mettere altri in pericolo solo perché mi stanno intorno."

"Fanculo," disse Caite in tono audace. "Mi piacerebbe che quello stronzo provasse a fare qualcosa quando siamo all'Aces. Lo faremmo sprofondare nel pavimento."

Avery ridacchiò e Rex fu sollevato nel vederla sorridere. "Siamo *veramente* fantastiche, non è così? chiese lei.

"Eccome se lo siamo. Io ho salvato la vita a tre forti SEAL della Marina, sai..." disse Caite con un sorrisetto. "Sidney ha affrontato i rapitori di cani, Piper ha tenuto se stessa e le figlie al sicuro dai ribelli per tre giorni e Zoey si è dimostrata un'esperta di sopravvivenza nella natura selvaggia, ha salvato la vita di Bubba, che aveva deciso di farsi una nuotata nelle acque dell'Alaska. Tu... Non ho bisogno di ricordarti le prodezze che hai affrontato. Tra tutte e cinque... siamo inarrestabili."

Rex alzò gli occhi al cielo nello stesso momento in cui Phantom disse: "Siete tutte delle Wonder Woman."

"A ogni modo," commentò Caite, che poi si voltò verso Avery e le fece l'occhiolino.

"Dico sul serio, se non va bene andare all'Aces, verremo da te. Berremo vino lì alla stessa maniera in cui lo faremmo al locale. Tuttavia, ci mancheranno le delizie per gli occhi."

"Potremmo chiedere ai ragazzi di venire a servirci a petto nudo," suggerì Avery.

Rex per poco si strozzò e Caite scoppiò a ridere. "Sì! Perfetto!"

"Io me ne chiamo fuori," disse Phantom con uno sbuffo, poi si distese sulla propria sedia.

Entrambe le ragazze ridacchiarono.

Quando si ripresero, Rex chiese: "Come va la gamba, Phantom?"

"Bene," gli rispose l'altro, ma non elaborò la risposta.

"Intende dire che ha ripreso le capacità motorie, ma è ancora un po' rigido. Il fisioterapista pensa che ci vorrà ancora una settimana o due prima che gli venga concesso di tornare in azione. È molto infastidito al riguardo, ma sa che è per il suo meglio," disse Avery.

"Grazie, mamma," borbottò Phantom.

"Mi fa piacere," disse Rex al compagno di squadra.

A un certo punto, il gruppo sulla spiaggia si ricondusse al portico, che presto si riempì di chiacchiere e risate.

Rex si chinò e sussurrò all'orecchio di Avery: "Stai bene?"

Lei annuì e si voltò per guardarlo. "Sì, è stato bello, grazie per avermi invitata. Mi piacciono le donne dei tuoi amici, sono molto carine e gentili."

"Ti aspettavi che non lo fossero?" le chiese Rex, era genuinamente curioso della risposta.

"Non proprio, ma è difficile essere l'ultima arrivata. Si conoscono tutte da un po' di tempo e io sono quella nuova. Non sempre funziona."

"Loro non sono così."

"Ora lo so, ma non ne ero sicura," gli rispose.

"Mi dispiace che oggi tu non sia riuscita a identificare il traditore," le disse piano Rex.

La sentì irrigidirsi di nuovo, ma Avery si forzò immediatamente a rilassarsi di nuovo contro di lui. "Sì, anche a me. Mi dà proprio fastidio. Ero così sicura di poterlo riconoscere, una volta visto, ma... forse tutto ciò che ho detto al generale in Afghanistan erano cavolate. Sono sicura che pensi che io sia una perfetta idiota, dopo aver tessuto le mie lodi di osservatrice e avergli detto che, anche se non ero in grado di descrivere il traditore, l'avrei riconosciuto non appena l'avessi visto di nuovo."

"Non pensa che tu sia un'idiota," le disse Rex, che odiava quel tono tanto scoraggiato.

"Immagino che in un modo o nell'altro non importa cosa pensi, ma io odio dubitare di me stessa. Ho esaminato ogni foto e non sono per niente più vicina di quando ho iniziato a cercare di identificare l'uomo che mi voleva morta."

Rex emise un sospiro frustrato. Avrebbe voluto aiutarla, ma doveva essere lei a riconoscere l'americano che aveva visto. Nessuno poteva farlo al posto suo.

Se il traditore fosse stato nell'unità di ritorno quella settimana, sapevano entrambi che la vita di Avery poteva seriamente essere in pericolo. Tuttavia, senza il riconoscimento non c'era niente che potessero fare. Rex odiava la situazione in cui si trovava Avery. In cui si trovavano *entrambi*.

"Sei pronta?" le chiese.

Lei annuì. "Per la cronaca, potremmo trattenerci ancora un po'. Il buio non sembra darmi fastidio, se ci sei tu al mio fianco... come ben sai."

"Lo so, ma mi sentirei meglio se fossimo entrambi al tuo appartamento prima del tramonto. Vorrei anche trovare un allarme per casa tua, se sei d'accordo."

La sentì sospirare. "So che probabilmente dovrei arrabbiarmi e dirti che non ne ho bisogno, che ti stai comportando in modo troppo protettivo, ma a essere onesta mi sentirei molto più al sicuro se ne avessi uno. Avrei dovuto già installarlo, ma ero sicura di riuscire a identificare quel tizio e che tutto tornasse alla normalità. So che avere un allarme non vuol dire essere intoccabili, il traditore potrebbe ancora trovarmi, ma almeno dovrebbe sforzarsi un po' di più, no?"

Rex avrebbe voluto uccidere lo stronzo stava facendo ciò ad Avery, smembrarlo pezzo per pezzo. Tuttavia, si sforzò di rimanere calmo. "Ci assicureremo che, nel caso l'allarme scatti, si metta in contatto con la polizia locale, ma anche con me e il resto della squadra, va bene?"

"Non voglio essere un peso."

"Non lo sei," le disse Rex in tono deciso. "Ho già parlato con i ragazzi ed è stata una loro idea, non mia."

Lei lo guardò. "Davvero?"

"Davvero."

"Sei fortunato ad avere amici del genere," gli disse lei.

"No, *siamo* fortunati," ribatté lui. "Sono anche i tuoi amici. Forza, andiamo. Ci vorrà mezz'ora per salutare tutti."

A Rex piacque il risolino che lasciò le labbra di Avery. Si alzò e la aiutò a fare lo stesso.

Come aveva immaginato, ci volle un po' per congedarsi con tutti quanti. Rani, che parlava a raffica, doveva raccontare a Avery delle quattrocentotrentatré conchiglie che aveva trovato sulla spiaggia quella sera, mentre Sinta voleva invitarla a giocare a casa loro, qualche volta. Le altre donne si accodarono all'invito di Caite di organizzare una serata tra ragazze al più presto e ognuno dei ragazzi l'abbracciò e le disse di chiamarli in qualsiasi momento qualora si fosse sentita a disagio.

Bubba l'abbracciò a lungo e le sussurrò qualcosa all'orecchio. Rex si sarebbe arrabbiato, ma sapeva che qualsiasi cosa fosse non l'avrebbe turbato. I suoi amici gli coprivano le spalle, anche quando si trattava della vita amorosa.

Mentre tornavano all'appartamento di Avery, le chiese con nonchalance: "Allora... che ti ha detto Bubba?"

Avery diventò rossa e Rex capì che non avrebbe mollato il colpo tanto facilmente. A quel punto *doveva* saperlo.

"A dire il vero niente di che."

"Avery, dimmelo."

"Perché? Non ti fidi di lui?" lo prese in giro.

"Certo che mi fido, ma con te che arrossisci in quel modo... devo sapere se devo fargli il culo per aver messo in imbarazzo la mia ragazza."

"Non è... non è niente del genere."

"Allora che ha detto?"

"Mi ha solo detto che posso fidarmi di te, che sei un brav'uomo."

Rex continuò a studiarla guidando, divise l'attenzione tra lei e la strada. "Va bene, ci credo, ma scommetto che c'era anche altro."

Avery alzò gli occhi al cielo. "Sei fastidioso," dichiarò lei.

"Lo so," ribatté lui. "Quindi dimmelo."

"Sarai sempre così?"

"Così come?"

"Testardo. Insistente. Non disposto a ricevere un no come risposta," gli spiegò lei.

"Se penso che tu mi stia nascondendo qualcosa che potrebbe causare danni in seguito, sì," le disse senza alcuna esitazione.

"E va bene. Ha anche detto che se fosse single avrebbe fatto del suo meglio per rubarmi a te."

Rex emise una risata. "Che stronzo," disse con tono privo di rabbia.

"Non sei arrabbiato?" gli chiese Avery.

"No, perché so che non era serio. So anche che è talmente innamorato di Zoey che questa mi sembra una barzelletta.

Non ha detto nulla che gli altri uomini single che ti rivolgono la parola non pensino."

"Cole! Non è vero!"

"Avery, è vero. È maledettamente dolce il fatto che tu non ti accorga quando qualcuno sta flirtando con te. Sono il ragazzo più fortunato del mondo a poter stare seduto accanto a te, in questo momento, a dormire nel tuo letto tutte le sere. Lo giuro, tesoro, farò del mio meglio per darti tutto ciò che vuoi e di cui hai bisogno."

"Non ho *bisogno* di un uomo," ribatté Avery. "E posso avere ciò che voglio anche da sola."

"Ne sono perfettamente consapevole," le disse Rex. "Sei la donna più competente e abile che abbia mai conosciuto. Altrimenti non saresti sopravvissuta in quella grotta. Hai fatto ciò che andava fatto e ti saresti salvata da sola, se non fossi capitato io lì. Questo non significa che non farò il possibile per renderti la vita più semplice in ogni modo possibile. Solo perché sei in grado di cambiarti la ruota della macchina non significa che tu debba farlo. Solo perché sei in grado di prepararti la cena, fare la lavatrice, andare al lavoro e compagnia bella, non significa che tu debba farlo. Tutto ciò che ti chiedo è la possibilità di dimostrarti che puoi avere un uomo nella tua vita ed essere comunque la donna valorosa e in grado di prendere il controllo che sei sempre stata."

"Merda, Cole. Perché ciò che dici mi fa sempre venire voglia di piangere?"

"Perché sono me stesso," disse lui con un sorriso, poi si allungò verso una mano di lei. Non la prese, si limitò a tendere la propria e lasciare che fosse lei a scegliere di prenderla. Quando lei gliela prese, Rex sospirò sollevato. Portò le loro mani intrecciate alla bocca, le baciò il dorso della mano e le posò sulla console centrale dell'auto.

"Sono preoccupata per quello che succederà," ammise lei.

"Riguardo a cosa?"

"Tutto quanto. Noi, trovare il traditore."

"Un passo alla volta," disse Rex in tono calmo. "Per quanto riguarda noi, sarà quel che sarà. Io sarò al tuo fianco e ti supporterò. Ci conosceremo meglio e spero che arriverai a vedere che ti puoi fidare di me al cento per cento con anima e corpo."

Lei gli strinse la mano. "E il traditore?"

Rex strinse i denti prima di dire: "Lo troveremo, Avery. Te lo prometto. Non la passerà liscia, con ciò che ha fatto."

"Come?"

"Con l'aiuto di Tex, il tuo duro lavoro nel visionare le foto e un po' di fortuna."

Avery annuì, accettando la risposta di Rex.

Lui avrebbe voluto imprecare. Volare in Afghanistan e interrogare ogni maledetto uomo laggiù. Non era sicuro di ciò che sarebbe successo dopo, ma era sicuro di *una* cosa: non avrebbe lasciato che Avery si facesse di nuovo male. Mai al mondo.

CAPITOLO DICIANNOVE

Avery aveva pianificato di assistere al ritorno dell'unità navale dall'Afghanistan dietro la sicurezza di un travestimento e della squadra SEAL di Cole; tuttavia, proprio quando avrebbe dovuto lasciare l'ospedale per presenziare alla cerimonia, c'era stata un'emergenza. Un furgone pieno di SEAL in addestramento si era ribaltato ed era finito giù per un terrapieno. Grazie al cielo non era stato un incidente fatale per nessuno, ma l'ospedale era stato inondato da oltre venti vittime. Ossa rotte, commozioni cerebrali... Avery non era riuscita ad andarsene per accogliere il contingente che tornava dall'estero.

Da allora era passata una settimana e Avery era più stressata di quanto si ricordasse di essere mai stata. Riguardava le foto, si guardava alle spalle ogni minuto e cercava di rimanere concentrata e attenta al lavoro...

Cole la faceva impazzire.

Avery ne capiva le ragioni, ma quell'atteggiamento da 'non ti bacerò finché non mi dirai che fai sul serio' stava cominciando a infastidirla. Perché il peso doveva ricadere solo su di lei? Perché non potevano avere una relazione normale come tutti gli altri? Avery non aveva idea di cosa sarebbe successo in futuro. Era vero, Cole le piaceva, voleva stare con lui, ma non aveva una sfera di cristallo.

Nel frattempo, la paura del buio era migliorata. Nell'ultima settimana, era andata a letto prima di Cole un paio di volte e si era addormentata. Avery pensava fosse un gran bel passo nella direzione giusta. C'erano ancora tutte le luci accese, ma aveva dormito senza di lui al fianco e ciò l'aveva resa felice.

Al momento il problema maggiore erano i sogni. Più esattamente, gli incubi. Non la vedevano più seppellita viva. Si erano trasformati in scenari che prevedevano che Cole venisse rapito o ucciso per colpa di lei. Erano orribili.

Quella mattina, sarebbe dovuta andare alla stazione di polizia per guardare le fotografie, poi avrebbe lavorato un turno di otto ore e più tardi lei e Cole sarebbero usciti con Ace e Piper. Dopo l'incubo della sera precedente (uno dei peggiori), tutto ciò che Avery avrebbe voluto fare era rannicchiarsi a letto e rimanerci.

Sospirò, si alzò dal letto e andò a prepararsi per la giornata. Non aveva il lusso di rimanere a casa, nonostante lo desiderasse.

Dopo essersi cambiata, andò nell'altra stanza; come al solito, Cole era in cucina. Si voltò quando la sentì entrare e le allungò una tazza di caffè.

"Hai avuto una nottataccia. Vuoi parlare degli incubi?"

Avery sospirò, sapeva che era troppo presto per parlarne, specialmente prima che il flusso sanguigno avesse la possibilità di assorbire la caffeina, così si sedette al tavolino. "Non proprio," mormorò sul liquido caldo, preparato esattamente nel modo in cui piaceva a lei.

"Devi parlarne. Non puoi tenerti tutto dentro."

Avery chiuse gli occhi. Lo sapeva, non era un'idiota, tuttavia voleva essere normale. Voleva parlare a Cole delle solite sciocchezze da coppia, non di quanto fosse incasinata in testa.

"Dico sul serio, dolcezza. Voglio aiutarti... Parlami."

Avery posò la tazza con un tonfo e sbottò: "Vuoi che parli? E va bene, sono stressata. È difficile affrontare le giornate quando mi chiedo costantemente se l'uomo cattivo mi salterà addosso a ogni angolo. Sogno che tu venga ucciso o ferito da quello stronzo, per via del tuo legame con me e sono frustratissima perché tu sembri allontanarti da me fisicamente quando ho bisogno che tu faccia l'esatto contrario."

A sentire quello sfogo, Cole sbatté le palpebre, poi spense i fornelli. Si avvicinò al tavolo e si sedette di fronte a lei, poi la guardò con sguardo intenso, come faceva sempre. "Mi dispiace che tu sia stressata. Se ti fa sentire meglio... Tex sta lavorando al caso e fa del suo meglio per fare ricerche sul passato degli uomini che erano stazionati in Afghanistan insieme a te. Se c'è qualcosa che salta all'occhio, lo dirà al mio comandante e potremo indagare meglio su di loro. Odio il fatto che tu abbia degli incubi che mi riguardano. Sai che sono un SEAL, piccola. So badare a me stesso. Quello stronzo traditore non riuscirà a saltarmi addosso."

"Non sei immune alle ferite," ribatté Avery. "Potrebbe tirare fuori una pistola e spararti prima che tu abbia la possibilità di fare una delle tue mosse da SEAL super tosto."

Cole ridacchiò. "Dubito che tiri fuori un'arma nel bel mezzo di una base navale affollata."

"Non puoi saperlo," controbatté Avery, non era per niente divertita. "Hai visto il telegiornale, in questi giorni? Le sparatorie accidentali sono frequenti. Magari non userà una pistola, potrebbe avere un coltello o qualcosa del genere. Oppure potrebbe avere degli amici che si coalizzeranno contro di te e ti picchieranno fino a ridurti in poltiglia. Odio il fatto che la mia situazione potrebbe causare del male a *te*."

Cole allungò una mano e la posò al centro del tavolo davanti a lei, palmo verso l'alto.

Avery si rifiutò di prenderla. Non era dell'umore di essere tranquillizzata da lui. Non quella mattina.

"Possiamo parlare di noi?" le chiese lui.

"Ho scelta?" rispose lei parlando nella tazza di caffè.

"Sai perché non ho mai dato inizio a un contatto fisico tra noi, ne abbiamo parlato."

Avery guardò Cole negli occhi. Si sentiva appassire, assecondare i desideri di lui. Era talmente bello da farle male alle interiora. Gli occhi marrone scuro erano quasi ipnotizzanti. Avrebbe potuto fissarlo per ore e perdersi: aveva i capelli in disordine, dritti in ogni direzione e quella mattina si era accorciato la barba. Per farla breve, era sexy da morire e Avery faceva fatica a credere che stesse davvero insieme a *lei*.

Tuttavia si tratteneva, il che era al contempo frustrante e demoralizzante. Cole voleva qualcosa che Avery non era sicura di potergli dare... più specificatamente, la promessa di una relazione a lungo termine. Non era così che funzionava il mondo e lei non sopportava che lui le mettesse addosso tutta la pressione del loro rapporto... O almeno era così che lei si sentiva.

"No, *tu* me ne hai parlato," ribatté lei. "Non abbiamo avuto una conversazione al riguardo, niente affatto. Tu hai detto la tua e ti aspetti che a me vada bene in questo modo. Beh, *non mi va bene*, Cole. Non è giusto che tu metta il peso di ciò che succederà tra noi solo sulle mie spalle. Mi hai dato un ultimatum e la faccenda non mi piace."

Lui sbatté le palpebre sorpreso. "Non è vero," protestò.

"Sì, invece," gli rispose lei decisa. "Hai detto che quando sarei stata pronta ad accettarti come unico e solo uomo per il resto della mia vita, avrei dovuto fare la prima mossa. Una volta fatta, ciò significa che mi sto impegnando in tutto e per tutto nella nostra relazione. Beh, non è giusto. Non so cosa succederà in futuro e nemmeno tu lo sai. Potresti aver detto tutto ciò per evitare di soffrire, ma che ne dici di me? Cosa succede se io decido che questo è ciò che voglio e tra qualche tempo tu non ce la fai più? Come pensi che mi farebbe sentire? Una merda, ecco come."

"Quindi adesso non solo mi preoccupo dei miei pazienti all'ospedale, del traditore, di rassicurare i miei e mia sorella che sto davvero bene dopo essere stata prigioniera e di avere a che fare con la gente che mi fissa ovunque vada, come se la testa dovesse cominciare a girarmi fisicamente per via di ciò che mi è successo... Ora ho anche la responsabilità della nostra relazione sulle spalle. Non posso baciare il mio fidanzato o farmi toccare da lui, avere gli orgasmi che voglio e di cui ho disperatamente bisogno, perché lui non riesce a gestire il fatto che io non mi arrenda completamente a lui e ai suoi bisogni! In questo momento potrò anche essere io quella con i problemi mentali, ma il fatto che tu voglia un anello e un vestito bianco prima ancora di baciarmi non aiuta!"

Quando finì, Avery aveva il fiatone, ma si sentiva bene ad aver esternato quei pensieri e quelle sensazioni una volta per tutte.

Cole era seduto di fronte a lei con espressione attonita in volto.

Non disse nulla e Avery pensò di sentirsi male: allontanò la sedia e si alzò. "Non ho fame. Devo finire di prepararmi. Guiderò io fino alla stazione di polizia, oggi, non mi dovrai aspettare. So che hai una riunione con il tuo comandante, stamattina, ti scrivo quando arrivo in ospedale." Dopodiché si voltò e tornò in camera da letto.

A ogni passo in cui Cole non la inseguiva per dirle che era tutto ok, per rassicurarla che voleva una relazione con lei a prescindere da tutto, il cuore di Avery sprofondava sempre più in basso.

Con quel discorsetto probabilmente aveva incasinato

tutto... ma pazienza. Non sarebbe riuscita a sopportare ancora. Non poteva dormire con lui ogni notte e volerlo, ricevendo solo un pezzettino in cambio. Avery desiderava averlo tutto e non voleva dover predire il futuro per ottenerlo.

Chiuse la porta del bagno e si piegò in avanti, poi appoggiò le mani sul ripiano. Guardò nello specchio e si chiese: "Perché devo innamorarmi dell'unico uomo che rifiuta il contatto fisico con me? È assurdo. Quasi tutti i maschi fanno i salti di gioia, quando sanno di poter fare sesso senza impegnarsi."

Avery sapeva che non c'era tempo di rimanere lì a farsi domande di cui non aveva la risposta, si portò una mano alla spilla Budweiser di Cole. Era una folle a indossarla ancora sotto l'uniforme e gli abiti da lavoro, ma ormai era diventata un talismano. A non indossarla le sembrava sempre di rischiare il disastro.

Per la prima volta da quando si era ritrovata incatenata nella grotta, voleva che il traditore facesse una mossa. *Voleva* affrontarlo. Tutto sarebbe stato meglio di aspettare che succedesse qualcosa. Forse allora avrebbe potuto riprendersi la propria vita.

Quando uscì dal bagno, Cole era ancora lì. Avery pensava che fosse uscito, un po' ci sperava anche.

"Voglio davvero parlarne di più," le disse piano, mettendosi in piedi non appena lei lo vide.

"Non posso," gli rispose lei, sincera. "Non adesso. Ho bisogno che tu mi dia un po' di tempo. E di spazio."

"Parlami," la implorò Cole.

Avery non ci riusciva, lo aveva già aggredito e si sentiva in colpa. Non avrebbe voluto ferirlo ancora e sapeva che, se avessero parlato mentre lei era di quell'umore, avrebbe detto qualcosa che l'avrebbe fatto allontanare da lei per sempre.

Senza dire una parola, Avery prese la borsa e si avviò alla porta.

"Avery?" la chiamò con un tono chiaramente preoccupato

"Vado alla polizia a visionare di nuovo le foto," gli disse. "Per favore, chiudi la porta a chiave quando esci."

Poi se ne andò, precipitandosi giù dalle scale e verso la macchina. Una volta dentro, guardò lo specchietto retrovisore e vide Cole sulla soglia dell'appartamento, stava guardando verso il parcheggio... probabilmente si assicurava che arrivasse alla macchina sana e salva.

Cole era il compagno migliore che Avery avesse mai avuto. Era attento, premuroso, sensibile verso gli stati d'animo che lei viveva. Aveva dei buoni amici, andava d'accordo con i genitori di lei. La parte in cui non la toccava a livello sessuale la stressava. Non aveva alcun senso.

Pensare ai genitori le aveva fatto venire voglia di parlare con la madre, così digitò il nome sul telefono e in pochi secondi sentì il telefono squillare tramite il Bluetooth nella macchina.

"Pronto?"

"Ciao, mamma, sono io," disse Avery, rilassandosi nel sentire la voce della madre.

"Ciao tesoro, è presto là, va tutto bene?"

Sua madre andava dritta al punto. Avery le aveva parlato parecchie volte, nelle ultime settimane, ma quel giorno invece di una semplice chiacchierata aveva bisogno di consigli. "No. Stamattina ho litigato con Cole. O almeno penso, ho parlato solo io."

"Raccontami," le disse la madre in tono dolce.

Avery si aprì con lei. Raccontò alla madre di aver chiamato Cole nel bel mezzo della notte, durante una crisi, di ciò che le aveva detto lui riguardo i baci e che avrebbe dovuto fare lei la prima mossa. In caso l'avesse fatta, avrebbe praticamente acconsentito a essere sua in ogni senso della parola.

Una volta finito, la madre rimase in silenzio per un pochino.

"Mamma? Ho bisogno del tuo consiglio."

"Bacialo," le rispose Amy Nelson in modo stringato.

"Mamma, come puoi dirlo? Ha praticamente messo tutta la pressione della nostra relazione sulle mie spalle. Non è giusto!"

"Avery, ascoltami. Tu e Cole siete fatti l'uno per l'altra. È vero, concordo sul fatto che ti abbia fatto delle pressioni non necessarie, ma è solo perché è insicuro. Non vuole essere visto come qualcosa di passeggero. Sono sicura che abbia avuto la sua razione di donne con cui uscire e andare a letto, dal momento che è un SEAL della Marina. Cerca di vederla dalla sua prospettiva. È estremamente attraente e sa di esserlo, ma ha finalmente trovato una donna da cui vuole farsi apprezzare per più del suo lavoro o dell'aspetto fisico. Si sta proteggendo nell'unico modo in cui sa farlo."

"Non dimostrando affetto?" domandò Avery incredula.

"È così?" ribatté la madre immediatamente. "Mi stai dicendo che non ti dimostra quanto tu gli piaccia in modi che non siano fisici? Non provarci, sarebbe una bugia."

Avery sospirò.

La madre continuò a parlare. "Quando eravamo lì, non riusciva a toglierti gli occhi di dosso. Quando entravi in una stanza si voltava verso di te. Ti toccava costantemente. Niente di inappropriato di fronte a noi, ma ti metteva una mano sulla gamba, ti sfiorava il braccio, ti teneva la mano. Me l'hai detto tu stessa che di notte ti abbraccia per farti dormire. Tesoro, perché pensi che io e tuo padre ce ne siamo andati così presto, quando siamo venuti a trovarti?"

Avery si sentì estremamente in colpa. La madre aveva ragione.

Cole le dimostrava affetto ogni giorno. Sapeva come le piaceva il caffè, le preparava la colazione ogni mattina, l'accompagnava e l'andava a riprendere al lavoro. Le chiedeva cosa volesse fare la sera, le aveva presentato gli amici, le aveva lavato la macchina e fatto il pieno di benzina. C'erano centinaia di altri modi con cui le aveva dimostrato quanto gli piacesse.

A un tratto Avery capì la domanda della madre. "Pensavo che voi vi foste rassicurati sul fatto che stessi bene e che voleste tornare alla vostra vita," le rispose.

Amy ridacchiò. "Tesoro, sei stata tenuta prigioniera dai terroristi per due settimane. Eri più magra di quanto io ti abbia mai vista da quando avevi dodici anni. Era ovvio che non dormissi bene e che ti stessi spingendo a tornare alla tua vita prima del tempo. Se avessi pensato di fare il tuo bene, sarei ancora là. Sei la mia piccolina, farei di tutto per te... incluso costringerti a mangiare di più e lavorare di meno. Tuttavia, era ovvio che il fatto che fossimo lì non ti aiutava. Andarmene mi ha uccisa, ma tuo padre ha giustamente suggerito che, una volta andati via noi, Cole avrebbe preso il nostro posto e avrebbe fatto tutto ciò che noi non potevamo fare... Che senza di noi tu gli avresti chiesto effettivamente aiuto."

"Non sei mai stata brava a chiedere una mano, anche quando eri piccola. Mi dispiace che tu l'abbia fatto solo quando hai toccato il fondo, ma mi piace pensare che tu abbia imparato una lezione... chiedere aiuto va bene. Non ti rende debole. Speravamo che Cole cominciasse a stare da te per aiutarti a dormire quando noi ce ne siamo andati. Saremo i tuoi genitori, dei vecchietti, ma non siamo stupidi."

Avery era basita. Sua madre aveva ragione, se i genitori fossero rimasti lì, lei non avrebbe mai chiamato Cole.

"Per quanto riguarda i baci e il fare la prima mossa, lo dirò ancora... bacialo, Avery. Fallo, la vita è breve, dovresti saperlo meglio di chiunque altro. Hai ragione, nessuno sa cosa riserva il futuro, ma a te piace Cole ed è ovvio che lui sia pazzo di te. Non c'è garanzia che non vi facciate male, in futuro, ma a volte devi solo rischiare. Fare un salto nel vuoto. Lascia che te lo dica in questo modo... Preferisci essere felice ora o avere rimpianti dopo?"

Avery sapeva che la madre aveva ragione, di nuovo. Lei stessa stava provando a far capire esattamente la stessa cosa a Cole, ma non ci era ancora riuscita. Avrebbe solo dovuto sforzarsi di più per farglielo capire... e non perdendo le staffe. Se lui era riuscito a convincerla che potesse appoggiarsi a lui nei momenti di bisogno, lei sarebbe riuscita a fargli vedere che il futuro era incerto e che avrebbero dovuto aggrapparsi alla felicità del presente finché potevano. Nella vita non c'erano garanzie. Forse non era stato giusto, da parte di Cole, far gravare tutta la pressione del lato fisico della relazione sulle spalle di lei, ma importava, se Avery era disposta a fare il primo passo? Amava Cole, era stato niente meno che un miracolo, esattamente quando lei ne aveva avuto più bisogno. Forse avevano affrettato un po' le cose per via delle circostanze, ma Avery aveva la sensazione che sarebbero arrivati a quel punto anche se lei non fosse stata fatta prigioniera.

Riusciva ancora a ricordare quando, prima di essere mandata in missione, si era sentita contenta ed entusiasta ogni volta che lui andava all'ospedale per flirtare con lei. Magari non starebbero praticamente vivendo insieme, se non fosse stato per l'Afghanistan, ma tutto sembrava andare nel modo giusto.

"Hai ragione, mamma," disse Avery.

"Lo so."

Avery rise. "Grazie, ne avevo bisogno."

"Bene, ora... che piani hai per la giornata?"

"Stazione di polizia, lavoro e poi sesso selvaggio e sfrenato con il mio fidanzato."

"Accidenti, Avery, sarò anche una mamma moderna e alla moda, ma non sono sicura di aver bisogno di sentirlo," le rispose la madre in tono ironico.

"Ti voglio bene, mamma. Grazie."

"Ti voglio bene anche io e... quando vuoi sono qui. Tutto ciò che ho sempre voluto per te è che tu fossi felice, Avery. È ovvio che Cole ti renda tale. Ti tiene con i piedi per terra e penso che tu faccia lo stesso con lui. Vivetevela. Magari le cose tra voi non andranno, ma potrebbero anche farlo."

"Ti chiamo tra qualche giorno per farti sapere come va."

"Va bene, tesoro. Stai attenta."

"Sì, saluta papà."

"Certo, ti voglio bene.

"Anche io, ciao."

"Ciao."

Avery chiuse la chiamata e si sentì meglio di quanto non facesse da giorni. Sua madre aveva ragione, era stata turbata dal fatto che Cole volesse che fosse lei a fare la prima mossa, che aveva ignorato il quadro generale. Amava quell'uomo. A volte la faceva arrabbiare, ma ciò faceva parte dello stare insieme a qualcuno. Nemmeno lei era perfetta. Il fatto che quella mattina avesse lasciato che la frustrazione avesse la meglio su di lei lo dimostrava.

Mentre entrava nel parcheggio della stazione di polizia, Avery si sentì dieci volte meglio di quanto aveva fatto trenta minuti prima. Sua madre aveva messo tutto in prospettiva.

Con il passo più leggero e più determinato che mai a trovare l'uomo che poteva ancora costituire una minaccia, Avery si diresse verso la stazione di polizia.

———

Scott Wheatland era furioso di essere al lavoro. Odiava il turno della mattina, preferiva quello di notte, quando aveva più libertà: non c'erano molti agenti a pattugliare e lui era sempre riuscito a trovare il tempo per incontrare il proprio spacciatore e ottenere altri antidolorifici.

Tuttavia, da quando era tornato dall'Afghanistan aveva

dovuto chiedere i turni della mattina presto, perché la *tenente* andava alla stazione di polizia dopo il turno all'ospedale per visionare le foto degli uomini stazionati in Afghanistan, dove era stato attaccato il convoglio di armi.

Era stato davvero *molto* fortunato che non l'avesse ancora identificato. Ci aveva provato *intensamente*, ma Scott aveva saputo che le foto dei capitani d'armi e del personale di polizia militare non erano state incluse nei documenti forniti alla tenente.

Scott non sapeva perché, ma alla fine dei conti non importava, era ciò che gli aveva salvato il culo.

Dopo quel colpo di fortuna, l'ultima cosa di cui aveva bisogno era che lei lo vedesse nei corridoi della stazione di polizia. Scott non sarebbe andato in una prigione federale, al diavolo.

Era furioso anche perché non era ancora riuscito a intascare i soldi dal conto di Abu Dhabi. Sarebbe bastata una sola indagine sulle sue finanze e l'avrebbero beccato. Un bonifico da un milione di dollari lo avrebbe fatto sembrare del tutto colpevole, a quel punto avrebbe anche potuto disegnarsi un bersaglio gigante sulla schiena.

No, doveva assicurarsi che la tenente non riuscisse a identificarlo, poi avrebbe aspettato un paio di mesi e si sarebbe trasferito i soldi. Avrebbe dovuto far sembrare la morte della stronza un incidente. Aveva un piano, un piano che a suo dire era ben solido.

Scott fece uscire due pillole dal contenitore e le ingoiò a secco. Avrebbe voluto la privacy e il tempo per scioglierle, ma non era così. Era già in ritardo di cinque minuti per il rapporto e doveva mettersi al lavoro.

La notte in cui era tornato dall'Afghanistan, aveva chiamato il suo spacciatore di fiducia, che era stato felice nel sentire che era tornato in città e aveva organizzato un incontro. I due avevano fatto festa insieme, Scott era stato entusiasta di poter sciogliere le pillole e iniettarsele. Lo sballo era immediato, invece che richiedere dai quindici ai venti minuti, inoltre sembrava durare più a lungo.

Lo spacciatore aveva cercato di convincerlo a passare all'eroina, ma Scott aveva resistito. Sapeva che l'altra droga era meno costosa, ma sarebbe stato più difficile spiegare, se mai l'avessero beccato, perché ne avesse un po' addosso o in corpo.

Rimise via le pillole e spinse la porta del bagno degli uomini alla stazione di polizia...

Poi si immobilizzò non appena vide chi aveva appena superato il bagno.

Lei. La tenente.

Scott si azzardò a malapena a respirare. Se si fosse voltata, l'avrebbe notato e tutto sarebbe finito. Lei l'avrebbe denunciato e lui sarebbe finito in una fottuta prigione.

Dopo aver girato dietro un angolo, Scott lasciò andare il respiro che stava trattenendo.

Che diavolo ci faceva lì? Era troppo presto! Era solita guardare le foto nel tardo pomeriggio.

Sconcertato, Scott si diresse nella direzione opposta per presentarsi a rapporto. Venne rimproverato per il ritardo, ma non gli importava. Ci era andato troppo vicino, avrebbe dovuto agire subito. Non poteva aspettare un giorno in più. Prima o poi, la fortuna gli avrebbe voltato le spalle. Le avrebbero fornito le immagini mancanti, lo avrebbe incrociato nei corridoi della stazione di polizia o magari alla mensa.

No, doveva agire subito. Il piano avrebbe funzionato.

Avrebbe smontato alle tre di pomeriggio.

Per le cinque, la tenente non sarebbe più stata un problema.

Il guardiamarina Scott Wheatland sorrise tra sé e sé, poi abbassò il capo e si diresse fuori dalla stazione di polizia, lontano dal pericolo di essere riconosciuto dall'arrogante infermiera della Marina.

"Goditi il tuo ultimo giorno sulla Terra," mormorò.

———

Rex era frustrato. La giornata non era iniziata per niente come aveva pensato lui. Prima di tutto era stato preso alla sprovvista da Avery a colazione. Aveva genuinamente pensato che lasciarle prendere in mano il gioco, per così dire, l'avrebbe messa più a suo agio riguardo l'avere una relazione con lui.

Ovviamente aveva fatto un disastro. Era ancora terrorizzato all'idea di star male, che Avery decidesse di non voler più stare con lui, tuttavia aveva capito di essere stato ingiusto. Una relazione aveva bisogno di impegno e mettere tutta la pressione del lato fisico su di lei ovviamente non era stata la mossa giusta da fare.

La riunione con il comandante era stata spostata a quel pomeriggio per via di altri impegni sorti, quindi Rex passò la mattina a lavorare con la squadra e a rivedere le analisi post-combattimento delle missioni di altre unità SEAL. Lo facevano spesso, perché era più facile vedere cos'era andato storto quando non eri direttamente coinvolto nella situazione.

Il pranzo era stato teso, dal momento che Phantom era irritato perché Tex non aveva ancora contattato né lui né il comandante a proposito di Timor Est. L'intero team sapeva che era solo una questione di tempo, prima che Phantom decidesse di aver aspettato abbastanza e facesse qualcosa di stupido, come avventurarsi in quel piccolo paese per conto proprio.

Ace era stressato perché Piper era stata male, era preoccupato per il nascituro. Erano tutti in allerta, dopo aver ricevuto notizia di cinque militari uccisi in Afghanistan, dopo l'attacco di un lanciarazzi RPG sulla base militare. Era stato dimostrato che il missile era uno di quelli rubati al convoglio di armi.

Anche se il civile afghano che aveva apparentemente orchestrato tutto si era suicidato, dopo essere stato messo alle strette dalla squadra delle Delta Force, le armi erano rimaste là e qualcuno le usava. Sembrava sempre che ci fosse un leader alternativo in attesa dietro le quinte, pronto a prendere il controllo. Nel terrorismo era così. Un capo veniva ucciso, ma ce n'erano a dozzine che aspettavano di prendere il sopravvento.

Rex aveva ricevuto un messaggio da Avery non appena era arrivata al lavoro, intorno alle dieci.

Avery: Sono in ospedale fino alle sei. Mi dispiace per stamattina. Possiamo parlare, più tardi?

Rex le aveva risposto immediatamente.

Rex: Dispiace anche a me, mi piacerebbe parlare. Pollo arrosto per cena?
Avery: Fantastico, a dopo.
Rex: A dopo.

Almeno quella situazione, la più importante per lui, sembrava andare a migliorare. Rex non vedeva l'ora di chiarire con Avery. Era stato uno stronzo ed era contento che lei fosse disposta a sistemare quella diatriba.

Il pomeriggio sembrava muoversi a passo di lumaca e Rex fu più che felice quando, alle quattro e mezza, lui e il resto della squadra entrarono in una sala conferenze per una riunione con il loro comandante.

"Scusate per il ritardo," esordì il comandante North una volta che si erano accomodati tutti. "Sto facendo un po' il giocoliere, oggi. Il contrammiraglio Creasy è stato occupato con le indagini riguardanti l'incidente della settimana scorsa e io sono stato incaricato di aiutarlo con la mole di lavoro fino a che la situazione non si sistema. A ogni modo, è meglio che la riunione sia stata rimandata, ho scoperto delle informazioni sconcertanti che avete tutti bisogno di sapere."

A Rex non piaceva il tono di quelle parole. Non riuscì a trattenersi dallo sporgersi in avanti, come se quel gesto potesse far parlare il comandante più velocemente. Rex non aveva idea dell'argomento, se fosse Timor Est, un'altra missione, il traditore... non importava. Se riguardava il team, era ansioso di scoprirlo, proprio come i compagni di squadra.

Con sorpresa di Rex, il comandante sembrò fissare lo sguardo su di lui e nessun altro membro del team. Non era un buon segno.

"È stato portato alla mia attenzione che quando la tenente Nelson ha ricevuto i file da visionare, alcuni sono stati tralasciati."

Rex si mise a sedere dritto. "Cosa? *Come?* Perché?"

"È stata la stessa reazione che ho avuto io. Avrebbe dovuto ricevere le fotografie di ogni singolo uomo alla base militare in Afghanistan quando il convoglio è stato attaccato, ma forse il marinaio responsabile di mettere insieme il materiale non ha capito... oppure si è offeso del fatto che l'onore del capitano d'armi fosse messo in discussione. A questo punto non sappiamo se sia stato accidentale o intenzionale, ma ha tralasciato le immagini dei poliziotti."

"Che stronzata!" Esclamò Phantom.

Il comandante alzò una mano e fermò il resto dello sfogo del SEAL. "Lo so e lo sa anche il vice ammiraglio maestro d'armi. I restanti file aspetteranno la tenente domani mattina presto."

Rex strinse i pugni e fece del proprio meglio per tenersi a bada.

Era una notizia importante. Avery era arrabbiatissima per non essere ancora riuscita a identificare il traditore dalle immagini. Aveva dubitato di se stessa, aveva messo in dubbio la propria memoria, ma era molto probabile che stesse dando la caccia a qualcuno le cui immagini lei non aveva ancora esaminato.

"Quanti?"

"Centoventi," rispose il comandante. Ovviamente sapeva cosa gli stava chiedendo Rex. "Non dovrebbe impiegarci più di mezz'ora o un'ora per visionarli."

"Avrebbe senso se il traditore fosse nelle forze di polizia," disse Rocco. "Probabilmente avrebbe più libertà di movimento e informazioni su chi tira le fila in città, per non parlare dei convogli."

"Tex ci ha già dato un'occhiata?" chiese Gumby. "Se possiamo escludere gli altri, restringere il campo a centoventi gli renderebbe più facile la ricerca."

"Non possiamo esattamente escludere tutti gli altri..." cominciò a dire il comandante, ma Rex lo interruppe.

"Con il dovuto rispetto, signore, ma è una stronzata. Avery sa cosa ha visto, ha detto più di una volta che avrebbe riconosciuto quell'uomo, se l'avesse rivisto." Rex sapeva che avrebbe dovuto chiamarla tenente Nelson, ma non ci riusciva. Pensava allo sguardo deluso che aveva ogni volta che tornava a casa la sera, dopo aver visionato le fotografie e non essere riuscita a identificare l'uomo, a quanto fosse stata frustrata nelle ultime settimane. Il fatto che Avery stesse soffrendo perché qualcuno non aveva obbedito agli ordini era inaccettabile.

Il comandante sospirò. "Lo so, Rex. Sto cercando di tirare

fuori il meglio da questa situazione, ma sono arrabbiato tanto quanto te. Ho già fornito a Tex la lista dei nomi. È un'altra delle ragioni per cui ho rimandato la riunione il più a lungo possibile, oggi. Volevo dargli il tempo di darci un'occhiata veloce. Dovrebbe chiamare..." Il comandante North guardò l'orologio nell'esatto momento in lui il telefono prese a squillare. "Proprio ora."

Senza aspettare alcun commento, il comandante premette un pulsante sul telefono appoggiato in mezzo al tavolo.

"Qui è il comandante North."

"Comandante, sono Tex. Sono in vivavoce?"

"Sì."

"Bene, vado dritto al punto. Non so se uno degli uomini che mi ha mandato è il traditore o no, ma sembra che tra le forze di polizia ci siano un sacco di casini, quindi consiglio di fare un bel controllo sul passato di ogni marinaio che lavora lì. Ho cinque casi di guida in stato di ebbrezza, dieci casi di abusi sul coniuge, tre di messa in pericolo di un minore, due casi di taccheggio, tre di abusi di droghe, un'accusa di coinvolgimento in lotte tra cani, venti casi di abuso di credito e cinque uomini hanno conti bancari del tutto discutibili in vari paesi del mondo."

"Lotte tra cani?" domandò Gumby. "Ma che cazzo?"

"Sapevo che non ti sarebbe piaciuto. Sì, uno dei membri della polizia navale era coinvolto nella rissa in cui la tua Sidney si è fatta male. È stato retrocesso a guardiamarina e spedito in Afghanistan subito dopo."

"Al momento sono più preoccupato per i conti correnti," disse il comandante.

"Giusto. Grand Cayman, Messico, Canada e due ad Abu Dhabi. Tutti e cinque gli uomini hanno anche una delle accuse menzionate prima."

Rex si agitò sulla sedia. Guardò l'orologio e vide che erano appena passate le cinque. Sapeva che Avery era andata da sola al lavoro, quella mattina, e che sarebbe uscita alle sei, ma gli venne l'improvviso bisogno di controllare in prima persona che stesse bene. Avrebbe guidato fino a lì e sarebbe andato a prenderla. Avery poteva lasciare la macchina all'ospedale per una notte, Rex avrebbe potuto chiedere a uno dei ragazzi di aiutarlo a riportarla all'appartamento di lei.

"Va bene, allora concentrati su questi cinque uomini, per il momento," disse il comandante a Tex. Rex si rese conto di essersi perso un bel pezzo di conversazione. "Ci rimetteremo in contatto non appena la tenente Nelson avrà visionato le foto degli uomini mancanti. Ti faremo sapere se indica qualcuno, in ogni caso l'ammiraglio al comando della base vorrà sapere queste informazioni in modo da mettere insieme un'indagine più approfondita."

"State attenti, là fuori," li avvertì Tex. "Non ho un buon presentimento riguardo questa faccenda. Forse il marinaio che ha omesso le fotografie ha davvero commesso un errore, oppure stava lavorando con qualcun'altro. In ogni caso, non mi piace. Se il traditore si rende conto di ciò che è successo e viene a sapere che alla tenente verranno fornite le immagini mancanti, potrebbe agire nel disperato tentativo di assicurarsi che lei non lo identifichi."

Rex stava pensando lo stesso. Ecco il perché del suo bisogno di andare da Avery. Doveva vedere con i propri occhi che stesse bene.

"Faremo attenzione," disse Rocco a Rex.

"Tex?" lo chiamò Phantom, quando era ovvio che la conversazione sul traditore era finita.

"Mi dispiace Phantom, ancora niente. Però non mi sono arreso."

Rex sapeva che il compagno di squadra era alla disperata ricerca di informazioni sul destino di Kalee Solberg, ma al momento riusciva a pensare soltanto ad Avery.

"Aspetterò sue notizie domani, comandante North," disse Tex, poi la linea si fece silenziosa.

Il comandante aprì la bocca per dire qualcosa, ma la porta della sala conferenze si aprì di scatto e fece capolino un sottufficiale di seconda classe. "Mi dispiace interrompere, signore, ma è importante."

"Cosa c'è?" sbraitò il comandante, che era ovviamente furioso che qualcuno avesse osato interrompere la riunione.

"C'è stato un incidente all'ospedale."

Rex si irrigidì sulla sedia.

"Che tipo d'incidente?" chiese il comandante.

"Un incendio. È scoppiato qualche minuto fa. Stanno evacuando l'edificio in questo momento."

"Merda," disse Rex. "Avery."

"Non saltare a conclusioni affrettate," disse il comandante mentre tutti si alzavano velocemente in piedi. Tuttavia, Rex riusciva a vedere la preoccupazione nel suo sguardo. "Andate," ordinò loro il comandante North. "Assicuratevi che la tenente sia al sicuro, poi aiutate con l'evacuazione."

La squadra era già in movimento ancora prima che il comandante finisse l'ultima frase. Era ovvio che avrebbero dato una mano durante l'evacuazione. Non si sarebbero girati i pollici mentre i colleghi marinai feriti e i loro familiari erano in pericolo. Soprattutto, Rex non riusciva a scrollarsi di dosso il terrore che provava.

Sicuramente c'entravano Avery e il traditore. Se lo sentiva.

Avevano scoperto delle immagini mancanti qualche ora troppo tardi. Il traditore aveva fatto la propria mossa e la vita di Avery era in pericolo.

Rex sapeva che il traditore era disperato. Non poteva permettere ad Avery di riconoscerlo. Era a caccia di sangue, quello di Avery.

Tieni duro, piccola. Stanno arrivando i soccorsi.

CAPITOLO VENTI

Avery corse più veloce che poté su per le scale, verso il quarto piano. Era in piedi e rideva con i colleghi infermieri, quando all'improvviso il corridoio si era riempito di fumo.

L'allarme antincendio era assordante, le faceva male alle orecchie, ma Avery fece del proprio meglio per non ascoltarlo, perché c'era del lavoro da fare.

Il problema principale, al momento, era che i corridoi stavano diventando bui. Era saltata la luce ed essere sulle scale o nei corridoi al buio era disorientante... Inoltre, il buio minacciava di riportare a galla tutti i demoni che Avery aveva lavorato sodo per bandire dalla mente.

Lei e gli altri infermieri si erano dati una mossa, avevano evacuato il pronto soccorso e stavano procedendo piano per piano.

A quanto avevano capito, l'incendio era partito al secondo piano. I pazienti in grado di camminare erano stati condotti alle scale ed evacuati per conto loro. Il difficile veniva con gli allettati, quelli collegati alle macchine per l'ossigeno e altri macchinari salvavita. Avery era riuscita a raggiungere un ascensore con alcuni di loro, prima che il fumo si facesse troppo denso, ma a quel punto gli ascensori erano inutilizzabili e le persone venivano evacuate su delle barelle tramite le scale.

Avery stava sudando ed era esausta, ma aveva bisogno di fare un'ultima ricerca al quarto piano, prima di dichiararlo completamente evacuato. Si era offerta volontaria per andare lassù, controllare e riunirsi con gli altri al piano terra.

C'erano dei pompieri in giro, ma erano tutti occupati, l'ultima cosa che Avery avrebbe voluto era che si dimenticassero di qualcuno al quarto piano.

Ignorò quanto fossero inquietanti le scale con la luce stroboscopica degli allarmi antincendio che le illuminava a intermittenza attraverso il fumo, insieme al rumore squillante dell'allarme, e si mosse il più velocemente possibile.

Posò la mano sul muro per guidarsi, ansimando per lo sforzo. Andò di stanza in stanza usando una torcia per controllare sotto i letti e nei bagni.

Aveva appena finito di perquisire una stanza, chiuso la porta dietro di sé e si stava voltando per proseguire alla successiva, quando qualcosa la fece girare e guardare lungo il corridoio deserto.

Un uomo le camminava incontro.

Nel momento in cui gli occhi di lei si posarono su quell'uomo, Avery capì che era *lui*. Il traditore.

Era stata convinta che l'avrebbe riconosciuto, una volta visto di nuovo, e una parte di lei era incredibilmente sollevata di non essersi fidata di se stessa invano.

Un'altra parte sapeva di essere spacciata.

"Ci incontriamo di nuovo!" sbraitò l'uomo con un sorriso storto.

Avery lo sentì a malapena, sopra il rumore assordante dell'allarme, ma la pistola che teneva in mano rendeva chiare le sue intenzioni.

I secondi successivi sembrarono svolgersi al rallentatore.

Ovviamente Avery aveva letto troppi romanzi e visto troppe serie tv, perché quando si era immaginata quel momento (venire faccia a faccia con l'uomo che l'aveva fatta rapire, il responsabile della morte di due soldati e colui che aveva permesso a centinaia di armi di finire nelle grinfie dei terroristi), si era aspettata una discussione drammatica. Lui le avrebbe detto che era spacciata, Avery l'avrebbe implorato di risparmiarle la vita, poi lui avrebbe cominciato a torturarla con un lungo soliloquio sul perché delle proprie azioni.

La realtà non fu per niente in quel modo.

L'uomo si fermò nel bel mezzo del corridoio e alzò il braccio.

Avery reagì senza pensare e si tuffò nella stanza da cui era appena uscita.

Lo sparo riecheggiò in corridoio, risuonò forte anche al di sopra del rumore dell'allarme antincendio.

Per la prima volta, Avery fu grata per il fumo e si precipitò in bagno freneticamente. Per fortuna il bagno era in comune con la stanza adiacente. Non sarebbe rimasta intrappolata lì. Avrebbe voluto dire morte certa. Il traditore stava cercando di ucciderla, non le avrebbe dato il tempo di escogitare un piano per ingannarlo.

Avery scivolò nella stanza accanto a quella in cui si era precipitata, ringraziando il cielo di non doversi preoccupare di non fare rumore. Forse sarebbe potuta sgusciare via quando il traditore avrebbe fatto ingresso nell'altra stanza per cercarla.

Avery cercò di capire dove fosse il quasi assassino e provò a pensare a dove potersi nascondere. Era convinta che l'uomo avrebbe fatto di tutto pur di ucciderla. Probabilmente aveva appiccato il fuoco affinché facesse da distrazione.

In un lampo le venne in mente il nascondiglio perfetto.

Un anno e mezzo prima, l'ospedale aveva fatto una sessione di allenamento in caso di sparatoria. Avevano partecipato tutti i dottori e gli infermieri, camminando di piano in piano per tutto l'ospedale e pensando a modi per chiudere qualcuno fuori da una stanza e trovare posti alternativi in cui nascondersi.

L'unico problema era che il nascondiglio era dall'altro lato della postazione degli infermieri, nella sala relax. Al momento dell'esercitazione, erano stati tutti d'accordo riguardo al fatto che fosse un nascondiglio ideale, ma dati gli eventi recenti... Avery non ne era più tanto sicura.

Aveva ben poche opzioni. Per arrivare al nascondiglio avrebbe dovuto superare l'uomo determinato a ucciderla ed entrare in sala relax senza che lui la vedesse.

Avrebbe preferito riuscire a raggiungere una delle scale alla fine del corridoio, ma non pensava di riuscire ad andare così lontano senza essere vista.

Si nascose dietro la porta che conduceva al corridoio e trattenne il fiato. Il fumo era denso, ma non abbastanza da nasconderla, se avesse corso lungo il corridoio. Le avrebbe sicuramente sparato alla schiena.

Avery avrebbe dovuto essere paziente e giocare a nascondino con un pazzo.

Voleva chiedergli perché. Perché l'aveva fatto. Perché aveva detto ai ribelli del convoglio. Perché aveva commesso un tradimento contro la patria.

Avery si chiese se fosse sposato, se avesse dei figli.

Alla fine, niente di tutto ciò importava. Il mondo di Avery si era ridotto a quell'esatto momento. Ciò che le era successo o che era capitato al traditore in passato non aveva più importanza. Per un secondo, lasciò che i pensieri su Cole le si infilassero nella mente, ma li allontanò prontamente. Doveva concentrarsi sul presente. Tuttavia... avrebbe voluto che Cole e la sua squadra di SEAL fossero lì. Avrebbero annientato quello stronzo.

Però non c'erano. Avery avrebbe dovuto salvarsi da sola.

Quando vide l'uomo camminare davanti alla porta della stanza in cui si era rifugiata prima, Avery sentì un picco d'adrenalina. Lui non aveva ancora scoperto che alcune stanze erano collegate, quella sarebbe stata la salvezza di Avery. Era ovvio che pensasse di averla in pugno, dal modo in cui camminava, come se non avesse alcuna preoccupazione al mondo.

Sorpresa, stronzo, pensò lei mentre correva più veloce che poteva fuori dalla stanza, verso la postazione degli infermieri.

Quella era la parte più pericolosa del piano. Doveva varcare la porta aperta che il traditore aveva appena attraversato. Se si fosse girato e l'avesse vista, Avery sarebbe morta.

La fortuna le arrise.

Avery si aspettava di sentire un proiettile nella schiena, mentre correva silenziosa verso la scrivania della postazione degli infermieri, ma ce la fece senza sentire colpi. Fece del proprio meglio per regolare il respiro, si accovacciò sul fondo della scrivania e guardò il corridoio da dove era venuta.

Dopo qualche secondo, vide il traditore emergere dalla porta da cui era uscita pochi istanti prima. Non era più tanto disinvolto, si aggirava rabbioso e ad Avery venne la pelle d'oca.

"Non puoi nasconderti da me, tenente!" sbraitò; era difficile sentirlo per via dell'allarme, ma le parole erano ancora distinguibili. "Renditi la vita facile e vieni fuori ora. Se lo fai, ti ucciderò velocemente. Se mi costringi a cercarti, mi assicurerò che tu abbia una morte lenta e dolorosa."

Avery non si mosse di un millimetro. Non voleva morire punto e basta. Più temporeggiava, più probabilmente qualcuno sarebbe andato a cercarla. Non voleva che qualcuno si facesse male, ma se non si fosse fatta viva al piano terra, sperava che Beverly o Rita lo dicessero a uno dei pompieri e che loro andassero a cercarla. Se quello stronzo era abbastanza stupido da tendergli un'imboscata, tutti avrebbero saputo che lui era lì e avrebbero mandato rinforzi.

Avery sperava in Cole e nella sua squadra di SEAL.

Doveva solo rimanere viva fino al loro arrivo.

Guardò il traditore mettersi una mano nei capelli, frustrato, mentre la rabbia s'impossessava del suo viso. Era furioso... ma anche Avery lo era.

Il traditore fece qualche passo avanti nel corridoio, pistola puntata davanti a sé, poi entrò nella stanza di fronte a quella da cui Avery era scappata.

Lei si mosse ancora prima di rendersi conto che stava correndo. Attraversò il corridoio, più che grata al fumo e all'allarme, poi si nascose in una delle stanze vicino alla postazione degli infermieri. Si stava spostando verso est: se la fortuna l'avesse assistita, il traditore sarebbe andato a ovest, lungo il percorso originario, continuando a perlustrare le stanze che Avery stava perquisendo.

Era ovvio che il traditore avesse appiccato il fuoco come distrazione, ma aveva anche fornito ad Avery la possibilità di spostarsi inosservata. Non era sicura di cosa stesse pensando lui. Come faceva a sapere che sarebbe stata in ospedale, o cosa avrebbe fatto durante l'incendio? Avery pensò che fosse normale che gli infermieri facessero del proprio meglio per aiutare a evacuare l'edificio, ma lui doveva averla seguita. Quel pensiero la fece rabbrividire. Era già stata vicinissima alla morte senza nemmeno rendersene conto.

Continuarono a giocare a fare il gatto e il topo. Non appena il traditore entrava in una stanza per perquisirla, Avery si precipitava verso la successiva lungo il corridoio, avvicinandosi sempre di più alla sala relax, dove si trovava il nascondiglio. Avery pensò al cellulare, che aveva lasciato su un bancone ai piani inferiori. Quando era scoppiato l'incendio, aveva in mano il telefono e senza pensarci l'aveva lasciato su un ripiano ed era corsa su per le scale. In quel momento si maledì. Non avrebbe potuto rischiare di parlare a voce troppo alta, per permettere all'operatore di sentirla, o a Cole, ma almeno dall'altra parte avrebbero potuto sentire il traditore, se le avesse urlato di nuovo qualcosa, così avrebbero capito che era intrappolata nell'ospedale.

Mentre si avvicinava alla sala relax, Avery si rese conto che era arrivato il momento. La porta aveva un meccanismo a chiusura morbida, quindi si sarebbe chiusa molto lentamente. Se il traditore si fosse girato al momento giusto e l'avesse vista chiudersi, avrebbe saputo dove si trovava.

Avery ripensò al piano e si rifiutò di soffermarsi su quello che stava per fare. Non sarebbe stato facile, sapeva che il nascondiglio era buio come la caverna in cui era stata sepolta in Afghanistan, tuttavia, le opzioni erano infilarsi lì o morire.

Era una scelta facile.

Fece un respiro profondo e quando il traditore entrò in un'altra stanza, lei corse più velocemente possibile. Si scontrò contro la porta, il che avrebbe rilevato immediatamente la sua posizione, se non fosse che l'allarme stava ancora suonando. Si infilò nella stanza, aprendo la porta il meno possibile. Non si fermò a vedere se l'uomo l'avesse notata. Corse verso il muro sulla sinistra e fece un respiro profondo.

Arrivò alla maniglia della botola sul muro e l'aprì. Guardò in basso, *molto* in basso. Lo scivolo veniva utilizzato anni prima per gli abiti da lavoro sporchi. Gli infermieri e i medici gettavano vestiti, camici e asciugamani giù per lo scivolo della lavanderia, che portava al seminterrato, molto più in basso. Quella pratica era stata interrotta in quanto definita poco igienica e pericolosa. Nessuno voleva che agenti patogeni, e a volte vestiti sporchi di sangue, rimanessero ammucchiati nel seminterrato, contaminando anche il metallo dello scivolo stesso.

Durante l'addestramento per i casi di sparatoria, qualcuno aveva scherzato sul fatto che sarebbe stato un ottimo modo per arrivare al seminterrato. Ovviamente quel commento aveva portato a una discussione riguardo a quanto fosse pericoloso, dal momento che scendere per quello scivolo era come fare un salto di cinque piani, che avrebbe sicuramente portato al suicidio. Tuttavia gli infermieri, compresa Avery, avevano ribattuto che ci si sarebbe potuti aggrappare al cunicolo dall'interno e scivolare lentamente giù, fino a un altro piano, per poi uscire in quel modo.

Dopo avergli dato un'altra occhiata, Avery non voleva infilarsi nello scivolo, ma in quel momento non aveva molta scelta. Poteva correre verso le scale, ma non pensava di farcela senza essere vista, in più attirare il traditore su un altro piano dove potevano esserci altre persone sarebbe stato un rischio. Era lei il bersaglio e si sarebbe dannata, pur di non mettere un intero ospedale in pericolo.

Ringraziò di essere alta e infilò un piede nello scivolo, poi usò tutti i muscoli addominali per tirarsi su ed entrare prima con le gambe. L'ultima cosa che voleva era infilarsi lì dentro a testa in giù. Il metallo emise un suono mentre lei si calava nel tubo stretto. Avery fece una smorfia, sperando che il suono non si propagasse.

Lo scivolo era abbastanza largo da permetterle di entrarci con mani e piedi in modo da non scivolare direttamente verso il fondo. Chiuse la porta e venne avvolta da un'ombra profonda, poi cominciò lentamente a farsi strada verso il basso.

Avrebbe dovuto addentrarsi abbastanza cosicché, se il traditore avesse aperto la botola e guardato giù, avrebbe visto solo buio. Lo stesso buio che stava soffocando Avery. Aveva perso la torcia da qualche parte, nella corsa folle attraverso le stanze, ma in quel momento non aveva importanza. Non avrebbe rischiato di accenderla, per essere vista.

Avery si sentì ancora più sola e terrorizzata di quando era stata sepolta viva qualche settimana prima, tuttavia, lentamente e inesorabilmente, centimetro dopo centimetro, continuò a farsi strada lungo il vecchio scivolo della lavanderia.

Si fermò solo quando sentì qualcosa di strano.

Silenzio.

Qualcuno aveva spento l'allarme antincendio. I propri respiri le sembravano assordanti, echeggiavano intorno a lei nello spazio piccolo e angusto.

"Sto venendo a prenderti, tenente," la voce del traditore le arrivò da quelli che le sembrarono pochi metri di distanza.

Era nella sala relax. Proprio sopra di lei. In pochi secondi l'avrebbe trovata e le tattiche evasive sarebbero state inutili. Alla fine si era intrappolata da sola.

Avery chiuse gli occhi e non osò muoversi di un millimetro. Avrebbe fatto sicuramente troppo rumore e ucciderla sarebbe stato facile come bere un bicchier d'acqua. Non aveva idea se fosse arrivata abbastanza in basso, nello scivolo, da essere nascosta dall'oscurità. Poteva solo sperare che il traditore trascurasse quel nascondiglio.

Quando i cardini del vecchio scivolo presero a scricchiolare lamentosi, mentre la botola si apriva al di sopra della sua testa, Avery si rese conto che le speranze erano state inutili.

"Ti ho trovata, brutta stronza."

———

Quando Rex e gli altri SEAL della squadra arrivarono, l'ospedale era nel caos, o almeno così sembrava. C'erano persone ovunque, sdraiate sulle barelle nel parcheggio. I pompieri erano appena arrivati e il personale di emergenza correva a destra e a sinistra, mettendo su posti di comando e cercando di radunare le persone, allontanandole dall'edificio in fiamme.

Senza nemmeno pensarci, Rex fece strada agli altri verso il pronto soccorso. Riconobbe una delle infermiere che lavorava con Avery. L'afferrò per un braccio e urlò sopra il rumore dell'allarme antincendio: "Ha visto la tenente Nelson?"

La donna scosse la testa e Rex la lasciò andare. La squadra si divise e cominciò a perlustrare il primo piano, in preda al caos. Dopo pochi minuti si ritrovarono nella zona principale della reception.

"Qui non c'è!" gridò Ace.

"Deve essere da qualche parte," disse Rex. "Dividiamoci. Probabilmente sta aiutando la gente a evacuare gli altri piani."

"Scusate," disse una donna vicina a dove i SEAL si erano radunati.

Rex si voltò e si rese conto di riconoscerla.

"State cercando Avery?" chiese lei.

"Sì!" le rispose Rex in tono un po' brusco. "L'ha vista?"

"L'ultima volta che l'ho vista, stava andando al quarto piano a vedere che non ci fosse più nessuno, poi l'ho persa."

"Grazie," rispose Rex alla giovane donna. Lui e il resto della squadra corsero verso le scale, ma vennero intercettati da un pompiere con le attrezzature per l'estinzione.

"Non potete andare di qua, per favore uscite dall'altra parte!" gridò loro, indicando la strada che i SEAL avevano appena percorso. Rex aprì la bocca per mandare a quel paese il pompiere, ma Rocco lo batté sul tempo.

"Spostati," gli ordinò. "È una questione di sicurezza nazionale."

"Mi dispiace," continuò il pompiere scuotendo la testa. "Non posso lasciarvi passare, in caso non l'aveste notato, l'edificio è in fiamme. Nessuno è autorizzato ai piani superiori al di fuori del personale addetto al fuoco."

"Sbagliato," disse Phantom. "Noi saliamo, non c'è niente che puoi fare per impedircelo. C'è un traditore della patria lassù, che non solo *ha appiccato* il fuoco, ma è intenzionato a uccidere."

Il pompiere della Marina guardò i sei uomini furiosi davanti a lui e si fece da parte senza più dire una parola.

La squadra corse su per le scale come se si trattasse di una passeggiata per strada. Fecero irruzione al quarto piano. Il fumo era denso, ma non abbastanza per impedire a Rex di notare un uomo entrare in una stanza in fondo al corridoio.

Senza consultare i compagni, si mise a correre più velocemente che poté. Non si azzardò a chiamare a voce alta Avery, voleva mantenere il vantaggio e sorprendere l'uomo. Era possibile che non fosse lui il traditore, che fosse un medico o un infermiere che stava semplicemente controllando che l'area fosse del tutto libera.

Tuttavia, Rex non ci credeva. Nel profondo sapeva che quello era l'uomo che Avery stava cercando. Colui che aveva detto ai ribelli di farla fuori.

Dopo pochi secondi, la squadra si era radunata fuori dalla stanza e si stava preparando a entrare e prendere posizioni tattiche. Rocco aveva la pistola, mentre gli altri no. Nonostante ciò, tutti avevano con sé i loro coltelli tattici. Erano letali tanto quanto le armi da fuoco.

Tra un respiro e l'altro, il rumore assordante dell'allarme cessò. Un secondo prima Rex riusciva a malapena a sentire i propri pensieri, quello dopo, l'unico suono che sentiva era il martellare delle orecchie.

"Sto venendo a prenderti, tenente!"

Rex sussultò alle parole provenienti dall'uomo al di là della porta.

Si stava prendendo gioco di Avery. Ciò non fece altro che aumentare la determinazione di Rex di neutralizzare la minaccia che quell'uomo rappresentava per la sua donna.

"Ti ho trovata, brutta stronza!"

"Uno," accennò Rocco con la bocca, dopo aver sentito le parole del traditore. "Due... *Tre!*"

Come una macchina ben oliata, la squadra agì in tandem.

Rocco aprì la porta e si mise in ginocchio poco dentro l'ingresso. Ace e Bubba avevano i coltelli pronti al lancio, erano in piedi ai lati di Rocco, le loro cosce quasi gli toccavano le spalle. Gumby e Phantom si misero immediatamente alla destra e alla sinistra dei compagni e Rex rimase in piedi dietro Rocco.

Erano una visione imponente e ovviamente avevano sorpreso l'uomo, che se ne stava alla sinistra della porta e stava trafficando con qualcosa sul muro.

L'uomo si voltò verso di loro e sparò senza fiatare.

Cinque coltelli volarono in contemporanea verso la minaccia e il suono della pistola di Rocco che sparava echeggiò nella sala.

Tutte e sei le armi colpirono il bersaglio.

"Rapporto!" abbaiò Rocco dalla posizione accovacciata al suolo.

"Libero!" esclamarono subito cinque voci all'unisono.

"Nessuno colpito?" chiese Rocco alzandosi lentamente.

"No, stiamo bene," gli rispose Ace.

"Non possiamo dire lo stesso di lui," commentò Phantom con un'espressione disgustata in viso.

Gumby si avvicinò all'uomo ferito mortalmente e gli calciò via la pistola dalle mani. Quando era stato colpito dai coltelli e dal proiettile di Rocco, aveva sbattuto contro il muro alle sue spalle ed era lentamente scivolato giù. In quel momento, sedeva in una pozza di sangue in continua espansione. Aveva una lama conficcata nella spalla, una nella coscia destra, due nello stomaco e una nel fianco. Anche dalla ferita da arma da fuoco sulla coscia sinistra usciva sangue.

Rex si unì ai compagni di squadra e si accovacciò davanti a lui. Voleva trovare Avery, ma in quel momento annientare la minaccia aveva la precedenza. "Perché?" chiese all'uomo.

Il traditore tossì e dalla bocca gli schizzò fuori del sangue.

Rex si alzò e fece un passo indietro, non voleva essere contaminato dalla spazzatura che aveva di fronte.

"Perché no?" gli rispose quello con una piccola risata, seguita da altri colpi di tosse.

Tutti e sei sapevano che avrebbero dovuto aiutare quell'uomo: applicare pressione sulle ferite, fare del loro meglio per salvarlo in modo che potesse essere processato. Tuttavia, nessuno di loro si mosse.

"Due uomini sono stati uccisi a causa tua, inoltre ne hai messi in pericolo innumerevoli altri. *Perché?* Per i soldi?" gli chiese Rocco.

"Certo," gli rispose l'uomo.

"Sei un pezzo di merda," gli disse Gumby. "Solo per colpa tua, la violenza nella regione afghana si è protratta."

"Stronzate," biascicò l'uomo. "Ci sono state guerre per migliaia di anni e ce ne saranno altre. Non importa cosa fanno gli Stati Uniti, laggiù ci sarà sempre gente a combattere. Ognuno pensa per sé. È colpa del dottore," l'uomo continuò a blaterare, niente di ciò che diceva aveva senso. "Sarei diventato qualcuno, invece mi hanno fatto diventare un drogato. Se non fosse stato per loro, sarei un eroe!"

"Non manca molto," disse piano Phanton al team. "Sta diventando pallido e biascica le parole."

"Di che parli?" ringhiò Rex, diede un calcio al piede dell'uomo e lo fece urlare di dolore.

"Vaffanculo!" urlò il traditore, raccolse un minimo di energia e si sporse in avanti.

Sfortunatamente per lui, il corpo era meno reattivo del cervello, così l'uomo cadde, reggendosi a malapena sul braccio sano. Si voltò dalla parte opposta e si stese sulla schiena, sorridendo maligno ai SEAL che lo guardavano dall'alto. "La tenente è una di loro. Un cazzo di medico. Io sono stato ucciso da uno di loro. 'Prendi queste', mi aveva detto. 'Un paio al giorno e ti faranno passare il dolore.' Beh, il dolore non mi è passato e non importava quante ne ingoiassi, non se ne andava mai."

"Hai venduto l'anima al diavolo per soldi, per comprarti della cazzo di *droga*?" gli chiese Gumby incredulo.

"Non c'è sensazione uguale," biascicò l'uomo a terra.

"Dov'è Avery?" gli chiese Rex.

"Fottiti."

"Dov'è?" Rex scandì bene le parole, prendendo l'uomo per la parte davanti dell'uniforme mimetica.

"*Fottiti*." Ripeté il traditore.

Dopodiché, per essere in punto di morte, si mosse più velocemente di quanto chiunque dei SEAL potesse immaginare. Prese il coltello che gli spuntava dal fianco e lo estrasse. Allontanò il braccio, pronto ad accoltellare Rex.

Tuttavia, il SEAL fu più veloce. Bloccò la mossa di quell'uomo con un avambraccio nello stesso momento in cui allentò la presa sulla camicia. Poi prese il coltello conficcato nello stomaco del traditore e lo mosse senza pietà.

La morte di quell'uomo fu quasi patetica. Un secondo prima stava fissando Rex con odio fervente negli occhi, quello dopo era sdraiato sul pavimento, lo sguardo cieco verso il soffitto.

Senza dire una parola, Rex si alzò. Sapeva bene quanto i suoi compagni che avrebbero dovuto rispondere di ciò che era successo e spiegarlo a una commissione d'inchiesta, così come al loro comandante, ma in quel momento tutto ciò che importava era Avery.

Dov'era? Era troppo tardi? Il traditore l'aveva già trovata e uccisa?

"Averyyyyy!" urlò Rex più forte che poté.

Tutti e sei gli uomini rimasero immobili, orecchio teso per percepire il minimo segno della donna che avevano accolto come una di loro.

———

Avery stava sudando, ma non osava muoversi per asciugarsi gli occhi. Non era sicura di poter lasciare i lati dello scivolo senza precipitare fino al seminterrato. Al momento le tremavano i muscoli dallo sforzo di tenersi incastrata. Il cunicolo non era tanto largo, forse circa sessanta centimetri, appena sufficiente per farci stare le spalle. Dopo che le gambe avevano preso a tremarle e si era resa conto che non sarebbe riuscita ad arrivare in fondo, le aveva piegate e si era incastrata il più possibile.

Era bloccata. Non poteva né scendere né salire senza rischiare di cadere giù. Inoltre, il buio comincia a infastidirla. Era come quello nella caverna e lei faceva fatica a controllare il panico. Quando il traditore aveva aperto la botola sopra di lei, Avery aveva pensato di essere spacciata. Morta. Invece di sentire degli spari e percepire i proiettili forarle il capo o le spalle, aveva sentito la botola chiudersi di nuovo.

Poi delle voci sopra di lei, ma le orecchie le martellavano al punto da non riuscire a distinguerle. Probabilmente l'uomo stava parlando tra sé e sé e la stava ancora minacciando. Il rumore di uno sparo l'aveva spaventata a morte e per poco non aveva mollato la presa.

Da allora erano passati diversi minuti, Avery non sapeva dire quanto, ma poi sentì qualcuno chiamare il suo nome.

"Averyyyyy!"

S'immobilizzò. Sembrava la voce di Cole.

Era impossibile, però, vero?

La sentì di nuovo e finalmente si convinse che quello era il suo uomo.

"Avery! Dove sei? Sei al sicuro, puoi uscire ora!"

Tuttavia, la voce si stava allontanando sempre di più a ogni parola. Per un secondo pensò che fosse un trucchetto, che il traditore stesse costringendo Cole a chiamarla.

Respinse l'idea appena si palesò. Cole non avrebbe accettato di fare qualcosa che la mettesse in pericolo. Avery ne era sicura.

Se Cole la stava chiamando dalla sala relax, sembrava che se ne stesse andando. Se così fosse, avrebbe potuto non sentirla urlare.

Avery fece un bel respiro, allargando i polmoni più che poteva in quella posizione accartocciata, poi alzò il mento e urlò. "Sono quiiiii! Cole! Sono qui!"

Seguì il silenzio, le ci volle tutta se stessa per non andare nel panico.

Poi sentì Cole rispondere.

"Dove, piccola? Ti sentiamo ma non riusciamo a trovarti!"

"Qui!" continuò, un po' più debolmente. Cole l'aveva sentita. Sapeva che non se ne sarebbe andato finché non avesse capito dove si stava nascondendo. "Nello scivolo, nel muro!"

Ci volle qualche secondo, poi senti il miglior suono di sempre. Lo scricchiolare dei cardini della porta sopra la testa. Quella volta non ne fu spaventata, sapeva che c'era Cole dall'altra parte.

"Avery?" la chiamò lui.

Lei alzò la testa e guardò in su, dove vide il volto di Cole. Le ricordò l'Afghanistan, quando ne aveva visto la silhouette all'entrata della grotta. Non era mai stata tanto grata di vedere qualcuno in tutta la sua vita.

"Sono qui!" gli disse.

"Merda, non riesco a vederla," disse Cole, poi sparì.

"Non mi lasciare!" Le parole uscirono senza pensarci e poco dopo Cole riapparve.

"Non ti lascio," la rassicurò. "Quanto sei scesa? Da quassù è tutto nero."

Non c'era da meravigliarsi che il traditore non le avesse sparato. Non l'aveva vista. Avery voleva ridere, ma non riusciva a trovare le energie per farlo. "Non lo so, ma non credo di poter resistere a lungo."

"Stronzate," ringhiò Cole. "Puoi e lo farai. Ti tireremo fuori di lì, ma tu devi fare la tua parte, intesi?"

Avery annuì, anche se sapeva che Cole non poteva vederla. Lui si voltò e Avery pensò che stesse ascoltando le strategie della squadra. Poi le parlò di nuovo nel tubo. "Che cos'è questo scivolo? Dove conduce? Per cosa viene usato?"

Avery spiegò brevemente che era un cunicolo che andava dall'ultimo piano al seminterrato e che c'erano botole a ogni piano.

Cole parlò di nuovo brevemente con il resto del team e poi disse: "Va bene piccola, Rocco andrà al terzo piano e Ace al secondo. Probabilmente sei da qualche parte nel mezzo. Tieni duro, ti tireremo fuori."

"Cole?"

"Sì?"

"Lui è morto?"

"Sì."

Eccola, una sola parola, ma era tutto ciò che Avery aveva bisogno di sentire. Sarebbe stata bene, non avrebbe dovuto più guardarsi le spalle, era al sicuro.

Ma... ciò significava anche che Cole non aveva più bisogno di farle da babysitter.

Potevano tornare alle loro vite.

Mentre aspettava di venire salvata, Avery prese una decisione. Era stata un'idiota. La vita non aveva garanzie, ma se voleva essere felice, doveva correre un rischio... Prendere ciò che aveva davanti.

Un altro cigolio sopra la testa le fece alzare lo sguardo. Avery fu sorpresa di vedere Rocco appena sopra di lei.

"Ehi, Avery, che piacere vederti qui," le disse lui con un sorriso. Poi si voltò e gridò verso Cole. "Terzo piano, Rex. Vieni quaggiù."

Cole doveva aver corso, perché neanche un minuto dopo Avery stava guardando il suo volto al posto di quello di Rocco.

"Ehi, piccola, mi sembri un tantino scomoda," le disse Cole.

Avery ridacchiò. Era tipico di Cole e dei suoi compagni di squadra fare battute in situazioni del genere.

Poi la voce di lui si addolcì. "Stai bene? È buio lì dentro."

"Sto bene," gli rispose lei, che poi realizzò che non stava mentendo per farlo sentire meglio. Stava davvero bene. Aveva paura di precipitare verso il seminterrato tre piani più in basso e stava ripercorrendo alcuni dei momenti più brutti passati in Afghanistan, ma nel profondo aveva sempre saputo che Cole sarebbe andato a cercarla, che l'avrebbe trovata.

"Bene, ecco cosa succederà. Calerò una corda e tu dovrai legartela sotto le braccia e intorno al busto. Poi ti tireremo su. Ci sono problemi?"

"No," gli rispose Avery.

Il salvataggio dal vecchio scivolo durò pochi minuti. La corda le scavò nella pelle, ma lei non si lamentò né si dimenò, mentre Cole e i compagni la tiravano su. La sensazione di Cole che le afferrava un braccio era la migliore che avesse provato da un bel po' di tempo.

Un secondo prima era dentro un tubo claustrofobico, quello dopo era seduta tra le braccia di Cole sulle piastrelle della sala relax al terzo piano. Lui le aveva nascosto il viso nel collo e lei fece lo stesso, rimasero abbracciati in quel modo.

I compagni di squadra di Cole rimasero in disparte un momento, poi Phantom disse: "Odio fare il guastafeste, ma probabilmente dovremmo andarcene da qui. L'edificio è in fiamme da un po' e dovremmo segnalare il cadavere al quarto piano."

A sentire l'apatica affermazione di Phantom, Avery rabbrividì. Sollevò la testa e Cole le prese il viso tra le mani. Si fissarono per un lungo istante, poi Avery sussurrò: "Dopo che avremo fatto rapporto, saremo andati a casa e avremo fatto la doccia e probabilmente cercato di mangiare qualcosa, forse potrai baciarmi. Baciarmi *per davvero*."

Le pupille di Cole si dilatarono immediatamente. Si leccò le labbra, poi le chiese: "Ne sei sicura? Non è solo l'adrenalina a parlare?"

"No, sono sicura."

"Santo cielo, voi due. Parlate di un bacio come se fosse un anello di fidanzamento o qualcosa del genere. Forza, Rex, prendi in braccio la tua donna e andiamocene di qui," li assillò Bubba.

Avery sorrise a Cole. Bubba non sapeva che il bacio che Cole le avrebbe dato quella sera sarebbe stato speciale tanto quanto un anello di fidanzamento, ma loro due sì.

CAPITOLO VENTUNO

Ci vollero ore, prima che Rex e Avery arrivassero a casa. Una volta usciti dall'ospedale, l'incendio era stato domato, ma c'era ancora molto marasma nel parcheggio. Tra i pazienti evacuati, il personale di emergenza e la polizia, Rex sapeva che sarebbe passato del tempo prima di potersene andare.

Insistette per far controllare Avery da un medico, nonostante lei avesse a sua volta insistito di stare bene. A un certo punto avrebbe dovuto lasciarla per andare a parlare con il comandante North e ciò lo uccideva, ma lei lo mandò via con un cenno della mano, dicendo che sarebbe stata occupata ad aiutare, insieme ai colleghi infermieri.

Cole era molto orgoglioso di lei. Avery aveva passato le pene dell'inferno, eppure era lì ad aiutare gli altri. Quella era una delle centinaia di ragioni per cui l'amava. Sì, l'amava davvero. Era innamoratissimo, a dire il vero. Le parole che gli aveva detto nella sala relax erano praticamente l'equivalente di un 'ti amo anche io'.

Il vice ammiraglio comandante in capo delle forze di polizia aveva voluto incontrarli, così come l'ammiraglio della base e il contrammiraglio Creasy. La squadra aveva spiegato tutto ciò che era successo nella sala relax.

Avevano saputo della retrocessione del guardiamarina Scott Wheatland, risultata dall'essere stato beccato a un combattimento tra cani, e di come fosse stato indagato per prescrizione fraudolenta di antidolorifici e per aver manomesso i propri campioni di urina, insieme a quelli di altri marinai.

Tutto sommato, il traditore che aveva venduto la patria per un milione di dollari (cifra confermata da Tex) era un tossicodipendente di bassa lega, che aveva cercato disperatamente di fare qualsiasi cosa per evitare di esaurire le scorte... incluso tradimento, omicidio, incendio, per non parlare della tortura di un marinaio innocente.

Era patetico e triste. Una volta a casa, Rex aveva raccontato ad Avery del guardiamarina Wheatland e lei si era limitata a scuotere la testa disgustata, poi aveva detto: "Quello che è fatto è fatto, non sarà più una minaccia per nessuno, anche se ci vorrà un po' prima che la Marina e l'Esercito si riprendano da quel che ha fatto."

Fine della storia. Avery allungò una mano verso Cole. "Pronto per andare a letto?"

Rex fece del proprio meglio per tenere a bada l'uccello, ma era quasi impossibile, specialmente quando sentì Avery prendergli la mano. Lo condusse per il corridoio e in camera da letto, poi lo lasciò andare con un sorriso timido e si diresse verso il bagno.

Rex si tolse tutti i vestiti tranne i boxer e aspettò che Avery tornasse. Quando lei tornò, Rex dovette sforzarsi di rimanere al proprio posto. Lei indossava solo una canottiera bianca e un paio di mutandine. Le sue gambe lunghe sembravano non finire mai e Rex moriva dalla voglia di vederle spalancate davanti a sé, Avery nuda tra le lenzuola.

Avevano già fatto la doccia separatamente, ma Rex non

riusciva più ad aspettare di fare sua quella bellissima e fantastica donna.

Le tese una mano e lei attraversò la stanza. Quando gli fu di fronte, Avery allungò le mani sui fianchi di lui. Gliele fece scorrere su per il corpo e poi di nuovo giù. Dal momento che erano più o meno alti uguali, Rex riusciva a guardarla in profondità negli occhi senza doversi chinare o piegare il collo.

"Sono incredibilmente orgoglioso di te," le disse.

"Io sono orgogliosa di me stessa," gli rispose lei senza alcun imbarazzo. "L'ho superato in astuzia. Faceva sul serio. Il suo piano era quello di spararmi a vista e levare le tende, ma il fumo, l'allarme e la sua presunzione... mi hanno aiutata ad andarmene e trovare lo scivolo in cui nascondermi."

"Deve essere stato molto difficile," disse lui.

Avery scrollò le spalle. "In un certo senso era come se avessi messo l'autopilota. Agivo senza pensare. Ora sono qui, quindi va tutto bene."

Rex si lasciò andare a un sospiro. "Ti amo, Avery Nelson. Non l'ho mai detto prima d'ora, ma è così."

"Lo so. Ti amo anche io."

Rex sorrise. "Ah, sì?"

"Sì. Mi dispiace per stamattina, non sono stata giusta con te."

"No, dispiace *a me*. Ti ho caricata di un'immensa quantità di pressione solo per proteggere me stesso," le disse Rex. "So meglio di chiunque altro che il domani non è mai garantito. In quanto SEAL, devo farci i conti ogni volta che vado in missione, e sapere che quello stronzo è quasi riuscito a portare a termine ciò che voleva fare tante settimane fa mi ha spaventato da morire. Non ho bisogno che tu mi prometta il futuro. Ho solo bisogno di te, qui e ora. Domani sarà quel che sarà."

La vide sospirare di sollievo. "Davvero?"

"Davvero. Non è stato giusto da parte mia farti pressione. Ti amo, prenderemo le cose un giorno alla volta, va bene?"

"Va bene," gli rispose Avery con un sorriso.

"Quindi è tutto ok tra noi?" le chiese lui.

"Assolutamente sì."

Rex le sorrise.

"Allora... mi baci o no?" gli chiese Avery con un sorrisetto tutto suo.

Senza dire un'altra parola, Rex la tirò a sé e posò la bocca su quella di lei. Non ci furono preliminari. Niente sfioramenti di labbra, le spinse la lingua in bocca ed entrambi grugnirono.

Rex sorrise quando percepì che Avery aveva la pelle d'oca sulle braccia, dopodiché piegò la testa e si prese ciò che moriva dalla voglia di assaggiare di nuovo.

Avery si impegnò al massimo. Non si limitò a prendere in modo passivo ciò che lui le dava. Gli tastò tutto il corpo, gli piantò le unghie nella pelle, scavando ed esortandolo. Ricambiò la spinta con la lingua e gli esplorò ogni centimetro della bocca, passando sui denti, succhiandogli la lingua come se fosse un piccolo uccello, mossa che ovviamente fece indurire ancora di più quello grande.

Avery si tirò indietro con un sorriso. "Ti piace?"

"No," le rispose Rex. "Lo adoro."

Poi le prese i fianchi e improvvisamente si sedette sul letto, portandola con sé fino a che lei non gli si mise a cavalcioni. Rex si rotolò fino a intrappolarla sotto di sé, incapace di trattenersi dallo spingere l'uccello nell'apertura tra le gambe di lei. Riusciva a percepirne il calore, anche se entrambi avevano ancora le mutande.

Rex si tirò un po' su e senza parlare posò i palmi delle mani sulla pancia di Avery e cominciò a spingere in su, portando con sé la canottiera. Gli piaceva come le stava, ma voleva vederla nuda. Voleva vederla in tutto e per tutto.

Avery alzò felicemente le mani sopra la testa e gli permise

di toglierle l'indumento. Poi si distese sotto di lui, nuda, tranne che per le mutandine.

Rex sussultò davanti a quella bellezza. Aveva ripreso peso, dopo essere stata prigioniera, riempiendosi in tutti i punti giusti. Non era del tutto muscolosa, ma non era nemmeno grassa. I seni erano abbondanti e sodi, i capezzoli al momento eretti, come se si stessero allungando verso di lui. Rex adorava le dolci lentiggini che le ricoprivano il petto e si diradavano sul seno.

Ansioso di assaporarla lì per la prima volta, Rex si chinò.

Le prese un capezzolo in bocca e succhiò forte. Avery inarcò la schiena e gli mise una mano dietro la testa. Intrecciò le dita nei suoi capelli e tirò mentre gemeva e si contorceva sotto di lui.

Rex amava quanto fosse sensibile. Amava tutto di lei. Giocò per un po' con i seni di Avery, finché non poté più ignorare i suoi aromi. Riusciva a percepire l'odore della sua eccitazione e moriva dalla voglia di vedere la sua passera.

Con le labbra avvolte intorno a un capezzolo, usò una delle mani per afferrarle l'elastico intorno alla vita. Avery lo aiutò: sollevò i fianchi e si dimenò fino a che le mutande non le arrivavano a metà coscia e riuscì a calciarle via.

Rex baciò il percorso giù per la pancia, fino ad arrivare tra le gambe di lei. Guardò in alto e vide Avery prendere un cuscino e metterselo sotto la testa, tirandosi su in modo da poterlo guardare.

"La tua barba mi dà una sensazione strana," gli disse.

"Non ti piace?" le chiese Rex.

"Non ho detto questo," lo rassicurò lei. "È solo diversa, voglio dire, ho una pelle talmente sensibile da sentire ogni pelo contro di me. È come se avessi centinaia di manine che mi accarezzano mentre mi baci."

"Se ti è piaciuta la sensazione mentre ti succhiavo le tette, adorerai quando te la leccherò."

"Cole," gemette lei, poi allargò le gambe in attesa, a mo' di invito.

Lui non la fece più aspettare. Abbassò la testa e la leccò una volta, dall'ano al clitoride, grugnendo al sapore leggermente pungente della sua eccitazione.

"Merda," imprecò Avery mentre avvolgeva una delle cosce alla spalla di lui.

Rex non aveva bisogno di altro incoraggiamento, così si mise al lavoro per dare piacere alla sua donna. Non pensava di essere un esperto, dal momento che non aveva fatto molta pratica. Era un'azione estremamente personale, non l'aveva fatto troppo spesso. Con Avery avrebbe voluto campeggiare lì tutta la notte e imparare esattamente ciò che la eccitava e le faceva raggiungere l'apice.

Scoprì rapidamente che, anche se le piaceva quando le leccava le pieghe, non era niente in confronto a quando prestava attenzione al clitoride. Le portò una mano tra le gambe e cominciò a scoparla con le dita mentre le leccava il delicato fascio di nervi.

Dopodiché chiuse le labbra intorno al clitoride e prese a succhiare.

Avery per poco lo spinse via e lui sorrise. Tombola.

Inserì un altro dito nel canale stringente e si concentrò sul clitoride. Lo leccò, succhiò, titillò.

"Merda, Cole. Più veloce, proprio lì! Sì, così," gli ordinò mentre si irrigidiva sotto di lui.

Rex era talmente preso dal godimento dell'assaggio, del farle perdere la testa, che quasi non si accorse che Avery stava per esplodere.

Gli strinse le cosce intorno alla testa e contrasse le pareti intorno alle sue dita al punto che Rex non poté fare a meno di fantasticare sulla sensazione che avrebbe provato a sentire l'uccello strangolato in quel modo. Fu allora che Rex capì che Avery stava per venire.

Aumentò il ritmo sul clitoride, succhiandolo, e ogni muscolo del corpo di lei si contrasse.

Avery non disse nulla, si lasciò andare al più piccolo e carino gemito mentre prese a tremare in preda all'orgasmo.

Rex si sentì come in cima al mondo, rimosse le dita e le succhiò immediatamente, chiudendo gli occhi per il sapore meraviglioso della sua donna. Poi si spostò in avanti e si sporse a prendere il preservativo che aveva messo sul comodino accanto al letto mentre Avery era in bagno.

Non appena se lo infilò, usò l'uccello per accarezzarle il clitoride.

Avery ebbe uno spasmo sotto di lui e si drizzò per afferrargli i bicipiti con una forza che lo sorprese.

Rex aspettò che aprisse gli occhi e lo guardasse.

"Va bene?" le chiese, voleva che fosse sicura.

"Sì," rispose lei immediatamente.

"Una volta che lo facciamo, sarò tuo," le disse. "E tu sarai mia. Non si torna indietro."

"Lo so," gli rispose. "Non so cosa succederà tra noi dopo stanotte, ma so che ti voglio. Ho bisogno di te."

Era tutto ciò che Rex necessitava di sentire.

Indirizzò la punta dell'uccello tra le gambe di lei e spinse.

———

Quando Cole si spinse dentro di lei, Avery fece del proprio meglio per non dare a vedere il disagio che le attraversava il viso. Ce l'aveva grosso e lei non faceva sesso da un po'. Ovviamente non era riuscita a nascondergli il leggero dolore del passaggio, perché lui si fermò quando era dentro solo per metà.

"Sto bene," disse lei.

In tutta risposta, lui si tirò indietro.

Avery grugnì e gli strinse più forte le braccia. "Cole," si lamentò. "Per favore."

Lui tornò a riempirla, riempiendola. Ci mise il proprio tempo, aveva un controllo impressionante. Poi le fu dentro del tutto e Avery non riuscì a ricordare qualcosa che la facesse sentire meglio del sentire i loro ventri toccarsi, la barba di Rex che le faceva il solletico sul viso sfiorandolo e la sensazione del suo fiato caldo.

"Prendimi," lo esortò.

Cole si mosse. Uscì lentamente da lei, poi altrettanto pigramente si spinse di nuovo dentro. Mantenne quel ritmo calmo e misurato finché Avery pensò di mettersi a urlare.

La volta successiva che Cole si spinse dentro, lei strinse i muscoli interni e vide il controllo di ferro di lui sgretolarsi.

"Merda," mormorò aumentando il ritmo.

Avery inarcò la schiena e gli sorrise. Era bellissimo e tutto per lei. Non aveva dubbi che le sarebbe stato fedele. Tradire non faceva parte di lui, Avery lo sapeva. Proprio come lei sarebbe morta, piuttosto che far prendere a un altro uomo ciò che era di Cole.

Ancora estasiata dal precedente orgasmo, Avery spostò una mano dove i loro corpi si toccavano. Quando Cole si allontanò, lei si toccò il clitoride e quando lui spinse di nuovo, le dita di lei gli sfiorarono l'uccello.

Rex si rese conto di ciò che lei stava facendo e Avery gli vide le pupille dilatarsi mentre si puntellava sulle mani per lasciarle spazio.

"Sì, toccati," le disse. Lei lo fece.

"Un giorno voglio che ti masturbi per me," le disse. "Voglio sapere esattamente cosa ti piace."

"Credo che tu l'abbia capito piuttosto velocemente, prima," ansimò lei mentre si massaggiava il clitoride più velocemente. "E non mi hai nemmeno permesso di ricambiare il favore," si lamentò.

"Piccola, se avessi avuto la tua bocca su di me sarei venuto immediatamente. Vorrei che tutto questo durasse."

"Perché?" gli chiese lei.

"Perché è la nostra prima volta."

"E allora? Solo perché è la prima non vuol dire che non sarà bella perché veloce. Io ti amo, Cole. Voglio che tu goda tanto quanto me."

"Oh, sto godendo eccome," disse a denti stretti.

"Spingi dentro e rimani lì," gli ordinò Avery, che sentiva montare dentro di sé un orgasmo.

Senza fare domande, Cole fece quanto richiesto, tenendosi sollevato sopra di lei e lasciandole spazio per massaggiarsi il clitoride. I loro corpi si toccavano solo dalla vita in giù. Le loro gambe erano intrecciate. Avery fece del proprio meglio per venire senza staccare gli occhi da lui. "È così diverso con te dentro di me," disse dolcemente. Quando lui sorrise, Avery si rese conto che gli piaceva sentirla parlare.

"Mi sento piena e avrò un orgasmo incredibile. Voglio che tu lo senta, che sappia che sei tu a provocarlo."

Rex mosse i fianchi di scatto e lei lo sentì muoversi ancora più a fondo. Avery avrebbe preferito che non indossasse un preservativo, se lo immaginò schizzare talmente in profondità da sentirne il calore persino da fuori.

Quel pensiero e il vigoroso massaggio la fecero esplodere in estasi. Lo chiamò per nome, chiuse gli occhi e lasciò che l'orgasmo la inghiottisse.

I muscoli le si contrassero e si chiusero intorno all'uccello come se stessero cercando di impedirgli di lasciare il suo corpo.

Quando Cole grugnì sopra di lei, Avery aprì gli occhi e lo vide con la testa indietro e la bocca aperta: anche lui stava raggiungendo l'apice.

Era sexy da morire. L'aveva fatto venire senza muoversi di un millimetro. Avery si sentiva potente e bellissima. Si sporse in avanti e gli accarezzò i testicoli, lui grugnì. Si contrasse tra le gambe di lei e cercò di spingersi ancora più in lei, se possibile.

Dopodiché si spostò senza darle la possibilità di prepararsi. Si rotolò su un fianco, la strinse tra le braccia e la fece muovere con sé. Lei gli finì a cavalcioni, tenendo l'uccello ancora in profondità. Poi fece qualcosa di sorprendente: abbassò una mano sul clitoride e lo premette.

Forte.

"Ancora," le ordinò con voce rauca.

Sbalordita, Avery scosse la testa e cercò di allontanarsi da lui. "Non posso."

La mano di Cole le stringeva un fianco, tenendola in quella posizione. "Sì che puoi, voglio sentirlo di nuovo."

Anche se Avery non pensava di poter venire una terza volta così presto, era ancora talmente sensibile che non passò molto tempo prima che si agitasse di nuovo contro Cole. Si chinò all'indietro e si alzò, mettendogli le mani sulle cosce, dietro di sé. Era inarcata e aperta davanti a lui, non si era mai sentita tanto esposta, o al sicuro, come in quel momento.

Quando arrivò, l'orgasmo non fu forte come i primi due, ma fu comunque sconvolgente. Le dita di Cole la spinsero oltre l'oblio e i muscoli interni gli strinsero ancora una volta il membro.

Grugnirono entrambi.

"Merda, non hai idea di quanto sia bello," le disse lui mentre le lasciava stare il clitoride e le afferrava i fianchi.

Quando Avery si rilassò e si chinò in avanti per collassare sul petto di Cole, sentì l'uccello scivolarle fuori. Entrambi si lasciarono andare a un gemito deluso, ma nessuno dei due si mosse.

"Siamo morti?" chiese Avery dopo un momento.

"No," le rispose Cole con un tono chiaramente ironico.

Avery alzò la testa. "Ti amo."

Invece di ricambiare, Cole disse: "Domani andremo a fare una richiesta di matrimonio. Mi sposerai non appena riusciamo a organizzare."

Avery avrebbe dovuto essere arrabbiata con lui. Perlomeno del tutto irritata. Invece gli posò nuovamente la testa sul petto e annuì. "Va bene." Non era stata lei a dirgli che il domani non è garantito? Lei lo amava e lui amava lei. Era abbastanza.

La famiglia di Avery avrebbe capito benissimo, soprattutto la madre.

Avrebbe convinto Cole a fare una specie di ricevimento più tardi, così che la madre, il padre e la sorella avrebbero potuto festeggiare insieme a lei. Oltre ai compagni di squadra di Cole, le loro donne e i suoi genitori. Avrebbero fatto una festa enorme, magari sulla spiaggia.

"Tutto qui?" le chiese Cole. "È tutto ciò che vuoi dire?"

"Sì, ora zitto, stai rovinando la mia beatitudine post tre orgasmi," si lamentò lei con voce assonnata.

"Ti amo, Avery Nelson, tantissimo, cazzo," sussurrò Cole.

Avery non aveva la forza di rispondere, così girò leggermente la testa e gli baciò una spalla.

Si addormentò così, mollemente afflosciata sul suo futuro sposo. Non si era nemmeno resa conto del fatto che fosse buio fuori e che l'unica luce nella stanza era una piccola lampada accanto al letto. Era con Cole, lui l'avrebbe tenuta al sicuro.

Non c'era più bisogno di avere paura del buio.

Mona Saterfield sorrise, mentre attaccava sul muro le foto più recenti che aveva scattato.

Forest "Phantom" Dalton era ancora tanto sexy quanto lo era stato tutti quei mesi prima, quando l'aveva portata fuori a cena. Era tutto ciò che lei voleva in un uomo. Galante, protettivo e gentile.

Quando la cameriera si era messa a flirtare con lui davanti a Mona, Forest si era sentito a disagio e quando l'aveva accompagnata a casa si era preoccupato di come stesse. L'aveva lasciata perché non voleva che lei stesse in pensiero per lui, quando era impegnato in missioni pericolose.

Mona stava in pensiero *eccome*. Specialmente quando lui era tornato dall'ultima missione ferito. Quando l'aveva saputo, Mona aveva pianto a dirotto.

Aveva gioito molto, quando il dispositivo GPS che gli aveva messo in macchina prima dell'ultima missione aveva emesso un suono, indicando che era tornato, ovunque fosse stato quella volta... ma quando aveva realizzato che a guidare era uno dei fastidiosi compagni di squadra di lui, Mona aveva quasi dato di matto, pensava che il suo uomo fosse stato ferito o ucciso.

Aveva seguito l'auto fino a Riverton, confusa sul perché l'amico di Forest si fosse fermato davanti a una casa sulla costa.

Dopo aver parcheggiato la macchina dietro un angolo ed essere sgattaiolata sulla spiaggia per spiare la casa, Mona aveva visto qualcuno aiutare Forest a entrare. Era stata sollevata nel vederlo, fino a quando aveva notato le bende sulla gamba e si era resa conto che stava usando persino le stampelle. Abbassò i binocoli che usava per tenerlo d'occhio e per poco impazzì.

Si rese conto velocemente che, qualsiasi cosa fosse successa, non poteva essere tanto grave, dal momento che lui camminava, rideva e parlava.

Odiava il fatto di non essere *lei* a prendersi cura di lui, ad aiutarlo a guarire. Una volta sposati, lui avrebbe lasciato quel lavoro orribile e pericoloso e lei si sarebbe assicurata di fargli avere tutto ciò di cui aveva bisogno.

Il binocolo con la fotocamera digitale era stato uno dei migliori acquisti di Mona. Poteva osservare Forest e allo stesso tempo scattare delle fotografie. In quel modo poteva stare a guardare l'amore della sua vita tutto il tempo che voleva. Doveva solo guardare la parete del salotto, che era ricoperta da cima a fondo di foto del suo uomo.

Solo guardarlo la rendeva felice.

Tuttavia, sarebbe stata molto più entusiasta se lui le avesse chiesto di sposarla e se avessero vissuto insieme come marito e moglie.

Mona indietreggiò, si sedette sul divano e si distese. Si infilò una mano sotto l'elastico dei pantaloncini e cominciò a toccarsi. Forest non sarebbe stato felice di sapere che stava toccando la sua proprietà, ma Mona non riusciva a trattenersi.

Era talmente bello... e sarebbe stato con lei molto presto. Il loro amore era troppo forte e profondo per essere ignorato.

Forest Dalton apparteneva a *lei*. Punto. Aveva solo bisogno di un po' di tempo per capire che Mona era la donna dei suoi sogni, poi sarebbe tornato implorando perdono. Avrebbe mollato la Marina, sarebbe passato a un sicuro lavoro d'ufficio e i due avrebbero vissuto felici e contenti.

Mentre si toccava, Mona sorrise serafica. Forest sarebbe andato da lei a giorni, ormai, e lei l'avrebbe riaccolto a braccia aperte.

Se qualcun'altra pensava di poterglielo rubare, avrebbe imparato quanto Mona fosse protettiva nei confronti del proprio uomo.

———

Phantom era in piedi al cospetto del comandante North e del contrammiraglio Creasy.

"Rilassati, Phantom. Accomodati," gli ordinò il comandante.

Phantom tirò la sedia di fronte alla scrivania del comandante e si sedette. Aveva ricevuto una chiamata venti minuti prima e gli era stato ordinato di andare all'ufficio del superiore. Phantom sapeva che si trattava di Kalee, ma non era sicuro se si trattasse di buone o cattive notizie.

Propendeva per le cattive, specialmente dal momento che il resto della squadra non era presente alla riunione. Se Kalee fosse stata viva, non starebbero forse architettando un piano per andare a prenderla? Il fatto che Rocco e gli altri non fossero presenti non era un buon segno.

"Non mi perderò in chiacchiere. Ieri sera ho ricevuto una chiamata da Tex. Nella sua opinione professionale, Kalee Solberg è viva," disse il comandante North.

Il cuore di Phantom prese immediatamente a battere forte dall'entusiasmo.

Il comandante alzò una mano. "Un momento, marinaio, le cose non sono così semplici come sembrano."

Phantom non aveva idea di che intendesse dire. "È viva, vuol dire che dobbiamo andarla a prendere."

"Tex ha delle informazioni che suggeriscono che stia collaborando con i ribelli."

Quelle parole ci misero un momento per arrivare a Phantom, che scosse la testa. "No, non ci credo."

"Circola voce che ci sia un'americana dai capelli rossi che lavora per uno dei più feroci e spietati gruppi di ribelli. È stata vista combattere al loro fianco... Uccidere, partecipare a rapimenti e torture."

Phantom scosse di nuovo la testa. "Allora è costretta a farlo."

Il comandante strinse le labbra e si sporse in avanti appoggiandosi sui gomiti. "È possibile che si sia alleata con loro," disse piano.

Il SEAL incontrò lo sguardo del comandante senza battere ciglio. "Sta facendo il necessario per sopravvivere," insistette. "Lei non era presente, non l'ha vista. Era a faccia in giù su una pila di cadaveri. Bambine che amava e delle quali si prendeva cura. I ribelli si saranno resi conto che non era morta, un qualcosa che avrei dovuto fare io, e l'hanno presa. Probabilmente è stata stuprata, picchiata e chissà che altro."

"Se partecipa alle atrocità che stanno avendo atto a Timor Est, è sicuramente una tattica di autopreservazione. Ho sentito Piper parlare della migliore amica per ore. Kalee Solberg non è un'assassina, mi ci giocherei la carriera."

Quando finì di parlare, stava praticamente ansimando, ma non c'era niente di più importante di far capire al comandante che ciò che aveva scoperto Tex era una stronzata. Non la parte che vedeva Kalee lavorare con i ribelli, ma i motivi per cui lo stava facendo.

Il comandante North si appoggiò allo schienale e sospirò.

Dopodiché, il contrammiraglio parlò per la prima volta. "Non hai intenzione di lasciare perdere, eh?"

"No, signore. Ho fatto un casino. Devo rimediare." Non importava quante volte gli fosse stato detto che non era colpa sua, se non si era reso conto che Kalee era viva, Phantom non riusciva a non pensare il contrario.

"Sono d'accordo con te, per la cronaca. Non penso che una donna alla quale piaceva fare visita all'orfanotrofio nel tempo libero e che si era unita ai Peace Corps improvvisamente decida di unirsi a un gruppo di ribelli dopo essere stata quasi uccisa da loro, ma..."

Phantom si irrigidì, preparandosi alle parole successive del contrammiraglio.

"Immagino tu sappia che non possiamo mandare una squadra di SEAL in missione quando non c'è alcuna minaccia alla sicurezza nazionale."

"Ma signo..."

Il contrammiraglio alzò una mano e interruppe le parole di Phantom.

"So che è una questione personale, ma il governo di Timor Est ha in mano il controllo della rivolta e non ci hanno fatto richiesta di aiuto. Ci sono ancora gruppi di ribelli a far divampare il caos, principalmente a Dili, ma per la maggior parte la sommossa è stata repressa. Si presume che Kalee Solberg sia morta e le informazioni che abbiamo ricevuto non sono sufficienti affinché la Marina degli Stati Uniti spenda soldi e forza lavoro per una situazione già sotto controllo."

"Mi dispiace, Phantom. So che speravi di avere notizie migliori. Entrambi capiamo quanto tutto questo sia difficile per te e ci sentivamo in dovere di rivelarti cosa sta succedendo."

Phantom sentì i denti digrignare e cercò di aggrapparsi alla propria compostezza con le unghie e con i denti.

Il comandante North gli si avvicinò ancora di più e lo inchiodò al posto con un solo sguardo. "Tex continuerà a lavorare sul caso, continuerà a informarci e a darci ogni informazione su cui riesce a mettere mano. Ti faremo la cortesia di condividere suddette informazioni."

Phantom non si accontentava delle informazioni. Aveva sperato che lui e la squadra potessero andare a prendere Kalee a Timor Est. Se non proprio tutto il team, almeno lui avrebbe potuto essere autorizzato ad andare da solo, per qualche miracolo. Tuttavia, a giudicare dalle espressioni serie sui volti degli ufficiali superiori, Phantom capì che non sarebbe mai successo.

Kalee Solberg era da sola. Proprio come lo era stata fin dal momento in cui lui l'aveva data erroneamente per morta.

"Ho il permesso di parlare?" chiese Phantom.

"Certo," gli rispose il comandante.

"Vorrei richiedere un permesso di un mese," disse Phanton, il cui volto non mostrava alcuna delle emozioni che stava provando in quel momento.

Il comandante e il contrammiraglio rimasero a studiarlo in silenzio per un po'.

"Perché?" gli chiese infine il comandante North.

"Non mi piacciono queste informazioni," gli rispose onestamente Phantom. "Sono stanco. Abbiamo fatto parecchie missioni, una dopo l'altra. La mia gamba non si è ancora ripresa al cento per cento e dopo aver fallito la missione Solberg, sono esaurito. Ho bisogno di una pausa."

"Se stai pensando di andare là per conto tuo..." cominciò a dire il contrammiraglio.

"No," lo interruppe Phantom. "Sono un SEAL, lavoro insieme alla mia squadra. Non funzioniamo bene individualmente. Ho solo bisogno di una pausa, signori. Ho un amico che vive a Oahu, mi ha invitato parecchie volte e ho sempre detto di no. Sto pensando che passare quattro settimane a rilassarmi alla North Shore a cercare di schiarirmi le idee mi farebbe bene. A me, alla mia squadra e anche alla Marina, signori."

Davanti agli sguardi intensi degli uomini che aveva di fronte, Phantom non fece una piega. Niente di ciò che pensava veniva riflesso sul suo volto.

"Pensare di andare a Timor Est è come andare incontro al suicidio professionale," gli disse il comandante North.

"Capisco," gli rispose Phantom.

"Quattro settimane. Farai rapporto ogni settimana," disse il contrammiraglio.

Phantom avrebbe voluto protestare. Non era un bambino che doveva fare rapporto ai genitori, ma sapeva che, se non avesse accettato quelle condizioni, non avrebbe ottenuto il permesso che desiderava disperatamente. "Sì, signore," disse con un piccolo cenno del capo.

"Compila i moduli di congedo, completi di nome, indirizzo e numero di telefono di questo tuo amico," gli disse il comandante North. "Penso che questa vacanza ti sarà utile, sempre che non ti ossessioni su qualcosa di cui non avevi il controllo. Dico sul serio, Phantom, devi rilassarti. Fatti delle passeggiate, fai surf, passa del tempo con una bellezza hawaiana... fa' qualcosa che ti faccia tornare concentrato. La tua squadra ha bisogno di te, il tuo paese ha bisogno di te."

"Lo farò, signore. Grazie," gli rispose Phantom.

"Ti farò sapere se avrò altre notizie da Tex," aggiunse il comandante. "Congedato."

Phantom si alzò in piedi e uscì dall'ufficio, la mente gli vorticava già per via di tutti i piani che aveva per quella vacanza improvvisata.

Non aveva mentito né al comandante né al contrammiraglio. Capiva che andare a prendere Kalee senza l'approvazione della Marina americana sarebbe stato un suicidio per la carriera.

Ma a lui non importava.

Era colpa *sua* se Kalee si trovava in quella posizione e Phantom avrebbe fatto di tutto per rimediare.

Doveva parlare con Tex, aveva bisogno di quante più informazioni possibili, così da arrivare a Dili, trovarla e portarla via. Se fosse stato necessario, l'avrebbe persino rapita.

Conosceva davvero qualcuno che viveva alle Hawaii. Un amico SEAL stazionato a Oahu. Non aveva dubbi che l'avrebbe aiutato a trovare un posto dove stare, una volta lì. Phantom pensava *sul serio* di passare il congedo alle Hawaii, ma non prima di aver fatto una deviazione a Timor Est.

Si sentì pervaso dalla determinazione. Aveva l'occasione di rimediare a un torto enorme ai danni di Kalee Solberg. Scommetteva la carriera sul fatto che lei fosse viva e volesse essere disperatamente salvata. Non l'avrebbe delusa di nuovo.

———

Kalee afferrò il fucile automatico stringendo le mani e sparò il più lontano possibile da dove gli altri stavano puntando, facendo sembrare comunque che stesse partecipando all'assalto dell'edificio. Sparò nei cespugli, quandò poté al suolo, pregando che i suoi proiettili non ferissero nessuno. Nei sei mesi precedenti, aveva fatto molte cose di cui si vergognava, ma per quanto ne sapeva non aveva mai ucciso nessuno.

Gli stronzi che la costringevano a fare il lavoro sporco potevano minacciarla quanto volevano, ma non l'avrebbero trasformata in un'assassina.

Si accovacciò dietro un edificio in rovina nella periferia di Dili, la capitale di Timor Est, poi fece un respiro profondo. Non aveva idea di chi fossero i bersagli, né del perché. Sapeva per esperienza che, se si fosse rifiutata di partecipare, la sua vita sarebbe stata molto più difficile di quanto già fosse.

Qualcuno le prese un braccio e la fece alzare. Un uomo la prese a sberle e le sputò in faccia qualche insulto prima di spingerla in avanti e obbligarla a camminare verso un altro edificio.

Il corpo di Kalee fece ciò che le era stato ordinato. I ribelli potevano anche averle tagliato i capelli, averla vestita con la loro 'divisa' nera e averla costretta a partecipare ai loro raid, ma Kalee non sarebbe mai stata una di loro.

Da quando si era svegliata nella fossa insieme ai cadaveri, tanti mesi prima, non aveva detto una parola. Era come se l'orrore di vedere quegli occhi senza vita che la fissavano le avesse rubato la voce. Anche quando i ribelli la picchiavano, lei non emetteva alcun suono.

Quando si erano dati il cambio per stuprarla, non aveva gridato.

Quando le avevano fatto prendere in mano un fucile, costringendola a partecipare alle sommosse contro altri villaggi e città, non aveva protestato. Sapeva che era inutile.

La voce poteva esserle sparita, ma era ancora lì, dentro di lei, urlava, chiedeva aiuto. Gridava affinché qualcuno, chiunque, la sentisse, la trovasse e la portasse a casa.

Tuttavia non arrivava nessuno. Erano passati mesi e Kalee cominciava a pensare che nessuno si sarebbe mai fatto vivo. Probabilmente per suo padre e per il resto del mondo era morta.

Forse era meglio così.

Mise una mano in avanti per impedirsi di cadere, poi si mise con le spalle contro il muro di cemento dell'edificio fatiscente dove i ribelli si erano accampati. Nessuno le offrì da mangiare e lei non lo chiese.

Chiuse gli occhi e s'immaginò il padre. L'amica Piper. Non aveva idea di cosa le fosse successo, ma il fatto che non l'avesse mai incrociata da quando era stata fatta prigioniera le faceva ben sperare che l'amica si fosse in qualche modo messa in salvo, che il suo corpo non fosse seppellito in mezzo alla giungla o alle colline che Kalee aveva attraversato negli ultimi sei mesi.

Poi, per la prima volta, invece di pensare a un modo per scappare, Kalee cominciò a pensare a dei modi per mettere fine a quella tortura. Per il mondo era già morta, quindi perché non renderla una realtà?

Tuttavia, una piccola e testarda parte di lei si rifiutava di mollare.

Doveva esserci qualcuno, là fuori, che la stava cercando e non pensava che fosse morta. Vero?

***

Acquista subito il libro 8!
Soccorrere Kalee

Trovare Kenna
Trovare Monica
Trovare Carly (11 Ottobre)
Trovare Ashlyn
Trovare Jodelle

Delta Force Heroes

Salvare Rayne
Salvare Emily
Salvare Harley
Il Matrimonio di Emily
Salvare Kassie
Salvare Bryn
Salvare Casey
Salvare Sadie
Salvare Wendy
Salvare Mary
Salvare Macie
Salvare Annie

Armi e Amori

Proteggere Caroline
Proteggere Alabama
Proteggere Fiona
Il Matrimonio di Caroline
Proteggere Summer
Proteggere Cheyenne
Proteggere Jessyka
Proteggere Julie
Proteggere Melody
Proteggere il Futuro
Proteggere Kiera
Proteggere i figli di Alabama
Proteggere Dakota

Mercenari di Montagna

Difendere Allye
Difendere Chloe
Difendere Morgan
Difendere Harlow
Difendere Everly
Difendere Zara
Difendere Raven

Ace Security

Il riscatto di Grace
Il riscatto di Alexis
Il riscatto di Bailey
Il riscatto di Felicity
Il riscatto di Sarah

Una raccolta di storie brevi

Un momento nel tempo

BIOGRAFIA

L'autrice best seller del *New York Times*, *USA Today*, e *Wall Street Journal*, Susan Stoker ha un cuore grande come lo stato del Texas, dove vive, ma questa tipica ragazza americana ha trascorso gli ultimi quattordici anni vivendo nel Missouri, in California, in Colorado, e nell'Indiana. È sposata con un ex militare dell'esercito, che ora la segue in tutto il Paese.

Ha debuttato con la sua prima serie nel 2014, seguita dalla serie SEAL of Protection, che ha consolidato il suo amore per la scrittura, e la creazione di storie in cui i lettori possono perdersi.

Se ti è piaciuto questo libro, o qualsiasi libro, per favore considera di lasciare una recensione. Gli autori lo apprezzano più di quanto tu possa immaginare.

www.stokeraces.com
susan@stokeraces.com